7
Literatura Contemporánea
Seix Barral

Patricia Highsmith
Extraños en un tren

Patricia Highsmith

Seix Barral

Dirección editorial: R. B. A. Proyectos Editoriales, S. A.

Título original: Strangers on a train
Traducción de Jordi Beltrán

Córcega, 270, 08008 Barcelona (España)
Traducción cedida por Editorial Argos Vergara, S. A.
Diseño de colección: Hans Romberg
Primera edición en esta colección: septiembre de 1984
Depósito legal: B-30117-1984
ISBN 84-322-2000-8
ISBN 84-322-2159-7 (colección completa)
Printed in Spain - Impreso en España
Distribución: R. B. A. Promotora de Ediciones, S. A.
Diagonal, 435, 08036 Barcelona. Teléfono (93) 201 14 37
Imprime: Cayfosa - Sta. Perpètua de Mogoda - Barcelona

A todas las Virginias

1

El tren avanzaba impetuosamente, con ritmo furioso y entrecortado. Tenía que detenerse, cada vez con mayor frecuencia, en estaciones de poca monta donde permanecía unos momentos esperando con impaciencia la señal para volver a embestir la pradera. Pero su avance apenas se notaba. Diríase que la pradera ondulaba solamente, como una inmensa manta, rosada y ocre, que alguien estuviese sacudiendo. Cuanto más rápido iba el tren, más vivaces y burlonas eran las ondulaciones.

Guy desvió la mirada de la ventanilla y se retrepó en el asiento.

«Miriam daría largas al divorcio en el mejor de los casos —pensó—. Tal vez ni siquiera deseaba divorciarse, sólo dinero. ¿Llegaría realmente a concederle el divorcio alguna vez?»

Se dio cuenta de que el odio empezaba a paralizar sus pensamientos, a convertir en simples callejones sin salida los caminos que su sentido de la lógica le había hecho ver en Nueva York. Podía sentir la presencia de Miriam más allá, ya no muy lejos ahora, sonrosado y pecoso el rostro, irradiando una especie de calor malsano como el de la pradera al otro lado de la ventanilla. Hosca y cruel.

Automáticamente alargó la mano para coger un cigarrillo y, por décima vez, recordó que estaba prohibido fumar en los coches *Pullman*. Lo cogió, de todos modos, y lo golpeó ligeramente dos veces contra la esfera del reloj, consultando la hora al mismo tiempo: eran las 5.12.

«Cualquiera diría que la hora importaba algo hoy» —pensó.

Se puso el cigarrillo en un ángulo de la boca y luego le prendió fuego, ocultando la cerilla en el hueco de la mano. Entonces el cigarrillo pasó a ocupar el sitio de la cerilla. Fumaba lentamente, con chupadas regulares. Sus ojos descendían una y otra vez hacia el terreno, difícil y fascinador, que se deslizaba al lado del tren. Se le estaba levantando una de las puntas del cuello blando de la camisa. La luz del crepúsculo hacía que su imagen se reflejara en el cristal de la ventanilla y el retazo de tela blanca al lado de la mandíbula hacía pensar en alguien vestido a la usanza del siglo pasado, lo mismo que su pelo negro, alto y lacio en la coronilla y pegado a la nuca. La elevación del pelo y la inclinación de su larga nariz le daban un aire de gran resolución y, de algún modo, sugerían un movimiento hacia adelante, aunque, vistas de frente, las cejas y la boca, rectilíneas y gruesas, daban impresión de quietud y reserva. Llevaba unos pantalones de franela que necesitaban un buen planchado, una chaqueta oscura que cubría holgadamente su delgada figura y que mostraba unas desvaídas tonalidades carmesíes a efectos de la luz, y una corbata de lana color tomate, anudada descuidadamente.

No creía que Miriam fuese a tener un hijo a no ser que lo deseara. Lo que querría decir que su amante pensaba casarse con ella. Pero, ¿por qué le habría hecho venir? Ella no le necesitaba para obtener el divorcio. Y él, ¿por qué estaría ahora pensando en las mismas cosas que habían pasado por su mente cuatro días antes, al recibir la carta? Las cinco o seis líneas de letra redonda decían solamente que Miriam iba a tener un hijo y que deseaba verle.

«El que esté embarazada me garantiza el divorcio —había pensado Guy—. ¿Por qué ponerse nervioso, entonces?»

Por encima de todo le atormentaba la sospecha de que, en lo más profundo y recóndito de su ser, se sentía celoso porque ella iba a dar a luz al hijo de otro hombre cuando, tiempo atrás, había abortado un hijo suyo.

«No, no era más que vergüenza lo que le estaba irritando —se dijo a sí mismo—. La vergüenza de pensar que una vez había amado a alguien como Miriam.»

Aplastó el cigarrillo en la rejilla que cubría el radiador de la calefacción. La colilla cayó rodando a sus pies y de una patada la arrojó debajo del radiador.

Tenía tantos motivos para esperar el futuro con ilusión. Su divorcio, el trabajo en Florida (era prácticamente seguro que la junta aprobaría sus proyectos y que sabría el resultado aquella misma semana) y Anne. El y Anne podrían empezar ya a hacer planes. Llevaba ya más de un año esperando, impacientándose en espera de que sucediese algo... *esto*... que le devolviera la libertad. Sintió en sus entrañas como una agradable explosión de felicidad, y se arrellanó en una esquina del asiento afelpado. Durante los últimos tres años, realmente, había estado esperando que pasara esto. Claro que con dinero hubiera podido pagarse el divorcio, pero jamás había logrado reunir lo suficiente. Tratar de hacerse un nombre como arquitecto, sin contar con la ventaja de trabajar con un grupo de profesionales, no le había resultado fácil, ni se lo estaba resultando ahora. Miriam nunca le había exigido una pensión alimenticia, pero le había importunado de otras maneras: hablando de él en Metcalf como si sus relaciones no dejasen nada que desear, como si él estuviera en Nueva York solamente para labrarse una posición y, una vez conseguida, fuese a llamarla a su lado. De vez en cuando ella le escribía pidiéndole dinero, cantidades pequeñas pero molestas que él no dudaba en mandarle porque a ella le hubiera resultado muy fácil (y tan propio de su forma de ser) montar una campaña para difamarle en Metcalf, donde, además, vivía la madre de Guy.

Un joven alto y rubio, vestido con un traje marrón rojizo, se dejó caer en el asiento vacío delante de Guy y, con una sonrisa vagamente amistosa, se acomodó en un rincón. Guy miró de soslayo su rostro, pálido y más pequeño que lo normal. Había un grano enorme exactamente en el centro de la frente del desconocido. Guy volvió a mirar por la ventanilla.

El joven sentado frente a Guy parecía estar reflexionando sobre si entablar conversación o descabezar un sueñecillo. Su codo resbalaba por el antepecho de la ventanilla y cada vez que se abrían sus espesas pestañas sus ojos grises e inyectados en sangre le estaban mirando y en su rostro volvía a dibujarse una sonrisa meliflua. Probablemente estaba algo borracho.

Guy abrió su libro, pero a media página su mente empezó a divagar. Alzó la vista cuando titilaron los tubos fluorescentes del techo del vagón, dejó vagar los ojos hasta que se detuvieron en el cigarro, aún sin encender, sostenido por una mano huesuda que se agitaba siguiendo la conversación, detrás de uno de los respaldos, y luego sus ojos siguieron su curso hasta detenerse nuevamente, esta vez en el monograma que colgaba de la fina cadena de oro que cruzaba la corbata del joven sentado delante de él. El monograma decía CAB, y la corbata era de seda verde, decorada a mano con unas palmeras de un ofensivo color anaranjado. El largo cuerpo, enfundado en el traje marrón rojizo, estaba tendido ahora, vulnerable, con la cabeza echada hacia atrás de tal modo que el voluminoso grano o divieso de la frente parecía una cumbre que hubiese entrado en erupción. Era un rostro interesante, aunque Guy no sabía por qué. No parecía joven ni viejo, inteligente o estúpido del todo. Entre la estrecha y abultada frente y la prominente mandíbula inferior, el rostro se ahuecaba anormalmente, hundido allí donde se dibujaba el fino trazo de la boca y aún más hundido en las azuladas concavidades que daban cobijo a aquellos pequeños festones que eran las pestañas. La piel era tersa como la de una muchacha, pálida como la cera incluso, como si todas sus impurezas hubiesen sido desviadas para alimentar la erupción del grano de la frente.

Guy volvió a leer durante unos breves momentos. Las palabras tenían sentido y empezaban a disipar su ansiedad.

«Pero, ¿de qué te va a servir Platón cuando veas a Miriam?» —le preguntó una voz interior.

Ya se lo había preguntado en Nueva York, pero, pese a todo, se había traído el libro consigo, el viejo libro de texto que conservaba del curso de filosofía de su segunda enseñanza. Era una pequeña satisfacción que se había concedido a sí mismo, tal vez para que le sirviera de compensación por tener que hacer aquel viaje para ver a Miriam. Miró por la ventanilla y, al ver su imagen reflejada en el cristal, se arregló el rebelde cuello de la camisa. Anne siempre lo hacía por él. De pronto se sintió indefenso sin ella. Cambió de postura y sin querer rozó el pie del joven dormido. Vio fascinado cómo sus pestañas se agitaban y finalmente se abrían. Diríase que los ojos inyectados en sangre habían estado clavados en él todo el rato detrás de los párpados cerrados.

—¡Perdón! —murmuró Guy.

—No tiene importancia —dijo el otro.

Se incorporó en el asiento y agitó la cabeza vivamente.

—¿Dónde estamos?

—Entrando en Texas.

El joven rubio sacó un frasco dorado de uno de los bolsillos interiores de la americana, lo abrió y alargó el brazo con ademán amistoso.

—No, gracias —dijo Guy.

Guy observó que la mujer al otro lado del pasillo, que no había levantado la vista de su labor de calceta desde St. Louis, les miraba ahora furtivamente al oír el ruido metálico del frasco.

—¿Cuál es su destino?

La sonrisa se había convertido en una media luna, delgada y húmeda.

—Metcalf —respondió Guy.

—Oh. Hermosa ciudad, Metcalf. ¿Negocios?

Sus ojos tristones parpadearon cortésmente.

—Sí.

—¿De qué clase?

Guy levantó a regañadientes la vista del libro.

—Arquitecto.

—Oh —dijo el otro con interés afectado—. ¿Construye casas y todo eso?

—Sí.

—Me parece que no me he presentado.

Se levantó a medias.

—Bruno. Charles Anthony Bruno.

Guy le estrechó la mano brevemente.

—Guy Haines.

—Encantado de conocerle. ¿Vive en Nueva York?

La voz, ronca y abaritonada, sonaba a falso, como si estuviera hablando para despertarse.

—Sí.

—Yo vivo en Long Island. Voy a Santa Fe, a pasar unas breves vacaciones. ¿Ha estado alguna vez en Santa Fe?

Guy negó con la cabeza.

—Gran ciudad para descansar.

Sonrió mostrando unos dientes en mal estado.

—Casi todo es arquitectura india allí, me imagino.

Un revisor se detuvo a su lado, en el pasillo, manoseando un taco de billetes.

—¿Ese es su asiento? —preguntó a Bruno.

Bruno se arrellanó en el asiento con gesto posesivo.

—El coche salón, en el vagón contiguo.

—¿La *suite* número tres?

—Eso creo. Sí.

El revisor prosiguió su camino.

—¡Esos tipos! —murmuró Bruno.

Se inclinó hacia adelante y se puso a mirar fijamente por la ventanilla, con expresión divertida.

Guy reemprendió su lectura, pero el importuno aburrimiento del otro, la sensación de que iba a decir algo de un momento a otro, le impedían concentrarse en el libro. Guy pensó en marcharse al vagón restaurante, pero sin saber por qué se quedó sentado. El tren volvía a aminorar su marcha. Cuando le pareció que Bruno iba a decir algo, Guy se puso en pie y se retiró al vagón contiguo, desde donde saltó la escalerilla y se halló de pie sobre el crujiente suelo, antes de que el tren se hubiese detenido por completo.

El aire, más orgánico y agobiante, de la noche le golpeó el rostro como un almohadón asfixiante. Flotaba un olor a grava polvorienta y recalentada por el sol, a petróleo y a metal caliente. Tenía hambre y se entretuvo cerca del vagón restaurante, caminando con pasos lentos y las manos en los bolsillos, aspirando profundamente el aire aunque no le gustase. Una constelación de luces rojas, verdes y blancas cruzó zumbando el cielo en dirección al sur.

«Ayer mismo —pensó— Anne pudiera haber pasado por esta misma ruta, camino de Méjico. Hubiera podido ir con ella.»

Anne había deseado que fuesen juntos hasta Metcalf y él hubiese podido aprovechar para pedirle que se quedara un día y conociese a su madre de no haber sido por Miriam. O, a pesar de Miriam, si él hubiese sido otra clase de persona, si hubiese sido capaz simplemente de mostrarse indiferente. Había hablado de Miriam con Anne, y se lo había contado casi todo, pero la idea de que ambas se encontrasen le resultaba insoportable. Había querido viajar solo en tren para poder pensar.

«¿Y en qué había pensado hasta ahora? ¿Es que alguna vez el pensar y la lógica le habían servido de algo cuando se trataba de Miriam?»

Se oyó la voz del revisor llamando a los pasajeros, pero Guy se quedó paseando hasta el último minuto y luego se encaramó al vagón que iba detrás del coche restaurante.

El camarero acababa de anotar su encargo cuando el joven rubio apareció en la puerta del restaurante. Se tambaleaba y su aspecto era un tanto truculento debido a la colilla que llevaba pegada a los labios. Guy había logrado olvidarse de él y ahora, al ver su figura alta y vestida de marrón rojizo, le pareció que se trataba de un recuerdo vagamente desagradable. Vio que sonreía al divisarle.

—Creí que se le habría escapado el tren —dijo Bruno alegremente, acercándose una silla.

—Si no le importa, míster Bruno, me gustaría estar a solas un rato. Hay algunas cosas en las que debo pensar.

Bruno aplastó el cigarrillo, que le estaba quemando los dedos, y le miró inexpresivamente. Estaba más bebido que antes y su rostro se hacía borroso en los contornos.

—Podríamos estar tranquilos en mi compartimiento. Y también podríamos cenar allí. ¿Qué me dice?

—Gracias, pero preferiría quedarme aquí.

—Oh, insisto. ¡Camarero!

Bruno dio unas palmadas.

—¿Me hará el favor de mandar la cena de este caballero a la *suite* número tres?... y tráigame un bistec, no muy cocido, con patatas fritas, y una tarta de manzana. Ah, y dos *scotchs* con soda, tan rápido como pueda, ¿eh?

Miró a Guy con una sonrisa meliflua y pensativa.

—¿De acuerdo?

Guy reflexionó un instante, entonces se levantó y se fue con él.

«¿Qué más daba, bien pensado? ¿Acaso no estaba ya absolutamente asqueado de sí mismo?»

Los *scotchs* no hacían ninguna falta a no ser por los vasos y el hielo. Cuatro botellas de *scotch,* con sus etiquetas amarillas, alineadas dentro de una maleta de piel de cocodrilo eran el único vestigio de orden dentro del pequeño compartimiento. Maletas y baúles roperos obstaculizaban el paso por todos lados a excepción de un espacio exiguo y laberíntico situado en medio de la habitación, y, desparramadas sobre todo ello, había prendas y utensilios de deporte, raquetas de tenis, una funda con palos de golf, un par de cámaras fotográficas y una cesta llena de fruta y botellas de vino medio hundidas en papel rojo cortado a tiras. Todo un muestrario de revistas de actualidad, publicaciones humorísticas y novelas cubría el asiento junto a la ventanilla. Había también una caja de bombones con una cinta roja de un extremo a otro de la tapa.

—Esto parece una carrera de obstáculos, me imagino —dijo Bruno con un inesperado tono de excusa.

—No importa.

Lentamente, Guy empezó a sonreír. El compartimiento le hacía gracia y le provocaba una grata sensación de aislamiento. Al sonreír, sus oscuras cejas se relajaron, transformando toda su expresión. Sus ojos miraban ahora hacia fuera. Con ágiles movimientos se abrió paso por los pasadizos bordeados de maletas, examinándolo todo con aire de gato fisgón.

—Nuevecita. Aún no ha probado pelota —le informó Bruno tendiéndole una raqueta de tenis para que la palpase—. Todo esto es obra de mi madre. Cree que así no me acercaré a los bares. De todos modos, siempre puedo empeñarlo cuando se me acaba el dinero. Me gusta beber cuando voy de viaje. Es un buen aliciente, ¿no cree?

Llegaron los *whiskies* con soda y hielo y Bruno los reforzó con el contenido de una de sus botellas.

—Siéntese y quítese la americana.

Pero ninguno de los dos se sentó ni se quitó la americana. Pasaron varios minutos embarazosos, sin saber qué decirse. Guy tomó un trago de su bebida, que parecía consistir exclusivamente de *scotch*, y contempló el desorden del suelo. Se fijó en que Bruno tenía unos pies extraños, aunque quizá fuese debido a los zapatos, pequeños y de color marrón claro, con puntera alargada y sin adornos cuya forma se parecía a la prominente mandíbula inferior de Bruno. Por alguna razón, aquellos pies parecían anticuados, de otra época. Y Bruno no estaba tan delgado como había creído. Sus largas piernas eran gruesas y tenía un cuerpo rechoncho.

—Espero no haberle molestado —dijo Bruno cautelosamente—, cuando entré en el restaurante.

—Oh, no.

—Me sentía solo. Ya se sabe.

Guy dijo algo sobre cuán solitario debía de ser el viajar solo en un compartimiento y entonces estuvo a punto de caerse al enredarse los pies con algo que había en el suelo: la correa de una cámara Rolleiflex. Había un arañazo reciente, de color blanco, en una de las caras del estuche de piel. Se daba cuenta de que Bruno le miraba tímidamente.

«Voy a aburrirme mortalmente, está claro —pensó—. ¿Por qué habré venido?»

Sintió un remordimiento que le hacía desear el regreso al vagón restaurante. Entonces se presentó el camarero con una bandeja cubierta con una tapadera de peltre y en un instante les instaló la mesa. El aroma de la carne asada sobre carbón vegetal le dio ánimos. Bruno insistió tanto en pagar la cuenta, que Guy accedió a ello sin oponer más resistencia. Para Bruno había un enorme bistec cubierto de setas; para él, una hamburguesa.

—¿Qué está construyendo en Metcalf?

—Nada —dijo Guy—. Es que mi madre vive allí.

—Oh —dijo Bruno con acento de interés—. ¿Va a visitarla? ¿Es usted de allí?

—Sí. Allí nací.

—No tiene mucho aspecto de ser tejano.

Bruno inundó su bistec y sus patatas fritas con salsa de tomate, después extrajo delicadamente el perejil y lo sostuvo en el aire con perfecto equilibrio.

—¿Hace mucho que no va por casa?

—Unos dos años.

—¿Su padre vive allí también?

—Mi padre murió.

—Oh. ¿Se lleva bien con su madre?

Guy dijo que sí. El sabor del *scotch*, pese a no gustarle demasiado, le resultaba agradable porque le recordaba a Anne. Cuando bebía, tomaba siempre *scotch*. Era como ella: dorado, lleno de luz, hecho con cuidadoso arte.

—¿En qué parte de Long Island vive?

—Great Neck.

Anne vivía en una zona de Long Island más alejada.

—En una casa que llamo «la perrera» —prosiguió Bruno— porque todos quienes la habitan, hasta el chófer, llevan una vida de perro.

De pronto se echó a reír con verdadero gusto y volvió a inclinarse sobre el plato.

Al mirarle ahora, Guy podía ver solamente la parte superior de su estrecha cabeza, escasamente cubierta de pelo, y el abultado grano. No se había fijado en el grano desde que Bruno se había dormido, pero ahora volvía a reparar en él y le parecía algo monstruoso, ofensivamente llamativo.

—¿Y por qué? —preguntó Guy.

—Por culpa de mi padre. ¡El muy cerdo! Mi madre y yo hacemos buenas migas también. Mi madre vendrá a Santa Fe dentro de un par de días.

—Eso está bien.

—Así es —dijo Bruno como si le contradijese—. Lo pasamos muy bien juntos... haraganeando por ahí, jugando al golf. Hasta asistimos juntos a las fiestas.

Se rió, avergonzado y orgulloso a medias, repentinamente inseguro e infantil.

—¿Le parece que eso es gracioso?

—No —dijo Guy.

—Ojalá tuviera dinero propio. Verá, tenía que empezar a recibir mi renta este año, sólo que mi padre no quiere que la reciba. Se está forrando los bolsillos con ella. Tal vez no me crea, pero ahora no tengo más dinero del que tenía cuando estaba en la escuela, con todos los gastos pagados. De vez en cuando tengo que sablearle un centenar de dólares a mi madre.

Sonrió con aire de perdonavidas.

—Debió permitirme que pagase la cena.

—¡Ni pensarlo! —protestó Bruno—. Lo único que quiero decir es que es una vergüenza que a uno le robe su propio padre, ¿no cree? Ni siquiera se trata de dinero suyo, sino que procede de la familia de mi madre.

Hizo una pausa esperando un comentario de Guy.

—¿Es que su madre no pinta nada en todo ello?

—¡Mi padre puso el dinero a su nombre cuando yo era un crío! —gritó Bruno con voz ronca.

—Ya veo.

Guy se preguntó a cuántas personas habría invitado a comer Bruno para largarles la misma historia sobre su padre.

—¿Por qué lo hizo?

Bruno alzó las manos con gesto desesperado, luego las escondió rápidamente en los bolsillos.

—Ya le dije que era un cerdo, ¿no? Roba a todo el mundo si tiene ocasión de hacerlo. Ahora dice que no quiere darme mi dinero porque yo me niego a trabajar, pero eso es mentira. Cree que mi madre y yo nos lo pasamos demasiado bien con lo que ya tenemos. Siempre está tramando cosas para meterse en nuestros asuntos.

Guy podía imaginárselo en compañía de su madre, una dama de la buena sociedad de Long Island, de aspecto aún juvenil, que usaba demasiado maquillaje y a quien, al igual que a su hijo, le gustaba mezclarse con gentes de dudosa reputación de vez en cuando.

—¿A qué universidad fue usted?

—Harvard. Me echaron al segundo año. Por beber y jugar.

Hizo un gesto de indiferencia retorciendo sus estrechos hombros.

—No soy como usted, ¿eh? No importa. Soy un golfo, ¿y qué? Sirvió más *scotch* para los dos.

—¿Quién le ha acusado de serlo?

—Mi padre. Le hubiera gustado tener por hijo a un buen chico, como usted. Entonces todo el mundo hubiera estado satisfecho.

—¿Qué le induce a pensar que yo soy un buen chico?

—Quiero decir que usted es una persona seria, que ha escogido una profesión. La arquitectura. Pero yo..., yo no tengo ganas de trabajar. No tengo por qué hacerlo, ¿comprende? No soy escritor, ni pintor, ni músico. ¿Hay alguna razón por la que deban trabajar quienes no lo necesitan? Prefiero que mis úlceras las produzca la buena vida. Mi padre tiene úlceras. ¡Ja! Todavía no ha perdido la esperanza de que yo ingrese en su negocio de hierros. Yo le digo que su negocio, como todos los negocios, no es más que una degollina legalizada, de la mismísima forma que el matrimonio no es otra cosa que la fornicación legalizada. ¿No tengo razón?

Guy le miró torcidamente, espolvoreando con un poco de sal la patata frita ensartada en su tenedor. Comía despacio, saboreando la compañía de Bruno, como hubiera disfrutado viendo un número de variedades cómodamente sentado en su butaca. En realidad, estaba pensando en Anne. La débil imagen de la muchacha a veces le resultaba más real que todo cuanto le rodeaba, de lo cual no tenía más que una noción fragmentaria, una serie de imágenes inconexas que incluían el arañazo en el estuche de la Rolleiflex, el largo cigarrillo que Bruno había clavado en la mantequilla, el cristal, ahora hecho añicos, que había cubierto el retrato del padre de Bruno y que, según éste le estaba refiriendo, había acabado estrellado contra el suelo del vestíbulo... A Guy se le había ocurrido que tal vez le quedaría tiempo para ver a Anne en Méjico después de entrevistarse con Miriam y antes de partir para Florida. Si conseguía terminar pronto la entrevista con Miriam, podría tomar un avión hasta Méjico y desde allí otro hasta Palm Beach. Antes no se le había ocurrido porque no disponía de medios suficientes. Pero si el contrato de Palm Beach le salía bien, podría permitirse el gasto.

—¿Se imagina algo más insultante que cerrar con llave el garaje donde guardo el coche, mi propio coche?

La voz de Bruno se había enronquecido y ahora parecía un quejido prolongado.

—¿Por qué? —preguntó Guy.

—Simplemente ¡porque sabía que aquella noche me iba a hacer muchísima falta! De todos modos, me recogieron mis amigos; así que ¿de qué le sirve hacerme esto?

Guy no sabía qué decirle.

—¿Se ha quedado las llaves?

—¡Cogió *mis llaves*! ¡Las cogió de mi habitación! Por eso me tenía miedo. Se marchó de casa aquella noche, de tanto miedo como le daba.

Bruno estaba sentado de lado, respiraba con dificultad y se mordía una de las uñas. Algunos mechones de pelo, oscurecidos por el sudor, se le movían sobre la frente, como las antenas de un insecto.

—Mi madre no estaba en casa, de lo contrario nunca hubiera sucedido, claro está.

—Claro —dijo Guy, haciéndole eco sin querer.

«Toda la conversación no ha sido más que el prólogo de esta historia —pensó—, de la que he oído sólo la mitad. Ahí estaba, acechando detrás de los ojos inyectados en sangre que me miraban en el *Pullman*, detrás de la sonrisa tristona, otra historia de odio y de injusticia.»

—¿Así que arrojó el retrato en el vestíbulo? —preguntó Guy por decir algo.

—Lo arrojé de la habitación de mi madre —dijo Bruno, recalcando las últimas tres palabras—. Mi padre lo había colocado allí, en la habitación de mi madre. A ella el «capitán» le gusta tan poco como a mí. ¡El «capitán»! *Yo* no le llamo de ningún modo, hermano!

—Pero, ¿qué tiene él en contra de usted?

—¡En contra de mí y de mi madre también! ¡Es distinto de nosotros o de cualquier otro *ser humano*! Todo el mundo le cae mal. No le gusta nada, sólo el dinero. Ya ha degollado a suficientes personas como para amasar una fortuna, eso es todo. ¡Si será listo! ¡Muy bien! ¡Pero estoy seguro de que la conciencia le está devorando ahora! Por eso ahora quiere que yo entre en el negocio, ¡para que tome parte en la degollina y me sienta tan cochino como él!

Bruno cerró su rígida mano, luego la boca, después los ojos.

Guy creyó que estaba a punto de echarse a llorar, pero los hinchados párpados se abrieron y la sonrisa volvió a aparecer, vacilante.

—Aburriéndose, ¿eh? Sólo trataba de explicarle por qué salí de la ciudad tan pronto, adelantándome a mi madre. ¡No tiene usted idea de lo alegre que soy! ¡De veras!

—¿No puede marcharse de casa, si le apetece hacerlo?

Al principio pareció como si Bruno no hubiese entendido la pregunta, pero luego, calmosamente, respondió:

—Claro que sí, pero es que me gusta estar con mi madre.

«Y ella, a su vez, no se marcha a causa del dinero» —pensó Guy.

—¿Un pitillo?

Bruno lo cogió, sonriendo.

—¿Sabe? La noche que se marchó de casa fue la primera vez que salía, puede que en diez años. Me pregunto adónde diablos iría. Estaba tan furioso que le hubiese matado, y él lo sabía. ¿Alguna vez ha tenido ganas de matar a alguien?

—No.

—Yo sí. A veces estoy seguro de que podría matar a mi padre.

Bajó la mirada hacia el plato, sonriendo reflexivamente.

—¿Sabe cuál es el *hobby* de mi padre? ¡Adivínelo!

Guy no deseaba adivinar nada. Le había acometido un aburrimiento repentino, un deseo de estar solo.

—Pues ¡colecciona moldes para hacer galletas!

Bruno se rió burlonamente.

—¡En serio! Tal como se lo digo. Los tiene de todas clases... de Pennsylvania, de Baviera, de Inglaterra, de Francia, una gran cantidad de Hungría. Los hay por toda la habitación. Sobre el escritorio tiene unos moldes para hacer animalitos de galleta... ¡enmarcados! ¿Sabe a qué me refiero? De ésas que comen los niños. Escribió al presidente de la compañía que los fabrica y le mandaron un juego completo. ¡La era de las máquinas!

Bruno se rió, bajando la cabeza rápidamente.

Guy le miraba fijamente. Bruno le estaba resultando más divertido de lo que él mismo se figuraba.

—¿Los utiliza alguna vez?

—¿Eh?

—Que si alguna vez hace galletas.

Bruno lanzó un alarido de risa. Se retorció para quitarse la chaqueta y la arrojó sobre una de las maletas. Durante unos instantes pareció demasiado excitado para poder hablar, entonces, calmándose repentinamente, comentó:

—Mi madre siempre le está diciendo que se vaya con sus moldes y sus galletitas.

Su rostro se cubrió de un sudor fino como una capa de aceite. Lanzó una sonrisa solícita hacia el otro lado de la mesa.

—¿Qué tal la cena? ¿Le gusta?

—Muchísimo —dijo Guy sinceramente.

—¿Ha oído hablar de la Compañía de Transformadores Bruno, de Long Island? Fabrica chismes para corriente alterna y continua.

—Me parece que no.

—Bueno, ¿y por qué iba a conocerla? Gana dinero a espuertas, sin embargo. ¿Le interesa a usted hacer dinero?

—No exageradamente.

—¿Le importa que le pregunte qué edad tiene?

—Veintinueve.

—Ah, ¿sí? Le hacía mayor. ¿Qué edad cree que tengo yo?

Guy le examinó cortésmente.

—Tal vez veinticuatro o veinticinco —contestó, tratando de halagarle porque, de hecho, parecía más joven.

—Sí, así es. Veinticinco. ¿Lo dice en serio... que parezco tener veinticinco años con esta... esta *cosa* en medio de la cabeza?

Bruno se mordió el labio inferior. En sus ojos brilló un destello de cautela y de pronto se tapó la frente con la mano, con gesto de intensa y amarga vergüenza. Se levantó de un salto, acercándose al espejo.

—Quería cubrírmelo con algo.

Guy dijo algo para tranquilizarle, pero Bruno siguió mirándose en el espejo, desde varios ángulos, con ganas de atormentarse.

—No *podía ser* un simple grano —exclamó, nasalmente—. Tenía que ser un divieso... nacido de todo el *odio* que llevo dentro. ¡Es como una de las llagas de Job!

—Oh, vamos —dijo Guy, riendo.

—Empezó a salirme el lunes por la noche, después de la discusión. Y cada vez está peor. Apuesto a que me dejará una cicatriz.

—No, no lo hará.

—Le digo que sí. ¡Vaya modo de presentarme en Santa Fe!

Se había sentado otra vez, apretando los puños, con una de sus piernas echada hacia atrás, como un personaje folletinesco.

Guy se acercó a la ventanilla y abrió uno de los libros que estaban sobre el asiento. Era una novela policíaca. Como todos los demás. Trató de leer unas cuantas líneas, pero las letras le bailaban en los ojos y cerró el libro.

Pensó que debía de haber bebido mucho, pero aquella noche le daba igual.

—En Santa Fe —dijo Bruno—, quiero de todo. Vino, mujeres, canciones. ¡Ja!

—¿Qué es lo que quiere?

—Algo.

Bruno torció la boca hacia abajo, con una desagradable mueca de indiferencia.

—Todo. Tengo la teoría de que una persona debería hacer todo cuanto sea posible hacer antes de morirse, y tal vez morir tratando de hacer algo que sea realmente imposible.

Algo dentro de Guy reaccionó súbitamente ante la afirmación, y luego se retiró cautelosamente. Con voz queda, preguntó:

—¿Cómo por ejemplo?

—Irse a la Luna en un cohete. Batir un récord de velocidad en coche... con los ojos vendados. Ya lo hice una vez. No batí ningún récord, pero llegué a los ciento sesenta.

—¿Con los ojos vendados?

—Y también cometí un robo.

Bruno miraba fijamente a Guy.

—Un robo de los buenos. En un apartamento.

Una sonrisa de incredulidad empezaba a pintarse en los labios de Guy, aunque en realidad creía en las palabras de Bruno. Bruno era capaz de ponerse violento; también de enloquecer.

«Desesperación —pensó Guy—, más que locura.»

El desesperado aburrimiento de los ricos, del que a menudo le hablaba a Anne. Una tendencia a destruir en lugar de crear. Y capaz de conducir al crimen tan fácilmente como la miseria.

—No fue porque quisiera algo determinado —prosiguió Bruno—. Lo que cogí no me interesaba. De hecho, procuré coger precisamente lo que no deseaba.

—¿Qué se llevó?

Bruno se encogió de hombros.

—Un encendedor. De sobremesa. Y una estatuilla de la repisa de la chimenea. Vidrio de color. Y algo más.

Volvió a encoger los hombros.

—Usted es el único que lo sabe. Soy poco hablador. Aunque sospecho que usted cree lo contrario.

Sonrió.

Guy dio una chupada a su cigarrillo.

¿Cómo se las arregló?

—Estuve vigilando un bloque de apartamentos en Astoria hasta que me hice una idea exacta de las idas y venidas de los inquilinos, después entré tranquilamente por una ventana. Salí por la escalera de incendios. Bastante fácil. Una cosa que ya taché de mi lista dando gracias a Dios.

—¿Y por qué «gracias a Dios»?

Bruno sonrió tímidamente.

—No sé por qué lo dije.

Llenó de nuevo su vaso, luego el de Guy.

Guy contemplaba las manos temblorosas que habían robado, las uñas mordisqueadas hasta la carne viva. Las manos jugueteaban torpemente con una carterita de cerillas que dejaron caer, como las manos de un niño, sobre el bistec salpicado de ceniza.

«Qué aburrido es en realidad el crimen —pensaba Guy—. Y cuán falto de sentido a menudo. Cierto tipo de gente era propensa al delito. Y, a juzgar por las manos de Bruno, por sus modales o por su cara fea y tristona, ¿quién iba a suponer que había robado?»

Guy se dejó caer de nuevo sobre el asiento.

—Hábleme de usted —le invitó Bruno amablemente.

—No hay mucho que contar.

Guy sacó una pipa de un bolsillo de la americana y la golpeó vigorosamente contra el tacón de su zapato; contempló las cenizas caídas sobre la alfombra, y luego se olvidó de ellas. El hormigueo del alcohol penetró aún más en su carne. Pensó:

«Si el contrato de Palm Beach saliera bien, las dos semanas antes de empezar a trabajar pasarían volando. Un divorcio no tenía por qué durar mucho.»

En su mente empezaban a danzar las conocidas imágenes de los bajos edificios blancos sobre el verde césped que había en el proyecto definitivo, con todo detalle, sin que ni siquiera tuviese que esforzarse en recordarlas. Se sentía sutilmente halagado, inesperadamente lleno de una inmensa seguridad en sí mismo, y dichoso.

—¿Qué clase de casas construye? —preguntó Bruno.

—Oh... de las que llaman modernas. He hecho un par de almacenes y un edificio pequeño para oficinas.

Guy sonreía sin sentir ni rastro de la reticencia, de la leve vejación que generalmente le asaltaba cuando la gente le preguntaba sobre su trabajo.

—¿Casado?

—No. Bueno, sí, sí lo estoy. Separado.

—Oh. ¿Por qué?

—Incompatibilidad —respondió Guy.

—¿Mucho tiempo de separación?

—Tres años.

—¿No le interesa el divorcio?

Guy titubeó, frunciendo el entrecejo.

—¿Ella está en Texas también?

—Sí

—¿Va a verla?

—La veré, sí. Tenemos que hablar del divorcio.

Apretó los dientes.

«¿Por qué lo habría dicho?»

Bruno hizo una mueca de desprecio.

—¿Con qué clase de chicas se puede casar uno por allí abajo?

—Chicas muy bonitas —contestó Guy—. Algunas de ellas.

—Pero casi todas estúpidas, ¿eh?

—A veces lo son.

Se sonrió. Miriam pertenecía al tipo de muchacha sureña a que probablemente se refería Bruno.

—¿Qué clase de chica es su esposa?

—Bastante bonita —dijo Guy prudentemente—. Pelirroja. Algo llenita.

—¿Cómo se llama?

—Miriam. Miriam Joyce.

—Hum... ¿Lista o estúpida?

—No es una intelectual. No quise casarme con una intelectual.

—Y la quería con locura, ¿eh?

«¿Por qué? ¿Acaso se le notaba?»

Los ojos de Bruno estaban clavados en él, sin que se les escapara ni un detalle, sin el más leve parpadeo, como si su agotamiento hubiese dejado ya atrás el momento en que la necesidad de dormir se hace irresistible. A Guy le daba la impresión de que aquellos ojos llevaban horas y horas escudriñándole.

—¿Por qué dice eso?

—Es usted un tipo simpático. Se lo toma todo en serio, incluidas las mujeres, ¿no es así?

—¿Qué significa tomarlas «en serio»? —replicó Guy bruscamente.

Pero sentía un súbito afecto por Bruno, porque Bruno había dicho lo que pensaba de él. La mayoría de la gente, Guy lo sabía bien, nunca le decía lo que pensaba de él.

Bruno dibujaba pequeños círculos en el aire con las manos y suspiraba.

—¿Qué quiere decir «en serio»? —repitió Guy.

—Sin ninguna reserva, con el corazón repleto de esperanzas. Luego ellas le dan una patada en la boca, ¿me equivoco?

—No mucho.

Pero Guy sintió una oleada de autocompasión, y se puso en pie, sin soltar su vaso. En la habitación no quedaba espacio para moverse. El vaivén del tren hacía que incluso permanecer erguido resultara difícil.

Y Bruno seguía mirándole fijamente, con una pierna cruzada sobre la otra, un anticuado pie balanceándose en el aire. Sostenía el cigarrillo sobre su plato y una vez tras otra lo golpeaba ligeramente con los dedos. La lluvia de ceniza iba cubriendo poco a poco el bistec a medio comer, rojizo y ennegrecido.

«Bruno parecía menos amistoso —sospechaba Guy—, después de enterarse de que estaba casado. Y también más curioso.»

—¿Qué le hizo su esposa? ¿Empezó a acostarse con otros?

Eso le irritó, la precisión de la sospecha de Bruno.

—No. Sea lo que fuere, ya ha pasado todo.

—Pero sigue casado con ella. ¿Es que no pudo divorciarse antes?

Guy se sintió avergonzado inmediatamente.

—No me he preocupado mucho por el divorcio.

—Y ahora, ¿qué ha sucedido?

—Simplemente que ella ha decidido que quería divorciarse. Creo que va a tener un hijo.

—¡Caramba! Bonito momento para decidirse, ¿eh? ¿Es que ha estado acostándose por ahí durante tres años y finalmente ha pescado a uno?

«Justo lo que había ocurrido, por supuesto, y probablemente había sido preciso lo del niño para que así fuera. ¿Cómo lo sabría Bruno?»

Guy sintió que Bruno estaba descargando en Miriam el odio que le inspiraba otra persona. Guy se volvió hacia la ventanilla. La ventanilla se limitó a devolverle su propia imagen. Sentía que los latidos de su corazón agitaban su cuerpo, más intensamente que el traqueteo del tren.

«Tal vez —pensó—, el corazón le latía debido a que nunca antes le había contado a nadie tantas cosas sobre Miriam. Jamás le había dicho a Anne ni la mitad de lo que Bruno ya había logrado sonsacarle. Sólo que hubo una vez en que Miriam era distinta... dulce, fiel, sin compañía, con una tremenda necesidad de estar con él y de librarse de su propia familia. Al día siguiente la vería, podría tocarla al tenderle la mano. Le resultaba casi insoportable la idea dc tocar aquella carne tan suave a la que una vez había amado.»

De pronto se sintió invadido por una sensación de fracaso.

—¿Qué pasó con su matrimonio? —le preguntó Bruno con voz afable, detrás de él—. Me interesa muy de veras, como amigo suyo. ¿Qué edad tenía ella?

—Dieciocho.

—¿Empezó a acostarse con otros en seguida?

Guy se volvió con expresión reflexiva, como dispuesto a cargar con las culpas de Miriam.

—Eso no es lo único que hacen las mujeres, ¿sabe?

—Pero ella sí, ¿no es cierto?

Guy apartó la mirada, molesto y fascinado al mismo tiempo.

—Sí.

¡Qué desagradable parecía esa palabra, corta, silbándole en los oídos!

—Conozco a esas pelirrojas del sur —dijo Bruno, hurgando en su tarta de manzana.

Guy volvía a ser consciente de una vergüenza lacerante y absolutamente inútil. Inútil porque nada de lo que Miriam había hecho o dicho lograría turbar o sorprender a Bruno. Bruno parecía incapaz de sorprenderse, sólo de sentir aumentar su curiosidad.

Bruno bajó la vista hacia su plato con expresión de estar divirtiéndose. Sus ojos se agrandaron, tan brillantes como podían estar pese a hallarse inyectados en sangre y ojerosos.

—¡Matrimonio! —exclamó con un suspiro.

La palabra «matrimonio» quedó flotando en los oídos de Guy. Le resultaba una palabra solemne, con la solemnidad primordial de *la santidad, el amor, el pecado.* Era la boca redonda, color terracota, de Miriam diciéndole:

—¿Por qué me iba a sacrificar por *ti*?

Y era también la expresión en los ojos de Anne al echarse el pelo hacia atrás, levantando la mirada hacia él, tendida en el césped de su casa, allí donde cultivaba azafranes. Era Miriam apartando la mirada de la ventana, alta y estrecha, de la habitación de Chicago, alzando su rostro pecoso, alargado como un escudo, y mirándole directamente a los ojos, como hacía siempre que iba a soltarle una mentira. Y la cabeza morena y alargada de Steve, sonriendo insolentemente. Los recuerdos empezaban a amontonarse sobre él y sentía deseos de levantar las manos y ahuyentarlos.

La habitación de Chicago donde había ocurrido todo...

Sentía su olor, el olor del perfume de Miriam y el calor que se desprendía de los radiadores pintados. Se quedó de pie, sin reaccionar: la primera vez desde hacía años en que no trataba de apartar de sí la imagen del rostro de Miriam, hasta dejarlo reducido a una mancha rosácea, apenas perceptible.

«¿Qué le ocurriría si permitía que todo ello volviese a invadir su mente, ahora? ¿Le daría fuerzas para enfrentarse con Miriam, o por el contrario, minaría su entereza?»

—Lo digo en serio —dijo la voz de Bruno, lejana—. ¿Qué sucedió? No le importa que se lo pregunte, ¿verdad? Me interesa.

Lo sucedido se llamaba Steve. Guy volvió su vaso. Veía aquella tarde en Chicago, enmarcada en la puerta de la habitación, negra y gris la imagen, como en una fotografía. La tarde que les había encontrado en el apartamento, distinta a cualquier otra tarde, con sus propios colores, sabores y sonidos, un mundo aislado del exterior, como una obra de arte pequeña y horrible. Igual que una fecha histórica grabada en el tiempo. Aunque tal vez fuese algo que iba siempre con él, porque lo estaba sintiendo ahora, tan claramente como lo había sentido siempre. Y, aún peor, se sentía impulsado a contárselo todo a Bruno, el extraño del tren que le escucharía comprensivamente para olvidarlo luego. La idea de contárselo a Bruno empezaba a confortarle. Bruno no tenía nada del extraño que es normal encontrarse en el tren. Bruno era lo bastante cruel, lo bastante corrompido, como para saber apreciar una historia semejante; la historia de su primer amor. Y Steve era solamente la sorpresa final, el elemento que daba sentido a todo lo anterior. Steve no había sido la primera traición. El orgullo de los veintiséis años, eso y no otra cosa, era lo que le había estallado en el rostro aquella tarde. Mil veces se había contado la historia a sí mismo, una historia clásica y dramática, pese a su estupidez, que simplemente la hacía parecer cómica.

—Esperaba demasiado de ella —dijo Guy, sin darle importancia—, sin tener derecho a ello. Dio la casualidad de que a ella le gustaba que la gente estuviese pendiente de ella. Probablemente flirteará toda su vida, no importa con quién vaya.

—Lo sé. Es el eterno arquetipo de universitaria.

Bruno agitó la mano.

—Ni siquiera es capaz de fingir fidelidad a un solo individuo.

Guy le miró, pensando que Miriam sí había sido capaz, una vez. De pronto desechó la idea de contárselo a Bruno, avergonzándose de haber estado a punto casi de hacerlo. Bruno ya no parecía interesado, en realidad, y diríase que le dejaba indiferente oír la historia o no. Medio echado sobre el asiento, Bruno trazaba dibujitos en la salsa de su plato con una cerilla. Visto de perfil, el gesto de su boca, hundida como la de un viejo sin dientes, parecía decir que la historia, fuese cual fuese, no era digna de que él la escuchase.

—Las mujeres de esa clase atraen a los hombres como la basura atrae a las moscas —masculló Bruno.

2

La sacudida causada por las palabras de Bruno le arrancó de su ensimismamiento.

—Seguramente usted mismo habrá tenido algunas experiencias desagradables —comentó.

Aunque resultaba difícil imaginarse a Bruno preocupándose por las mujeres.

—Oh, mi padre tuvo un lío con una de esa clase. Pelirroja también. Se llamaba Carlotta.

Alzó la vista y el odio que sentía hacia su padre iluminó como un reflector su semblante desvaído.

—Muy bonito, ¿no? Los hombres como mi padre son los que hacen prosperar a esas mujeres.

«Carlotta»...

A Guy le pareció que empezaba a comprender por qué Bruno odiaba a Miriam. Le parecía vislumbrar la clave de toda la personalidad de Bruno, del odio por su padre y de su adolescencia retardada.

—¡Hay dos clases de hombres! —anunció Bruno con una voz que parecía un bramido, y se interrumpió.

Guy se vio fugazmente en el estrecho espejo de la pared. Sus ojos aparecían atemorizados, la boca torva, e hizo un esfuerzo premeditado para relajarse. Su espalda topó con uno de los palos de golf. Acarició con los dedos la fría superficie barnizada. El metal incrustado en la madera oscura le recordaba la bitácora del velero de Anne.

—¡Y esencialmente una sola clase de mujeres! —siguió diciendo Bruno—. Las que te ponen cuernos. En un extremo el adulterio, en el otro las putas. Escoja el que prefiera.

—Y ¿qué me dice de las mujeres como su madre?

—Jamás he visto a otra mujer como mi madre —declaró Bruno—. Jamás he visto una mujer con semejante aguante. Es guapa, además, y tiene amistad con muchos hombres, pero no tontea con ellos.

Silencio.

Guy golpeó otro cigarrillo sobre su ıeloj y vio que eran las diez y media. Tendría que irse en un momento.

—¿Cómo se enteró de lo de su mujer?

Bruno le estaba escudriñando desde su asiento.

Guy se entretuvo con su cigarrillo.

—¿Cuántos tuvo?

—Bastantes. Antes de que yo lo supiese.

Y justamente mientras se aseguraba a sí mismo que tanto daba que hubiesen sido varios como uno solo, que no importaba reconocerlo ahora, notó que algo se removía en su interior, confundiéndole. Algo insignificante, pero más real, sin saber por qué, que todos los recuerdos.

«¿Orgullo? ¿Odio? ¿O simple impaciencia consigo mismo ante la esterilidad de seguir pensando siempre en lo mismo?»

Desvió la conversación hacia otro tema.

—Cuénteme qué más quiere hacer antes de morir.

—¿Morir? ¿Quién habla de morir? Tengo en la mollera unos cuantos planes a prueba de bomba. Puede que algún día los ponga en marcha en Nueva York o en Chicago, o tal vez me contente con vender la idea. Y también tengo muchas ideas sobre cómo cometer unos cuantos asesinatos perfectos.

Bruno levantó la vista otra vez, con aquella expresión fija que parecía lanzar un desafío.

—Espero que el haberme invitado aquí no forme parte de alguno de sus planes.

Guy se sentó.

—¡Cristo, me *gusta* usted, Guy! Se lo digo de veras!

La mirada anhelante parecía implorar que él, Guy, confesase que Bruno le caía simpático también. ¡Aquellos ojillos atormentados, llenos de soledad! Guy bajó la vista, mirándose las manos con embarazo.

—¿Es que todas sus ideas acaban en crimen?

—¡Pues claro que no! Simplemente son cosas que me gustaría hacer, como... regalar mil dólares a algún desgraciado. A un pordiosero. Cuando tenga mi propia pasta, ésa es una de las primeras cosas que pienso hacer. Pero ¿es que jamás ha sentido ganas de robar algo? ¿O de matar a alguien? Por fuerza que sí. Todo el mundo las tiene alguna vez. ¿No cree que hay algunos que se lo pasan en grande matando gente en las guerras?

—No —dijo Guy.

—Bueno, nunca lo confiesan, por supuesto. ¡Les da miedo! Pero en su vida habrá existido alguien a quien le hubiera gustado quitar de en medio, ¿no?

—Pues, no.

«Steve» —recordó de pronto.

En cierta ocasión había llegado a pensar en matarle.

Bruno echó la cabeza hacia un lado.

—Seguro que sí. Se le nota. ¿Por qué no lo reconoce?

—Puede que haya tenido alguna idea de ésas, fugazmente, pero jamás he tratado de ponerlas en práctica. Eso no está hecho para mí.

—Ahí es exactamente donde se equivoca. Cualquier persona es capaz de asesinar. Es puramente cuestión de circunstancias, sin que tenga absolutamente nada que ver con el temperamento. La gente llega hasta un límite determinado... y sólo hace falta algo, cualquier insignificancia, que les empuje a dar el salto. Cualquier persona. Su mismísima abuela, incluso. ¡Me consta!

—Pues, sucede que no estoy de acuerdo —dijo Guy secamente.

—¡Le digo que estuve en un tris de asesinar a mi padre una y mil veces! Y usted, ¿a quién ha sentido ganas de eliminar alguna vez? ¿A los tipos que se la pegaban con su mujer?

—A uno de ellos —murmuró Guy.

—¿Estuvo muy cerca de hacerlo?

—No, nada de eso. Sólo me cruzó por la mente.

Recordaba las noches, centenares de noches, pasadas en blanco, y recordaba el haber desesperado de hallar la paz en tanto no se hubiese vengado.

«Tal vez sí. Tal vez algo pudiera haberle decidido a dar el paso fatal en aquella época» —pensó.

Se oía la voz de Bruno musitar:

—Estuvo muy cerca, ya lo creo, muchísimo más cerca de lo que se imagina. Eso es todo lo que puedo decirle.

Guy le miraba perplejo. La figura de Bruno tenía el aire enfermizo, nocturnal, de un *croupier* encorvado sobre la mesa, apoyándose en los brazos en mangas de camisa, colgante la cabeza.

—Lee demasiadas novelas policíacas —dijo Guy.

Y al oírse a sí mismo, no hubiera sabido decir de dónde habían salido aquellas palabras.

—Son buenas. Demuestran que hay gente de toda clase capaz de asesinar.

—Pues precisamente siempre he creído que por eso son malas.

—¡Se equivoca otra vez! —dijo Bruno indignado—. ¿Sabe usted cuál es el porcentaje de asesinatos que llegan a salir publicados en los periódicos?

—No lo sé ni me importa.

—Pues, un doce por ciento. ¡Un doce por ciento! ¡Imagínese! Y, ¿quién cree que comete el resto? Pues, una gran cantidad de gente insignificante, gente que no importa para nada. Toda la gente que la poli sabe que jamás llegará a atrapar.

Hizo ademán de servirse más *scotch*, se encontró con que la botella estaba vacía y se puso en pie trabajosamente. Un cortaplumas de oro, suspendido de una fina cadenita también de oro, brilló al sacarlo del bolsillo del pantalón. El objeto agradó a Guy, por lo que tenía de estético, como podría agradarle alguna joya hermosa. Y, mientras contemplaba cómo Bruno cortaba el precinto de la botella de *scotch*, se encontró pensando que algún día tal vez Bruno cometería un crimen con el pequeño cortaplumas, que probablemente su crimen quedaría impune, simplemente porque le importaría poco el que le echasen o no el guante.

Bruno se volvió, sonriente, con la nueva botella de *scotch*.

—Véngase conmigo a Santa Fe, ¿eh? A descansar un par de días.

—Gracias. No puedo.

—Estoy forrado. Será mi invitado, ¿eh?

Se le derramó *whisky* sobre la mesa.

—Gracias —dijo Guy.

«Por sus ropas —pensó—, Bruno creía que no iba muy bien de dinero. Pero éstos, los de franela gris, eran sus pantalones preferidos. Pensaba llevarlos en Metcalf y en Palm Beach también, si no hacía demasiado calor.»

Se recostó en el asiento, con las manos en los bolsillos, y se dio cuenta de que en el fondo de uno de ellos había un agujero, en el de la derecha.

—Y ¿por qué no?

Bruno le entregó el vaso.

—Me cae usted muy bien, Guy.

—¿Por qué?

—Porque es una buena persona. Una persona decente, quiero decir. Conozco mucha gente, pero pocos que se le parezcan. Le admiro —dijo Bruno de sopetón.

Y hundió el labio en el vaso.

—Usted también me cae bien —dijo Guy.

—¡Véngase conmigo! ¿eh? No tengo nada que hacer durante dos o tres días, hasta que llegue mi madre. Podríamos pasarlo en grande.

—Tendrá que buscarse a otro.

—¡Caramba, Guy!, ¿qué se imagina? ¿Que voy por ahí recogiendo compañeros de viaje? Usted me gusta, de modo que le pido que se venga conmigo. Aunque sea un día solamente. Me iré directamente desde Metcalf, ni siquiera me detendré en El Paso. Tengo que visitar el Cañón.

—Gracias, pero tengo trabajo que hacer tan pronto termine en Metcalf.

—Oh.

Otra vez la sonrisa tristona de admiración.

—¿Edificar algo?

—Sí, un club de deportes en el campo.

Las palabras seguían sonándole extrañas incluso a él mismo;

era lo último que, hacía sólo dos meses, hubiese creído que iba a construir.

—El nuevo Palmyra de Palm Beach.

—¿De veras?

Bruno, por supuesto, tenía noticia del Palmyra Club, el más importante de los de Palm Beach. Hasta había oído decir que iban a levantar uno nuevo. Había visitado el antiguo un par de veces.

—¿Usted lo proyectó?

Dirigió la vista hacia Guy con cara de admiración, como un niño ante uno de sus héroes.

—¿Puede dibujármelo?

Guy trazó rápidamente un boceto de los edificios en la cubierta posterior de la agenda de Bruno, y lo firmó como éste quería. Le dio explicaciones sobre la pared que descendería para convertir el piso bajo en una gran sala de baile que llegaría hasta la terraza, sobre las persianas abiertas que esperaba le fuesen autorizadas y que harían innecesaria la instalación de un equipo para acondicionar el aire. Iba sintiéndose feliz a medida que hablaba y a sus ojos afloraron lágrimas de excitación, aunque hablaba sin levantar la voz.

«¿Cómo podía hablar tan confiadamente con Bruno —se preguntó—, revelándole lo mejor de sí mismo? ¿Quién podía ser menos apropiado que Bruno para comprenderle?»

—Parece algo grandioso —dijo Bruno—. ¿Quiere decir que le basta con decirles cómo va a ser la obra una vez terminada?

—No. Siempre hay que contentar a mucha gente.

Guy echó repentinamente la cabeza hacia atrás y se echó a reír.

—Se va a hacer famoso, ¿eh? Puede que ya lo sea ahora.

«Saldrían fotos en las revistas ilustradas, tal vez incluso en los noticiarios de los cines. Todavía no le habían dado el visto bueno a los proyectos —se recordó a sí mismo—, pero estaba seguro de que se lo darían. Myers, el arquitecto con quien compartía un estudio en Nueva York, estaba convencido. También Anne. Y lo mismo sucedía con míster Brillhart. El mayor encargo de su vida.»

—Puede que sea famoso después de esto. Es una de esas cosas que dan que hablar.

Bruno empezó a contarle una larga historia sobre la vida que había llevado en la escuela superior, sobre cómo hubiera llegado a ser fotógrafo si en un momento dado no le hubiese sucedido algo con su padre. Guy no prestaba atención. Sorbía su bebida distraídamente, pensando en los encargos que le harían después del de Palm Beach.

«Pronto, tal vez, un edificio para oficinas en Nueva York.»

Ya tenía pensado un proyecto para un edificio de oficinas en Nueva York, y anhelaba ver cómo se convertía en realidad.

«Guy Daniel Haines. *Un hombre.*»

Se acabaría la desagradable conciencia de tener menos dinero que Anne.

—¿No le parece? —repitió Bruno.

—¿Qué?

Bruno aspiró profundamente.

—Si su esposa organizase una marimorena sobre el asunto del divorcio. Digamos que, por ejemplo, se opone a ello mientras usted esté en Palm Beach y le hace perder el encargo. ¿No le parece que eso sería motivo suficiente para el asesinato?

—¿De Miriam?

—Claro.

—No —dijo Guy.

Pero la pregunta le turbó. Temía que Miriam se hubiese enterado del trabajo de Palm Beach a través de su madre, y que tratase de meter las narices en ello por el simple gusto de causarle daño.

—Cuando ella le hacía el salto, ¿no sintió ganas de asesinarla?

—No. ¿Es que no puede cambiar de tema?

Durante unos segundos Guy vio las dos facetas de su vida, matrimonio y carrera profesional, puestas una al lado de la otra, como jamás las había visto antes. Su cerebro divagaba febrilmente, tratando de averiguar cómo podía ser tan estúpido e inútil en una y, al mismo tiempo, tan competente en la otra. Miró furtivamente a Bruno, que seguía contemplándole fijamente, y, sintiéndose levemente ofuscado, dejó el vaso sobre la mesa, apartándolo con los dedos.

—Tiene que haberlas sentido alguna vez —insistió Bruno, con suave insistencia de beodo.

—No.

Guy quería salir y dar un paseo, pero el tren seguía avanzando sin parar, en línea recta, como si jamás fuera a detenerse.

«¿Y si Miriam le hacía perder el encargo. Iba a pasarse varios meses viviendo en Palm Beach y se esperaría de él que alternase socialmente con los directivos del club. Bruno comprendía muy bien las cosas de esa índole.»

Se pasó la mano por la frente sudorosa.

«Lo malo, claro está, es que no iba a saber qué tramaba Miriam hasta que la viese.»

Estaba cansado, y cuando se sentía así, Miriam se apoderaba de él como si de un ejército invasor se tratase. Ya le había sucedido con tanta frecuencia durante los dos años que le había costado librarse del amor que sentía por ella. Y ahora le estaba sucediendo de nuevo. Estaba harto de Bruno. Bruno sonreía.

—¿Quiere que le cuente una de las ideas que he tenido para asesinar a mi padre?

—No —dijo Guy.

Cubrió con la mano el vaso que Bruno estaba a punto de volver a llenar.

—¿Cuál prefiere, la que trata de la bombilla trucada en el cuarto de baño o la del garaje lleno de monóxido de carbono?

—¿Por qué no lo hace, en vez de seguir hablando de ello?

—¡Lo haré, no crea que no! ¿Y sabe qué más voy a hacer algún día? Suicidarme, si tengo ganas de suicidarme, y dejar las cosas de modo que parezca un asesinato y echen la culpa a mi peor enemigo.

Guy le miró con cara de asco. La figura de Bruno parecía desvanecerse por sus contornos, como un fenómeno de delicuescencia. Diríase que había quedado reducido a una voz y a un espíritu, el espíritu del mal.

«Todo lo que él despreciaba —pensó Guy— lo representaba Bruno. Todo aquello que él no quería ser, lo era Bruno, o lo sería.»

—¿Quiere que le prepare un asesinato perfecto para su esposa? Tal vez algún día le sea de utilidad.

Bruno se retorcía, consciente de sí mismo, bajo la mirada escrutadora de Guy.

Guy se puso en pie.

—Tengo ganas de pasear.

Bruno juntó las manos dando una palmada.

—¡Oiga! ¡Menuda idea se me ha ocurrido! Un asesinato por delegación, ¿comprende? ¡Yo mato a su esposa y usted se encarga de mi padre! Nos encontramos en el tren, ¿comprende?, y nadie sabe que nos conocemos. ¡Nadie! ¡Una coartada perfecta! ¿Qué le parece?

La pared latía rítmicamente delante de sus ojos, como a punto de saltar en pedazos.

«*Asesinato*».

La palabra le ponía enfermo, le daba miedo. Quería alejarse de Bruno, salir del compartimiento, pero se lo impedía una angustiosa sensación de pesadez, como en un mal sueño. Trató de sobreponerse, de afianzarse, enderezando antes la pared, comprendiendo lo que Bruno estaba diciendo, porque presentía que había algo lógico en ello, como en un problema o en un acertijo que tuviera que resolver.

Las manos de Bruno, manchadas de nicotina, daban palmadas y se agitaban sobre las rodillas.

—¡Un par de coartadas a prueba de bomba! —chilló—. ¡La mejor idea de toda mi vida! ¿No lo ve? Yo me encargaría de hacerlo cuando usted estuviese ausente de la ciudad y usted, a su vez, haría lo mismo.

Guy lo comprendía. No había ninguna posibilidad de que alguien llegase a descubrirlo, ninguna.

—Sería un gran placer para mí poner fin a una carrera como la de Miriam y hacer algo en pro de la suya.

Bruno apenas pudo disimular una risita histérica.

—¿No le parece que ya es hora de que alguien le pare los pies, antes de que destroce más vidas? ¡Siéntese, Guy!

«La mía no la ha destrozado» —quiso decirle Guy.

Pero Bruno no le dejó tiempo de hacerlo.

—Supongamos que nos hemos puesto de acuerdo y que éste es el plan. ¿Sería capaz de ponerlo en práctica? Usted me daría toda clase de detalles sobre el sitio donde ella vive y yo haría lo mismo por usted. Le parecería conocer el lugar de toda la vida. ¡Podríamos dejar huellas digitales por todas partes! ¡Los sabuesos acabarían por volverse locos!

Se rió burlonamente.

—Habría un intervalo de varios meses, claro está, y no habría ni el menor contacto entre nosotros. ¡Cristo, qué fácil resultaría!

Se levantó y al ir a coger su vaso estuvo a punto de caerse. Entonces, con una seguridad abrumadora, echando las palabras al rostro de Guy, dijo:

—¡Pues claro que sería capaz! ¿eh, Guy? Todo saldría a pedir de boca, se lo juro. Yo lo arreglaría todo, se lo juro, Guy.

Guy lo apartó de sí con más fuerza de la que quería. Bruno se levantó ágilmente del asiento junto a la ventanilla. Guy miraba a su alrededor en busca de aire. Pero las paredes no ofrecían ni el más insignificante resquicio. La habitación se había transformado en un pequeño infierno.

«¿Qué estaba haciendo allí? ¿Cómo y cuándo habría bebido tanto?»

—¡Estoy seguro de que *sí* sería capaz!

Bruno fruncía el ceño.

«Váyanse al diablo, usted y sus condenadas teorías!» —quería gritarle Guy por toda respuesta.

Pero en vez de ello, su voz surgió apagada, como un susurro.

—No puedo más.

Entonces vio cómo el semblante de Bruno se contraía de un modo extraño... una bobalicona expresión de sorpresa, una expresión casi sobrenatural, horrible, que le daba aspecto de saberlo, de comprenderlo todo. Bruno encogió los hombros afablemente.

—Como quiera. Sigo creyendo que mi idea es buena y nos ofrece un plan absolutamente infalible. Y pienso ponerlo en práctica. Sólo que me ayudará otra persona, por supuesto. ¿Adónde va?

Finalmente Guy había reparado en la puerta. Salió por ella y abrió otra que daba a la plataforma. El aire, más fresco allí, le azotó el rostro como una reprimenda y el ruido del tren creció de tono, como una voz cargada de reproches. Empezó a maldecirse a sí mismo, uniendo sus maldiciones a las que le lanzaban el viento y el tren, y deseaba vomitar con toda su alma.

—¿Guy?

Al volverse vio que Bruno atravesaba penosamente la pesada puerta.

—Lo siento, Guy.

Guy se apresuró a responderle al ver la cara de humillación que ponía Bruno. Parecía un perro.

—No tiene importancia.

—Gracias, Guy.

Bruno bajó la cabeza y en aquel momento el ruido de las ruedas empezó a extinguirse y Guy tuvo que agarrarse para no perder el equilibrio.

Se sentía lleno de un agradecimiento inmenso porque el tren estaba parándose. Dio a Bruno una palmada en la espalda.

—¡Bajemos a tomar un poco el aire!

Al apearse se encontraron en un mundo silencioso envuelto por una oscuridad total.

—¿Dónde estamos? —preguntó Bruno gritando—, ¿en el infierno? ¡Ni una luz!

Guy alzó la vista. No había luna tampoco. El aire frío hizo que su cuerpo se tensase, como dispuesto a un ataque por sorpresa. Oyó el ruido de una puerta de madera al cerrarse en algún lugar. Delante de ellos brilló una chispa que se convirtió en una linterna, y un hombre echó a correr hacia la parte posterior del tren, donde se dibujó un cuadrado de luz al abrirse la puerta del furgón. Guy empezó a caminar lentamente hacia la luz, y Bruno le siguió.

Más allá, en la lisa y negra pradera, se oyó el quejido incesante de una locomotora. Luego otra vez, más lejos. Era un sonido que recordaba desde la infancia, bello, puro, solitario. Como un caballo salvaje agitando su blanca crin. En un arrebato de camaradería, enlazó su brazo con el Bruno.

—No quiero *andar* —chilló Bruno, forcejeando para desasirse y parándose en seco.

El aire frío le sentaba tan mal como a un pez recién pescado.

El tren empezaba a reanudar la marcha y Guy empujó el corpachón de Bruno para que subiese a la plataforma.

—¿Una copa antes de acostarse? —sugirió Bruno frente a la puerta de su compartimiento.

Parecía abatido, a punto de desplomarse de cansancio.

—Gracias, pero no la resistiría.

Las cortinas verdes envolvían sus voces susurrantes.

—No se olvide de venir a buscarme por la mañana. No echaré la llave a la puerta. Si no respondo, no dude en entrar sin llamar, ¿eh?

Guy daba tumbos contra las cortinas verdes mientras se encaminaba trabajosamente hacia su cabina.

La costumbre hizo que al acostarse se acordara de su libro. Se lo había olvidado en el compartimiento de Bruno. Su Platón. No le gustaba la idea de que el libro pasase toda la noche en el compartimiento de Bruno, ni pensar en que Bruno podía tocarlo y abrirlo.

3

Había llamado a Miriam inmediatamente, y ella le había citado en la escuela superior, situada a medio camino entre sus respectivas casas.

Ahora se encontraba en una esquina del campo de deportes asfaltado, esperando.

«Llegaría tarde, por supuesto. ¿Por qué habría escogido la escuela superior? —se preguntó—. ¿Porque así estaría en terreno propio?» Había estado enamorado de ella cuando solía esperarla en aquel mismo lugar.

Sobre su cabeza, el cielo era límpido e intensamente azul. El sol lanzaba hacia abajo sus rayos abrasadores, incoloros más que dorados, como algo que se ha puesto al rojo blanco a causa de su propio calor. Más allá de los árboles se divisaba el tejado rojizo de un elevado edificio que le era desconocido, que había sido construido después de su última estancia en Metcalf, hacía dos años. Apartó la mirada hacia otro lado. No se veía ni un alma, como si el calor hubiese ahuyentado a todo el mundo del edificio escolar e incluso de las casas vecinas. Miró hacia la amplia escalinata de piedra gris que descendía desde el sombrío arco de la puerta de la escuela. Recordaba todavía el olor peculiar del libro de álgebra de Miriam, mezcla de tinta y sudor. Podía ver todavía el nombre de Miriam escrito con lápiz en el margen de todas las páginas y la imagen de la muchacha, con el pelo ondulado artificialmente, dibujada en la primera página del libro y que veía siempre que lo abría para ayudarla a resolver sus problemas.

«¿Por qué Miriam le habría parecido distinta a todas las demás?»

Cruzó la amplia verja entre la cerca de alambre entrecruzado y de nuevo se encontró mirando hacia College Avenue. Entonces la vio, bajo los árboles verde amarillos que flanqueaban la acera. Su corazón empezó a latir más aprisa, pero él entornó los ojos con despreocupación premeditada. Ella andaba con su paso acostumbrado, sin darse prisa. Ya se veía su cabeza aureolada por un ancho sombrero de color claro. Las sombras y el sol moteaban caóticamente su figura. Miriam agitó la mano saludándole con naturalidad, y Guy sacó las suyas de los bolsillos, le devolvió el saludo y penetró de nuevo en el campo de deportes, súbitamente tenso y tímido como un adolescente.

«Sabe lo de Palm Beach —pensó—. Ella lo sabe, esa extranjera que viene caminando bajo los árboles.»

Su madre le había dicho, hacía solamente media hora, que se lo había contado a Miriam la última vez que ésta la había telefoneado.

—Hola, Guy.

Miriam sonrió y rápidamente volvió a cerrar sus carnosos labios rosa y naranja.

«Lo hace para disimular cuán espaciados están sus dientes» —recordó Guy.

—¿Cómo estás, Miriam?

Involuntariamente contempló su figura —llena, pero sin señales de embarazo— y por su mente cruzó fugazmente la posibilidad de que le hubiera mentido. Miriam llevaba una falda con flores estampadas y una blusa blanca de manga corta. El bolso, grande y blanco, era de charol trenzado.

Se sentó en el banco de piedra, el único que había en la sombra, con pose afectada y le hizo preguntas insulsas sobre el viaje. Su rostro estaba más lleno allí donde siempre había estado lleno, en la parte baja de las mejillas, de modo que la barbilla parecía más puntiaguda. Guy observó que debajo de los ojos ya habían aparecido algunas ligeras arrugas. Había vivido mucho pese a sus veintidós años escasos.

—En enero —le respondió ella con voz apagada—. En enero nacerá la criatura.

Estaba, pues, embarazada de dos meses.

—Supongo que querrás casarte con él.

Ella volvió levemente la cabeza y bajó la vista. En sus pequeñas mejillas el sol destacaba las pecas más grandes, y Guy se fijó en ciertos rasgos que le resultaban conocidos y en los que no había vuelto a pensar durante todo el tiempo que llevaban separados.

«¡Cuán seguro de poseerla había estado una vez, de poseer hasta el más insignificante de sus pensamientos!»

De pronto le parecía como si el amor, todo amor, no fuese más que un preludio, un exasperante, horrible preludio del alejamiento. No tenía ni el más ligero conocimiento del nuevo mundo en que vivía la mente de Miriam ahora.

«¿Sería posible que lo mismo le sucediese, pudiese sucederle con Anne?»

—¿No es así, Miriam? —insistió.

—Pues no, no *inmediatamente*. Verás, hay complicaciones.

—¿De qué clase?

—Bueno, pues quizás no podríamos casarnos tan pronto como nos gustaría.

—Oh. No *podríamos*, ¿eh?

Sabía qué aspecto tendría él, alto y moreno, alargado el rostro, igual que Steve. El tipo por el que siempre había sentido atracción Miriam. El único tipo de hombre con el que estaría dispuesta a tener un hijo. Y este hijo sí deseaba tenerlo. Guy lo veía claramente. Algo había sucedido, algo que nada tenía que ver con el otro hombre, quizás, y que la hacía desear aquel hijo. Lo notaba en su manera de sentarse en el banco, rígida y afectada, en aquel aire de arrobamiento, de despreocupación por una misma, que siempre había observado, o imaginado, en el rostro de las mujeres embarazadas.

—Pero eso no va a retrasar el divorcio, supongo.

—No, así lo creía yo también... hasta hace un par de días. Me figuraba que Owen quedaría en libertad de casarse este mismo mes.

—Oh. ¿Está casado?

—Sí, así es —dijo ella con un leve suspiro, casi sonriendo.

Guy bajó la vista ligeramente turbado y, lentamente, dio uno o dos pasos sobre el asfalto. Se lo había figurado. El otro estaría casado y no tendría la menor intención de casarse con ella a no ser que se viese obligado a ello.

—¿Dónde está? ¿Aquí?

—En Houston —respondió ella—. ¿No quieres sentarte?

—No.

—Jamás te gustó sentarte.

El callaba.

—¿Todavía tienes el anillo?

—Sí.

«Su anillo de estudiante en Chicago, el que siempre había admirado Miriam porque significaba que él era universitario.»

Ella miraba fijamente el anillo, con una sonrisa cohibida en los labios.

Guy metió las manos en los bolsillos.

—Ya que estoy aquí me gustaría dejarlo resuelto. ¿Puede ser esta semana?

—Quiero irme, Guy.

—¿Por el divorcio?

Sus manos rechonchas se abrieron con un ademán ambiguo que, inesperadamente, le hizo pensar en las manos de Bruno. Se había olvidado por completo de Bruno, al apearse del tren aquella mañana. Y también de su libro.

—Me siento un poco cansada de estar aquí —dijo ella.

—Podemos obtener el divorcio en Dallas, si quieres.

«Los amigos que tiene aquí están enterados —pensó Guy—, por eso quiere irse.»

—Quiero esperar, Guy. ¿Te importaría? Sólo por breve tiempo...

—Diría que es a ti a quien debería importarte. ¿Tiene o no tiene él intención de casarse contigo?

—Podría hacerlo en septiembre. Estaría libre para entonces, pero...

—Pero ¿qué?

Por su silencio, por su modo infantil de humedecerse el labio superior con la lengua, Guy entrevió la trampa en que Miriam estaba metida. Deseaba tanto este hijo, que estaba dispuesta a sacrificarse esperando en Metcalf el momento de poder casarse con el padre, cuatro escasos meses antes de que naciera el hijo. Muy a su pesar, sintió cierta lástima por ella.

—Quiero irme, Guy. Contigo.

En su cara se reflejaba el esfuerzo que había tenido que hacer para sincerarse, hasta tal punto que Guy casi se olvidó de lo que ella le pedía, y de por qué lo hacía.

—¿Qué es lo que quieres, Miriam? ¿Dinero para irte?

El aire de ensueño empezaba a disiparse como la niebla en los ojos verdes agrisados de Miriam.

—Tu madre me dijo que ibas a Palm Beach.

—Puede que vaya allí. A trabajar.

Pensó en el Palmyra y al hacerlo sintió una punzada de alarma. Ya se le estaba escapando de las manos.

—Llévame contigo, Guy. ¿Quieres? Es lo último que voy a pedirte. Si pudiera permanecer contigo hasta diciembre y entonces pedir el divorcio...

—Oh... —dijo él quedamente.

Pero algo vibraba en su pecho, como si el corazón se le estuviera rompiendo. De repente Mirian le daba asco, Miriam y toda la gente que le rodeaba, que se sentía atraída hacia ella.

«El hijo de otro hombre. Marcharse con ella, ser su marido hasta que diera a luz al hijo de otro hombre.»

—Aunque no me lleves, pienso ir contigo.

—Miriam, podría obtener el divorcio ahora. No tengo por qué esperar hasta ver el crío. La ley no lo exige.

Su voz temblaba.

—No serías capaz de hacerme esto —contestó Miriam con aquel tono en que se mezclaban la amenaza y la súplica, que, cuando había estado enamorado de ella, despertaba su ira y su amor a un tiempo, y que le desconcertaba.

Notó que ahora le estaba desconcertando. Y Miriam estaba en lo cierto. No se divorciaría de ella ahora. Pero no porque siguiese queriéndola, ni porque ella fuese aún su esposa y, por tanto, pudiese exigirle protección, sino que no lo haría porque le daba lástima y porque recordaba que una vez la había amado. Ahora comprendía que ya había sentido lástima por ella en Nueva York, incluso cuando ella le escribía pidiéndole dinero.

—No aceptaré el trabajo si vienes conmigo. De nada serviría aceptarlo —dijo él con suavidad.

«Pero es como si ya lo hubiera perdido —se dijo a sí mismo—, de modo que ¿para qué discutir?»

—No creo que desprecies un trabajo como ése —le desafió ella.

Guy se volvió para no ver su retorcida sonrisa de triunfo.

«Ahí está donde se equivoca» —pensó.

Pero no dijo nada.

Avanzó un par de pasos sobre el asfalto arenoso y se volvió otra vez, con la cabeza bien alta.

«¡Calma! —se dijo a sí mismo—. ¿De qué te iba a servir la ira?»

Hubo un tiempo en que Miriam le odiaba cuando reaccionaba de este modo. A ella le encantaban las discusiones violentas.

«Tal vez sea esto lo que pretende —pensó—, organizar una buena bronca esta misma mañana.»

La odiaba, sí, hasta que aprendió que, tarde o temprano, era él quien más sufría a causa de su modo de reaccionar. Y él sabía que ahora mismo le estaba haciendo el juego a Miriam, pero era incapaz de reaccionar de manera distinta.

—Ni siquiera es seguro que me vayan a dar ese trabajo, ¿sabes? Sencillamente, les mandaré un telegrama diciéndoles que no lo quiero.

Volvió a fijarse en el edificio nuevo, rojizo que sobresalía a lo lejos por encima de las copas de los árboles y que ya le había llamado la atención antes de que llegase Miriam.

—¿Y después qué?

—Pues muchas cosas. Pero tú no las sabrás.

—¿La huida? —dijo ella para provocarle—. Es lo más cómodo, ¿no?

Guy dio unos pasos más, entonces giró sobre sus talones. Estaba Anne. Al lado de Anne era capaz de soportar esto, de soportarlo todo. A decir verdad, se sentía extrañamente resignado.

«¿Tal vez porque ahora estaba con Miriam, símbolo de su fracaso juvenil?»

Se mordió la punta de la lengua. Dentro de él, invisible desde fuera, oculto como la imperfección de una joya, había temor, temor al futuro y al fracaso, un temor que jamás había logrado vencer. Había veces en que el fracaso representaba una posibilidad que le fascinaba, como le había sucedido en la escuela superior y en la universidad, cuando se permitía a sí mismo el suspender algún examen que poco le hubiera costado aprobar.

«Como al casarse con Miriam —pensó—, contrariando el deseo de sus respectivas familias y de todas sus amistades. ¿Acaso no había comprendido ya que no podía salir bien? Y ahora, sin una queja, acababa de lanzar al agua el mejor encargo que jamás había recibido. Se iría a Méjico y pasaría unos cuantos días con Anne. Le costaría hasta el último céntimo, pero, ¿por qué no? ¿Es que era capaz de regresar a Nueva York y ponerse a trabajar sin antes haber visto a Anne?»

—¿Hay algo más? —preguntó.

—Ya lo he dicho todo —respondió ella, la voz saliéndole de entre sus espaciados dientes.

4

Regresó a casa caminando despacio, acercándose a Ambrose Street, donde vivía, por Travis Street, que estaba sumida en la sombra y el silencio. Había una pequeña frutería en la esquina de las calles Travis y Delancey, plantada en medio del césped de una casa como si se tratase de una tienda de juguete. Del enorme edificio Washatorium, que afeaba Ambrose Street por su extremo occidental, surgía un torrente de chicas y mujeres uniformadas de blanco que parloteaban mientras se encaminaban a almorzar. Se alegró de que en la calle no hubiese nadie con quien tuviese que hablar. Se sentía torpe, sin ganas de hablar y resignado, hasta un tanto feliz.

«Era extraño lo remota, desconocida incluso, que le resultaba Miriam a cinco minutos escasos de hablar con ella, lo poco importante, en realidad, que le parecía todo.»

Ahora se sentía avergonzado de la ansiedad que había experimentado en el tren.

—No va mal, mamá —dijo sonriendo al entrar en casa.

Su madre le había recibido con las cejas levantadas, ansiosa.

—Me alegra que así sea.

Se acercó una mecedora y se sentó dispuesta a escucharle. Era una mujer de pequeña estatura, con el pelo castaño claro, de agradable perfil, nariz recta, atractiva, en suma, pese a su edad. Se la veía llena de una energía física que se manifestaba en los destellos de su cabellera plateada. Y casi siempre estaba alegre. Era esto principalmente la causa de que Guy sintiese que su madre y él eran completamente distintos, la causa de que se hubiese apartado un poco de ella a raíz de los disgustos causados por Miriam. A Guy le gustaba mimar sus propias aflicciones, descubrir todo lo que podía sobre ellas, mientras que su madre, en cambio, le aconsejaba que tratase de olvidar.

—¿Qué te dijo? Ciertamente no has estado fuera mucho rato. Creí que tal vez almorzarías con ella.

—No, mamá.

Suspiró hundiéndose en el sofá de brocados.

—Todo marcha, pero es probable que no acepte el trabajo del Palmyra.

—Oh, Guy. ¿Y por qué no? ¿Es cierto que... que está embarazada?

«Su madre se sentía desilusionada —pensó Guy—, pero con una desilusión tan moderada en contraste con lo importante que de hecho era aquel trabajo...»

Se alegró de que ella no se diese cuenta de la verdadera importancia del encargo.

—Es cierto —respondió.

Inclinó la cabeza hacia atrás hasta que sintió la fría madera del respaldo en la nuca. Pensó en la sima que separaba su vida de la de su madre. A ella le había contado muy poco acerca de su vida con Miriam. Y su madre, que había conocido una niñez feliz, sin penurias, en Mississippi, que ahora se entretenía cuidando de la espaciosa casa donde vivía y del jardín, sin contar sus agradables y fieles amigos de Metcalf...

«¿Qué podía entender ella de una maldad tan consumada como la de Miriam? O, por ejemplo, ¿qué podía comprender acerca de la existencia precaria que Guy estaba dispuesto a llevar en Nueva York a causa simplemente de una o dos ideas sobre su trabajo?»

—Vamos, ¿y qué tiene que ver Palm Beach con Miriam? —preguntó su madre finalmente.

—Miriam quiere venirse allí conmigo. Que la proteja durante un tiempo. Y yo no sería capaz de soportarlo.

Guy apretó uno de sus puños. De pronto se le apareció la imagen de Miriam en Palm Beach, de Miriam al ser presentada a Clarence Brillhart, el gerente del Palmyra Club. Pero no era la visión del *shock* sufrido por Brillhart debajo de su tranquila, inmutable cortesía, sino, y Guy lo sabía, su propia revulsión lo que lo hacía imposible. Se trataba sencillamente de que le era imposible soportar a Miriam cerca de él mientras trabajaba en un proyecto como aquél.

—No lo soportaría —volvió a decir.

—Oh —dijo su madre por todo comentario.

Pero su silencio era ahora de comprensión.

«Si hiciese alguna observación —pensó Guy—, por fuerza tendría que ser para recordarle su oposición anterior a la boda. Y ella no querría recordarme eso precisamente ahora.»

—No podrías aguantarlo —añadió ella—, durante todo el tiempo que durase el trabajo.

—No, no podría.

Se levantó y tomó el suave rostro de su madre entre las manos.

—Mamá, no me importa lo más mínimo —dijo, besándola en la frente—. De veras que me importa un comino.

—No estoy diciendo lo contrario. ¿Y por qué no te vas a Palm Beach?

Guy atravesó la habitación hasta el piano vertical.

—Pues porque me voy a Méjico, a ver a Anne.

—Oh, ¿sí?

Ella sonrió y la alegría de aquella primera mañana con él salió triunfante.

—¡Valiente pícaro eres!

—¿Quieres venir a Méjico?

Guy sonrió por encima del hombro y empezó a tocar una zarabanda que había aprendido de niño.

—¡Méjico! —exclamó su madre con fingido horror—. ¡No me llevarían a Méjico ni a rastras! Tal vez puedas venir a verme con ella a tu regreso.

—Tal vez.

Se acercó a él y tímidamente apoyó las manos en sus hombros.

—A veces, Guy, me da la sensación de que vuelves a ser feliz. Y eso me pasa en los momentos en que más inverosímil parece.

5

«*¿Qué ha pasado? Escríbeme* inmediatamente. *Mejor aún, llámame por teléfono. Yo pagaré la conferencia. Nos quedamos en el Ritz un par de semanas más. Te eché de menos durante el viaje. Lástima que no pudiésemos hacerlo juntos, pero me hago cargo. No pasa un solo momento del día sin que te desee todo lo mejor, cariño. Esto tiene que terminar pronto y no tardaremos en olvidarlo. Pase lo que pase, tienes que decírmelo y lo afrontaremos. A veces me parece que tú no lo haces. Quiero decir que tú no afrontas las cosas.*

»*Estás tan cerca que me parece absurdo que no puedas dejarte caer por aquí uno o dos días. Espero que te agrade la idea. Y que haya tiempo. Me encantaría que tú estuvieses aquí conmigo, y ya sabes que a la familia también. Cariño, me gustan los proyectos, de veras, y me siento tan orgullosa de ti que hasta soy capaz de soportar la idea de que estarás ausente durante los próximos meses, simplemente porque sabré que estarás edificándolos. Papá está muy impresionado también. Hablamos de ti constantemente.*

»*Recibe mi amor y todo lo que él representa. Sé feliz, cariño.*

A.»

Guy puso un telegrama a Clarence Brillhart, el gerente del Palmyra Club:

DEBIDO CIRCUNSTANCIAS, IMPOSIBLE ACEPTAR ENCARGO. SINCERAS DISCULPAS Y AGRADECIMIENTO APOYO Y ALIENTO CONSTANTE. SIGUE CARTA.

De repente pensó en los proyectos que utilizarían en lugar de los suyos. Las imitaciones de Frank Lloyd Wright que eran la especialidad de William Harkness Associates.

«Lo peor —pensó mientras dictaba el telegrama por teléfono—, es que es probable que la junta les pida que plagien algunas de mis ideas. Y Harkness lo hará, por supuesto.»

Telegrafió a Anne anunciando que llegaría en avión el lunes y que estaría libre unos cuantos días. Y, porque estaba Anne, no se molestó en preguntarse cuántos meses, años quizás, pasarían antes de volver a tener a tiro otro encargo tan importante como el del Palmyra.

6

Aquella noche, Charles Anthony Bruno se hallaba tumbado boca arriba en su habitación de un hotel de El Paso, tratando de mantener en equilibrio una estilográfica de oro sobre su delicada y cóncava nariz. Se sentía demasiado inquieto para acostarse y sin la suficiente energía para meterse en uno de los bares próximos y dar un repaso a la situación. Ya se había pasado haciéndolo toda la tarde, y, ahora, desde El Paso, su opinión no era muy halagüeña. Tampoco lo era la que se había formado del Gran Cañón. Pensaba más en la idea que se le había ocurrido en el tren dos noches antes.

«Lástima que Guy no me despertase por la mañana. No es que Guy sea la clase de tipo con quien se puede fraguar un asesinato, pero me cae bien, como persona. Guy es alguien a quien vale la pena conocer. Además, se dejó el libro en mi compartimiento y hubiera podido devolvérselo.»

El ventilador del techo zumbaba de un modo extraño por faltarle una de sus cuatro paletas.

«Si estuviese aquí la que hace cuatro, estaría un poco más fresco» —pensó Bruno.

Uno de los grifos del lavabo goteaba, la lamparita que había sobre la cabecera tenía roto el soporte y colgaba hacia abajo, y la puerta del *closet* estaba llena de huellas digitales.

«¡Y dicen que éste es el mejor hotel de la ciudad! ¿Por qué hay siempre algo que no funciona, siquiera sea una sola cosa, en todas las habitaciones de hotel en las que he estado? Algún día buscaré la habitación perfecta y me la compraré, aunque esté en Africa del Sur.»

Se sentó sobre el borde de la cama y alargó la mano hacia el teléfono.

—Déme larga distancia.

Miraba inexpresivamente la mancha roja que su zapato había dejado en la colcha blanca.

—Great Neck 166J... Great Neck, sí.

Esperó.

—Long Island... En *Nueva York,* ¿le suena eso?

En menos de un minuto su madre estaba al otro lado.

—Sí, aquí estoy. ¿Aún piensas salir el domingo? Mejor que... Bueno, ya di el dichoso paseo a lomos de mula. Por poco me mato, además... Sí, he visto el Cañón... No está mal, pero los colores son un poco birrias... No importa, ¿qué tal te va por ahí?

Empezó a reír. Se quitó los zapatos sin agacharse y entonces se dejó caer de espaldas sobre la cama, sin soltar el aparato, riéndose. Ella le estaba contando que al llegar a casa se había encontrado al «capitán» haciendo los honores a dos amigos de ella, dos hombres a quienes había conocido la noche anterior y que se habían dejado caer por allí sin anunciarse. Habían tomado al «capitán» por su padre y se pasaron todo el rato metiendo la pata.

7

Apoyado sobre un codo, en la cama, Guy contemplaba fijamente la carta con su nombre escrito a lápiz.

—Me parece que mañana será mi última oportunidad de despertarte en mucho tiempo —le dijo su madre.

Guy cogió la carta procedente de Palm Beach.

—Puede que no por mucho tiempo, mamá.

—¿A qué hora sale tu avión mañana?

—A la una y veinte.

Ella se inclinó y dio un leve, e innecesario, toque a la ropa de la cama.

—¿Supongo que no te quedará tiempo de acercarte a ver a Ethel?

—Oh, claro que sí, mamá.

Ethel Peterson era una de las más viejas amigas de su madre. Ella le había dado a Guy las primeras lecciones de piano.

La carta de Palm Beach la había remitido míster Brillhart. Le habían dado el encargo. Además, míster Brillhart había convencido a la junta sobre las persianas graduables.

—Esta mañana me ha salido muy bien el café —dijo su madre desde la puerta—. ¿Quieres desayunar en la cama?

Guy le dedicó una sonrisa.

—¡Vaya si me gustaría!

Releyó cuidadosamente la carta de míster Brillhart, volvió a meterla en el sobre y lentamente la hizo pedacitos. Entonces abrió la otra carta. Una sola página llena de garabatos a lápiz. La firma, con la recargada floritura debajo, le hizo sonreír otra vez: Charles A. Bruno.

«Apreciado Guy:

»Soy su amigo del tren, ¿se acuerda? Aquella noche se dejó el li-

bro olvidado en mi compartimiento y en él encontré una dirección en Texas que espero siga siendo válida. Le mando el libro por correo. Lo he hojeado un poquito. No esperaba hallar tanto diálogo en Platón.

»Fue una gran satisfacción cenar con usted aquella noche y espero poder contarle entre mis amigos. Me gustaría verle en Santa Fe y, por si hay alguna posibilidad de que cambie de parecer, he aquí la dirección: Hotel La Fonda, Santa Fe, Nuevo Méjico. Allí me encontrará durante las próximas dos semanas por lo menos.

»Sigo pensando en aquella idea que tuvimos para cometer un par de asesinatos. Podría hacerse, estoy seguro. ¡No logro expresarle la inmensa confianza que me inspira la idea! Aunque sé que el tema no le interesa.

»¿Qué tal va lo de su esposa? Lo que me contó me pareció muy interesante. Por favor, escríbame pronto. Fuera de perder la cartera en El Paso (me la robaron ante mis propias narices en un bar) no ha sucedido nada digno de contar. Me permito decirle que no me gustó El Paso.

»Espero noticias de usted pronto.

»Su amigo,

Charles A. Bruno

»P.D. Lamento muchísimo haberme dormido aquella mañana y no haber podido verle.

C.A.B.»

Sin saber por qué, la carta le puso de buen humor. Resultaba agradable pensar en la libertad de Bruno.

—¡Sémola! —exclamó complacido—. Allí en el Norte nunca me sirven sémola con los huevos fritos!

Se puso una bata vieja, su preferida, que resultaba demasiado gruesa para el tiempo que hacía, y se incorpró a medias en la cama con un ejemplar del *Metcalf Star* y la tambaleante bandeja donde se hallaba su desayuno.

Después, se duchó y se vistió como si tuviera que hacer algo aquel día, aunque no era así. Había visitado a los Cartwright el día anterior. Hubiera podido visitar a Peter Wriggs, su amigo de la infancia, pero Peter tenía un empleo en Nueva Orleáns ahora.

«¿Qué estará haciendo Miriam? —se preguntó—. Tal vez se esté haciendo la manicura en el porche de atrás de su casa, o jugando a las damas con alguna vecinita que la adoraría, que desearía ser como ella. Miriam no es de las que se amargan la vida pensando, cuando algún proyecto se les va a paseo.»

Guy encendió un pitillo.

Del piso de abajo venía un ruidillo intermitente. Su madre o Ursline, la cocinera, estaban limpiando la plata y dejaban caer las piezas, una por una, en un montón.

«¿Por qué no habré partido para Méjico hoy mismo? Las próximas veinticuatro horas, sin nada que hacer, van a ser un tormento, lo sé. Esta noche vendrá otra vez mi tío, y probablemente también algunas amistades de mi madre. Todos quieren verme.»

Desde su visita anterior, en el *Metcalf Star* habían publicado una columna que hablaba de él y de su trabajo, citando las becas que había conseguido, el *Prix de Rome* que la guerra le había impedido aprovechar, el almacén que había proyectado en Pittsburgh, así como las dependencias que había creado para la enfermería de un hospital de Chicago. Todo parecía tan impresionante escrito en letra de imprenta...

«Casi hizo que me sintiese importante —recordó—, aquel día solitario en Nueva York, cuando me llegaron los recortes con una carta de mamá.»

Un súbito impulso de escribirle a Bruno le hizo sentarse delante de su escritorio, pero, ya pluma en mano, se dio cuenta de que no tenía nada que decir. Se imaginaba a Bruno con su traje color herrumbre, la cámara fotográfica colgando del hombro, subiendo trabajosamente por alguna pelada colina de Santa Fe, sonriendo con su estropeada dentadura, alzando la cámara con gesto vacilante y oprimiendo el disparador. Bruno, con mil dólares ganados fácilmente en el bolsillo, sentado en algún bar aguardando a su madre.

«¿Qué podía contarle a Bruno?»

Tapó de nuevo la estilográfica y volvió a dejarla sobre el escritorio.

—¿Mamá? —llamó.

Bajó corriendo las escaleras.

—¿Qué te parece si nos vamos al cine esta tarde?

Pero su madre ya había ido dos veces aquella semana.

—Sabes que no te gustan las películas —refunfuñó ella.

—Mamá, lo digo de veras, ¡tengo ganas de ir al cine! —insistió él, sonriendo.

8

El teléfono sonó sobre las once de la noche. Su madre respondió a la llamada, luego fue a avisarle a la sala de estar, donde Guy estaba con su tío, la esposa de éste y sus dos primos, Ritchie y Ty.

—Conferencia —dijo su madre.

Guy asintió con la cabeza, pensando que sería Brillhart, sin duda, en busca de más explicaciones. Aquel mismo día había contestado a su carta.

—Hola, Guy —dijo la voz—. Aquí Charley.

—¿Qué Charley?

—Charley Bruno.

—Oh, ¿cómo está? Gracias por el libro.

—Aún no lo he mandado, pero lo haré —dijo Bruno, con el mismo tono de euforia alcohólica que Guy recordaba del tren—. ¿Viene a Santa Fe?

—Me temo que no es posible.

—¿Qué me dice de Palm Beach? ¿Puedo visitarle allí dentro de un par de semanas? Me gustaría ver las obras.

—Lo siento, pero se han cancelado.

—¿Cancelado? ¿Por qué?

—Complicaciones. He cambiado de parecer.

—¿A causa de su esposa?

—No...

Guy se sentía vagamente irritado.

—¿Pretende que se quede con ella?

—Sí, algo así.

—¿Miriam quiere ir a Palm Beach?

Guy se sorprendió de que el otro recordara el nombre de Miriam.

—No ha conseguido el divorcio, ¿eh?

—Lo estoy haciendo —dijo Guy secamente.

—*¡Sí, yo pagaré la llamada!* —le estaba gritando Bruno a alguien—. ¡Imbéciles! —añadió luego, enfadado—. Dígame, Guy, ¿renunció a aquel trabajo por culpa de ella?

—No exactamente. Pero no importa, ya está hecho.

—¿Tiene que esperar hasta que el niño nazca para obtener el divorcio?

Guy no respondió.

—Así que el otro tipo no quiere casarse con ella, ¿eh?

—Oh, claro que quiere. Es sólo que...

—¿Ah, sí? —le interrumpió Bruno cínicamente.

—No puedo seguir hablando. Tenemos invitados esta noche. Le deseo un buen viaje, Charley.

—¿Cuándo podemos hablar? ¿Mañana?

—Mañana no estaré aquí.

—Oh.

Bruno parecía desconcertado y Guy esperaba que así fuese. Luego, la voz de nuevo, arisca, confidencial:

—Oiga, Guy, si quiere que se haga algo, ya sabe, no tiene más que dar la señal.

Guy arrugó la frente. Una pregunta tomó forma en su cerebro, e inmediatamente supo cuál era la respuesta. Se acordó del plan de Bruno para asesinar.

—¿Qué es lo que desea, Guy?

—Nada. Estoy muy satisfecho. ¿Comprende?

«No es más que una baladronada por parte de Bruno —pensó—. ¿Por qué tomárselo en serio?»

—Guy, estoy hablando seriamente —dijo la voz, comiéndose las sílabas, más borracho que antes.

—Adiós, Charley —dijo Guy.

Aguardó a que Bruno colgase.

—Nadie diría que todo marcha bien —le desafió Bruno.

—No veo qué tiene que ver usted en todo esto.

—¡Guy! —gimoteó Bruno.

Guy iba a hablar, pero se oyó un clic y la comunicación se cortó. Estuvo a punto de pedirle a la telefonista que localizase la llamada. Entonces pensó:

«Baladronadas de borracho. Y de aburrimiento.»

Le molestaba que Bruno tuviese su dirección. Se pasó la mano por el pelo y regresó a la sala de estar.

9

«Todo cuanto acabo de contarle sobre Miriam —pensó Guy— no importa tanto como el hecho de que Anne y yo estamos juntos, aquí, paseando por este sendero de grava.»

La cogió de la mano mientras paseaban y dio un vistazo a cuanto había en torno. Todo le era extraño: una avenida amplia y llana, bordeada de árboles al igual que los *Champs-Elysées*, estatuas de militares sobre su pedestal, y, más allá, edificios que le resultaban desconocidos. El Paseo de la Reforma. Anne caminaba a su lado, todavía cabizbaja, siguiendo casi el ritmo de sus lentos pasos. Sus hombros se rozaban, y él la miró de reojo para ver si estaba a punto de decir algo, de decirle que había tomado una decisión acertada. Pero sus labios seguían reflejando su actitud pensativa. Su cabellera rubia y clara, recogida sobre la nuca por un pasador de plata, ondeaba lentamente hacia atrás a causa del viento. Era el segundo verano que la veía cuando el sol apenas había empezado a broncearle el rostro, de modo que el color de su cutis era casi igual al de su pelo. Pero el rostro no tardaría en ponerse más oscuro que el pelo, aunque a Guy cuando más le gustaba era tal como ahora, semejante a una estatua de oro blanco.

Ella se volvió hacia él, con una débil sonrisa en los labios al notar que Guy la estaba mirando fijamente.

—¿Seguro que no lo hubieras podido soportar, Guy?

—Seguro. No me preguntes por qué. Pero no hubiera podido.

Notó que la sonrisa no se borraba, que seguía allí, con un asomo de perplejidad, tal vez de enfado.

—Era algo tan importante para dejarlo así...

Esta vez se enfadó. El asunto lo había dado ya por concluido.

—Sencillamente, la aborrezco —dijo quedamente.

—Pues no deberías aborrecer nada.

Guy hizo un gesto nervioso.

—¡La aborrezco por ser la causa de que te haya contado todo esto mientras paseábamos!

—¡Oh, por favor, Guy!

—Ella representa todo lo que merece ser aborrecido —prosiguió él, con la vista clavada al frente—. A veces me parece que aborrezco todo cuanto hay en el mundo. Ni pizca de decencia, ni de conciencia. Ella es a lo que se refiere la gente cuando dice que América nunca saldrá de la niñez, que América premia a los corrompidos. Son las mujeres como ella las que no se pierden ninguna película mala, que actúan en ellas, se tragan todas las revistas de chismes amorosos, viven en un *bungalow*, y azuzan a sus maridos para que este año ganen más dinero con el que comprar cosas a plazos al año siguiente, las que destrozan el matrimonio de sus vecinas...

—¡Basta, Guy! ¡Hablas como un crío!

Anne se apartó de él.

—Y el hecho de que una vez la amé —añadió Guy—, que amé todo cuanto en ella había, me hace sentir enfermo.

Se detuvieron, mirándose. Había tenido que decirlo, allí mismo, en aquel preciso momento. Lo más desagradable que podía decir. Deseaba sufrir a causa de la desaprobación de Anne, tal vez quería que ella diese media vuelta y le dejase terminar solo el paseo. Ya lo había hecho una o dos veces, cuando él se mostraba irrazonable.

Con aquel tono distante, inexpresivo, que le aterraba porque le hacía pensar en la posibilidad de que ella se marchase para siempre, Anne dijo:

—A veces no me cuesta nada creer que sigues enamorado de ella.

El sonrió y Anne se ablandó.

—Perdóname —dijo él.

—¡Oh, Guy!

Anne volvía a ofrecerle la mano, con gesto casi suplicante, y él la tomó.

—¡Ojalá dejases de comportarte como un crío!

—He leído en alguna parte que la gente nunca llega a hacerse adulto al menos desde el punto de vista emocional.

—No me importa lo que hayas leído. Eso no es verdad. Yo me encargaré de demostrártelo, aunque sea lo último que haga.

Súbitamente, Guy se sintió seguro.

—¿En qué otra cosa puedo pensar ahora? —preguntó maliciosamente, bajando la voz.

—En que jamás estuviste tan cerca de librarte de ella como lo estás ahora, Guy. ¿En qué suponías que debías pensar?

El irguió más la cabeza. Había un enorme letrero de color rosa en lo alto de un edificio: TOME XX. Le aguijoneó una inesperada curiosidad por saber qué significaba aquello, y quería preguntárselo a Anne. Quería preguntarle por qué todo le resultaba mucho más fácil y sencillo cuando estaba con ella; pero el orgullo se lo impedía y, de todos modos, la pregunta hubiera sonado a pura retórica, sin que Anne pudiera responderla con palabras, porque la contestación era sencillamente ésta: Anne. Y lo había sido desde el mismo día en que la había conocido, en el sórdido sótano de la Escuela de Arte de Nueva York, aquel día lluvioso en que él irrumpió allí y se dirigió al único objeto animado que estaba a la vista: un impermeable chino de color rojo rematado por una capucha del mismo color. El impermeable y la capucha de color rojo se habían girado para decirle:

—Suba al 9A desde el primer piso. No hacía falta que bajase hasta aquí abajo.

Y acto seguido, aquella risa que, misteriosamente, había disipado su enfado casi al instante. Poco a poco, milímetro a milímetro, había aprendido a sonreír, temeroso de ella, un tanto despectivo ante su convertible nuevo color verde oscuro.

—Tener coche es lo sensato —le dijo Anne—, cuando se vive en Long Island.

Aquellos días en que todo le inspiraba desprecio y los cursos que había seguido aquí y allá no eran más que para comprobar que ya sabía todo cuanto el profesor podía decir, o para ver si era capaz de aprendérselo rápidamente y largarse en seguida.

—¿Cómo te figuras que la gente logra meterse allí dentro, si no es gracias a influencias? Y siempre están a tiempo de ponerte de patitas en la calle si no les caes simpático.

Finalmente había llegado a ver las cosas tal como las veía ella, como eran en realidad, y durante un año había asistido a la muy selecta Academia de Arquitectura Deems, en Brooklyn, gracias a que el padre de ella conocía a uno de los miembros del consejo.

—Sé que dentro de ti, Guy, guardas una gran capacidad de ser feliz, inmensamente feliz —dijo Anne de repente tras un largo silencio.

Guy asintió rápidamente con la cabeza, aunque Anne no le estaba mirando. Se sentía avergonzado sin saber por qué. Anne era capaz de ser feliz. Era feliz ahora mismo, lo había sido antes de conocerle, y era él solamente, sus problemas, quien, siquiera un instante, empañaba alguna vez esta felicidad. También él sería feliz... cuando viviese con Anne. Así se lo había dicho a ella, pero ahora no podía soportar el volvérselo a decir.

—¿Qué es aquello? —preguntó él.

Un enorme edificio redondo, de cristal, empezaba a verse bajo los árboles de los jardines de Chapultepec.

—Los jardines botánicos —respondió Anne.

No había nadie dentro del edificio, ni siquiera un guardián. El aire olía a tierra cálida, recién removida. Pasearon de un lado para otro, leyendo los impronunciables nombres de unas plantas que parecían proceder de otro planeta. Anne tenía una planta favorita entre las demás. Llevaba, según dijo, tres años contemplando cómo crecía, visitándola, en sucesivos veranos, en compañía de su padre.

—Lo malo es que nunca me acuerdo de estos nombres —dijo ella.

—¿Y para qué ibas a recordarlos?

Almorzaron en el Sanborn's con la madre de Anne, después estuvieron deambulando por la tienda hasta que llegó la hora en que mistress Faulkner solía hacer la siesta. Mistress Faulkner era una mujer delgada, llena de nerviosa energía, tan alta como Anne, y atractiva para la edad que tenía. Guy había llegado a sentir un gran apego por ella, porque también ella lo sentía por él. Al principio, su mente había albergado grandes temores sobre una posible oposición por parte de los padres de Anne, que eran muy ricos; pero ninguno de sus temores se había hecho realidad y poco a poco se había ido librando de ellos. Aquella tarde, asistieron los cuatro a un concierto en Bellas Artes, y luego, ya avanzada la noche, cenaron en el Lady Baltimore Restaurant, enfrente del Ritz.

Los Faulkner lamentaban que él no pudiera pasar el verano con ellos en Acapulco. El padre de Anne se dedicaba a las importaciones y proyectaba construir un depósito de mercancías en el puerto de aquella localidad.

—No podemos pretender que se interese por un simple almacén cuando está construyendo todo un club de campo —dijo mistress Faulkner.

Guy no dijo nada. Tampoco podía mirar a Anne, a la que había pedido que no dijese nada a sus padres sobre lo de Palm Beach hasta que él se hubiese ido.

«¿Adónde iría la semana siguiente? Tal vez a Chicago para quedarse un par de meses estudiando allí.»

Había dejado sus pertenencias en un guardamuebles de Nueva York y su patrona esperaba noticias para saber si podía o no alquilar el apartamento a otro huésped. Si se iba a Chicago, podría ver al gran Saarinen, en Evanston, y también a Tim O'Flaherty, un joven arquitecto en quien Guy creía, pese a ser todavía desconocido. Tal vez le cayeran uno o dos encargos en Chicago. Pero la perspectiva de irse a Nueva York sin Anne le resultaba demasiado sombría.

Mistress Faulkner apoyó la mano en el antebrazo de Guy y se echó a reír.

—Guy no sonreiría aunque tuviera que reconstruir toda Nueva York, ¿verdad, Guy?

Guy no había prestado atención a lo que decían. Quería dar un paseo con Anne después, pero ella insistió en que subiera a la *suite* de los Faulkner para que, antes de enviarla, pudiera admirar la bata de seda que había comprado para su primo Teddy. Y luego, claro, ya era demasiado tarde para salir a pasear.

Guy se alojaba en el Hotel Montecarlo, a unas diez manzanas del Ritz. Se trataba de un edificio enorme y destartalado que parecía haber sido la residencia de algún general del ejército. Se entraba en él por una amplia avenida para carruajes cuyo suelo era de azulejos negros y blancos, igual que en el cuarto de baño. Seguía luego un enorme y lúgubre vestíbulo, también con piso de azulejos. También había un bar de aspecto cavernoso y un restaurante siempre desierto. En torno al patio se enroscaba una escalinata de mármol sucio. El día anterior, al subir por ella tras el botones, Guy había vislumbrado, a través de puertas y ventanas mal cerradas, a una pareja japonesa que jugaba a las cartas, a una mujer arrodillada que rezaba, y a varias otras personas que escribían cartas o que se encontraban simplemente de pie, con un extraño aire de cautividad. Todo el hotel parecía hallarse oprimido por una sensación de melancolía masculina y un augurio de cosas sobrenaturales, y a Guy le había gustado desde el instante en que puso los pies en él, aunque los Faulkner, incluyendo a Anne, le habían tomado el pelo por haberlo elegido.

Su pequeña y barata habitación, en una esquina del edificio, estaba atestada de muebles pintados de rosa y marrón; tenía una cama que parecía un pastel aplastado y el baño estaba al final del corredor. En alguna parte, abajo en el patio, se oía un gotear constante de agua, y, de vez en cuando, se oía también el chorro de algún retrete, ruidoso como un torrente.

Al regresar del Ritz, Guy dejó el reloj de pulsera, regalo de Anne, sobre la mesita rosa, y el billetero y las llaves sobre la rayada superficie de la cómoda marrón, tal y como lo habría hecho en su casa. Se sentía muy contento cuando se metió en cama con unos cuantos periódicos mejicanos y un libro sobre arquitectura inglesa que había encontrado aquella tarde en la librería de la Alameda. Tras una segunda zambullida en las dificultades del idioma español, recostó la cabeza en la almohada y se puso a contemplar la fea habitación, escuchando los ruidillos ratoniles que, producidos por la actividad humana, le llegaban desde todos los puntos del edificio.

«¿Qué será lo que me gusta? —se preguntó—. ¿Meterme de cabeza en esta forma de vivir desagradable, incómoda y poco digna, y, así, cobrar nueva fuerza para combatirla con el trabajo? ¿O tal vez es que me hace sentirme a salvo de Miriam? Aquí le sería más difícil dar conmigo que en el Ritz.»

Anne le llamó por teléfono a la mañana siguiente para anunciarle que había llegado un telegrama para él.

—Por casualidad oí a los botones del hotel que te estaban llamando —dijo Anne—. Ya estaban a punto de dejarlo correr.

—¿Quieres hacerme el favor de leerlo, Anne?

Anne leyó:

«Miriam sufrió aborto ayer. Trastornada y preguntando por ti. ¿Puedes regresar? Mamá.»

—¡Oh, Guy! —exclamó Anne.

Guy se sentía asqueado, asqueado de todo.

—Se lo provocó ella misma —murmuró.

—Eso no lo sabes, Guy.

—Sí lo sé.

—¿No crees que es mejor que la veas?

Sus dedos se apretaron sobre el teléfono.

—Volveré a encargarme del Palmyra en cualquier caso —dijo—. ¿Cuándo fue puesto el telegrama?

—El día nueve. El jueves, a las cuatro de la tarde.

Envió un telegrama a míster Brillhart preguntando si podían estudiar de nuevo la posibilidad de contratarle.

«Naturalmente que lo harían —pensó—. Pero, ¡iba a quedar como un perfecto asno! A causa de Miriam...»

Escribió una carta a Miriam:

«Esto hace que cambien tus planes y los míos. Prescindiendo de los tuyos, tengo intención de obtener el divorcio ahora. Estaré en Texas dentro de pocos días. Espero que para entonces ya estés bien, pero, de no ser así, puedo arreglármelas yo solo para cuantos trámites hagan falta.

»Reitero mis deseos para un rápido restablecimiento.

Guy

»Estaré en esta dirección hasta el domingo.»

La mandó por correo aéreo urgente.

Seguidamente telefoneó a Anne. Quería llevarle al mejor restaurante de la ciudad aquella noche. Deseaba empezar la velada tomándose los *cocktails* más exóticos del bar del Ritz, todos sin excepción.

—¿Eres realmente feliz? —preguntó Anne, riéndose, como si no acabase de creerle.

—Feliz y... extraño. *Muy extranjero.**

—¿Por qué?

—Pues porque no creí que estuviera escrito. No me parecía que formase parte de mi destino. El Palmyra, quiero decir.

—Yo sí.

—Oh, ¡tú sí!

—¿Y por qué crees que me enfadé tanto contigo ayer?

En realidad no esperaba respuesta de Miriam, pero el viernes por la mañana, cuando él y Anne se hallaban en Xochimilco, sintió el impulso de llamar a su hotel para averiguar si había algún recado para él. Había un telegrama esperándole. Y, una vez de regreso a Méjico Capital, después de decir que lo recogería al cabo de unos minutos, la impaciencia pudo más que él y llamó al hotel otra

* En castellano, en el original. (N. del T.)

vez desde un *drugstore* del Zócalo. El recepcionista del Montecarlo se lo leyó:

«Tengo que hablar contigo antes. Por favor, ven pronto. Besos. Miriam.»

—Armará un poco de jaleo —comentó Guy, tras repetirle el telegrama a Anne—. Estoy seguro de que el otro tipo no quiere casarse con ella. Ya está casado.

—Oh.

La miraba a hurtadillas mientras caminaban, con ganas de decirle algo sobre la paciencia que estaba demostrando para con él, para con Miriam, y todo lo demás.

—Olvidémoslo.

Sonrió y aceleró el paso.

—¿Quieres regresar ahora?

—¡Naturalmente que no! Puede que el lunes o el martes. Quiero pasar unos cuantos días más contigo. No me esperan en Florida hasta dentro de otra semana. Es decir, eso suponiendo que no hayan variado los planes del principio.

—Ahora Miriam no te seguirá, ¿verdad?

—De aquí a una semana —dijo Guy—, no tendrá el más mínimo derecho sobre mí.

10

Sentada ante su tocador del Hotel La Fonda, en Santa Fe, Elsie Bruno se estaba quitando del rostro la crema para pieles secas que se había aplicado la noche anterior, al acostarse. De vez en cuando, se inclinaba para acercarse al espejo y con sus ojos grandes y azules escrutaba las pequeñas arrugas que se dibujaban bajo sus párpados y las líneas curvadas que la risa había impreso en su rostro partiendo de la base de la nariz. Si bien su mentón tendía a retroceder un poco, la mitad inferior del rostro se proyectaba hacia adelante, haciendo que sus labios carnosos sobresaliesen de modo muy distinto al rostro de Bruno.

«Santa Fe —pensaba— era el único lugar donde podía ver en el espejo las arrugas de su cara sin tener que pegar el rostro al espejo.»

—Esta luz de aquí... diríase que se trata de rayos X —comentó con su hijo.

Bruno, aún en pijama y sentado de cualquier modo en una silla de cuero sin curtir, dirigió uno de sus ojos hinchados hacia la ventana. Se sentía demasiado cansado para levantarse y bajar la persiana.

—Estás muy guapa, mamá —graznó.

Acercó sus contraídos labios al vaso de agua que reposaba en su pecho sin vello y frunció las cejas con expresión pensativa.

Como una nuez enorme en las manos inquietas de una ardilla, una idea, mayor y más concreta que cualquier otra idea que jamás hubiese tenido, llevaba dando vueltas por su cerebro desde hacía varios días. Cuando su madre se fuese de la ciudad, pensaba romper la cáscara y empezar a estudiar la idea seriamente. La idea consistía en liquidar a Miriam. El momento ya estaba maduro, y ese momento era ahora. Guy lo necesitaba ahora. Dentro de pocos días, incluso una semana, puede que ya fuese demasiado tarde con vistas al asunto de Palm Beach, y de nada serviría.

«He engordado de cara en los pocos días que llevo en Santa Fe —pensó Elsie—. Se nota en lo llenas que están mis mejillas al compararlas con el triángulo pequeño y tenso de la nariz.»

Disimuló las arrugas del rostro bajo una sonrisa dirigida a sí misma, ladeó la cabeza rubia y rizada y parpadeó.

—Charley, ¿te parece que compre aquel cinturón de plata? —preguntó.

Por la forma en que lo hizo diríase que hablaba consigo misma.

«El cinturón costaba unos ciento cincuenta y pico, pero Sam le enviaría otros mil a California. ¡Era un cinturón tan hermoso! No había nada parecido en Nueva York. De no ser por la plata, ¿por qué ir a Santa Fe?»

—¿Y él, para qué otra cosa sirve? —murmuró Bruno.

Elsie cogió su gorro de baño y se volvió hacia él con su invariable y amplia sonrisa.

—Cariño... —dijo con acento zalamero.

—¿Mmm?

—¿No harás nada que no debas hacer mientras estoy fuera?

—No, mamá.

Elsie se plantó el gorro de baño encima de la cabeza, se miró una uña larga, estrecha y roja, y alargó la mano para coger una barrita de papel de lija.

«Por supuesto que a Fred Wiley le encantaría comprarme el cinturón de plata... Probablemente se presentará en la estación con algún objeto horrible y el doble de caro que el cinturón, de todos modos. Pero no quería tener a Fred pegado a sus faldas en California. Por poco pie que le diera, vendría a California con ella. Mejor era que se limitase a jurarle amor eterno en la estación, que lloriquease un poco y regresara luego directamente a casa, a su esposa.»

—Hay que reconocer que lo de anoche tuvo gracia —prosiguió Elsie—. Fred fue el primero en verlo.

Se echó a reír y la barrita de papel de lija se hizo borrosa.

Bruno dijo fríamente:

—¡Yo no tuve nada que ver con ello!

—Muy bien, cariño, ¡tú no tuviste que ver nada con ello!

La boca de Bruno se contrajo. Su madre le había despertado a las cuatro de la madrugada, presa de histeria, para decirle que había un toro muerto en la Plaza. Un toro sentado en un banco, con sombrero y abrigo, leyendo el periódico. Era típico de las bromas estudiantiles de Wilson. Wilson se pasaría el día hablando de ello hoy, Bruno lo sabía, recreándose en su hazaña hasta que se le ocurriese alguna estupidez aún más gorda. La noche pasada, en La Placita, el bar del hotel, Bruno había planeado un asesinato... mientras Wilson se entretenía vistiendo un toro muerto. Ni siquiera cuando contaba alguna de sus exageradas historias sobre su participación en la guerra, Wilson jamás había afirmado haber matado a nadie, ni tan sólo a un japonés. Bruno cerró los ojos, pensando satisfecho en la noche anterior. Sobre las diez, Fred Wiley y un nutrido grupo de otros tarambanas habían irrumpido en La Placita con gran alboroto, como el coro masculino de una revista musical, para llevarse a su madre a una fiesta. A él le habían invitado también, pero se había excusado diciéndole a su madre que tenía una cita con Wilson, ya que necesitaba tiempo para pensar. Y aquella misma noche había decidido que sí. Llevaba meditándolo desde el sábado, en realidad, desde su conversación con Guy, y ya volvía a ser sábado. Tenía que hacerlo mañana, cuando su madre hubiese ya partido para California, o no lo haría nunca. Estaba harto de preguntarse si sería capaz de hacerlo.

«¿Cuánto tiempo llevaría haciéndose la pregunta de marras? Más de lo que podía recordar.»

Algo le decía que sí sería capaz, y le repetía constantemente que el momento, las circunstancias y el motivo nunca serían mejores que ahora.

«¡Un asesinato puro, sin motivos personales!»

No consideraba que la posibilidad de que Guy asesinara a su padre fuese un motivo, porque no contaba con ello. Quizás llegase a persuadir a Guy, y quizás no. Lo importante era que había llegado el momento de actuar ya que todo se le presentaba tan perfecto. La noche anterior había telefoneado otra vez a casa de Guy para asegurarse de que no hubiese regresado de Méjico.

«Guy estaba en Méjico desde el domingo» —le dijo su madre.

Una sensación parecida a un pulgar que le oprimiese la base de la garganta le impulsó a tirar del cuello del pijama, pero llevaba la chaqueta completamente desabrochada. Se puso a abotonársela como en sueños.

—¿No cambiarás de idea y vendrás conmigo? —le preguntó su madre—. Si lo hicieses yo me iría a Reno. Helen está allí y también George Kennedy.

—Sólo hay una razón por la que me gustaría verte en Reno, mamá.

—Charley...

Inclinó la cabeza a un lado y volvió a enderezarla en seguida.

—Ten paciencia, ¿quieres? Si no fuera por Sam, no estaríamos aquí, ¿no es cierto?

—Claro que sí estaríamos.

Ella suspiró.

—Así que, ¿no cambiarás de opinión?

—Me lo estoy pasando bien aquí —respondió él con un gruñido.

Ella se contempló las uñas otra vez.

—Pues no haces más que decir lo mucho que te aburres.

—Eso es con Wilson. No voy a verle otra vez.

—No te marcharás corriendo a Nueva York, ¿eh?
—¿Y qué iba a hacer allí?
—La abuelita se llevaría un gran chasco si este año volvieras a fallar.
—Pero, ¿es que he fallado alguna vez? —preguntó a desgana.
De repente se sintió lo bastante asqueado como para desear morirse, demasiado asqueado incluso para vomitar. Ya le resultaba conocida aquella sensación, que duraba solamente un minuto.
«Oh, Dios —pensó—, ¡haz que no quede tiempo para desayunar antes de que salga el tren, no dejes que ella pronuncie la palabra *desayuno*!»
Se quedó rígido, sin mover ni un músculo, apenas respirando por sus labios entreabiertos. Con un ojo cerrado, miraba cómo ella se le acercaba vestida con el peinador de seda azul claro, una mano apoyada en la cadera, alardeando de mirada sagaz, aunque sin demasiado éxito, ya que sus ojos eran demasiado redondos. Y, además, estaba sonriendo.
—¿Qué estáis tramando tú y Wilson?
—¿Ese desgraciado?
Ella se sentó en un brazo de la silla.
—Siempre te pilla de sorpresa —dijo ella, sacudiéndole ligeramente un hombro—. No hagas ninguna barbaridad, cariño, porque justamente ahora no dispongo de suficiente dinero para ir pagando los platos que tú hayas roto.
—Tendrás que exprimirle para que afloje un poco más. A ver si consigues mil dólares para mí también.
—Cariño.
Apoyó en su frente el frío dorso de sus dedos.
—Te echaré de menos.
—Me reuniré contigo pasado mañana, probablemente.
—A ver si nos divertimos en California.
—Claro.
—¿Por qué estás tan serio esta mañana?
—No lo estoy, mamá.
Ella se retorció un mechón de pelo que le colgaba sobre la frente, después entró en el cuarto de baño.
Bruno se levantó de un salto y, para hacerse oír por encima del estruendo del agua corriente, gritó:
—¡Mamá, tengo suficiente dinero para pagar mi cuenta aquí!
—¿Qué dices, ángel?
Se acercó más y lo repitió; acto seguido volvió a dejarse caer en la silla, agotado por el esfuerzo. No quería que su madre se enterase de las conferencias con Metcalf. Si lo conseguía, todo iría bien. A su madre no le había importado mucho que él se quedara, a decir verdad no le había importado lo suficiente.
«¿Tendría una cita en el tren con ese imbécil de Fred o algo por el estilo?»

Bruno se puso en pie trabajosamente, sintiendo que en su interior se despertaba lentamente la animosidad contra Fred Wiley. Tenía ganas de decirle a su madre que iba a quedarse en Santa Fe para vivir la mayor experiencia de su vida.

«No estaría tan tranquila bañándose ahí dentro, sin hacerme maldito caso, si supiese una mínima parte siquiera de lo que se está fraguando.»

Sentía deseos de decir:

—Mamá, la vida va a ser mucho mejor para los dos dentro de poco, porque esto no es más que el principio del fin para el «capitán».

Tanto si Guy cumplía con su parte del pacto como si no, suponiendo que él, Bruno, tuviese éxito con Miriam, habría demostrado tener razón. Un asesinato perfecto. Algún día aparecería otra persona a la que todavía no conocía y podría hacer un trato con ella. Bruno apoyó el mentón sobre el pecho, repentinamente presa de angustia.

«¿Cómo podría decírselo a su madre? El asesinato y su madre eran dos cosas difíciles de imaginar en armonía.»

—¡Qué horrible! —diría ella.

Echó una mirada dolorida y distante a la puerta del baño. Acababa de comprender claramente que jamás podría contárselo a nadie. Excepto a Guy. Se sentó de nuevo.

—¡Dormilón!

Parpadeó al oírla dar palmadas. Entonces sonrió. Medio atontado, triste al comprender que iban a ocurrir muchas cosas antes de que la volviera a ver, contempló cómo se doblaban las piernas de su madre al arreglarse ésta las medias. La esbeltez de aquellas piernas siempre le levantaba el ánimo, le hacía sentirse orgulloso. Su madre tenía las piernas más hermosas de cuantas había visto en su vida. Ziegfeld la había escogido, ¿y acaso Ziegfeld no sabía lo que se hacía? Pero al casarse, ella había regresado a la clase de vida de la que antes había huido. Pronto la libraría de ella, aunque su madre no lo supiese.

—No te olvides de mandar *eso* por correo —dijo su madre.

Bruno dio un respingo ante las dos cabezas de serpiente de cascabel que su madre le estaba acercando. Era un cuelgacorbatas que habían comprado para el «capitán» consistente en dos cuernos de vaca entrelazados y rematados por dos serpientes de cascabel disecadas, pequeñas, que se sacaban la lengua por encima de un espejo. El «capitán» detestaba los cuelgacorbatas, las serpientes, los perros, los gatos, los pájaros...

«¿Es que había algo que no detestase?»

Aquel objeto le parecería aborrecible, y precisamente por eso Bruno había convencido a su madre para que se lo comprase. Bruno sonrió afectuosamente al cuelgacorbatas. Convencer a su madre no le había resultado difícil.

11

Tropezó con un maldito guijarro, se irguió orgullosamente y trató de arreglarse la camisa, que se le había salido de los pantalones.

«Suerte que me ha dado el desvanecimiento en un callejón en vez de en una calle. De lo contrario, tal vez algún policía me hubiese recogido y se me habría escapado el tren.»

Se detuvo y empezó a palparse los bolsillos en busca del billetero, buscaba más afanosamente que antes para comprobar que el billetero estuviese aún allí. Le temblaban tanto las manos que apenas podía leer la hora señalada en el billete de ferrocarril: las 10,20 de la mañana. Ahora eran las 8,10, según marcaban varios relojes.

«Si hoy es domingo... Claro que es domingo. Todos los indios llevan camisa limpia.»

Estaba alerta por si veía a Wilson, aunque no le había visto en todo el día anterior y no era probable que estuviera en la calle tan temprano. No quería que Wilson supiera que se iba de la ciudad. Inesperadamente se encontró frente a la Plaza, llena de gallinas, de niños y de los viejos de siempre, que ahora comían piñones para desayunar. Se quedó quieto y se puso a contar las columnas del palacio del gobernador para ver si podía llegar hasta diecisiete. Podía. Tal como se estaba poniendo el asunto, ni siquiera las columnas eran dignas de fiar. Aparte de una resaca tremenda, le dolía todo el cuerpo por haber dormido sobre los malditos guijarros.

«¿Por qué habría bebido tanto? —se preguntó, casi llorando—. Claro que había estado solo, y siempre bebía más cuando estaba solo. Aunque, ¿había sido así? De todos modos, ¿qué más daba?»

Recordó un pensamiento brillante y rotundo que había tenido la noche anterior mientras contemplaba una partida de *shuffleboard* * que retransmitían por televisión:

* *Shuffleboard:* Juego parecido al tejo y consistente en empujar, con la mano o con un taco, una serie de discos sobre una superficie con casillas numeradas. (N. del T.)

«La mejor forma de ver el mundo es estando borracho.»

Todo había sido creado para ser visto bajo los efectos de una borrachera. Ciertamente no era ésta la forma de ver el mundo, con la cabeza a punto de estallarle cada vez que movía los ojos. La noche anterior había querido celebrar su última noche en Santa Fe. Pero hoy estaría en Metcalf y le haría falta encontrarse bien despejado.

«Aunque, ¿había tenido alguna vez una resaca que no se pudiera arreglar con unas cuantas copas? Tal vez una buena resaca le sería incluso útil» —pensó.

Tenía la costumbre de hacer las cosas lenta y cautamente cuando tenía resaca. Sin embargo, aún no tenía nada planeado. Ya tendría tiempo de hacerlo en el tren.

—¿Alguna carta? —preguntó mecánicamente en recepción.

Pero no había ninguna.

Se bañó solemnemente y encargó que le subieran té caliente y un huevo crudo para prepararse una «ostra de la pradera»; luego se dirigió al armario ropero y se quedó largo rato ante él, preguntándose indeciso qué iba a ponerse. Finalmente se decidió por el traje marrón rojizo en honor de Guy. Una vez se lo hubo enfundado, observó que, además, aquel traje era muy idóneo para pasar inadvertido, y se alegró de haberlo escogido inconscientemente tal vez por eso. Engulló la «ostra de la pradera» sin vomitarla en el acto, flexionó los brazos... pero de repente la decoración india de la habitación, las estrafalarias lámparas de hojalata y las cintas que colgaban en las paredes se le hicieron insoportables y empezó a temblarle todo el cuerpo una vez más debido a la prisa por recoger todos sus bártulos y marcharse.

«¿Qué bártulos?»

En realidad no necesitaba nada. Sólo el papel en el que había escrito todo cuanto sabía acerca de Miriam. Lo sacó del compartimiento posterior de la maleta y se lo guardó en el bolsillo interior de la americana. El gesto le hizo sentirse como un hombre de negocios. Se puso un pañuelo blanco en el bolsillo del pecho, luego salió de la habitación y dejó la puerta cerrada con llave. Suponía que estaría de vuelta el día siguiente por la noche, quizás antes si había alguna posibilidad de hacerlo aquella misma noche y luego regresar en coche cama.

«¡Esta noche!»

Apenas podía creerlo mientras caminaba hacia la estación donde se tomaba el autobús de Lamy, la terminal del ferrocarril. Había creído que se sentiría feliz, excitado... o tal vez silencioso y torvo, pero ni una ni otra cosa resultaba cierta. De pronto frunció el ceño y su pálido, ojeroso, rostro pareció mucho más joven.

«¿Surgiría tal vez algo que le privase del placer que iba a sentir? ¿Qué podía ser ese algo?»

Pero lo cierto es que siempre había ocurrido alguna cosa que le privaba del placer que ya daba por seguro. Esta vez no lo permitiría. Se obligó a sonreír. Tal vez fuese la resaca lo que le había hecho dudar. Se metió en un bar y pidió un quinto de whisky a un camarero al que conocía; llenó el frasco de bolsillo y pidió una botella vacía de un cuartillo para guardar el resto. El camarero buscó, pero no tenía ninguna.

Una vez en Lamy, Bruno se encaminó directamente a la estación, sin otro equipaje que la botella semivacía dentro de una bolsa de papel; ni siquiera llevaba un arma.

«Todavía no he planeado nada —se repetía constantemente a sí mismo—. Pero el hacer muchos planes no siempre es garantía de que el asesinato salga bien. Como demuestra el...»

—¡Eh, Charley! ¿Adónde vas?

Era Wilson, con un grupo de gente. Bruno se encaminó de mala gana hacia ellos, meneando la cabeza con gesto de aburrimiento.

«Habrán llegado ahora mismo en otro tren» —pensó.

Parecían cansados y desaliñados.

—¿Dónde has estado estos dos días? —le preguntó Bruno a Wilson.

—En Las Vegas. No supe que me encontraba allí hasta que estuve allí, de lo contrario te hubiese invitado a venir. Te presento a Joe Hanover. Ya te he hablado de Joe.

—Hola, Joe.

—¿Qué diablos te preocupa? —preguntó Wilson dándole un empujoncito amistoso.

—Oh, ¡Charley tiene resaca! —chilló una de las chicas.

La voz sonó como el timbre de una bicicleta en los oídos de Charley.

—¡Charley Hangover, te presento a Joe Hanover! —dijo Joe Hanover, desternillándose de risa.*

—Ja, ja.

Bruno se libró suavemente de una muchacha que llevaba una guirnalda de flores en torno al cuello y que le había cogido el brazo.

—Demonios, tengo que coger este tren.

Su tren ya estaba esperando.

—¿Puede saberse adónde vas? —preguntó Wilson, arrugando la frente hasta que sus negras cejas se juntaron.

—Tenía que ver a alguien en Tulsa —refunfuñó Bruno, consciente de haber empleado un tiempo del verbo que no era correcto, y pensando en que tenía que largarse *ahora mismo.*

La frustración le daba ganas de ponerse a llorar y dar puñetazos en la sucia pechera de la camisa roja que llevaba Wilson.

Wilson hizo un movimiento como si fuese a borrar a Bruno del mismo modo que se borra una raya de tiza en una pizarra.

—¡Tulsa!

Lentamente, tratando de esbozar una sonrisa, Bruno hizo el mis-

* Juego de palabras: *hangover* significa "resaca" en inglés. (N. del T.)

mo gesto y les volvió la espalda. Echó a andar convencido de que los demás irían tras él, pero no lo hicieron. Al llegar al tren echó la vista atrás y vio que el grupo avanzaba despacio hacia la sombra que les brindaba el techo de la estación. Les miró frunciendo el ceño y pensando que el hecho de andar en un grupo tan compacto les hacía parecer conspiradores.

Se preguntó si sospecharían algo, si estarían murmurando de él.

Subió al tren con gesto despreocupado y el convoy se puso en marcha antes de que encontrase su asiento.

Al despertar de su siesta, el mundo parecía haber cambiado radicalmente. El tren avanzaba suavemente por un terreno montañoso, bañado por una luz azulada y fría. Se veían valles de color verde oscuro, llenos de sombra. El cielo estaba gris. El aire acondicionado del vagón y la frialdad del mundo exterior daban una sensación tan refrescantc como una bolsa de hielo. Bruno tenía apetito. En el vagón restaurante engulló un delicioso almuerzo: chuletas de cordero, patatas fritas y ensalada, y una tarta hecha con melocotones recién cogidos, todo ello regado con un par de vasos de *scotch* con soda. Entonces regresó tranquilamente a su asiento, satisfecho como unas pascuas.

Se apoderó de él una sensación de tener algo concreto que hacer. Era una sensación irresistible, extraña y dulce a un tiempo. El solo hecho de mirar por la ventanilla le permitía notar que entre su mente y sus ojos había una coordinación desconocida hasta entonces. Empezó a tener conciencia de lo que se proponía. Se dirigía a cometer un asesinato que no sólo iba a satisfacer un deseo ya viejo, sino que, además, beneficiaría a un amigo suyo. A Bruno le encantaba hacer cosas por sus amigos. Y la víctima se tenía bien merecido lo que le esperaba.

¡La de tipos excelentes que se iban a librar de Miriam gracias a él!

La noción de su propia importancia le ofuscaba el cerebro, y durante largo rato se sintió totalmente embriagado de felicidad. Las energías que había disipado se extendían ahora como un río desbordado por un terreno tan liso y monótono como el Llano Estacado que el tren cruzaba en aquellos momentos, y parecían concentrarse en un torbellino cuya punta, al igual que el agresivo avance del tren, se afanaba por llegar a Metcalf. Sentado en el borde del asiento, deseó que Guy estuviera frente a él como la otra vez.

«Pero Guy trataría de detenerle —lo sabía—. Guy no se daría cuenta de lo mucho que deseaba hacer aquello, ni de cuán fácil iba a resultarle. ¡Pero por Dios que debería comprender cuán beneficioso será!»

Bruno apretó un puño que parecía de caucho en la palma de la otra mano, deseando que el tren fuese más deprisa. Sentía que se le crispaban los músculos por todo el cuerpo.

Sacó del bolsillo el papel con los datos de Miriam, lo extendió sobre el asiento de enfrente y se puso a estudiarlo atentamente: «*Miriam Joyce Haines, unos veintidós años* —leyó en las letras escritas por su propia mano, con trazo preciso por ser ésta la tercera copia—. *Bastante bonita. Pelirroja. Un tanto llenita, no muy alta. Preñada, es probable que de modo visible pues está de dos meses. Tipo de mujer sociable, ruidosa. Probablemente vestida llamativamente. Pelo tal vez corto y rizado, tal vez largo y con permanente.*»

«No era mucho, pero era todo cuanto había logrado reunir. Una suerte que al menos fuera pelirroja. ¿Podría realmente hacerlo aquella misma noche? —se preguntó—. Eso dependería de si lograba dar con ella en seguida. Tal vez tendría que buscar entre todos los Joyces y Haines del listín.»

Pensó que probablemente ella viviría con sus familiares. Estaba seguro de reconocerla en cuanto le echase la vista encima.

«¡La muy perra!»

La odiaba ya. Pensó en el instante en que la vería y la reconocería, y sus pies saltaron impacientes sobre el suelo. La gente iba y venía por el pasillo, pero Bruno no alzaba la vista del papel.

«*Va a tener un hijo* —oyó decir a la voz de Guy—. ¡Esa putilla!»

Las mujeres capaces de acostarse con cualquiera le enfurecían, le ponían enfermo, igual que las queridas que su padre solía mantener y que convertían en una pesadilla todas sus vacaciones escolares por no saber si su madre estaba enterada y su felicidad era pura ficción o si, por el contrario, estaba en el limbo. Trató de reconstruir la conversación que él y Guy habían sostenido en el tren. Eso le acercaba a Guy.

«Guy —pensó— es el tipo más estupendo que jamás he conocido. Se ha ganado a pulso el trabajo de Palm Beach y merece conservarlo.»

Bruno deseó que hubiese sido él quien le dijera a Guy que el encargo era para él.

Finalmente, Bruno volvió a guardarse el papel y se recostó en el asiento con las piernas cómodamente cruzadas y las manos plegadas sobre la rodilla. Cualquiera que le hubiese visto diría que se trataba de un joven responsable y con mucho carácter, probablemente con un porvenir prometedor frente a él. No parecía gozar de una salud de hierro, ciertamente, pero en él se reflejaban un aplomo y una felicidad interior que pocas veces era dado ver en ningún rostro, y nunca antes en el de Bruno. Su vida hasta entonces había flotado a la deriva, sin saber en qué dirección buscar ni hallar significado en lo poco que había encontrado. Había presenciado unas cuantas crisis... le gustaban las crisis y a veces se complacía en provocarlas entre sus amistades y entre sus padres... pero siempre se había escapado en el momento justo, salvándose de tener que tomar parte en ellas. Esto, y el hecho de que a veces le era imposible demostrar compasión, siquiera cuando su madre sufría por culpa de su padre, había inducido a aquélla a pensar que en él había una parte de crueldad; mientras que su padre, y otras muchas personas, le consideraban, por su parte, un individuo totalmente vacío de sentimientos. Y, pese a todo, bastaba que notase cierta frialdad en un desconocido, o que un amigo no pudiera o no quisiera hacerle compañía en unos momentos de soledad, bastaba eso para hundirle en un abismo de tristeza y melancolía. Pero su madre era la única que lo sabía. Se libraba de las crisis porque encontraba placer en privarse de algo que le gustaba. Llevaba tanto tiempo buscándole ansiosamente un significado a la vida, tanto tiempo tratando de hacer algo que le proporcionase este significado, que había llegado a encontrarle gusto a la frustración, tal y como hacen algunas de esas personas a quienes los amores siempre les salen mal. Jamás conocería la dulce sensación de haber realizado un deseo. Ya desde buen principio el desaliento le había impedido lanzarse a la búsqueda de un rumbo a seguir, de una esperanza. Y, con todo, siempre había tenido la energía suficiente para desear vivir un día más. La muerte no le producía el más mínimo terror, sin embargo. La muerte era sólo una aventura más, aún no intentada. Si le llegaba al poner en práctica algún asunto arriesgado, tanto mejor.

«Jamás estuve tan cerca de ella —pensó—, como aquella vez que llevé un coche de carreras con los ojos vendados, por una recta y con el acelerador a ras del suelo.»

No llegó a oír el disparo que señalaba el fin de la carrera, y no lo oyó porque yacía en la cuneta, inconsciente, con una cadera rota. A veces su aburrimiento alcanzaba tales extremos que pensaba en poner un fin dramático a su vida suicidándose. Jamás se le había ocurrido que enfrentarse a la muerte sin pizca de miedo pudiese ser un acto de valor, que en su actitud se reflejase una resignación como la de los *swamis* * de la India, que el suicidio exigiera una particular clase de coraje desesperado. Bruno poseía este tipo de coraje, en todo momento. De hecho se sentía avergonzado de haber llegado a pensar en el suicidio. Era una escapatoria tan poco original, tan previsible.

Ahora, en el tren, camino de Metcalf, sí tenía un rumbo. Jamás había vuelto a sentirse tan vivo, tan real y parecido a la demás gente desde que, de niño, sus padres le llevaron al Canadá.

«También en tren» —recordó.

Siempre se había imaginado que Quebec estaría lleno de castillos y que le permitirían explorarlos; pero resultó que no había ni uno, ni siquiera tuvo tiempo de buscarlos porque su abuela paterna estaba muriéndose y, además, era precisamente ésa la única razón de aquel viaje. Desde entonces jamás había vuelto a depositar toda

* *Swamis:* Preceptores religiosos hindúes. (N. del T.)

su confianza en el propósito de un viaje. Pero esta vez sí lo hacía.

Al llegar a Metcalf consultó inmediatamente la guía telefónica, buscando el apellido Haines. Apenas era consciente de la dirección de Guy mientras escudriñaba afanosamente las columnas de nombres. No había ninguna Miriam Haines, ni había esperado encontrarla. Había siete Joyces. Bruno garrapateó las direcciones en un pedazo de papel. Tres estaban en la misma dirección, el 1235 de Magnolia Street, y uno de ellos constaba como Mrs. M. J. Joyce. Bruno se pasó la lengua por el labio superior mientras meditaba.

«Era cosa segura. Quizás la madre de Miriam se llamase como ella también. El aspecto del vecindario le indicaría mucho.»

No creía que Miriam viviese en un barrio elegante. Se apresuró hacia un taxi amarillo estacionado junto a la acera.

12

Eran casi las nueve. El largo crepúsculo se precipitaba hacia la noche, y las manzanas de casas residenciales, construidas de madera, se hallaban sumidas en una oscuridad casi total, interrumpida aquí y allí por la luz de algún porche donde la gente permanecía sentada en mecedoras o en los peldaños.

—Pare, aquí me va bien —le dijo Bruno al taxista.

«Magnolia Street esquina College Avenue, y con ésta ya van mil manzanas.»

Empezó a caminar.

Se encontró con una niña pequeña, de pie en la acera, mirándole fijamente.

—Hola —le dijo Bruno con un tono parecido al de una orden para que la pequeña se apartase de su camino.

—Hola —respondió la niña.

Bruno echó un vistazo a la gente del porche iluminado; un hombre gordo que se abanicaba, dos mujeres sentadas en la mecedora. O estaba más borracho de lo que creía o la suerte iba a acompañarle, porque indudablemente había tenido la corazonada de que sería el 1235. Ni en sueños se hubiese podido figurar un vecindario más apropiado para Miriam. Si se equivocaba, buscaría en las demás casas. Llevaba la lista en el bolsillo. El ventilador del porche le recordó que hacía calor, sin contar con la temperatura febril que le había estado molestando desde la caída de la tarde. Se detuvo y encendió un cigarrillo, contento de que en sus manos no se notase temblor alguno. La media botella bebida desde el almuerzo había eliminado todo vestigio de resaca y le había dejado entonado. En torno a él se oía cantar a los grillos por todas partes. Por lo demás, el silencio era tan profundo que podía oír cómo algún coche cambiaba de marcha dos manzanas más allá. Un grupo de jóvenes dobló una esquina cercana y a Bruno le dio un salto el corazón al pensar que uno de ellos podía ser Guy, pero no era así.

—¡Leches con el gili ese! —dijo uno de ellos.

—¡Qué joda! Le dije a ella que a mí no me achantaba su cochino hermano...

Bruno dirigió una mirada altanera tras ellos. Parecían hablar en otro idioma. No hablaban en absoluto como Guy.

No pudo encontrar el número de algunas casas.

«¿Y si no encuentro el 1235?» —se preguntó.

Pero cuando llegó ante el 1235, el número aparecía visiblemente indicado con cifras de estaño sobre el porche que daba a la calle. Al ver la casa sintió un leve estremecimiento de placer.

«Guy habrá subido a saltos esa escalera muy a menudo» —pensó.

Y bastaba ese detalle para que la casa destacase entre las demás. La casa era pequeña como las otras que había en la manzana, sólo que a sus contrapuertas amarillas les hacía más falta una mano de pintura. A un lado había una entrada para coches, un césped de forma irregular y un viejo sedán *Chevvy* aparcado junto al bordillo. Se veía luz en una de las ventanas de la planta baja y también en otra que estaba en una esquina del primer piso y que Bruno pensó que correspondería a la habitación de Miriam.

«Pero, ¿por qué no lo sabía *con certeza*? ¡Tal vez fuese cierto que Guy no le había contado lo suficiente!»

Nervioso, Bruno cruzó la calle y desanduvo parte del camino por donde había llegado. Se detuvo, dio media vuelta y miró fijamente la casa, mordiéndose los labios. No se veía a nadie, y no había luz en ningún porche a excepción de uno que estaba en la esquina más alejada. No lograba distinguir si el débil sonido de una radio procedía de la casa de Miriam o de la casa contigua. En ésta había luz en dos de las ventanas de la planta baja. No le sería difícil recorrer la entrada para coches y echar una ojeada a la parte trasera del 1235.

Los ojos de Bruno se desviaron vigilantes hacia el porche de la casa de al lado, donde acababa de encenderse la luz. Salieron un hombre y una mujer; la mujer se sentó en la mecedora y el hombre prosiguió su camino hasta la calle. Bruno retrocedió hasta ocultarse en la puerta de un garaje.

—¡Que sea de pistacho si no tienen de melocotón, Don! —oyó Bruno que exclamaba la mujer.

—Vainilla para mí —murmuró Bruno.

Y echó un trago del frasco.

Miró burlonamente hacia la casa color amarillo tirando a ocre, apoyó un pie en la pared tras de él y sintió algo duro contra la cadera: el cuchillo que había comprado en la estación de Big Springs, un cuchillo de monte cuya hoja mediría sus buenos dieciséis centímetros y que iba provisto de su correspondiente funda. Prefería no utilizar el cuchillo si podía evitarlo. Los cuchillos le ponían extrañamente enfermo. Por otra parte, un arma de fuego hacía ruido.

«¿Cómo lo haría? Al verla se le ocurriría el procedimiento. ¿O quizá no?»

Se había figurado que al ver la casa tendría alguna inspiración, pero pese a seguir convencido de que había dado con ella, todavía no se le había ocurrido nada.

«¿Sería señal de que se había equivocado, de que no era ésta la casa de Miriam? ¿Y si le echaban el guante por fisgonear antes de que pudiera cerciorarse? ¡Guy no le había contado lo suficiente, realmente no lo había hecho!»

Rápidamente bebió otro trago.

«No debía ponerse nervioso, ¡lo echaría todo a perder!»

Se le doblaba la rodilla. Se frotó las sudorosas manos en las caderas del pantalón y humedeció los labios con su lengua temblorosa. Extrajo la lista de direcciones del bolsillo del pecho y la inclinó para poder leerla bajo la luz de un farol. Pero la luz no bastaba para leer.

«¿Sería mejor marcharse a probar en otra parte y tal vez regresar más tarde? Esperaría quince minutos más, quizá media hora.»

Durante el viaje en tren se le había metido en la cabeza que era preferible atacarla fuera de casa, de modo que todas sus ideas partían del supuesto de que la atacaría así, de manera directa y física.

«Esta misma calle, por ejemplo, está lo bastante oscura para hacerlo, y aún más oscura bajo los árboles.»

Prefería hacerlo con las manos, sin más, o bien golpearla con algo en la cabeza. No se dio cuenta de cuán excitado estaba hasta que su cuerpo se agitó al pensar en los saltos que daría a la derecha o a la izquierda, según conviniese, cuando la atacase. De vez en cuando cruzaba por su mente la idea de lo feliz que iba a ser Guy una vez consumado el hecho. Miriam se había convertido en un objeto, pequeño y duro.

Oyó una voz de hombre seguida de una risa. Estaba seguro que procedían de la ventana iluminada en el piso del número 1235; luego la voz risueña de una chica:

—¿Te estarás quieto?... Por favor. P-o-r f-a-v-o-r.

«Tal vez era la voz de Miriam.»

Era una voz infantil y tenue, pero también con un deje de energía, como un instrumento de cuerda.

La luz osciló hasta apagarse y los ojos de Bruno siguieron clavados en la oscura ventana. Entonces se encendió la luz del porche y aparecieron dos hombres y una chica.

«*Miriam.*»

Bruno contuvo el aliento y apoyó los pies firmemente en el suelo. Podía distinguir el color rojo del pelo. El más corpulento de los dos hombres era pelirrojo también.

«Un hermano, tal vez.»

Los ojos de Bruno captaron un centenar de detalles en seguida:

la solidez de la figura, los zapatos sin tacón, el modo natural de volverse para alzar la vista hacia uno de los dos hombres.

—¿Crees que debemos llamarla, Dick? —preguntó la chica con aquella voz tenue—. Es bastante tarde.

La persiana de la ventana que daba a la calle se alzó por una esquina.

—¿Eres tú, querida? ¡No tardes demasiado!

—No, mamá.

Se dirigían a coger el coche aparcado junto a la acera.

Bruno se esfumó hacia la esquina en busca de un taxi.

«¡Pues no va a ser difícil encontrar uno en esta ciudad fantasma!» —se dijo.

Echó a correr. Hacía meses que no lo hacía y se sintió tan en forma como un atleta.

—¡Taxi!

Ni siquiera había visto un taxi, pero entonces divisó uno y se lanzó en su busca.

Ordenó al taxista que diera la vuelta y se metiera en Magnolia Street en dirección hacia donde había estado aparcado el *Chevvy*, que ya había desaparecido. Ya era noche cerrada. A lo lejos, bajo los árboles, divisó una luz roja de posición que parpadeaba.

—¡Siga! ¡Siga!

La luz roja se detuvo ante un semáforo y al acercarse a ella el taxi, Bruno vio que se trataba del *Chevvy*. Aliviado, se dejó caer contra el respaldo del asiento.

—¿Adónde quiere ir? —preguntó el taxista.

—¡Siga adelante!

Luego, cuando el *Chevvy* hizo un viraje para enfilar una gran avenida, dijo:

—Gire a la derecha.

Sentado sobre el borde del asiento, miró el nombre de la avenida: «Crockett Boulevard».

Sonrió. Había oído hablar del Crockett Boulevard de Metcalf, la calle más amplia y larga de la ciudad.

—¿Cómo se llama la gente a la que va a visitar? —preguntó el taxista—. A lo mejor les conozco.

—Un minuto, un minuto —dijo Bruno, adoptando inconscientemente otra personalidad.

Fingió consultar los papeles que había extraído del bolsillo interior de la americana. Entre ellos estaba el papel con la descripción de Miriam. De pronto se rió burlonamente, invadido por una sensación de seguridad, de estar divirtiéndose.

«Me estoy haciendo pasar por el típico provinciano que ni tan sólo es capaz de encontrar la dirección a la que quería ir.»

Bajó la cabeza para que el taxista no pudiese verle reír y automáticamente alargó la mano hacia el frasco.

—¿Necesita luz?

—No, no, gracias.

Se tomó un buen trago. Luego el *Chevvy* empezó a dar marcha atrás para meterse otra vez en la avenida y Bruno le dijo al taxista que no aflojase la marcha.

—¿En qué dirección?

—¡Siga adelante y cierre el pico! —gritó Bruno.

La ansiedad daba a su voz un tono de falsete.

El taxista meneó la cabeza y chasqueó la lengua. Bruno estaba furioso, pero ahí estaba el *Chevvy* otra vez a la vista. Bruno creía que el viaje no iba a terminar nunca y que Crockett Boulevard atravesaba el estado de Texas de cabo a rabo. El *Chevvy* se perdió de vista dos veces, pero lo encontró de nuevo. Pasaron ante varios aparcamientos y cines *drive-in;* luego la oscuridad alzó un muro a cada lado del vehículo. Bruno empezaba a sentirse preocupado. No podría seguirles la pista más allá de los límites de la ciudad, ni tampoco por alguna carretera comarcal. Entonces un gran letrero iluminado se hizo inesperadamente visible sobre la carretera.

«BIENVENIDOS AL REINO DE LAS DIVERSIONES DE LAKE METCALF» —decía el letrero.

El *Chevvy* pasó por debajo y se metió en un lugar destinado a estacionamiento. Entre los árboles se divisaba una multitud de luces de todas clases, y en el aire flotaba la musiquilla de los tiovivos.

«¡Un parque de atracciones!»

Bruno se sentía entusiasmado.

—Cuatro pavos —dijo el taxista de mal talante.

Bruno le dio un billete de cinco por la ventanilla delantera.

Se rezagó un poco hasta que Miriam y los dos individuos, a los que por el camino se había unido otra chica, hubieron cruzado la barrera de entrada; entonces empezó a seguirles. Abrió bien los ojos para no perderse detalle de Miriam aprovechando la iluminación del parque. Era atractiva, un poco a la manera de una estudiante, y un tanto regordeta.

«Pero decididamente es un ejemplar de segunda categoría» —juzgó Bruno.

Los calcetines rojos y las sandalias del mismo color le ponían furioso.

«¿Cómo había podido casarse Guy con algo como eso?»

De repente se quedó completamente inmóvil.

«¡No estaba embarazada!»

Sus ojos se entornaron a causa de la intensa perplejidad que le estaba embargando.

«¿Por qué no se habría dado cuenta desde el primer momento? Aunque tal vez fuese demasiado pronto para que el embarazo se notase.»

Se mordió con fuerza el labio inferior.

«Su talle parece incluso más estrecho de lo que cabría esperar en una muchacha tan llenita. ¿Será una hermana de Miriam? ¿O es que ha perdido el crío? ¿Intencionadamente? ¿Cómo está usted, señorita Pierdecríos? ¡Corta el rollo, hermana!»

La muchacha llevaba una falda gris muy ajustada sobre sus caderas menudas y gordas. Bruno les seguía al mismo paso que ellos, como si estuviese magnetizado.

«¿Le habría mentido Guy en lo del embarazo? Pero Guy no iría a mentirle.»

La mente de Bruno flotaba en un mar de contradicciones. Con la cabeza ladeada, miraba fijamente a Miriam. Entonces algo empezó a cobrar sentido en su cerebro, antes de que hiciese un esfuerzo consciente por hallarlo:

«Si algo le había sucedido al crío, entonces aún más justificado estaba que él la borrase del mapa, ya que ello impediría a Guy obtener el divorcio. Si había abortado, por ejemplo, era natural que ya pudiese andar por ahí tan tranquila.»

La muchacha estaba de pie en frente de una atracción en la que una gitana dejaba caer objetos dentro de una pecera de grandes dimensiones. La otra muchacha estalló en carcajadas mientras reclinaba todo el cuerpo en el individuo pelirrojo.

—¡Miriam!

Bruno se sobresaltó.

—¡Oooh, sí!

Miriam se encaminó al sitio donde vendían natillas heladas.

Compraron natillas para todos. Bruno esperó aburrido, contemplando sonriente el arco de luces de la noria y los diminutos cuerpos que oscilaban en los bancos allí arriba en el cielo ennegrecido. Lejos de él, entre los árboles, vio luces reflejándose en el agua.

«¡Eso es todo un parque!»

Tenía ganas de subir a la noria. Se sentía estupendamente. Calmado, sin ningún síntoma de excitación. En el tiovivo se oía la melodía «*Casey bailaría el vals con la rubia de cabellos de fresa...*» Sin abandonar su sonrisa, volvió a dirigir la mirada hacia el pelo rojo de Miriam y sus ojos se encontraron con los de ella, pero Miriam los desvió en seguida y Bruno tuvo la seguridad de que no se había fijado en él.

«No debo hacerlo otra vez» —se dijo.

Sintió un súbito ataque de ansiedad y soltó un respingo.

«Miriam no tiene ni el más mínimo sentido de la elegancia» —decidió.

Y el hecho le hizo gracia. No le era difícil comprender que Guy la odiase. También él la odiaba.

«¡Con toda mi alma! Tal vez le haya estado tomando el pelo a Guy en lo del crío. Y Guy es tan honrado que se lo ha creído. ¡Perra!»

Cuando el grupo prosiguió su paseo, Bruno soltó el pájaro con cola de golondrina que había estado manoseando en la caseta del vendedor de globos, luego giró en redondo y se compró uno, color amarillo brillante. Tenía la impresión de haber regresado a la infancia mientras agitaba el palito y escuchaba el pitido que salía de la cola del pájaro.

Un niño que pasó junto a él con sus padres alargó la mano hacia el juguete y Bruno sintió el impulso de dárselo, pero no lo hizo.

Miriam y sus amigos penetraron en la iluminada zona donde se hallaba la base de la noria junto con gran número de vendedores ambulantes y atracciones de segunda categoría. Por encima de las cabezas del público se oía el *tac-tac-tac* de las montañas rusas; parecía una ametralladora. Se oyó un campanillazo secundado por un vocerío cuando alguien logró levantar de un martillazo la flecha roja.

«No me importaría matar a Miriam con un martillo» —pensó.

Examinó atentamente a Miriam y a cada uno de sus tres acompañantes para ver si alguno de ellos se había fijado en él, aunque estaba seguro de que no. Pensó que era mejor así por si no tenía oportunidad de hacerlo aquella noche. Pero, sin saber por qué, estaba seguro de que lo haría antes del amanecer. Algo iba a suceder que le permitiría hacerlo.

«Esta es mi noche.»

El aire fresco de la noche le bañaba como un líquido en el que estuviese retozando. Trazaba amplios círculos en el aire con el palito del pájaro.

«¡Me gusta Texas, el estado de Guy!»

Todo el mundo parecía contento y repleto de energía. Dejó que el grupo de Miriam se mezclase con la multitud mientras él bebía un trago del frasco. Después echó tras ellos a paso largo.

Estaban contemplando la noria y Bruno confió en que decidieran subirse en ella.

«Realmente, en Texas lo hacen todo en grande» —pensó Bruno, contemplando admirado la noria.

Jamás había visto una noria tan gigantesca. Tenía una estrella de cinco puntas en medio, hecha con bombillas de color azul.

—Ralph, ¿qué te parece si...? —preguntó Miriam con voz chillona, metiéndose en la boca los restos del helado de natilla.

—¡Bah, es muy aburrido! ¿Qué me dices del tiovivo?

Y se marcharon los cuatro. El tiovivo era como una ciudad iluminada y clavada en mitad de la oscuridad del bosque, un bosque de postes niquelados y habitado por multitud de cebras, caballos, jirafas, toros y camellos que subían y bajaban, algunos de ellos con el cuello arqueado hacia fuera de la plataforma, inmovilizados en el acto de saltar o galopar, como si esperasen ansiosamente que alguien montase en ellos. Bruno se quedó quieto, incapaz de apartar los ojos siquiera para vigilar a Miriam, estremecido por aquella musiquilla que le anunciaba el comienzo de un nuevo viaje de un momento a otro. Sentía que estaba a punto de revivir algún momento delicioso de su infancia que volvía a tener casi a su alcance gracias al hueco sonido del órgano de vapor y a su acompañamiento de bombo y platillos.

La gente empezaba a escoger cabalgadura. Miriam y sus amigos estaban comiendo otra vez. Miriam hundía el rostro en una bolsa de palomitas de maíz que Dick le ofrecía.

«¡Los muy cerdos!»

Bruno tenía hambre también y se compró un bocadillo de Frankfurt. Al mirar de nuevo hacia Miriam la vio subir al tiovivo con los demás. Echó a correr mientras hurgaba en los bolsillos en busca de unas monedas. Todavía pudo montar en su caballo favorito: un ejemplar pintado de azul intenso, con la cabeza echada hacia atrás y la boca abierta. Dio la casualidad de que Miriam y sus amigos regresaran, zigzagueando entre los postes, hacia donde él estaba. Miriam y Dick escogieron la jirafa y el caballo situados delante mismo de Bruno.

«¡La suerte está de mi parte esta noche! ¡Debería estar en el casino!»

«Igual que la sintonía — rampataplán...
De una pegadiza melodía — rampataplán...
Ella empezará... ¡BUM! un maratón... ¡BUM! *

A Bruno le entusiasmaba esa canción, y a su madre también. La música le hizo encoger el estómago y sentarse en el caballo como si fuese a saltar algún obstáculo, balanceando alegremente los pies en los estribos. Algo pasó rozándole el cogote y se volvió con gesto belicoso, pero no eran más que unos tipos que armaban jaleo entre ellos.

Empezaron a girar lenta y marcialmente a los compases de «*The Washington Post March*». Bruno subía y subía mientras Miriam bajaba y bajaba en su jirafa. El mundo se difuminaba entre luces borrosas más allá del tiovivo. Bruno sujetaba las riendas con una mano, tal como le habían enseñado en la escuela de polo, mientras comía la salchicha que sostenía en la otra.

—¡Yupiii! —chilló el individuo pelirrojo.

—¡Yupiii! —le contestó Bruno—. ¡Soy un tejano!

—¿Katie?

Miriam se inclinaba sobre el cuello de la jirafa y su falda gris parecía a punto de reventar.

—¿Ves aquel tipo de allí... el de la camisa a cuadros?

Bruno miró también y divisó al tipo de la camisa a cuadros.

«Se parece un poco a Guy» —pensó Bruno.

Y al pensarlo se le escapó lo que Miriam decía sobre el tipo.

* *Just like the strain — te-te-dum —*
Of a haunting refrain — te-te-dum —
She'll start upon — BOOM! a marathon — BOOM!

La gran iluminación le permitía ver que en el rostro de Miriam abundaban las pecas. La muchacha se le hacía más y más odiosa, hasta el punto de empezar a sentir ganas de no tocar con sus manos aquella carne suave y repulsiva.

«De todos modos —pensó—, todavía me queda el cuchillo. Un instrumento muy limpio.»

—¡Un instrumento muy limpio! —aulló Bruno lleno de júbilo, sabedor de que nadie podía oírle.

Su caballo era el que más cerca estaba del borde de la plataforma. Al lado había un asiento vacío formado por unas figuras de cisne. Bruno escupió en él. Arrojó lejos de sí los restos de la salchicha y se limpió de mostaza los dedos frotándolos en la crin del caballo.

—«Casey bailaría el vals con la rubia de cabellos de fresa mientras la orquesta... tocaba... ¡Aaaah!» —cantaba vehementemente la pareja de Miriam.

Los demás le hicieron coro y Bruno unió su voz a la de ellos. Todo el tiovivo cantaba.

«¡Sólo faltan las copas! ¡Todos deberían estar bebiendo algo!»

—«Su cerebro tan cargado por poco ha explotado» —cantaba Bruno a todo pulmón—, «¡y la pobre chica temblaba de alarmaaaa!»

—¡Hola, Casey! —susurró Miriam a Dick, abriendo la boca para atrapar al vuelo las palomitas de maíz que el otro intentaba meter en ella.

—¡Cuac, cuac! —graznó Bruno.

Con la boca abierta, Miriam parecía fea y estúpida. Daba la impresión de que la estuvieran estrangulando y tenía el rostro encarnado e hinchado. Bruno no pudo soportar aquel espectáculo y apartó la mirada sin dejar de sonreír. El tíovivo empezaba a ir más despacio. Bruno tenía esperanzas de que el grupo se quedase para hacer otro viaje, pero se apearon y cogidos del brazo echaron a andar hacia las luces que se reflejaban en el agua.

Bruno se detuvo bajo los árboles para tomar otro traguito del frasco, ya casi vacío.

Estaban alquilando una barca. La perspectiva de remar un poco bajo el frescor de la noche entusiasmaba a Bruno. Alquiló una barca también. A excepción de los reflejos apagados, el lago se veía grande y negro, lleno de barcas a la deriva con su cargamento de parejitas amarteladas. Bruno se acercó a la barca de Miriam lo bastante como para ver que el tipo pelirrojo era el encargado de remar mientras Miriam y Dick soltaban risitas y se apretujaban en el banco de atrás. Bruno se inclinó hundiendo vigorosamente los remos tres veces y su barca dejó atrás la de Miriam, entonces dejó los remos al garete.

—¿Queréis ir hasta la isla o nos quedamos dando vueltas por aquí? —preguntó el pelirrojo.

Con gesto petulante, Bruno se tumbó de lado en la barca, esperando que los otros se decidiesen. Desde los rincones oscuros que jalonaban la orilla venían murmullos de voces, radios y risas. Inclinó el frasco y apuró las últimas gotas.

«¿Qué sucedería si gritaba ¡Guy!? ¿Qué pensaría Guy de verlo ahora? Tal vez Guy y Miriam habían remado en este lago cuando eran novios, puede que hasta lo hubiesen hecho en este mismo bote.»

En las manos y en la parte inferior de las piernas notaba el agradable cosquilleo del licor. De haber estado Miriam con él en el bote, con gusto le hubiese metido la cabeza bajo el agua. Allí, en la oscuridad. La noche era muy oscura, sin luna. El agua lamía su barca con un sonido breve y apagado. Bruno empezó de pronto a agitarse de impaciencia. Se oyó un beso sonoro en la embarcación de Miriam, y Bruno les devolvió el beso añadiendo un gruñido de placer.

«¡Muá, muá!»

Debían de haberle oído porque se oyó un estallido de risas.

Esperó que pasasen por su lado, entonces les siguió sin prisa. Se estaba acercando a la masa negra que había delante y que de vez en cuando era punteada por el resplandor de una cerilla. La isla. Parecía el paraíso de las parejitas.

«¡Quizá Miriam vuelva esta noche a las andadas!» —pensó Bruno, riendo entre dientes.

Una vez la barca de Miriam hubo atracado, Bruno remó unos cuantos metros hacia un lado, desembarcó y colocó la proa de la suya sobre un tronco para que fuese fácil reconocerla entre las demás. De nuevo le invadía la sensación de tener algo concreto que hacer, esta vez con mayor intensidad e inminencia que en el tren.

«En Metcalf hace apenas dos horas, ¡y héme aquí ahora en una isla con ella!»

Apretó el cuchillo contra el cuerpo a través de sus pantalones.

«Si pudiera quedarme a solas con ella y taparle la boca con la mano... aunque ¿tal vez me mordería?»

Se estremeció de asco al pensar en la húmeda boca de Miriam tocándole la mano.

Sin apresurarse les siguió cuesta arriba por un terreno donde los árboles crecían muy juntos.

—No podemos sentarnos aquí, el suelo está mojado —gimoteó la muchacha llamada Katie.

—Siéntate en mi chaqueta si quieres —dijo una voz de hombre.

«¡Dios! —pensó Bruno—. ¡Ese maldito acento del Sur!»

—«Cuando paseo con mi amor por el sendero de los enamorados...» —canturreaba alguien entre los arbustos.

Murmullos de noche. Insectos. Bichitos. Y un mosquito junto a la oreja. Bruno se la cubrió con la mano ahuecada y el trompeteo del mosquito se hizo ensordecedor, apagando las voces.

—...apártate.

—¿Y por qué no encontramos un sitio? —preguntó Miriam con voz quejumbrosa.

—¡No hay ningún sitio y ten cuidado dónde pones los pies!

—¡Ojito con los lindos pies, chicas! —dijo riendo el individuo pelirrojo.

«¿Pero *qué diablos* se proponían hacer? ¡Ya estaba harto!»

La música del tiovivo sonaba cansina y distante, sólo su tintín se oía con claridad. Entonces los del grupo se dieron la vuelta ante sus narices y Bruno tuvo que echarse a un lado como si se dirigiese a algún sitio. Se enredó con una mata de espinos y se ocupó en librarse de ella mientras pasaban delante de él. Luego les siguió cuesta abajo. Le pareció que podía oler el perfume de Miriam, tal vez el de la otra chica: un olor dulzón como el de un cuarto de baño lleno de vapor. Le pareció repulsivo.

—«...y ahora —decía una radio—, entrando muy cautelosamen te... Leon... *Leon* descarga un derechazo en el rostro de Babe y *¡oigan al público!*»

Se oyó un rugido.

Bruno vio a un tipo y una chica que se revolcaban ahí abajo entre los matorrales, como si también ellos estuviesen luchando.

Miriam se hallaba en una leve elevación del terreno, apenas a tres metros de Bruno, y los otros seguían descendiendo en dirección al agua. Bruno se acercaba a ella poco a poco. Los reflejos del agua enmarcaban la silueta de la cabeza y hombros de Miriam.

«¡Nunca se le había acercado tanto!»

—¡Eh! —susurró Bruno.

La vio volverse.

—Oye, ¿no te llamas Miriam, por casualidad?

Ella le estaba mirando de frente, pero Bruno sabía que apenas podía verle.

—Sí. ¿Quién eres?

Dio otro paso hacia ella.

—¿No nos hemos visto antes? —preguntó cínicamente, oliendc de nuevo el perfume.

Ella era una mancha negra y fea. Bruno saltó con las manos abiertas y las muñecas pegadas una a otra.

—Oye, ¿qué haces...?

Sus manos se aferraron a la garganta de la chica antes de que pudiera acabar la pregunta, ahogando de raíz su gesto de sorpresa. La zarandeó. El cuerpo de Bruno parecía endurecerse como una roca y podía oír cómo rechinaban sus dientes. De la garganta de Miriam surgía un ruido chirriante, pero las manos se aferraban con demasiada fuerza y la impedían chillar. Metió una pierna detrás de ella y la empujó hacia atrás. Cayeron los dos juntos sin más ruido que el de los cuerpos revolcándose sobre las hojas. Hundió más los dedos y aguantó la desagradable sensación que le producía aquel cuerpo forcejeando bajo el suyo. Quería impedir que las contorsiones de Miriam les obligaran a ponerse en pie. Bajo sus manos, la garganta se notaba más cálida e hinchada.

«¡Basta! ¡Basta! ¡Basta! ¡Yo te lo ordeno!» —pensaba Bruno.

Y la cabeza dejó de voltear. Bruno estaba seguro de haberla apretado suficiente rato, pero no aflojó la presión de sus manos. Echó una mirada hacia atrás pero no vio venir a nadie. Al aflojar los dedos, tuvo la sensación de que había dejado unas profundas hendiduras en la garganta de Miriam, como si la garganta fuese la masa con que se hace el pan. Entonces ella profirió un sonido parecido a una tos y que le dejó tan aterrado como la visión de un muerto levantándose, y de nuevo cayó sobre ella, se afianzó sobre las rodillas para hacerlo, y la apretó con tal fuerza que creyó que se le iban a romper los pulgares. Toda la energía que había en él salía por sus manos.

«¿Y si no basta?» —se oyó gimotear a sí mismo.

El cuerpo se había quedado inmóvil, fláccido.

—¿Miriam? —llamó la otra muchacha.

Bruno se levantó de un brinco y echó a caminar dando traspiés directamente hacia el centro de la isla, luego giró a la izquierda para salir cerca de donde estaba su barca. Se encontró tratando de quitarse algo de las manos frotando con su pañuelo de bolsillo. La saliva de Miriam. Arrojó el pañuelo al suelo y rápidamente lo recogió porque llevaba sus iniciales.

«¡Pensaba en todos los detalles!»

Se sentía lleno de entusiasmo.

«¡Ya estaba hecho!»

—¡Mi-ri-am!

El tono de la voz empezaba a ser impaciente.

«Pero, ¿y si no había acabado con ella? ¿y si ahora estaba sentada en el suelo, contando lo ocurrido?»

Al pensar en ello aceleró el paso automáticamente, y estuvo a punto de caerse de cabeza. Una fuerte brisa le dio la bienvenida al llegar a la orilla. No había ni rastro del bote. Decidió apoderarse de la primera embarcación que viese, pero luego cambió de parecer. Entonces, a unos dos metros más a la izquierda, encontró el suyo, apoyado en el tronco tal como lo había dejado.

—¡Eh, se ha desmayado!

Bruno apartó el bote de la orilla de un empujón, con movimientos ágiles pero sin precipitarse.

—¡Socorro! —exclamó una voz.

—¡Dios!... ¡Socorro!

Bruno empezó a sentir tanto pánico como el que se reflejaba en aquella voz. Remó furiosamente durante unos segundos, luego se detuvo bruscamente y dejó que el bote se deslizara sobre las oscuras aguas preguntándose por qué se asustaba si no le perseguía nadie.

—¡Eh!

—¡Santo cielo! ¡Está *muerta*! ¡Busquen ayuda!

El prolongado alarido de una chica rasgó el silencio y, para Bruno, fue como una confirmación de su acto.

«Hermoso alarido» —pensó, extrañamente admirado.

Se acercó tranquilamente al embarcadero, detrás de otro bote, y despacio, como todo lo que hacía, pagó al barquero.

—¡En la isla! —dijo otra voz asustada desde una de las embarcaciones—. ¡Dicen que está muerta!

—¿Muerta?

—¡Que alguien llame a la poli!

Se oía correr de pies por el embarcadero de madera, detrás de Bruno.

Bruno se dirigía hacia la salida del parque, tranquilamente, sin correr.

«¡Gracias a Dios que la borrachera, la resaca o lo que fuese era lo bastante fuerte para poder andar con tanta lentitud!»

Pero al cruzar la salida se apoderó de él una oleada de terror invencible. Luego, la sensación menguó rápidamente hasta desaparecer. Nadie le estaba mirando siquiera. Para recuperar su aplomo, concentró todo su pensamiento en el deseo de tomarse una copa. Más arriba, en la carretera, había un establecimiento con luces rojas que parecía un bar, y se dirigió en línea recta hacia allí.

—Hola —le dijo al barman.

—¿De dónde vienes, hijo?

Bruno le miró. Los dos hombres de la derecha le estaban mirando también.

—Quiero un *scotch*.

—No hay licor fuerte por aquí, hombre.

—¿Qué es esto, parte del parque?

Su voz enronqueció como el alarido.

—No hay licor fuerte en el estado de Texas.

—¡Deme algo de aquello!

Bruno señalaba la botella de *whisky* de centeno que los dos hombres tenían sobre el mostrador.

—Aquí tiene, si necesita tanto tomarse un trago.

Uno de los dos hombres echó un poco de *whisky* en un vaso y lo empujó hacia él.

Era tan áspero como viajar Texas abajo, pero igual de dulce al final del viaje. Bruno hizo ademán de pagar, pero el hombre no quiso.

Se oían las sirenas de la Policía, más y más cerca.

Un hombre apareció en la puerta.

—¿Qué ha pasado? ¿Un accidente? —le preguntó alguien.

—No he visto nada —respondió indiferente el hombre.

«¡Así me gusta, *hermano*!» —pensó Bruno.

Dio una ojeada al individuo, pero no le pareció apropiado dirigirse a él y entablar conversación.

Se sentía bien. El hombre de la barra insistía una y otra vez para que se tomase otra copa, y Bruno se tomó tres sin añadirles agua. Al alzar el vaso observó que tenía una señal en la mano, sacó el pañuelo y sin prisas se puso a limpiar el espacio entre el pulgar y el índice. Era una mancha producida por el lápiz de labios anaranjado que usaba Miriam. Apenas podía verla debido a la mala iluminación del bar. Dio las gracias al hombre del *whisky* y salió al oscuro exterior. Caminaba por el lado derecho de la carretera, buscando un taxi. No tenía el menor deseo de volver la cabeza hacia el iluminado parque.

«Ni siquiera pensaba en él» —se dijo a sí mismo.

Pasó un tranvía y echó a correr para atraparlo. Le gustó el interior del vehículo, profusamente iluminado. Se puso a leer todos los letreros. Al otro lado del pasillo había un muchachito con cara de pillo y Bruno se puso a hablar con él. La idea de llamar a Guy y de verle no se le iba de la cabeza, pero por supuesto Guy no estaba allí. Tenía ganas de hacer algo para celebrarlo. Quizá llamar otra vez a la madre de Guy, pero lo pensó otra vez y no le pareció prudente. Era lo único desagradable de toda la tarde, el hecho de no poder ver a Guy, ni siquiera hablarle o escribirle, hasta mucho más adelante. Naturalmente, Guy iba a ser interrogado.

«¡Pero él estaba libre! ¡Y ya está hecho, hecho, hecho!»

En un arrebato de buen humor, pasó la mano por la cabeza del muchachito, despeinándole. El chico quedó desconcertado un momento, luego, al ver la sonrisa amistosa de Bruno, sonrió también.

En la estación término del Ferrocarril de Atchison, Topeka y Santa Fe, reservó una litera alta en un coche-cama que salía a la una y media de la madrugada. Le quedaba una hora y media que matar. Todo estaba perfecto y se sentía inmensamente feliz. En un *drugstore* cercano a la estación compró un cuartillo de *scotch* para rellenar el frasco. Acarició la idea de pasar por delante de la casa de Guy y ver qué tal era, lo pensó cuidadosamente y finalmente decidió que podía hacerlo. Se estaba ya aproximando a un hombre que se hallaba junto a la puerta, para pedirle indicaciones (pues sabía que no era conveniente tomar un taxi), cuando se dio cuenta de que deseaba una mujer. Deseaba una mujer más que en cualquier otro momento anterior de su vida, y el que así fuese le llenó de una alegría prodigiosa. No había deseado ninguna desde su llegada a Santa Fe, si bien, a instancias de Wilson, lo había hecho dos veces. Viró en redondo ante las mismas narices del hombre de la puerta, pensando que alguno de los taxistas que había fuera sabría dónde encontrarla.

¡Sentía escalofríos, de tanta gana de mujer como sentía! Esos escalofríos no eran de los que se curaban con licor.

—Yo qué sé —le respondió el taxista pecoso que estaba apoyado en el guardabarros.

—¿Qué significa eso de que no lo sabe?

—Pues que no lo sé, sanseacabó.

Bruno se fue disgustado.

Un poco más allá, encontró a otro taxista más complaciente. En el dorso de una tarjeta escribió una dirección y un par de nombres, aunque estaba tan cerca de allí que no tuvo ni que llevarlo en el taxi.

13

Apoyado en la pared junto a su cama en el Montecarlo, Guy miraba cómo Anne iba volviendo las páginas del álbum de familia que se había traído de Metcalf. Habían sido unos días maravillosos, los dos últimos que pasaba con Anne. Mañana partiría hacia Metcalf. Y luego, Florida. El telegrama de míster Brillhart había llegado hacía tres días, anunciándole que el encargo seguía siendo suyo. Tenía seis meses de trabajo en perspectiva, y en diciembre el comienzo de las obras de su propia casa, suya y de Anne. Ahora contaba con suficiente dinero para construírsela. Y también el dinero para costearse el divorcio.

—¿Sabes? —dijo sosegadamente—, si no tuviera lo de Palm Beach, si tuviera que regresar mañana a Nueva York y ponerme a trabajar, lo haría, sería capaz de hacer cualquier cosa.

Pero casi mientras lo decía, se dio cuenta de que era lo de Palm Beach lo que le había dado valor, ímpetu, voluntad o como quisiera llamarlo, y que, sin ello, estos días pasados con Anne no le habrían producido más que un sentimiento de culpabilidad.

—Pero no tienes que hacerlo —dijo Anne finalmente, inclinándose más sobre el álbum.

Guy sonrió. Sabía que Anne apenas le había estado escuchando. Y, a decir verdad, lo que había dicho no tenía importancia, y Anne lo sabía. Se inclinó sobre el álbum también, indicando a Anne quiénes eran las personas que ella señalaba, contemplando divertido cómo ella examinaba las fotografías suyas que su madre había reunido en dos páginas, y que iban desde la infancia hasta cerca de los veinte años. Sonreía en todas ellas y un mechón de pelo negro daba a su rostro una expresión de tenacidad, de optimismo, más marcada que en la actualidad.

—Se me ve contento ahí, ¿eh? —preguntó.

Ella le guiñó un ojo.

—Y muy guapo. ¿Alguna de Miriam?

Dejó que las páginas restantes le rozasen el pulgar al cerrarse.

—No —dijo Guy.

—Estoy muy contenta de que me lo trajeras.

—Mi madre me retorcería el cuello si supiera que me lo he traído a Méjico.

Guardó de nuevo el álbum en la maleta para evitar toda posibilidad de dejárselo olvidado.

—Es la forma más benigna de conocer a las familias.

—Guy, ¿te lo hice pasar muy mal?

Sonrió ante el tono lastimero de Anne.

—¡Claro que no! ¡No me importó lo más mínimo!

Se sentó en la cama y tiró de ella para que se tumbase junto a él. Había conocido a todos los parientes de Anne, por parejas y por grupos de tres, por docenas en las cenas y fiestas que los Faulkner daban los domingos. Era uno de los chistes favoritos de la familia el calcular cuántos Faulkners, cuántos Weddells y cuántos Morrisons habría en total, viviendo, todos ellos, en el estado de Nueva York o en Long Island. Sin saber por qué, a Guy le agradaba que ella tuviese tantos parientes. La Navidad que el año anterior había pasado en casa de los Faulkner había sido la más feliz de su vida. La besó en ambas mejillas, luego en la boca. Al recostar la cabeza, vio sobre el cobertor los dibujos que Anne había hecho en papel de cartas con el membrete del Montecarlo y perezosamente empezó a ordenarlos en un montoncito. Eran las ideas que se le habían ocurrido a Anne después de la visita que aquella tarde habían hecho al Museo Nacional. Los trazos eran negros y firmes, como los borradores que él mismo solía hacer.

—Estoy pensando en la casa, Anne.

—Quieres que sea grande.

El sonrió.

—Sí.

—Pues que sea grande.

Ella se acomodó en sus brazos y los dos suspiraron como una sola persona. Anne soltó una risita cuando él la atrajó más hacia sí.

Era la primera vez que ella estaba de acuerdo sobre las dimensiones de la casa. El edificio tenía que ser en forma de Y, y el dilema había consistido en si convenía prescindir del ala delantera del edificio. Pero en el cerebro de Guy bullía el proyecto de una casa que tuviese dos alas, ni más ni menos. Eso iba a costar mucho, mucho más de veinte mil, pero Guy esperaba que el trabajo de Palm Beach le trajese una lluvia de encargos particulares, encargos seguros y bien pagados. Según Anne, a su padre nada le hubiera encantado más que costearles el ala delantera de la casa a guisa de regalo de bodas, pero a Guy eso le parecía tan impensable como el prescindir de ella. Podía ver la casa, rutilante y blanca, recortándose sobre el bufete marrón al otro lado de la habitación. Surgía de cierta roca blanca que había visto cerca de una ciudad llamada Alton, en la zona baja de Connecticut. La casa era alargada, baja, de techo liso, como si algún alquimista la hubiese creado de la misma roca, como un cristal.

—Podría bautizarla «El Cristal» —dijo Guy.

Anne contemplaba reflexivamente el techo.

—No soy muy partidaria de dar nombre a las casas. Quizás es que no me gusta lo de «Cristal».

Guy se sintió sutilmente mortificado.

—Resulta mucho mejor que «Alton». ¡Habráse visto nombre más insípido! Así es Nueva Inglaterra. Ahora bien, en Texas...

—Muy bien, tú quédate con Texas y yo me quedaré con Nueva Inglaterra.

Anne sonrió, parando a Guy en seco, porque, en realidad, a ella le gustaba Texas y a Guy Nueva Inglaterra.

Guy miró el teléfono con el extraño presentimiento de que iba a sonar. Notaba que la cabeza se le iba un poco, como si hubiera tomado alguna droga ligeramente eufórica. Era la altitud, según Anne, lo que en Méjico Capital, producía aquella sensación en la gente.

—Me siento como si esta noche pudiera llamar a Miriam, hablar con ella y dejarlo todo arreglado —dijo Guy, hablando despacio—, como si esta noche fuese capaz de decir las palabras más acertadas.

—Ahí tienes el teléfono —dijo Anne, completamente en serio.

Transcurrieron unos segundos y oyó suspirar a Anne.

—¿Qué hora es? —preguntó ella, incorporándose—. Le dije a mamá que estaría de regreso antes de las doce.

—Las once y siete.

—¿No tienes un poco de apetito?

Encargaron algo del restaurante de abajo. Les subieron unos huevos con jamón a duras penas reconocibles como tales, de un color rojizo, pero bastante buenos, según pudieron comprobar.

—Estoy contenta de que pudieras venir a Méjico —dijo Anne—. Ha sido como si existiese algo que yo conocía muy bien y tú no, algo que yo deseaba que conocieses. Sólo que Ciudad de Méjico no es una ciudad como las demás.

Anne comía despacio.

—Produce un sentimiento de nostalgia —prosiguió—, como París y Viena y uno desea volver a ella, sin que importe lo que le haya ocurrido aquí.

Guy arrugó la frente. Había estado en París y en Viena con Robert Treacher, un ingeniero canadiense, en cierta ocasión, cuando ninguno de ellos tenía dinero. No eran el París y la Viena que Anne había conocido. Bajó la vista hacia el panecillo untado con mantequilla que Anne acababa de darle. A veces deseaba apasionadamente conocer el sabor, el olor de todo cuanto Anne había conocido..., saber qué había sucedido en cada una de las horas de su infancia.

—¿Qué quieres decir con eso de que no importa lo que nos haya sucedido aquí?

—Me refiero a si te han robado, o has estado enfermo.

Ella le miró y sonrió. Pero la luz de la lámpara, reflejándose en el fondo de sus ojos azules como el humo de un cigarrillo, daba a su cara una misteriosa expresión de tristeza.

—Supongo que son los contrastes lo que la hace atractiva. Igual que las personas, llenas de increíbles contradicciones.

Guy la miraba fijamente, con el dedo encorvado en el asa de la taza de café. No sabía por qué, pero la actitud de Anne, o tal vez lo que le había dicho, le hacía sentirse inferior.

—Pues lamento mucho no disponer de contradicciones increíbles.

—¡Oh, oh, oh!

Entonces ella estalló en carcajadas, aquellas carcajadas alegres que tanto le gustaban a él, aunque fuese él la causa, aunque ella no tuviera intención de darle explicaciones.

Se levantó de un salto.

—¿Te apetecería un poco de tarta? Voy a hacerla aparecer como los genios de Oriente. ¡Una tarta magnífica!

Sacó la lata de galletas de un rincón de la maleta. No había pensando en la tarta hasta ahora, la tarta que su madre le había preparado en el horno con la misma mermelada de moras que él había alabado cada día a la hora de desayunar.

Anne telefoneó al bar y encargó un licor muy especial que ella conocía. El licor tenía el mismo apetitoso color carmesí de la tarta y les había sido servido en unas copas bastante estrechas. El camarero acababa de irse y empezaban a alzar las copas cuando el teléfono sonó, con un repiqueteo nervioso y repetido.

—Probablemente es mamá —dijo Anne.

Guy respondió a la llamada. Oyó una voz lejana que hablaba con la telefonista. Entonces la voz se hizo más fuerte, ansiosa y estridente; era la voz de su madre.

—*¿Allô?*

—Hola, mamá.

—Guy, ha sucedido algo.

—¿Qué pasa?

—Se trata de Miriam.

—¿Qué le pasa a Miriam?

Guy se apretó el auricular contra la oreja. Se volvió hacia Anne y observó que el rostro de la muchacha cambiaba al ver el suyo.

—La han matado, Guy. Anoche...

La voz se quebró.

—¿Qué dices, mamá?

—Fue anoche.

Hablaba con el tono estridente y mesurado que Guy recordaba haber oído sólo una o dos veces antes en toda su vida.

—Guy, la asesinaron.

—¡Asesinada!

—Guy, *¿qué* has dicho? —preguntó Anne, levantándose.

—Anoche, en el lago. No se sabe nada.

—¿Estás...?

—¿Puedes venir a casa, Guy?

—Sí, mamá... ¿Cómo? —preguntó estúpidamente, estrujando el teléfono como si pudiese obtener información de ambas piezas del anticuado aparato—. ¿Cómo fue?

—Estrangulada.

Una sola palabra, luego silencio.

—¿Fuiste...? —empezó a decir—. ¿Está...?

—Guy, ¿qué sucede?

Anne se aferraba a su brazo.

—Llegaré a casa tan pronto como pueda, mamá. Esta noche. No te preocupes. No tardaré.

Colgó el auricular lentamente y se volvió hacia Anne.

—Se trata de Miriam. Han matado a Miriam.

Anne susurró:

—¿Asesinada... has dicho?

Guy asintió con la cabeza, pero de pronto se le ocurrió que tal vez fuese un malentendido.

—¿Cuándo?

—Anoche, me ha dicho.

—¿Saben quién ha sido?

—No. Tengo que ir esta noche.

—Dios mío.

Miró a Anne, inmóvil ante él.

—Tengo que ir esta noche —repitió aturdido.

Luego se acercó al teléfono para reservar plaza en algún avión, pero fue Anne quien se encargó de hacerlo, hablando rápidamente en español.

Guy empezó a hacer la maleta. Le parecía que tardaba horas en meter sus escasas pertenencias en la maleta. Se quedó mirando fijamente el bufete marrón, preguntándose si ya había comprobado que no se dejaba nada en los cajones. Ahora, allí donde antes se le había aparecido la casa blanca, veía una cara que se reía, primero una boca en forma de media luna, luego el rostro completo... el rostro de Bruno. La lengua se encorvaba obscenamente sobre el labio superior, y luego, otra vez la risa callada y crispada que agitaba los cabellos caídos sobre la frente. Guy miró a Anne con el ceño fruncido.

—¿Qué sucede, Guy?

—Nada —dijo.

«Y ahora, *¿qué* aspecto tendría ahora?»

14

«¿Y si ha sido Bruno? No es posible, por supuesto, pero supongamos que ha sido él. ¿Lo habrán atrapado? ¿Les habrá dicho que el asesinato lo planeamos él y yo?»

Guy podía imaginarse fácilmente a Bruno presa de histeria y diciendo cosas disparatadas. No había forma de prever lo que diría un crío neurótico como Bruno. Guy trató de encontrar entre sus vagos recuerdos de la conversación con Bruno en el tren alguna prueba de haber dicho algo, en broma o a causa del alcohol, que se hubiera podido interpretar como muestra de consentimiento a la alocada idea de Bruno. Pero no la halló. Contrastando con tal falta de indicios acusadores, sin embargo, estaba la carta recibida de Bruno y que Guy recordaba palabra por palabra:

«...aquella idea que tuvimos para cometer un par de asesinatos. Podría hacerse, estoy seguro. ¡No logro expresar la inmensa confianza...!»

A través de la ventanilla del avión, Guy no veía más que una total negrura.

«¿Por qué no estaría más ansioso de lo que estaba?»

Delante de donde él se hallaba brilló la luz de una cerilla en la tenue iluminación de la cabina del avión. Alguien estaba encendiendo un cigarrillo. El olor a tabaco mejicano llegó hasta él, débil, amargo, nauseabundo. Consultó su reloj: las 4,25.

Hacia el amanecer se durmió, vencido por el vacilante rugir de los motores, que parecían estar empeñados en despedazar el aparato, en despedazar su cerebro, y esparcir los pedazos por el cielo. Ya de mañana, al despertarse, se encontró con un cielo gris, encapotado, y un nuevo pensamiento asaltó su mente:

«El amante de Miriam la había asesinado.»

Era tan evidente, saltaba a los ojos. La había asesinado durante una discusión. Cosas así se leían con tanta frecuencia en los periódicos, y la víctima era tan a menudo alguna mujer como Miriam... En primera plana del diario sensacionalista *El Gráfico*, que había comprado en el aeropuerto, venía un reportaje sobre el asesinato de una chica, con una foto del mejicano amante de la chica que, sonriente, mostraba el cuchillo con que la había matado. Guy no había encontrado ningún periódico americano pese a que había estado a punto de perder el avión buscándolo. Guy se puso a leer el reportaje y, aburrido, lo dejó en el segundo párrafo.

Un policía de paisano le recibió en el aeropuerto de Metcalf y le preguntó si le importaría responder a unas cuantas preguntas. Se metieron juntos en un taxi.

—¿Han encontrado al asesino? —preguntó Guy.

—No.

El detective parecía cansado, como si no se hubiese acostado en toda la noche, igual que todos los periodistas, escribientes y policías que había en el antiguo juzgado del distrito norte. Guy echó una ojeada a la espaciosa sala de paredes de madera, buscando a Bruno antes de percatarse de hacerlo. Al encender un pitillo, el hombre que tenía al lado le preguntó de qué clase era, y aceptó el que Guy le ofrecía. Era un paquete de Belmonts, de los que fumaba Anne y que se había echado al bolsillo mientras hacía las maletas.

—Guy Daniel Haines, del 717 de Ambrose Street, Metcalf... ¿Cuándo se marchó usted de Metcalf...? Y ¿cuándo llegó a Méjico Capital?

Se oyó ruido de sillas arrastradas y luego el silencioso tableteo de una máquina de escribir.

Se acercó otro agente de paisano que llevaba una placa; su chaqueta estaba abierta y tenía el vientre muy abultado.

—¿Para qué fue usted a Méjico?

—Para visitar a unos amigos.

—¿Quiénes son?

—Los Faulkner. Alex Faulkner de Nueva York.

—¿Por qué no le dijo a su madre adónde iba?

—¡Pero si se lo dije...!

—Ella no sabía dónde se alojaba usted en Ciudad de Méjico —le informó, melosamente, el agente de paisano.

Luego, tras consultar sus notas, añadió:

—El domingo mandó usted una carta a su esposa pidiéndole el divorcio. ¿Qué le respondió ella?

—Que quería hablar conmigo.

—Pero usted no tenía ganas de hablar con ella, ¿verdad? —preguntó una voz clara de tenor.

Guy miró al joven agente de Policía y no dijo nada.

—El hijo que esperaba, ¿era suyo?

Empezó a contestar pero le interrumpieron.

—¿Por qué motivo vino la semana pasada a Texas para entrevistarse con su esposa?

—¿No es cierto que deseaba con gran ansia el divorcio, míster Haines?

—¿Está usted enamorado de Anne Faulkner?

Risas.

—Usted ya sabe que su esposa tenía un amante, míster Haines. ¿Se sentía celoso?

—Su divorcio dependía de ese nacimiento, ¿no es así?

—¡Eso es todo! —dijo alguien.

De sopetón le enseñaron una fotografía cuya imagen, a causa de la ira que le invadía, dio vueltas ante sus ojos durante unos instantes. Entonces se detuvo y pudo ver que se trataba de una cabeza alargada y morena, ojos castaños y de expresión estúpida, mentón hendido, varonil, un rostro, en suma, que podía pasar por el de algún astro de la pantalla. No hizo falta que le dijeran que se trataba del amante de Miriam, porque era el tipo de rostro que a ella le había gustado hacía tres años.

—¿No es cierto que usted y este hombre han hablado algunas veces?

—No —dijo Guy.

—¡Eso es todo!

Una sonrisa amarga trataba de asomarse por la comisura de sus labios, y, al mismo tiempo, sentía ganas de echarse a llorar, como un niño. Paró un taxi delante del juzgado y durante el trayecto hacia casa leyó la información a doble columna que aparecía en primera plana del *Metcalf Star:*

«CONTINUA LA BUSQUEDA DEL ASESINO DE LA JOVEN»

«Metcalf, 12. — Continúa la búsqueda del asesino de mistress Miriam Joyce Haines, residente en esta ciudad, asesinada por estrangulamiento en Metcalf Island la noche del domingo. Se desconoce la identidad del asaltante.

»Hoy se espera la llegada de dos peritos en huellas dactilares que se encargarán de clasificar las huellas encontradas en diversos remos y embarcaciones del embarcadero del lago Metcalf. Pero la Policía teme que las huellas que se obtengan no sirvan de mucho. Ayer tarde las autoridades expresaron su creencia en la posibilidad que el crimen fuese cometido por algún perturbado. Dejando aparte las huellas dactilares y las pisadas encontradas en las cercanías del lugar del suceso, los agentes de Policía no han logrado dar con ninguna pista importante.

»Se cree que el testimonio más importante para la investigación será el de Owen Markman, de 30 años, estibador del puerto de Houston y amigo íntimo de la mujer asesinada.

»El entierro de los restos de mistress Haines tendrá lugar hoy en el cementerio de Remington. El cortejo fúnebre partirá de la Funeraria Howell, sita en College Avenue, a las dos del mediodía».

Guy encendió un cigarrillo con la colilla de otro. Sus manos seguían temblando, pero se sentía levemente mejor. No había pensado en la posibilidad de que hubiese sido obra de un perturbado. Con ello, el hecho quedaría reducido a un horrible accidente.

Encontró a su madre sentada en la mecedora de la sala de estar, apretando un pañuelo sobre la frente y esperándole, aunque no se levantó al entrar él. Guy la abrazó y le dio un beso en la mejilla, aliviado al comprobar que no había estado llorando.

—Ayer pasé el día con mistress Joyce —dijo ella—, pero no me veo capaz de asistir al entierro.

—No tienes por qué asistir, mamá.

Miró el reloj y vio que eran ya más de las dos. Por un instante pensó que quizás hubiesen enterrado a Miriam en vida, que ésta se despertaría y empezaría a chillar para protestar. Se volvió y se pasó la mano por la frente.

—Mistress Joyce —dijo suavemente su madre— me preguntó si tal vez tú sabrías algo.

Guy la miró de frente otra vez. Mistress Joyce le tenía ojeriza, eso lo sabía. Notó que la odiaba por lo que pudiera haberle dicho a su madre.

—No vuelvas a verles, mamá. No tienes por qué hacerlo, ¿no crees?

—Sí.

—Pero, de todos modos, gracias por haber ido.

Arriba, sobre su escritorio, encontró tres cartas y un paquetito cuadrado con la etiqueta de unos almacenes de Santa Fe. En su interior había un cinturón delgado hecho con piel de lagarto trenzada y con una hebilla de plata en forma de H. La nota adjunta decía:

«Perdí su libro de Platón al ir a la estafeta. Espero que esto le sirva de compensación.

Charley»

Guy cogió el sobre con membrete del hotel de Santa Fe y escrito con lápiz. Dentro había solamente una tarjetita. En el dorso, con letras de molde, decía:

«HERMOSA CIUDAD, METCALF».

Dio vuelta a la tarjetita y, mecánicamente, leyó:

«24 HORAS
SERVICIO DE TAXIS DONOVAN
CON BUEN O MAL TIEMPO
LLAME AL 2-3333
SEGURO RAPIDO CORTES»

Debajo del mensaje del dorso había trazas de que algo había sido borrado. Guy alzó la tarjeta y la examinó a contraluz. Pudo distinguir una palabra:

«Genio»

La tarjeta era de una empresa de taxis de Metcalf, pero la habían remitido desde Santa Fe.

«No significa nada, ni prueba nada» —pensó.

Pero lo aplastó todo, tarjeta, sobre y envoltorio, y lo echó a la papelera. Se dio cuenta de que odiaba a Bruno. Abrió el estuche en la misma papelera y metió dentro el cinturón también. El cinturón era bonito, pero daba la casualidad de que también odiaba la piel de lagarto y de serpiente.

Anne le llamó desde Ciudad de Méjico aquella noche. Quería enterarse de todo lo sucedido, y él le contó lo que sabía.

—¿No tienen ninguna sospecha sobre quién lo hizo? —preguntó ella.

—Al parecer, no.

—Se te nota fatigado, Guy. ¿Has podido descansar?

—Aún no.

No podía hablarle de Bruno todavía. Según su madre, un hombre había telefoneado un par de veces preguntando por él, y a Guy no le cabía duda alguna sobre quién era aquel hombre. Pero sabía que no podía contarle a Anne nada sobre Bruno en tanto no estuviera seguro. No podría ni empezar.

—Acabamos de mandarte los afidávits, cariño. ¿Sabes a qué me refiero...? La declaración jurada de que estabas aquí con nosotros.

El se los había pedido por telegrama después de hablar con uno de los inspectores de Policía.

—Todo se arreglará cuando termine la investigación —dijo Guy.

Pero durante el resto de la noche le preocupó el no haberle dicho nada de Bruno a Anne. Y no lo había hecho para ahorrarle un nuevo horror, sino que más bien se trataba de cierta sensación de culpabilidad que ni él mismo era capaz de soportar.

Corrían rumores de que Owen Markman se había negado a casarse con Miriam después de que ésta perdiera el hijo; y se decía también que Miriam había entablado contra él una demanda por incumplimiento de promesa.

Según la madre de Guy, Miriam había perdido el hijo por causa realmente accidental. Mistress Joyce le había contado que Miriam tropezó con una bata de seda negra, regalo de Owen, por la que su hija sentía especial predilección, y que se había caído escaleras abajo en su propia casa. Guy creía implícitamente en la historia. En su corazón albergaba un sentimiento de compasión y remordimiento con respecto a Miriam que le era desconocido. Miriam le parecía ahora una desdichada digna de lástima y completamente inocente.

15

—No más de seis metros ni menos de cuatro y medio —respondió el joven serio y seguro de sí mismo sentado en el banquillo—. No, no vi a nadie.

—Me parece que unos cuatro metros y medio —dijo Katherine Smith, la joven de los ojos grandes.

Parecía tan asustada como si los hechos acabasen de suceder.

—Tal vez un poco más —añadió quedamente.

—Unos nueve metros. Yo fui el primero en llegar a la embarcación —dijo Ralph Joyce, el hermano de Miriam.

Era pelirrojo como ella y tenía los mismos ojos color gris verde, pero su mandíbula, cuadrada y poderosa, deshacía todo parecido.

—Diría que no tenía enemigos. Al menos hasta el extremo de hacer una cosa así.

—No oí nada en absoluto —dijo Katherine Smith con acento de sinceridad, meneando la cabeza.

Ralph Joyce dijo que él no había oído nada y el asunto quedó concluido con la categórica afirmación de Richard Schuyler:

—No se oyó ningún ruido.

A fuerza de oírlos repetir una y otra vez, los hechos habían perdido, a ojos de Guy, su horror, incluso su aspecto dramático. Eran como unos martillazos apagados que le estuvieran clavando la historia en el cerebro para siempre. Lo verdaderamente increíble era lo cerca que los otros tres habían estado.

«Sólo un perturbado se atrevería a acercarse tanto —pensó Guy—. Eso es seguro.»

—¿Era usted el padre de la criatura que perdió mistress Haines?

—Sí.

Owen Markman inclinó la cabeza sobre sus manos entrelazadas. Su aire abatido, avergonzado, le hacía parecer mucho menos guapo que en la foto que Guy había visto. Calzaba zapatos grises de ante, como si acabase de dejar su puesto en el puerto de Houston para presentarse allí.

«Hoy Miriam no se hubiera sentido orgullosa de él» —pensó Guy.

—¿Sabe usted de alguien que pudiera desear la muerte de mistress Haines?

—Sí.

Markman señaló a Guy.

—El.

La gente se volvió para mirarle. Guy permanecía sentado con el cuerpo en tensión, frunciéndole el ceño a Markman, sospechando de él por primera vez.

—¿Por qué?

Owen Markman vaciló durante largo rato, dijo algo entre dientes y seguidamente dijo una sola palabra:

—Celos.

Markman no fue capaz de dar ni una sola razón plausible que explicase lo de los celos, pero después de aquello las acusaciones de que Guy estaba celoso empezaron a llover de todas partes. Incluso Katherine Smith dijo:

—Me figuro que así es.

El abogado de Guy se rió por lo bajo, burlonamente. Tenía en la mano los afidávits de los Faulkner. A Guy la risita le pareció odiosa. Siempre había odiado la forma en que se llevaban los procesos judiciales. Eran como un juego malévolo cuyo objetivo aparente no consistía en demostrar la verdad sino en permitir que los abogados se acometiesen mutuamente y uno de ellos resultase finalmente derribado a causa de algún tecnicismo.

—Usted abandonó un encargo importante... —empezó a decir el *coroner*.*

—No lo abandoné —dijo Guy—. Les escribí antes de que el encargo fuese mío, diciéndoles que no lo quería.

—Usted les puso un telegrama, porque no quería que su esposa le siguiese hasta allí. Pero cuando se enteró en Méjico de que su esposa había perdido la criatura, usted mandó otro telegrama a Palm Beach indicando su deseo de ser tenido en cuenta a la hora de adjudicar el encargo. ¿Por qué?

—Porque en aquel momento creí que ella no me seguiría hasta allí. Sospechaba que ella pretendería aplazar el divorcio indefinidamente. Pero pensaba verla... esta semana para hablar del divorcio.

Guy se secó el sudor de la frente y observó que su abogado hacía una mueca de desagrado con los labios. Su abogado le había dicho que no mencionase el divorcio en relación con su cambio de parecer

* *Coroner:* Funcionario judicial, parecido a nuestro forense, que en los países anglosajones tiene por misión el establecimiento de las causas de toda muerte no natural. (N. del T.)

sobre el trabajo de Palm Beach. A Guy le daba igual. Era la verdad y podían interpretarla como les diese la gana.

—¿Cree usted, mistress Joyce, que el marido de su hija es capaz de haber dispuesto un asesinato así?

—Sí —respondió mistress Joyce, sin titubear apenas y con la cabeza bien alta.

Las oscuras pestañas rojas estaban casi juntas, tal como Guy las había visto tantas veces, de modo que uno nunca sabía hacia dónde se dirigía su mirada.

—El deseaba el divorcio.

La defensa protestó por cuanto, pocos momentos antes, mistress Joyce había declarado que su hija quería divorciarse, a lo cual se negaba Guy Haines porque seguía enamorado de ella.

—Si ambos deseaban el divorcio, y ya ha quedado demostrado que míster Haines así lo quería, entonces ¿por qué no ha habido divorcio?

Los presentes lo encontraron gracioso. Los expertos en huellas dactilares no acababan de ponerse de acuerdo en la clasificación. Otro declarante, dueño de un comercio de ferretería que Miriam había visitado el día antes de morir, se armó un lío y no supo decir si el acompañante de Miriam era hombre o mujer. Un nuevo estallido de risas ocultó el hecho de que le habían dado instrucciones para que dijese que se trataba de un hombre. El abogado de Guy basó su alegato en el factor geográfico, en las contradicciones en que había incurrido la familia Joyce, y en los afidávits que tenía en mano, pero Guy estaba seguro de que era su propia sinceridad, y nada más, lo que le había absuelto de toda sospecha.

Al hacer su resumen, el *coroner* sugirió que, según los indicios, el asesinato había sido cometido por un perturbado desconocido por la víctima y por las demás partes. Se pronunció un veredicto de «persona o personas desconocidas» y el caso fue puesto en manos de la Policía.

Al día siguiente, justo cuando Guy salía de casa de su madre, llegó un telegrama:

«CON LOS MEJORES DESEOS DESDE EL DORADO OESTE»

«SIN FIRMA»

—Es de los Faulkner —se apresuró a decirle a su madre.

Ella sonrió.

—Dile a Anne que cuide bien a mi chico.

Le atrajo hacia sí tirándole suavemente de la oreja y le dio un beso en la mejilla.

Al llegar al aeropuerto seguía conservando en la mano el arrugado telegrama de Bruno. Lo rompió en pedacitos que dejó caer en una papelera de alambre junto a la pista. Todos los pedacitos salieron volando entre los alambres y revolotearon por encima del asfalto, alegres como confeti bajo el sol de la ventosa mañana.

16

Guy se esforzó en encontrar una respuesta definitiva con respecto a Bruno.

«¿Había o no había sido él?»

Finalmente lo dejó. La posibilidad de que lo hubiese cometido Bruno resultaba demasiado increíble.

«¿Qué podía probarse con la tarjeta de la compañía de taxis de Metcalf? Sería muy propio de Bruno encontrarla en Santa Fe y habérsela enviado por correo. Si el crimen no había sido obra de un perturbado, como creía el *coroner* y todo el mundo, ¿no sería mucho más verosímil que el instigador hubiese sido Owen Markman?»

Expulsó de su cerebro todo pensamiento sobre Metcalf, Miriam y Bruno, y concentró toda su atención en el trabajo de Palm Beach, que, según había podido comprobar desde el primer día, iba a exigirle toda su habilidad de diplomático, todos sus conocimientos técnicos y, sencillamente, toda su energía física. Exceptuando a Anne, borró también de su cerebro todo recuerdo de su vida pasada, que, pese a sus objetivos idealistas y la lucha por alcanzarlos, pese a los éxitos logrados (si bien a escala moderada), le parecía sórdida y miserable en comparación con el magnífico edificio central del club deportivo de Palm Beach. Y cuanto más se sumía en la nueva tarea, más gusto encontraba en crear y perfeccionar formas.

Fotógrafos de prensa y de revistas de actualidad vinieron a hacer reportajes sobre el edificio central, la piscina, los baños y las terrazas ya durante los inicios de la construcción. También hubo fotografías de los socios del club inspeccionando los terrenos, y Guy sabía que debajo de cada foto se indicaría la cantidad de dinero que cada uno de ellos había donado a la causa del bienestar principesco. A veces se preguntaba si parte de su entusiasmo no obedecería al conocimiento de cuánto dinero había detrás de aquel proyecto, al lujo de espacio y materiales puestos a su disposición, a la adulación de que le hacían objeto todas aquellas personas ricas que continuamente le invitaban a sus casas. Guy jamás aceptaba las invitaciones. Sabía que se exponía a perder los pequeños encargos que le serían necesarios el invierno siguiente, pero sabía también que nunca lograría doblegarse ante los compromisos sociales que la mayoría de arquitectos aceptaban como cosa natural y obligada. Las veladas en que no quería estar solo iba en autobús a casa de Clarence Brillhart, a pocas millas de distancia, y cenaban juntos, escuchaban discos y charlaban. Clarence Brillhart, el director del Palmyra Club, era un corredor de bolsa ya retirado, un caballero alto y de pelo blanco a quien Guy, como a menudo pensaba, hubiera deseado tener por padre. Por encima de todo, Guy admiraba su aire de serenidad imperturbable, ya estuviese en pleno ajetreo de las obras o en su propia casa. Guy esperaba ser como él al llegar a la vejez. Pero tenía la sensación de moverse demasiado aprisa, de haberse movido siempre demasiado aprisa.

«Había —pensó— cierta falta de dignidad en la prisa.»

Guy pasaba casi todas las veladas leyendo, escribiendo largas cartas a Anne. A veces, simplemente se iba a la cama, ya que se levantaba siempre antes de las cinco, y a menudo se pasaba todo el día trabajando con el soplete o con la argamasa y la paleta. Conocía a casi todos los albañiles por su nombre. Le gustaba juzgar el carácter de cada uno de ellos y saber en qué medida contribuían o no al espíritu de los edificios que él diseñaba.

«Es como dirigir una orquesta sinfónica» —escribió en una de sus cartas a Anne.

Al anochecer, cuando se sentaba a fumar en pipa en algún soto del campo de golf, contemplaba los cuatro edificios blancos de abajo y presentía que el proyecto Palmyra iba a salirle perfecto. Lo supo al ver cómo tendían las primeras paralelas de una a otra de las verticales de mármol correspondientes al edificio central. El almacén de Pittsburgh se había malogrado debido a que el cliente, a última hora, había cambiado de parecer sobre la disposición de las ventanas. El edificio anexo al hospital de Chicago había salido mal por culpa de la piedra utilizada para la cornisa, de tipo más oscuro de lo que quería Guy. Pero Brillhart no permitía ninguna intromisión y el Palmyra iba a resultar tan perfecto como el proyecto original, y ninguna de las anteriores creaciones de Guy le había hecho presentir que saldría perfecta.

En agosto se fue al Norte para ver a Anne, que trabajaba en la sección de diseños de una compañía textil de Manhattan. Anne pensaba montar un establecimiento en otoño, asociándose con otra diseñadora que había conocido. Ni ella ni Guy mencionaron el nombre de Miriam hasta el cuarto y último día de la visita de éste. Se encontraban junto al riachuelo que había detrás de la casa donde vivía Anne, pasando juntos los últimos minutos que les quedaban antes de que Anne le llevase en coche hasta el aeropuerto.

—¿Crees que fue Markman, Guy? —le preguntó Anne de repente. Y al asentir Guy con un gesto de cabeza, Anne añadió:

—Es terrible... pero estoy casi segura.

Luego, una noche, al regresar de casa de Brillhart a la habitación amueblada donde se alojaba, se encontró una carta de Bruno junto con otra de Anne. La carta venía de Los Angeles y su madre se la había reexpedido desde Metcalf. Le felicitaba por su trabajo en Palm Beach, le deseaba éxito y suplicaba noticias, aunque fuese sólo una palabra. La posdata decía:

«Confío en que no se moleste por esta carta. He escrito muchas cartas pero no he llegado a enviarlas. Telefoneé a su madre para preguntarle su dirección, pero no quiso dármela. Guy, francamente, no hay nada de qué preocuparse, de lo contrario no le hubiese escrito. ¿Es que no se da cuenta de que yo sería el primero en andarme con pies de plomo? No tarde en escribirme. Puede que pronto haga un viaje a Haití. Reiterándole mi amistad y mi admiración. C.A.B.»

Guy sintió que una especie de dolor le recorría lentamente el cuerpo de arriba abajo. No podía soportar el quedarse a solas en su habitación, de modo que salió a la calle y se metió en un bar. Antes de darse cuenta de lo que hacía, se tomó dos *whiskies* y luego un tercero. Vio su rostro tostado por el sol en el espejo que había detrás de la barra y se le ocurrió la idea de que en su mirada había una expresión malévola y furtiva.

«*Había sido Bruno.*»

Lo comprendió de golpe, fue como un martillazo terrible, tan fuerte que ya no dejaba ninguna posibilidad de duda, como un cataclismo que no se había desencadenado antes debido solamente a la teoría del perturbado. Guy echó un vistazo en torno a sí, como si temiese que las paredes del pequeño bar fuesen a desplomarse sobre él.

«*Había sido Bruno.*»

Ahora comprendía por qué Bruno insistía tan orgullosamente sobre la libertad de que Guy ya podía disfrutar. Y la posdata. Quizá incluso el viaje a Haití.

«Pero ¿qué *pretendía* Bruno?»

Guy miró con enojo el rostro del espejo y luego bajó la vista; se miró las manos, la chaqueta de *tweed*, los pantalones de franela, y por su mente cruzó la idea de que aquella mañana estas prendas se las había puesto una persona que no era la misma que se las iba a quitar por la noche, que quien iba a hacerlo era la persona que él, Guy, sería en adelante. Ahora lo *sabía*. Fue una revelación. No hubiera podido explicar exactamente qué le estaba sucediendo, pero sentía que toda su vida iba a ser diferente, tenía que ser diferente a partir de aquel momento.

«Si sabía que había sido Bruno, ¿por qué no le denunciaba? ¿Qué más sentía con respecto a Bruno, aparte de odio y repugnancia? ¿Miedo tal vez?

Guy no lo sabía claramente.

Consiguió resistirse al impulso de telefonear a Anne hasta que fue demasiado tarde, y finalmente, a las tres de la madrugada, ya no pudo seguir resistiéndose. Tumbado en la cama, a oscuras, habló con ella, tranquilamente, sobre asuntos triviales, y una vez hasta llegó a reírse.

«Ni siquiera Anne ha podido percatarse de que ocurre algo anormal» —pensó después de colgar el teléfono.

Se sentía un poco desairado y vagamente alarmado.

Su madre le escribió diciendo que el hombre que le había llamado cuando estaba en Méjico, y que había dicho llamarse Phil, había vuelto a telefonear para saber cómo podía ponerse en contacto con él. Le preocupaba que ello pudiera tener alguna relación con Miriam y se preguntaba si debía comunicárselo a la Policía.

Guy escribió contestándole:

«Ya sé quién es el pesado del teléfono. Se trata de Phil Johnson, un tipo que conocí en Chicago.»

17

—Charley, ¿qué son todos estos recortes?

—¡Un amigo mío, mamá! —respondió Bruno, gritando desde detrás de la puerta del cuarto de baño.

Abrió más el grifo y se apoyó en el lavabo, mirando fijamente el tapón del desagüe. Al cabo de un instante buscó la botella de *scotch* que ocultaba bajo unas toallas en la cesta de la ropa sucia. Se sentía más tranquilo con un vaso de *whisky* mezclado con agua en la mano, y durante unos instantes se entretuvo inspeccionando la trencilla de plata que adornaba las mangas de su nuevo batín. El batín le gustaba tanto que incluso se lo ponía cuando iba a bañarse. En el espejo, las solapas ovaladas enmarcaban el retrato de un hombre joven y ocioso, amigo de aventuras temerarias y misteriosas, un joven dotado de sentido del humor y de profundidad, de fuerza y suavidad (como atestiguaba el vaso sostenido delicadamente entre el pulgar y el índice, como un emperador a punto de brindar)... un joven con una doble vida. Bebió a su salud.

—¿Charley?

—¡Un minuto, mamá!

Lanzó una mirada ansiosa a las paredes de la habitación. No había ninguna ventana. Ultimamente le sucedía como unas dos veces a la semana. Media hora después de levantarse, más o menos, experimentaba una sensación parecida a la de alguien que se arrodillase sobre su pecho, asfixiándole. Cerró los ojos y empezó a llenar y vaciar de aire los pulmones con tanta rapidez como podía. Entonces el licor comenzó a surtir efecto, calmando sus nervios desbocados, como una mano que le estuviese acariciando. Se irguió y abrió la puerta.

—Estaba afeitándome —dijo.

Su madre llevaba unos pantalones cortos de tenis y una chaquetilla. Estaba inclinada junto a la cama deshecha de Bruno sobre la cual aparecían los recortes en desorden.

—¿Quién era ella?

—La esposa de un tipo que conocí en el tren cuando venía de Nueva York. Un tal Guy Haines.

Bruno sonrió. Le gustaba pronunciar el nombre de Guy.

—Es interesante, ¿no? No han atrapado al asesino aún.

—Algún perturbado, probablemente.

Ella suspiró.

El rostro de Bruno se serenó.

—Oh, lo dudo. Las circunstancias son demasiado complicadas.

Elsie irguió el cuerpo y deslizó el pulgar por detrás del cinturón. El bulto que había justo debajo del cinturón desapareció y por un instante su aspecto fue el que Bruno había visto durante toda su vida hasta este último año, esbelta como una joven de veinte años.

—Tu amigo Guy tiene cara de simpático.

—Es el tipo más simpático que jamás hayas conocido. Es una vergüenza que se haya visto metido en esto. En el tren, me dijo que no había visto a su mujer desde hacía un par de años. ¡Si él es un asesino, entonces lo soy yo también!

Bruno sonrió al darse cuenta de su chiste involuntario, y para disimular dijo:

—Su mujer era una gallina de todos modos...

—Cariño...

Elsie le cogió por las solapas del batín, igualmente adornadas con una trencilla.

—...¿Por qué no hablas como es debido mientras estás aquí? Me consta que a la abuelita a veces le horroriza tu forma de hablar.

—La abuelita ni sabe lo qué significa una «gallina» —dijo Bruno ásperamente.

Elsie inclinó la cabeza hacia atrás y lanzó un chillido.

—Mamá, tomas demasiado el sol. No me gusta verte la cara tan morena.

—A mí no me gusta que la tuya esté tan pálida.

Bruno arrugó el ceño. Mirar la frente de su madre, tan curtida, le resultaba penosamente desagradable. De pronto la besó en la mejilla.

—Prométeme que hoy te sentarás al sol media hora. La gente recorre millares de kilómetros para venir a California y tú, en cambio, ¡te quedas en casa todo el día!

Bruno arrugó la nariz.

—¡Mamá, no haces ningún caso de mi amigo!

—Sí que me interesa tu amigo. Pero no me has hablado mucho de él.

Bruno sonrió tímidamente.

«No, lo había hecho muy bien. Hoy por primera vez había dejado los recortes a la vista en su habitación, porque estaba seguro de que él y Guy ya no corrían peligro. Aunque ahora se pasase un cuarto de hora hablando de Guy, su madre probablemente lo olvidaría todo. Suponiendo que fuese conveniente que lo olvidase.»

—¿Leíste todo eso?

Con la cabeza señaló la cama.

—No, no todo. ¿Cuántas copas llevas esta mañana?

—Una.

—Por el olor diría que dos.

—Muy bien, mamá, pues dos.

—Cariño, ¿por qué no bebes menos por la mañana? Las copas de la mañana son mal síntoma. He visto a muchos alcohólicos...

—Alcohólico es una palabra muy fea.

Bruno reanudó su lento paseo en torno a la habitación.

—Me siento mejor desde que bebo un poco más, mamá. Tú misma me dijiste que estoy más animado y que mi apetito ha mejorado. El *scotch* es una bebida muy sana. Hay personas a quienes les sienta bien.

—Anoche bebiste demasiado, y la abuelita lo sabe. No vayas a creer que ella no se da cuenta, ¿sabes?

—No me hagas preguntas sobre anoche.

Bruno sonrió haciendo un gesto con la mano.

—Sammie vendrá esta tarde. ¿Por qué no te arreglas y bajas a llevarnos la cuenta durante la partida,

—Sammie me produce úlceras.

Ella se encaminó hacia la puerta tan alegremente como si no hubiese oído nada.

—Al menos prométeme que hoy tomarás un poco el sol.

Bruno asintió con la cabeza y se humedeció los labios. No correspondió a la sonrisa que ella le dedicó al cerrar la puerta, pues notaba como si de repente le hubiese caído encima un gran manto negro, como si tuviera necesidad de escapar de algo antes de que fuera demasiado tarde.

«¡Tenía que ver a *Guy* antes de que fuese demasiado tarde! ¡Tenía que librarse de su padre antes de que fuese demasiado tarde! ¡Tenía tantas cosas que hacer! No deseaba estar allí, en la casa de su abuela, con sus muebles estilo Luis XV, como los de su propia casa. ¡El eterno estilo Luis XV! Pero no sabía en qué otra parte deseaba estar. Se sentía desgraciado cuando permanecía mucho tiempo alejado de su madre, ¿no?»

Se mordió el labio inferior mientras arrugaba la frente, aunque sus ojos, pequeños y grises, permanecían inexpresivos.

«¿Por qué le habría dicho que no necesitaba tomarse una copa por la mañana? Necesitaba este trago mucho más que cualquiera de los otros que se tomaba durante el resto del día.»

Encorvó los hombros con un lento movimiento de rotación.

«¿Por qué se sentiría deprimido? Los recortes que había sobre la cama tenían que ver con él. Las semanas iban sucediéndose y los imbéciles de la Policía no daban con nada que pudiesen achacarle, nada a excepción de las pisadas. Pero ¡hacía ya tiempo que había tirado aquellos zapatos a la basura! La fiesta de la semana pasada en el hotel de San Francisco, con Wilson, no habría sido nada en comparación con lo que estaría haciendo ahora si Guy estuviese con él para celebrar el éxito. ¡Un crimen perfecto! ¿Cuántas personas habría capaces de cometer un asesinato perfecto en una isla, con otro par de centenares de personas merodeando por ella?»

El no era uno de esos desgraciados que salían en los periódicos tras haber asesinado para ver «qué sensación se experimentaba», y que pocas veces eran capaces de decir algo distinto a la consabida estupidez de:

—No me gustó tanto como esperaba.

Si le interrogasen a él, diría:

—¡Fue algo grandioso! ¡No hay nada comparable en todo el mundo!

(—¿Volvería a hacerlo, míster Bruno?)

—Pues, tal vez —respondería Bruno, cautamente, sin comprometerse, igual que haría el explorador a quien le han preguntado si pensaba pasar otro invierno en el Artico.

(—¿Nos puede dar alguna breve descripción de lo que sintió?)

Bruno inclinaría el micrófono hacia sí, alzaría la vista y se pondría a reflexionar, mientras el mundo entero esperaba ansiosamente la primera palabra de su respuesta.

—¿Que qué sensación se tiene? Bueno, pues que sólo existe *eso*, y que no hay nada que pueda compararse con eso. De todos modos, ella era una mujer abominable, ¿comprende? Fue como matar una rata en celo, sólo que como era una chica, el asunto se ha convertido en un asesinato.

El mismo contacto con la cálida piel de Miriam le había resultado repugnante, y Bruno recordaba haber pensado que antes de retirar sus dedos de la garganta, ésta se habría enfriado por sí sola, y que al dejar abandonado el cuerpo, éste se habría ido enfriando y convirtiéndose en algo horrible, tal y como Miriam era en realidad.

(—¿Horrible, míster Bruno?)

—Sí, horrible.

(—¿Cree usted que un cadáver resulta horrible?)

Bruno arrugaría el entrecejo.

—No, a decir verdad, no creo que un cadáver sea algo horrible. Si la víctima es mala, como Miriam, la gente debería alegrarse de ver su cadáver, ¿no cree usted?

(—¿Poder, tal vez, míster Bruno?)

—¡Oh, sí, sentí una tremenda sensación de poder!

«Eso era. Había puesto fin a una vida. Mas nadie sabía qué era la vida, todo el mundo la defendía, era lo más valioso, pero él había arrebatado una. Aquella noche había tenido noción del peligro, de que le dolían las manos, del temor a que ella hiciese ruido, pero en el instante de sentir que la vida se le escapaba a la víctima, todo lo demás se había borrado y sólo le había quedado la realidad, la misteriosa realidad de lo que estaba haciendo, el misterio y el milagro de poner fin a una vida. La gente hablaba del misterio del nacer, del principio de la vida. ¡Pero eso era muy fácil de explicar! ¡De la unión de dos células embrionarias! Pero, ¿y el misterio de poner fin a una vida? ¿Bastaba con apretar el cuello de una chica para que su vida se interrumpiera? Bien mirado, ¿qué era la vida? ¿Qué sintió Miriam después de soltarle la garganta? ¿Dónde estaba? No, él no creía en una vida más allá de la muerte. Ella había dejado de ser, y justamente eso era el milagro. Oh, sí, él podría decir muchas cosas si le entrevistaban los periodistas!»

(—¿Qué significó para usted el hecho de que la víctima fuese mujer?)

«¿De dónde habría venido la pregunta?»

Bruno vaciló, luego recobró su aplomo.

«Bien el hecho de que se tratase de una mujer había hecho que su placer fuese mayor. Pero no, no por ello creía que su placer tuviese que ver con la sexualidad. No, tampoco odiaba a las mujeres. ¡Antes al contrario! El odio se acerca mucho al amor, ¿Saben? ¿De quién era esa frase? No creía en ella, en absoluto. No, lo único que diría era que no habría disfrutado tanto de haber matado a un hombre, o al menos eso pensaba. A no ser que ese hombre hubiese sido su padre.»

El teléfono...

Bruno había estado mirando el aparato fijamente. Todos los teléfonos le sugerían a Guy.

«Ahora mismo podría comunicarse con Guy con sólo dos llamadas bien hechas, pero tal vez Guy se molestaría. Quizás Guy sintiese recelo todavía. Esperaría a que Guy le escribiera. No tardaría en llegar carta porque Guy habría recibido la suya a fines de la semana pasada.»

Lo único que le hacía falta a Bruno para redondear su felicidad era oír la voz de Guy, tener noticias suyas y saber que era feliz. El vínculo que les unía era más íntimo que si hubieran sido hermanos.

«¿Cuántos hombres sentirían por sus hermanos un afecto tan fuerte como el suyo por Guy?»

Bruno sacó una pierna por la ventana y se asomó al balcón de hierro forjado. El sol de la mañana era bastante agradable. El terreno cubierto de césped era ancho y liso como un campo de golf y llegaba hasta el mismo océano. Entonces divisó a Sammie Franklin, vestido de blanco para jugar al tenis y con las raquetas bajo el brazo, dirigiéndose sonriente hacia donde estaba su madre. Sammie era corpulento y fofo, como un boxeador que descuidase su forma física. A Bruno le recordaba a Alexander Phipps, otro comparsa de Hollywood que había mariposeado en torno a su madre la última vez que habían estado allí, hacía tres años.

«¿Por qué se acordaba incluso de los nombres, sin duda falsos?»

Oyó que Sammie se reía entre dientes al tender la mano a su madre y sintió renacer en él un antiguo antagonismo que en seguida se apagó.

«*Merde*».

Desdeñosamente, apartó la mirada de las enormes posaderas de Sammie, enfundadas en franela, y se puso a examinar el paisaje de izquierda a derecha. Un par de pelícanos aparecieron volando por encima del seto y se posaron sobre el césped con un ruido sordo. A lo lejos, en el mar, vio una embarcación deslizándose sobre las pálidas aguas. Hacía tres años que había suplicado a su abuela que comprase una embarcación de vela, y ahora que la tenía, no le hacía el menor caso.

Las pelotas de tenis iban a caer tras la esquina, de estuco oscuro, de la casa. De la planta baja llegaban las campanadas del reloj y Bruno volvió a entrar en su habitación para no enterarse de qué hora era. Prefería ver el reloj ya avanzado el día, por accidente, y comprobar que era más tarde de lo que suponía.

«Si no llega carta de Guy con el correo del mediodía —pensó— a lo mejor cojo el tren y me voy a San Francisco.»

Pero su última visita a esa ciudad le había dejado un mal recuerdo. Wilson se había presentado en el hotel con un par de tipos italianos, y a Bruno le había tocado pagar la cena de todos así como unas cuantas botellas de *whisky*. Los dos italianos habían utilizado su teléfono para llamar a Chicago. El hotel le había cobrado dos llamadas a Metcalf, y Bruno no lograba acordarse más que de una. Además, el último día se había quedado corto por veinte dólares al ir a pagar la cuenta. No le habían aceptado un cheque y el hotel, el mejor hotel de la ciudad, le había retenido la maleta hasta que su madre le puso un giro.

«No, no regresaría a San Francisco.»

—¿Charley? —llamó la voz aguda y dulce de su abuela.

Observó que el curvo pomo de la puerta empezaba a moverse, e involuntariamente se abalanzó hacia la cama para ocultar los recortes, pero cambió de idea y se dirigió al cuarto de baño. Se echó polvos dentífricos en la boca. Su abuela era capaz de husmear el licor con la misma maestría que un explorador del Klondike.

—¿No estás preparado para desayunar conmigo? —preguntó su abuela.

Bruno salió peinándose.

—¡Caramba, qué elegante estás!

Ella dio una vuelta con paso vacilante, como una modelo de modas, para que él pudiese verla, y Bruno sonrió. Le gustaba el vestido de encaje negro, que permitía ver el color rosa del raso que llevaba debajo.

—Parece que vayas a la ópera.

—Gracias, Charley. Voy a ir a la ciudad a última hora de la mañana. Pensé que quizás te gustaría venir conmigo.

—Puede que sí. Sí, me gustaría, abuelita —dijo de buen humor.

—¡Así que eres *tú* quien ha estado recortando mi *Times*! Creía que había sido uno de los sirvientes. Debes de haberte levantado muy temprano todos estos días.

—Sí —dijo Bruno afablemente.

—Cuando era joven, solíamos recortar los poemas de los periódicos para pegarlos en nuestros álbumes de recortes. Con cualquier cosa hacíamos un álbum de recortes. ¿Qué vas a hacer tú con esto?

—Oh, los guardaré, sencillamente.

—¿No vas a pegarlos en un álbum?

—No.

Ella le estaba mirando y Bruno quería que mirase los recortes.

—¡Oh, eres un *crío*!

Le pellizcó en la mejilla.

—¡Pero si apenas tienes vello en la barba! No comprendo por qué tu madre se inquieta por ti...

—Ella no se inquieta.

—...cuando todo lo que necesitas es simplemente un poco más de tiempo para crecer. Vamos, baja a desayunar conmigo. Sí, aunque sea en pijama.

Bruno le ofreció el brazo para bajar las escaleras.

—No tengo que hacer más que unas compras insignificantes —le dijo su abuela mientras le servía el café—, y pensé que luego podríamos hacer algo divertido. Ver una buena película tal vez, una en la que haya un buen asesinato, o ir al parque de atracciones. ¡Hace *siglos* que no he estado en un parque de ésos!

Bruno notó que sus ojos se abrían desmesuradamente.

—¿Qué prefieres? De todos modos, ya miraremos la cartelera cuando lleguemos allí.

—Me gustaría ir al parque de atracciones, abuelita.

Bruno se lo pasó bien, ayudándola a bajar y a subir al coche, guiándola por el parque de atracciones, aunque, después de todo, era poco lo que su abuela podía hacer o comer. Pero subieron juntos a la noria. Bruno le habló a su abuela sobre la enorme noria que había en Metcalf, pero ella no le hizo ninguna pregunta sobre cuándo había estado allí.

Sammie Franklin aún no se había marchado cuando regresaron y se quedó a cenar. Bruno hizo una mueca de desagrado con sólo verle. Sabía que a su abuela Sammie le importaba tan poco como a él y súbitamente sintió una gran ternura hacia ella, porque ella aceptaba a Sammie sin la menor queja, del mismo modo que aceptaba cualquier cosa que su madre trajese a casa.

«¿Qué habrían estado haciendo Sammie y su madre durante todo el día?»

«Habían visto una película —dijeron—, una de las películas de Sammie. Ah, y había una carta para él arriba, en su cuarto.»

Bruno subió corriendo las escaleras. La carta venía de Florida. Rasgó el sobre con manos temblorosas; hubiérase dicho que tenía diez resacas en vez de una sola. Nunca había deseado una carta tan desesperadamente, ni siquiera cuando iba a campamentos y esperaba las de su madre.

«6 de setiembre

»Apreciado Charles:

»No entiendo el mensaje que me ha mandado; a decir verdad, tampoco entiendo el gran interés que demuestra por mí. Le conozco muy superficialmente, pero sí lo bastante para ver que no tenemos nada en común que pueda servir para cimentar una amistad. Me permito rogarle por favor que no vuelva a telefonear a mi madre ni a comunicarse conmigo.

»Gracias por tratar de devolverme el libro. Su pérdida no tiene la menor importancia.

Guy Haines»

Bruno acercó la carta a sus ojos y volvió a leerla, deteniéndose de vez en cuando para fijar sus ojos incrédulos en alguna palabra. Su puntiaguda lengua pasaba una y otra vez por el labio superior, luego desapareció de pronto. Se sentía defraudado. Era una sensación de pesadumbre, de duelo, o aún peor. Miró en torno a la habitación, odiándolo todo, los muebles, sus pertenencias. Entonces el dolor se centró en su pecho, y reflexivamente empezó a llorar.

Después de cenar, Sammie Franklin y él se enzarzaron en una discusión sobre vermuts. Sammie decía que cuanto más seco era un vermut, mayor cantidad había que echar al preparar martinis, aunque reconocía que él no era bebedor de martinis. Bruno decía que tampoco él era muy aficionado a los martinis, pero que sabía mejor que Sammie cómo debían prepararse. La discusión se prolongó incluso después de que su abuela se retirase a descansar. Estaban en la terraza del piso superior, a oscuras, su madre en un asiento colgante y ellos dos de pie junto a la baranda. Bruno bajó corriendo al bar en busca de los ingredientes que le permitieran demostrar que tenía razón. Los dos prepararon martinis y los probaron, y aunque quedó bien claro que Bruno llevaba la razón, Sammie se mantuvo firme en su opinión y se reía burlonamente, como si ni siquiera él se tomase en serio lo que estaba diciendo. A Bruno eso le parecía insufrible.

—¡Váyase a Nueva York y que le enseñen! —gritó Bruno.

Su madre acababa de abandonar la terraza.

—¿Cómo puedes saber de lo que hablas? ¿Eh? —le replicó Sammie.

La luz de la luna bañaba su rostro obeso y congestionado y le daba unas tonalidades azules, verdes y amarillas. Parecía un queso de Gorgonzola.

—Si estás trompa todo el santo día. Tú...

Bruno agarró a Sammie por la camisa y lo empujó hacia atrás, por encima de la baranda. Los pies de Sammie repiquetearon contra las baldosas. Su camisa se rasgó. Cuando finalmente logró escurrirse hacia un lado, fuera de peligro, el azul ya había desaparecido de su rostro, que ahora presentaba un color amarillento, sin sombras.

—¿Qué diantres te ocurre? —bramó—. Has estado a punto de tirarme, ¿eh? Lo harías, ¿no?

—¡No! —chilló Bruno, más fuerte que Sammie.

De pronto le faltó la respiración, igual que le sucedía por las mañanas. Se quitó las manos, rígidas y sudorosas, del rostro.

«Había cometido un asesinato, ¿no era cierto? ¿Por qué cometer otro? Pero había visto a Sammie retorciéndose abajo, ensartado en las puntas de la verja de hierro, y había deseado que así fuese.»

Oyó que Sammie se preparaba una bebida a toda prisa. Bruno entró en la casa tropezando al cruzar la puerta ventana.

—¡Y no *vuelvas!* —le gritó Sammie.

La cólera que se notaba en la voz de Sammie hizo que Bruno sintiese que el miedo invadía su cuerpo. No dijo nada al cruzarse con su madre en el vestíbulo. Al bajar se agarró a la barandilla con las dos manos, maldiciendo la dolorosa confusión que le atenazaba el cerebro, maldiciendo los martinis que se había tomado con Sammie. Entró en el cuarto de estar dando traspiés.

—Charley, ¿qué le has hecho a Sammie?

Su madre le había seguido hasta allí.

—Ah, ¿qué le he hecho a S-sammie?

Bruno alargó la mano hacia la borrosa figura de su madre y su cuerpo rebotó al dejarse caer sobre el sofá.

—Charley... vuelve a subir y pídele perdón.

La blanca mancha del vestido de noche se le acercaba, con un brazo moreno extendido hacia él.

—¿Te acuestas con este tipo? *¿Te acuestas con este tipo?*

Sabía que con sólo echarse sobre el sofá se apagaría como una vela, de modo que se echó y no llegó a sentir en absoluto el contacto con el brazo de ella.

18

Durante el mes que siguió a su regreso a Nueva York, Guy había notado que su desasosiego, el descontento que sentía consigo mismo, con su trabajo y con Anne, se iba concentrando en Bruno. Bruno era quien le hacía odiar el ver fotografías del Palmyra; era Bruno la verdadera causa de la ansiedad que al principio había achacado a la falta de encargos desde su regreso de Palm Beach; Bruno quien le había hecho discutir estúpidamente con Anne la otra noche por no buscarse un nuevo despacho ni cambiar el mobiliario del que ya tenía; Bruno quien le había impulsado a decirle a Anne que se consideraba un fracasado, que el Palmyra no significaba nada; Bruno quien había hecho que Anne, sin decirle nada, le dejase solo; Bruno quien le había hecho esperar a oír la puerta del ascensor para lanzarse a bajar corriendo los ocho pisos hasta la calle y suplicarle que le perdonase.

«Y, ¿quién sabe?, tal vez fuese Bruno la causa de que no le hicieran más encargos.»

La creación de un edificio era un acto espiritual. Y mientras guardase dentro de sí el conocimiento de la culpabilidad de Bruno, en cierto modo se corrompería a sí mismo. Y tenía la sensación de que eso resultaba perceptible a los demás. Conscientemente, había decidido permitir que la Policía atrapase a Bruno. Pero a medida que iban pasando las semanas, y la detención no se producía, le atormentaba la sensación de que tenía que actuar. Lo que se lo impedía era la aversión a acusar a alguien de asesinato unida a la duda, infundada pero acuciante, sobre la culpabilidad de Bruno. A veces, la idea de que Bruno hubiese sido el autor del asesinato le parecía tan fantástica que, momentáneamente, desaparecía su anterior convicción de que así era. Otras veces le parecía que la duda le hubiese asaltado aunque Bruno le hubiera mandado una confesión por escrito. Y, pese a ello, tenía que reconocer que estaba *seguro* de que había sido Bruno. Las semanas que transcurrían sin que la Policía diese con una buena pista parecían confirmarlo. Tal como Bruno había dicho, ¿cómo iban a encontrar una pista si no había motivos para el asesinato? La carta que le había escrito a Bruno en setiembre lo mantuvo callado durante todo el otoño, pero poco antes de marcharse a Florida, había recibido una breve nota de Bruno diciendo que regresaría a Nueva York en diciembre y que esperaba poder hablar con él. Guy estaba decidido a no tener nada más que ver con él.

Sin embargo, seguía atormentándose por cualquier cosa, pero principalmente sobre su trabajo. Anne le decía que tuviese paciencia. Anne le recordaba que ya había demostrado su valía en Florida. Mucho más que en ninguna otra ocasión anterior, ella le ofrecía la ternura y la seguridad que tanta falta le hacían, pero, en sus momentos más bajos, cuando su obstinación era más fuerte, Guy había comprobado que no siempre podía aceptarlas.

Una mañana, a mediados de diciembre, sonó el teléfono cuando Guy mataba el tiempo estudiando los planos de la casa de Connecticut.

—Hola, Guy. Aquí Charley.

Guy reconoció la voz y sintió que sus músculos se tensaban para una pelea. Pero Myers estaba al otro lado de la habitación y podía oírle.

—¿Cómo está? —preguntó Bruno efusivamente—. ¡Felices Navidades!

Lentamente, Guy volvió a depositar el aparato en la horquilla.

Echó una mirada hacia Myers, el arquitecto con quien compartía el despacho de una sola habitación. Myers seguía inclinado sobre su tablero de dibujo. Bajo el borde de la persiana verde, se veía a las palomas picotear el grano que él y Myers habían esparcido por el antepecho de la ventana unos momentos antes.

El teléfono sonó otra vez.

—Me gustaría verle —dijo Bruno.

Guy se levantó.

—Lo siento, no tengo ganas de verle.

—¿Qué sucede? —dijo Bruno con una risita forzada—. ¿Está usted nervioso, Guy?

—Simplemente no deseo verle.

—Oh. Muy bien —dijo Bruno, con voz ronca y dolida.

Guy esperó, decidido a no ser el primero en colgar y, finalmente Bruno lo hizo.

Guy tenía la garganta seca y se acercó al surtidor de agua potable que había en una esquina de la habitación. Detrás del surtidor, un rayo de sol atravesaba en perfecta diagonal la voluminosa ampliación de una fotografía aérea que mostraba los cuatro edificios del Palmyra ya casi terminados. Se volvió de espaldas a la foto. Le habían pedido que diese una charla en su vieja escuela de Chicago; Anne se lo recordaría. Tenía que escribir un artículo para una importante revista de arquitectura. Pero en lo que se refería a nuevos encargos, parecía como si el Palmyra Club hubiese sido una declaración pública de que debía hacérsele el boicot.

«¿Y por qué no iba a ser así? ¿Acaso no era a Bruno a quien le debía el Palmyra? ¿O, en todo caso, a un asesinato?»

Unos cuantos días más tarde, Anne y él bajaban las escaleras del edificio de la calle Cincuenta y Tres donde Guy tenía su apartamento, y al llegar abajo Guy vio a un individuo alto y sin sombrero que permanecía de pie en la acera, bajo la nevada, mirándoles. Un cosquilleo de alarma recorrió su cuerpo e instintivamente su mano se apretó más en el brazo de Anne.

—Hola —dijo Bruno, con voz suave y melancólica.

Su rostro resultaba apenas visible bajo la luz crepuscular.

—Hola —contestó Guy, como si el otro fuese un desconocido, y siguió su camino.

—¡Guy!

Guy y Anne se volvieron al mismo tiempo. Bruno se dirigía hacia ellos, con las manos metidas en los bolsillos del abrigo.

—¿Qué hay? —preguntó Guy.

—Sólo quería decir hola. Preguntar cómo estaba.

Bruno miraba fijamente a Anne con expresión entre perpleja y resentida.

—Pues estoy bien —dijo Guy quedamente.

Se volvió de espaldas, tirando de Anne.

—¿Quién es? —susurró Anne.

Guy se moría de ganas de mirar hacia atrás. Sabía que Bruno estaría allí donde le habían dejado, sabía que les estaría siguiendo con la mirada, tal vez llorando.

—Es un individuo que vino a buscar trabajo la semana pasada.

—¿No puedes hacer nada por él?

—No. Es un alcohólico.

Deliberadamente, Guy empezó a hablar de su casa, consciente de que no iba a ser capaz de hablar normalmente de ninguna otra cosa. Ya había adquirido el terreno y se estaban colocando los cimientos. Después del Año Nuevo, iría a Alton y se quedaría allí unos cuantos días. Durante la película, estuvo reflexionando sobre cómo darle el esquinazo a Bruno, cómo asustarle para que no se atreviera a ponerse otra vez en contacto con él.

—«¿Qué querría de él Bruno?»

Guy permanecía sentado en su butaca, con los puños fuertemente apretados.

«La *próxima* vez le amenazaré con una investigación por parte de la Policía. Vaya si lo haré. ¿Qué puede tener de malo el sugerir que investiguen sobre Bruno?»

«Pero, ¿qué querría de él Bruno?»

19

Bruno no deseaba irse a Haití, pero el viaje le ofrecía una escapatoria. Nueva York, Florida o cualquier otro lugar del continente americano serían un tormento si Guy también estaba allí y se negaba a verle. Para combatir su dolor y su depresión, había bebido mucho en su casa de Great Neck, y para distraerse había medido la casa y los jardines a pasos, había medido la habitación de su padre con una cinta métrica, moviéndose tercamente, agachándose, midiendo y volviendo a medir, como un autómata infatigable que sólo de vez en cuando se apartase de su camino, poniendo en evidencia el hecho de que estaba borracho y no trastornado. Así pasó los diez días que sucedieron a su encuentro con Guy, esperando a que su madre y Alice Leffingwell, una amiga de ésta, estuviesen preparadas para el viaje a Haití.

Había veces en que sentía que todo su ser se hallaba en alguna fase, todavía inescrutable, de metamorfosis. Estaba la acción que había cometido y que, en las horas que pasaba solo en casa, en su habitación, le pesaba sobre la cabeza como una corona, si bien una corona que nadie más podía ver. Sufría accesos de llanto con frecuencia y casi sin motivo aparente. Una vez se le había antojado comerse un emparedado de caviar para almorzar, porque creía que se merecía un poco del mejor caviar negro, y cuando se encontró con que en casa sólo había caviar rojo, le había dicho a Herbert que saliera a buscar del otro. Se había comido una cuarta parte de la tostada, acompañándola con unos sorbos de *whisky* con agua, y entonces se había quedado casi dormido con los ojos clavados en el triángulo de pan tostado, una de cuyas esquinas empezaba ya a levantarse. Lo había estado contemplando fijamente hasta que aquello había dejado de ser un emparedado, hasta que el vaso había dejado de ser un vaso y solamente el dorado líquido que había en él era una parte de sí mismo y se lo había tragado sin dejar gota. El vaso vacío y la tostada abarquillada se habían convertido en objetos vivos que se burlaban de él y le disputaban el derecho a utilizarlos. En aquel momento, la camioneta del carnicero había pasado por delante de la casa y Bruno la había seguido con mirada enfurecida, porque, de repente, todo cuanto le rodeaba había cobrado vida y trataba de escapar de él... la camioneta, el emparedado, y el vaso, los árboles, que no podían huir corriendo pero le demostraban su desdén, como la casa que le aprisionaba. Había dado puñetazos a la pared con ambos puños a la vez, después había cogido el emparedado y había destrozado su boca triangular e insolente y lo había quemado, pedacito a pedacito, en la vacía chimenea, mirando cómo el caviar reventaba cual minúsculos seres humanos, cada uno de los huevos una vida que llegaba a su fin.

Alice Leffingwell, su madre y él, y una tripulación de cuatro hombres, dos de ellos portorriqueños, partieron rumbo a Haití a mediados de enero, en el yate de vapor *Fairy Prince*,* que Alice había logrado que le prestara su ex marido tras pasarse todo el otoño y el invierno dándole la lata. El viaje era para celebrar su tercer divorcio y Alice había invitado a Bruno y a su madre meses antes. Bruno, que estaba encantado con el viaje, fingió indiferencia y aburrimiento durante los primeros días. Nadie se dio cuenta. Alice y su madre pasaban tardes y veladas enteras charlando en el camarote, y por las mañanas dormían. Para justificarse ante sí mismo la felicidad que le producía la aburrida perspectiva de pasarse un mes enjaulado en un barco en compañía de un viejo loro como Alice, Bruno se había convencido a sí mismo de que acababa de pasar una temporada de gran tensión procurando que la Policía no le fuese tras la pista, y que, por tanto, ahora necesitaba tranquilidad para ultimar los detalles de un plan que le permitiera librarse de su padre. También se había persuadido de que cuanto más tiempo transcurriera, mayores serían las probabilidades de que Guy cambiase de actitud.

A bordo del yate, Bruno trazó dos o tres planes clave para el asesinato de su padre, pensando que cualquier otro plan que pusiera en práctica sería una simple variante de éstos. Se sentía muy orgulloso de lo que había tramado. Uno de los planes implicaba el uso de una pistola en la alcoba de su padre; el otro, que ofrecía dos posibilidades de escapatoria, era a base de cuchillo; y el tercero podía llevarse a cabo indistintamente con pistola o cuchillo o por estrangulamiento en el garaje, donde su padre dejaba el coche todas las tardes, a las seis y media. El inconveniente de este último estribaba en que no había suficiente oscuridad, pero en compensación ofrecía una sencillez relativa. Casi podía oír cómo las piezas de sus planes iban encajando perfectamente unas con otras. Pero, sin em-

* *Fairy Prince:* Literalmente, "príncipe encantador". (N. del T.)

bargo, cada vez que terminaba uno de sus concienzudos esquemas, se veía obligado a romperlo en pedazos para evitar riesgos. Incesantemente trazaba planos de la casa, que en seguida rompía en pedazos. Al doblar el cabo Maisí, rumbo a Puerto Príncipe, el *Fairy Prince* dejaba el mar, desde Bar Harbour hasta el extremo más meridional de las islas Vírgenes, sembrado con los pedacitos de papel que contenían las ideas de Bruno.

—¡Un puerto principesco para mi *Prince*! —exclamó Alice, aprovechando una pausa en la conversación para relajar la mente.

Cerca de ellas, en un rincón, Bruno recogió precipitadamente el papel en el que había estado dibujando y levantó la vista. En el horizonte, a la izquierda, se divisaba una franja de tierra, gris y borrosa: Haití. Al verla le pareció más distante y extraña que antes. Se estaba alejando más y más de Guy. Se puso en pie perezosamente y se acercó a la barandilla de babor. Pasarían bastantes días en Haití antes de seguir viaje más hacia el Sur. Bruno permanecía en pie, completamente inmóvil, sintiendo cómo la frustración le corría interiormente del mismo modo que el sol tropical lo hacía por fuera sobre el dorso de sus pálidas piernas. Bruscamente hizo trizas el dibujo y las dejó caer abriendo las manos sobre el costado del buque. El viento, perversamente, se llevó los pedazos a proa.

«Tan importante como los mismos planes —pensó—, era hallar alguien que los llevase a cabo. Lo haría él mismo si no fuese porque Gerard, el detective privado contratado por su padre, acabaría por atraparle por muy cuidadosos que fuesen sus planes. Además, quería poner otra vez a prueba su teoría sobre la falta de motivos. Tal vez Matt Levine o Carlos... aunque lo malo era que Gerard los conocía. Y resultaba peligroso abordar el asunto sin saber cómo responderían.»

Bruno ya había visto varias veces a Matt y no había sido capaz de hablarle del asunto.

En Puerto Príncipe sucedió algo que Bruno no olvidaría jamás: se cayó de la pasarela al regresar a bordo el segundo día por la tarde.

El calor pegajoso de la isla le había dejado casi atontado, y el ron no había hecho más que empeorar las cosas. Venía del Hotel La Citadelle para recoger del yate los zapatos de noche de su madre y se metió en un bar, cerca del puerto, para tomarse un *whisky* con hielo. Uno de los tripulantes portorriqueños, al que Bruno había cogido antipatía desde el primer momento, estaba en el bar, borracho como una cuba, alborotando como si fuese el dueño de la ciudad, del *Fairy Prince* y del resto de Sudamérica. Se puso a insultar a Bruno llamándole «cochino blanco» y muchas otras cosas que Bruno no alcanzó a entender pero que hacían reír a todos los presentes. Bruno salió del bar dignamente, demasiado cansado y molesto para pelear pero decidido a denunciar el hecho a Alice y hacer que el portorriqueño se encontrase de patitas en la calle y apuntado en la lista negra. A una manzana de distancia del yate, el portorriqueño le alcanzó y siguió con su verborrea. Entonces, al cruzar la pasarela, Bruno fue dando bandazos contra el pasamano de cuerda hasta que cayó de cabeza en las sucias aguas del puerto. No podía acusar al portorriqueño de haberle empujado, porque no lo había hecho. El portorriqueño y otro tripulante que igualmente se reía lo pescaron del agua y lo llevaron a rastras hasta su litera. Bruno salió de ella trabajosamente y cogió la botella de ron. Bebió un trago directamente de la botella y luego cayó sobre la litera, quedándose dormido sin haber tenido tiempo de quitarse su empapada ropa interior.

Al cabo de un rato llegaron Alice y su madre y empezaron a zarandearlo para que se despertase.

—¿Qué ha pasado? —le preguntaron varias veces, sin apenas poder hablar a causa de la risa—. ¿Qué te ha pasado, Charley?

Bruno distinguía muy débilmente la silueta de las dos mujeres, pero podía oír claramente sus risas. Se echó hacia atrás al sentir sobre su hombro los dedos de Alice. No podía hablar, pero sabía lo que les hubiera dicho:

—¿Qué estáis haciendo en mi camarote si no habéis venido para darme noticias sobre ese sujeto?

—¿De quién hablas? —le preguntó su madre.

—¡De quién va a ser! —chilló Bruno, pensando a la vez en Guy y en el portorriqueño.

—Oh, ya se ha ido —dijo su madre con acento compungido, como si Bruno estuviese moribundo—. Pobre muchacho. Pobre, pobre muchacho.

Bruno lanzaba la cabeza de uno a otro lado, tratando de evitar que le aplicaran un paño empapado en agua fría.

«¡Las odiaba a las dos, y a Guy también! —pensó—. Había matado por él, burlando a la Policía y manteniéndose apartado cuando él se lo había pedido. Hasta se había caído en las repugnantes aguas por él. ¡Y ahora Guy ni siquiera quería verle! Prefería estar junto a una chica. ¡No tenía miedo ni se sentía desgraciado, simplemente no tenía tiempo para él! ¡Tres veces la había visto cerca de donde vivía Guy en Nueva York! ¡Si estuviera allí ahora, la mataría igual que había matado a Miriam!»

—¡Charley, Charley, chitón!

«Guy se casaría otra vez y jamás dispondría de tiempo para él. ¡Ya veríamos quién le ofrecería comprensión cuando esta chica empezase a tomarle el pelo! Se había visto con ella en Méjico, en vez de visitar a unos amigos como le había dicho. ¡No era de extrañar que quisiera librarse de Miriam! ¡Y ni siquiera había citado el nombre de Anne Faulkner en el tren! Guy se había valido de él. Tal vez, le gustase o no, Guy tendría que asesinar a su padre. Cualquiera puede cometer un asesinato. Aunque Guy —recordó Bruno— no le creyó.

20

—Tomemos una copa —dijo Bruno.

Acababa de aparecer inopinadamente en medio de la acera.

—No tengo ganas de verle. No le pregunto nada. Simplemente no quiero verle.

—No me importa que me haga preguntas —dijo Bruno, sonriendo débilmente.

Su mirada era cautelosa.

—Crucemos la calle. Sólo serán diez minutos.

Guy miró en torno.

«Aquí está —pensó—. Llama a la Policía. Derríbalo al suelo.»

Pero se limitó a quedarse inmóvil, plantado en la acera. Observó que Bruno llevaba las manos hundidas en los bolsillos, como si en ellos llevara escondida una pistola.

—Diez minutos —repitió Bruno, tratando de atraerle con una sonrisa vacilante.

Guy llevaba semanas sin saber ni una palabra de Bruno. Se esforzó por sentir la misma ira que había sentido la última vez, aquella tarde de nieve, y por poner en práctica su decisión de entregar a Bruno en manos de la Policía. Había llegado el momento crítico. Guy se fue con él. Entraron en un bar de la Sexta Avenida y se acomodaron en un rincón discreto.

La sonrisa de Bruno se hizó más amplia.

—¿De qué tiene miedo, Guy?

—De nada.

—¿Es feliz?

Guy estaba rígido, sentado sobre el borde de su asiento.

«Tenía a un asesino delante —pensó—. Esas manos habían estrujado la garganta de Miriam.»

—Oiga, Guy, ¿por qué no me habló de Anne?

—¿Qué hay de Anne?

—Me hubiera gustado saber algo de ella, eso es todo. En el tren, quiero decir.

—Esta es nuestra última entrevista, Bruno.

—¿Por qué? Sólo pretendo que seamos amigos, Guy.

—Pienso denunciarle a la Policía.

—¿Y eso por qué no lo hizo en Metcalf? —preguntó Bruno.

En sus ojos se notaba un pequeño destello. Solo Bruno era capaz de hacer una pregunta como ésa de un modo impersonal, triste y a la vez triunfante. Guy sintió que una voz interior le había hecho la misma pregunta, con el mismo tono.

—Porque no estaba seguro.

—¿Qué tengo que hacer? ¿Una confesión por escrito?

—Todavía puedo hacer que abran una investigación sobre usted.

—Pues no, no puede hacer eso. Pueden imputarle más cosas a usted que a mí —dijo Bruno, encogiéndose de hombros.

—¿De qué me está hablando?

—¿De qué cree que iban a culparme a mí? De nada.

—¡Ya me encargaría yo de informarles! —Guy se puso súbitamente furioso.

—Si yo les dijera que usted me pagó para que lo hiciese... —Bruno fruncía el entrecejo con aire ofendido—. ¡Todo encajaría a la perfección!

—Me importa un rábano.

—Puede que a usted no le importe, pero a la Policía sí.

—¿Y qué es lo que encajaría?

—Aquella carta que escribió a Miriam —dijo Bruno lentamente—, la coartada que se preparó renunciando a su trabajo. Aquel viaje tan oportuno a Méjico.

—¡Está usted loco!

—¡Despierte, Guy!

La voz de Bruno se elevó histéricamente por encima del ruido del *jukebox* que alguien acababa de poner en marcha cerca de ellos. Deslizó una mano abierta hacia Guy, por encima de la mesa, luego la cerró.

—Me gusta usted, Guy, lo juro. ¡No deberíamos hablar así!

Guy no se movió. El borde del asiento se le clavaba en el dorso de las piernas.

—No quiero gustarle a usted.

—Guy, si dice algo a la Policía, lo único que conseguirá será que los dos acabemos en la cárcel. ¿No lo ve?

Guy ya había pensado en ello, incluso antes. Si Bruno se aferraba a su sarta de mentiras, probablemente habría un largo proceso, un caso que tal vez nunca llegase a esclarecerse a no ser que Bruno se derrumbase, y Bruno no se derrumbaría. Guy lo comprendía al ver la expresión de monomaníaco con que Bruno le estaba mirando.

«No le hagas eso —pensó Guy—. Quédate al margen. Deja que

sea la Policía quien le atrape. Está lo bastante chiflado como para matarte si tratas de hacer algo.»

—No me denunció a la Policía en Metcalf porque le caigo simpático, Guy. En cierto modo le gusto.

—No me gusta lo más mínimo.

—Pero no va a denunciarme, ¿verdad?

—No —dijo Guy entre dientes.

La calma de Bruno le dejaba pasmado. Bruno no le tenía ni asomo de miedo.

—No pida otra copa para mí. Me voy.

—Espere un minuto.

Bruno sacó dinero del billetero y se lo dio al camarero.

Guy permaneció sentado, con la sensación de que aún quedaba algo por aclarar.

—Bonito trajc —dijo Bruno.

Sonreía y con la cabeza señalaba el tórax de Guy.

«El traje nuevo de franela gris a rayas. Comprado con el dinero de Palmyra —pensó Guy—, lo mismo que los zapatos nuevos y la cartera de piel de cocodrilo, nueva también, que había a su lado, sobre el asiento.»

—¿Adónde tiene que ir?

—Hacia el centro.

Tenía una cita con el representante de un posible cliente en el Fifth Avenue Hotel, a las siete. Guy miraba fijamente los ojos tristones de Bruno. Estaba seguro de que Bruno pensaba que iba a encontrarse con Anne.

—¿Qué se propone, Bruno?

—Ya lo sabe —dijo Bruno sin inmutarse—. Lo que dijimos en el tren. El intercambio de víctimas. Usted va a asesinar a mi padre.

Guy profirió una exclamación de desdén. Lo había pensado, incluso lo sabía antes de que Bruno lo dijese. Lo había sospechado desde la muerte de Miriam. Sus ojos se clavaron en los de Bruno, cuya mirada era fija y conservaba todavía su expresión tristona. Le fascinaba la fría locura que se reflejaba en ellos. Una vez, de niño, había visto a un pobre retrasado mental, un mongólico, en el tranvía, y se había quedado mirándole igual que ahora miraba a Bruno, con una curiosidad desvergonzada que nada podía disipar. Curiosidad y miedo.

—Ya le dije que era capaz de resolver hasta el más insignificante de los detalles.

Bruno sonreía torcidamente, divertido, como excusándose.

—Resultaría muy sencillo.

«Me odia —pensó Guy de repente—. Le encantaría matarme a mí también.»

—Ya sabe qué voy a hacer si se niega.

Bruno hizo un ademán como si fuese a chasquear los dedos, pero su mano, indolente y fláccida, no se movió de la mesa.

—Pienso poner a la Policía sobre sus talones.

«No le hagas caso —se dijo Guy—. ¡No le hagas caso!»

—No me da ni pizca de miedo. Resultaría la cosa más fácil del mundo demostrar que está usted loco.

—¡No estoy más loco que usted!

Fue Bruno quien, instantes después, puso fin a la entrevista. Dijo que tenía una cita con su madre a las siete.

El siguiente encuentro, mucho más breve, a Guy le pareció una derrota, aunque de momento le había parecido todo lo contrario. Bruno trató de interceptarle un viernes por la tarde, cuando Guy salía de su despacho para dirigirse a Long Island, donde Anne le esperaba. Guy pasó de largo y se metió en un taxi. Pero la sensación de haber huido le avergonzaba y empezaba a minarle cierto sentido de la dignidad que hasta entonces había conservado intacto. Deseó haberle dicho algo a Bruno, haberse encarado con él siquiera un instante.

21

Durante los días siguientes, apenas transcurría una tarde sin que Bruno se hallase en la acera delante de donde Guy trabajaba. Y si no estaba allí, permanecía al acecho delante de donde vivía, como si supiese cuáles eran las tardes en que Guy regresaría directamente de la oficina a casa. Ya no se cruzaba ninguna palabra entre ellos, ni tan sólo una seña. Todo se reducía a aquella figura alta, con las manos hundidas en los bolsillos del largo abrigo, de corte un tanto militar, que le caía muy ajustado. Parecía una chimenea. Aquellos ojos le seguían. Guy lo sabía aunque nunca se volvía hasta haberse perdido de vista. Lo mismo durante dos semanas. Entonces llegó la primera carta.

Eran dos hojas de papel: la primera un mapa de la casa de Bruno con los terrenos y caminos circundantes y la ruta que Guy debería tomar pulcramente trazada con pluma y regla; la segunda había sido mecanografiada y sus párrafos de apretujada letra describían claramente el plan para el asesinato del padre de Bruno. Guy la hizo pedazos e inmediatamente se arrepintió. Era mejor guardarla como prueba contra Bruno. Guardó los pedazos.

Pero no había necesidad de guardarlos. Empezó a recibir cartas parecidas cada dos o tres días. Todas procedían de Great Neck, como si Bruno no se moviera de allí (no había visto a Bruno desde que empezaron las cartas) y escribiera las cartas con la máquina de su padre, cartas cuya preparación debía de haberle costado dos o tres horas. A veces eran cartas de borracho. Se notaba por los errores cometidos al escribirlas y por los estallidos emocionales de los últimos párrafos. Cuando estaba sobrio, el último párrafo era afectuoso y trataba de tranquilizarle explicándole cuán fácil sería el asesinato. Si estaba borracho, el párrafo era o bien un torrente de expresiones de amor fraternal, o bien la amenaza de perseguir a Guy durante el resto de su vida, destrozando su carrera y su «asuntillo amoroso», al mismo tiempo que le recordaba que él, Bruno, llevaba las de ganar. Toda la información necesaria podía obtenerse de cualquiera de las cartas, como si Bruno hubiese previsto que la mayor parte de las mismas serían hechas pedazos antes de abrir el sobre. Pero, pese a sus propósitos de romper la siguiente, cuando ésta llegaba, Guy la abría, llevado por la curiosidad de ver qué variación contendría el último párrafo. De los tres planes de Bruno, uno, el que consistía en entrar en la casa por la puerta de atrás y cometer el hecho con una pistola, era el más frecuente, aunque en cada una Bruno le invitaba a elegir el que más le gustase.

Las cartas le afectaban perversamente. Pasado el *shock* de la primera, apenas se preocupó por las que la siguieron. Luego, una vez rebasada la décima, cada carta que aparecía en su buzón era un martillazo en su conciencia o en sus nervios, una sacudida que no alcanzaba a analizar. A solas en su cuarto, tardaba un cuarto de hora en reponerse de la impresión, tratando de ocultarla a los demás.

«Su ansiedad era irracional —se decía a sí mismo—, a menos que temiera que Bruno se volviese contra él y tratase de matarle. Y no era así realmente. Bruno jamás le había hecho tal amenaza.»

Pero los razonamientos no conseguían aliviar su ansiedad, ni hacerla menos agotadora.

En la carta que hacía la número veintiuno se hablaba de Anne:

«No le gustaría que Anne se enterase de su participación en el asesinato de Miriam, ¿no es así? ¿Qué chica estaría dispuesta a casarse con un asesino? Desde luego, Anne no. El tiempo se nos está acabando. La primera quincena de marzo es el plazo límite. Hasta entonces, la cosa resultaría fácil.»

Entonces llegó la pistola. Se la entregó la casera. Venía en un voluminoso paquete hecho con papel de embalar. Guy se rió nerviosamente cuando encontró la negra pistola dentro. Era una «Luger» de gran calibre, reluciente y en perfecto estado salvo por una desportilladura en la culata.

Guy se vio impulsado a sacar del cajón de la cómoda su pequeño revólver, a sopesar su bonita arma de culata nacarada sobre su cama, donde estaba la «Luger». Sonrió ante su reacción, luego levantó el revólver y lo examinó más de cerca. Lo había visto en el atiborrado escaparate de una casa de empeños de Main Street, en Metcalf, cuando tenía unos quince años, y se lo había comprado con el dinero ganado repartiendo periódicos, no porque fuese una pistola, sino por ser un objeto hermoso. Le había entusiasmado el reducido tamaño, no desprovisto de solidez, del arma y su cañón corto, sin detalles superfluos. A medida que habían ido aumentando sus conocimientos de mecánica y de diseño, más le había gustado su pistola. Llevaba quince años guardándola en el cajón superior de alguna cómoda. Abrió la recámara y extrajo las balas, tres en total, e hizo girar el cilindro apretando seis veces el gatillo, admirando el seco chasquido de aquel mecanismo perfecto. Después volvió a colocar las balas en su sitio, guardó la pistola en su funda de franela color lavándula y la restituyó a su lugar en el cajón.

«¿Cómo podría quitarse la «Luger» de encima? ¿Tirándola al río? ¿En algún cubo de basura? ¿Escondiéndola entre su propia basura?» Cada una de las posibles soluciones que se le ocurrían le parecía melodramática o susceptible de levantar sospechas. Decidió ocultarla bajo los calcetines y la ropa interior que guardaba en el cajón de abajo y esperar a que se le ocurriera algo mejor. De pronto, por primera vez pensó en Samuel Bruno como persona. La llegada de la «Luger» había hecho que el hombre y su posible muerte se yuxtapusieran en su mente. Allí, en su habitación, tenía la descripción completa del hombre y de su vida, según Bruno, el plan para el asesinato (aquella misma mañana había encontrado otra carta en el buzón y ahora la tenía sobre la cama, aún por abrir) y la pistola con la que se esperaba que lo hiciese. Guy sacó una de las cartas recientes de Bruno de entre las que había en el último cajón.

«*Samuel Bruno* (Bruno raramente empleaba la expresión "mi padre" para referirse a él) *es el más claro ejemplo de lo peor que produce este país. Procede de una familia de campesinos húngaros de clase inferior, escasamente mejores que los animales. Se buscó una esposa de buena familia, llevado por su acostumbrada codicia, tan pronto como pudo permitirse este lujo. Mi madre, consciente de lo sagrado del contrato matrimonial, lleva años soportando calladamente sus infidelidades. Ahora, ya viejo, se esfuerza por llevar una conducta piadosa antes de que sea demasiado tarde, pero ya es demasiado tarde. Quisiera matarle yo mismo, pero ya le he explicado que eso es imposible debido a Gerard, su detective privado. Si alguna vez llegase usted a tratar con él, se convertiría en su enemigo personal también. Es la clase de hombre que consideraría una idiotez todas las ideas que usted tiene sobre la arquitectura como arte y sobre la necesidad de facilitar una vivienda decente para todo el mundo, y al que no le importaría un rábano el estado de su fábrica siempre y cuando el techo no tuviera goteras que pudieran estropearle la maquinaria. Tal vez le interese saber que sus empleados están en huelga en estos momentos. Vea el* New York Times *del pasado jueves, página 31, al pie, a mano izquierda. Se han declarado en huelga para obtener un salario que les permita vivir. Samuel Bruno no vacila en robar a su propio hijo...*»

«¿Quién iba a creerle semejante historia? ¿Quién admitiría como cierta una fantasía de tal calibre? La carta, el mapa, la pistola... Hacían pensar en los accesorios para una obra de teatro, objetos dispuestos de tal modo que hiciesen verosímil una historia que no era real ni nunca podría serlo.»

Guy quemó la carta. Quemó todas las cartas que tenía, luego se arregló apresuradamente para ir a Long Island.

El y Anne pensaban pasar el día paseando en coche, deambulando por el bosque, y al día siguiente irían a Alton. La casa quedaría terminada para fines de marzo, con lo cual dispondrían de dos meses de tranquilidad para amueblarla antes de la boda. Guy sonreía mientras miraba por la ventanilla del tren. Anne nunca había insistido en que la boda se celebrase en junio; era simplemente que los acontecimientos les estaban empujando en esa dirección. Tampoco se había empeñado en que la boda fuese aparatosa; únicamente había dicho:

—Me basta con que no sea una boda precipitada, hecha de cualquier modo.

Entonces, cuando él le dijo que no le importaría que la boda fuese de etiqueta si a ella tampoco le importaba, Anne había exclamado un prolongado:

—¡Oooh!

Y le había besado.

No, Guy no quería otra ceremonia de tres minutos ante un testigo desconocido. Sobre el dorso de un sobre empezó a bosquejar el edificio comercial de veinte pisos que, según le habían dicho la semana anterior, era muy probable que le encargasen, y cuya noticia se había reservado para sorprender a Anne. Sentía que el futuro se había convertido súbitamente en el presente. Tenía todo lo que deseaba. Al descender corriendo las escaleras del andén, divisó el abrigo de piel de leopardo de Anne entre las personas que se agrupaban junto a la entrada de la estación.

«Siempre recordaría las veces que ella le había esperado allí —pensó—, sus saltitos de impaciencia al verlo aparecer, su forma de sonreír y de volverse a medias, como si no le hubiese esperado ni un minuto más.»

—¡Anne!

La rodeó con un brazo y la besó en la mejilla.

—No llevas sombrero.

Sonrió porque eso era exactamente lo que esperaba que ella dijese.

—Bueno, y tú tampoco.

—He traído el coche. Y está nevando.

Anne le tomó de la mano y los dos echaron a correr sobre el crujiente suelo hacía el aparcamiento.

—¡Tengo una sorpresa!

—Yo también. ¿Cuál es la tuya?

—Ayer vendí cinco diseños yo solita.

Guy meneó la cabeza.

—Me has ganado. Yo sólo he conseguido un edificio comercial. Probablemente.

Anne sonrió alzando las cejas.

—¿Probablemente? ¡Seguro!

—¡Sí, sí, sí! —dijo Guy, y la besó de nuevo.

Por la tarde, en el pequeño puente de madera que cruzaba el riachuelo de detrás de la casa de Anne, Guy estuvo tentado de decirle:

—¿Sabes lo que he recibido hoy de Bruno? Una pistola.

Entonces, aunque había estado muy lejos de decirlo efectivamente, le pareció que Bruno y su relación con él eran algo muy remoto, ajeno a su vida y a la de Anne, y al pensarlo, comprendió algo que le produjo un sobresalto. No quería que hubiese secretos entre él y Anne, y ahora le estaba ocultando algo mucho más importante que todo cuanto ya le había contado.

«Bruno, el nombre que le obsesionaba, no significaría nada para Anne.»

—¿De qué se trata, Guy?

«Ella sabía que había algo —pensó—. Siempre lo sabía.»

—Nada.

La siguió cuando ella dio media vuelta y echó a andar hacia la casa. La noche lo había sumido todo en la oscuridad, y hacía que el suelo nevado apenas pudiera distinguirse del bosque y del cielo. Y Guy volvió a sentirlo... a sentir cierta hostilidad en el bosquecillo que había en el lado este de la casa. Ante él, la puerta de la cocina proyectaba un chorro de luz cálida, amarilla, sobre una parte del césped. Guy volvió a girarse y dejó que su mirada descansase en la negrura donde empezaba el bosque. La sensación que le embargaba al mirar hacia allí era a la vez inquietante y tranquilizadora, igual que al golpearse una muela enferma.

—Daré otra vuelta —dijo.

Anne entró y él volvió atrás. Quería comprobar si la sensación se hacía más fuerte o más débil cuando Anne no estaba con él. Trataba de sentir más que de ver. Seguía allí, tenue y escurridiza, donde la oscuridad se hacía más intensa, en el lindero del bosque.

«No había nada, por supuesto. ¿Qué fortuita combinación de sombras y sonidos con sus propios pensamientos habría creado aquella sensación?»

Metió las manos en los bolsillos del abrigo y, obstinadamente, se acercó más.

El seco chasquido de una ramita al partirse le devolvió repentinamente a la realidad, haciendo que se concentrase en un punto determinado. Echó a correr hacia allí. Ahora se oía crujir los arbustos y se distinguía una figura negra moviéndose en la oscuridad. Guy saltó sobre ella concentrando toda la fuerza de sus músculos; la atrapó y reconoció la ronca respiración de Bruno. Bruno se arrojó en sus brazos, retorciéndose y descargándole un terrible golpe en un pómulo. Cayeron los dos al suelo, fuertemente cogidos y luchando por soltarse. Parecía que a ambos les iba la vida en la pelea. Los dedos de Bruno trataban frenéticamente de arañarle la garganta, pero Guy se protegía con el brazo. De los labios de Bruno salía un ruido sibilante al tomar y expeler aire. Guy le dio otro puñetazo en la boca con la derecha y le pareció que su puño se rompía, que jamás volvería a poder cerrarlo.

—¡Guy! —chilló Bruno con indignación.

Guy le agarró por el cuello. De pronto, los dos dejaron de pelear.

—¡Sabías que era yo! —dijo Bruno, furioso—. ¡Maldito cerdo!

—¿Qué estás haciendo aquí?

Guy le hizo levantarse de un tirón.

La boca ensangrentada se abrió aún más, como si estuviera a punto de echarse a llorar.

—¡Suéltame!

Guy le dio un empujón. Se desplomó como un saco vacío y volvió a levantarse, tambaleándose.

—Muy bien, ¡mátame si quieres! ¡Podrás decir que ha sido en defensa propia! —gimoteó Bruno.

Guy echó una ojeada hacia la casa. Al luchar se habían adentrado un buen trecho en el bosque.

—No quiero matarte. Pero te mataré la próxima vez que te pesque por aquí.

Bruno se rió, celebrando su triunfo.

Guy avanzó amenazadoramente. No quería tocar a Bruno otra vez. Y, sin embargo, un instante antes, había luchado con el deseo de matarle. Guy sabía que no podía hacer nada para borrar la sonrisa de Bruno, ni siquiera matarle serviría de nada.

—Lárgate.

—¿Estás listo para hacer el trabajito dentro de dos semanas?

—Estoy listo para entregarte a la Policía.

—Querrás decir para entregarte tú, ¿eh?...

Bruno se burlaba de él descaradamente...

—¿Tienes ganas de contárselo todo a Anne, no? ¿Y de pasarte en la cárcel los próximos veinte años? ¡Pues claro que estoy listo!

Bruno juntó las manos suavemente. En sus ojos parecía brillar una luz roja. Su figura vacilante parecía la de un espíritu del mal que hubiese salido de su escondrijo detrás del árbol negro y retorcido frente al que se hallaba.

—Búscate a otro que te haga los trabajos sucios —gruñó Guy.

—¡Mira quién habla! ¡Quiero que seas tú y lo serás!

Se rió.

—Pienso contárselo todo a tu chica. Le escribiré esta misma noche.

Empezó a alejarse tambaleándose, dio un tremendo tropezón, pero siguió andando con paso vacilante. Parecía un objeto tosco y deforme. Se volvió para gritarle:

—A no ser que tenga noticias tuyas dentro de uno o dos días.

Guy le contó a Anne que había tenido una pelea con un vagabundo que rondaba por el bosque. Había salido bien librado de la pelea, con sólo un ojo enrojecido, pero fingió una lesión más importante porque no se le ocurría otra excusa para quedarse en la casa al día siguiente, en lugar de ir a Alton. Dijo que había recibido un golpe en el estómago y no se encontraba bien. El señor y la señora Faulkner se alarmaron, y, ante el policía que vino a inspeccionar los jardines, insistieron en que necesitaban protección de la Policía durante unas cuantas noches. Pero con eso no habría bastante. Si Bruno regresaba, Guy quería estar allí en persona. Anne le sugirió que se quedase con ellos el lunes y, de este modo, tendría a alguien que le cuidase si se encontraba mal. Guy se quedó.

Pensó que nunca se había sentido tan avergonzado como en los dos días que permaneció en casa de los Faulkner. Se sintió avergonzado al creer que le era necesario quedarse; y el lunes por la mañana se avergonzó también cuando, a hurtadillas, se metió en la habitación de Anne para ver si había carta de Bruno en el escritorio donde la doncella solía dejar el correo. No la había. Cada mañana, Anne salía de casa para su trabajo en Nueva York antes de que llegase el cartero. El lunes por la mañana, Guy examinó las cuatro o cinco cartas que había sobre el escritorio, luego se apresuró a salir de la habitación, furtivamente, como un ladrón, temeroso de ser visto por la doncella.

«Aunque entraba en la habitación de Anne con frecuencia cuando ella no estaba» —se recordó a sí mismo.

A veces, cuando la casa estaba llena de gente, se escondía en la habitación de Anne durante unos momentos. Y a ella le gustaba mucho encontrarle allí. Guy se detenía en el umbral y apoyaba la cabeza en el quicio, observando el desorden que reinaba en la habitación: la cama por hacer, los voluminosos libros de arte que no cabían en las estanterías, los últimos diseños de Anne sujetos con tachuelas a una tira de corcho verde clavada en la pared, el vaso de agua azulada que había en una esquina de la mesa y que ella se había olvidado de vaciar, el pañuelo de seda, marrón y amarillo, que evidentemente había sacado para ponérselo, cambiando después de parecer. En el aire flotaba todavía el perfume de la colonia de gardenias con la que Anne se había dado unos toques en el cuello justo antes de salir. Anhelaba fundir su vida con la de ella.

Guy se quedó hasta el martes por la mañana sin que llegase carta de Bruno y entonces regresó a Manhattan. El trabajo se le había acumulado durante su ausencia y se encontró con un sinfín de asuntos apremiantes. El contrato con la compañía inmobiliaria Shaw, referente a la construcción del nuevo edificio comercial, estaba todavía por firmar. Tenía la impresión de que su vida estaba desorganizada, a la deriva, hundida en un caos peor que al enterarse del asesinato de Miriam. No hubo carta de Bruno aquella semana, a excepción de una que encontró esperándole y que había llegado el lunes. Se trataba de una escueta nota comunicándole que gracias a Dios su madre estaba mejor y él ya podía salir de casa.

«Su madre había pasado tres semanas gravemente enferma de neumonía —decía—, y él se había quedado con ella para hacerle compañía.»

El jueves por la tarde, al regresar Guy de una reunión en un club de arquitectos, su casera, mistress McCausland, le dijo que le habían llamado tres veces. Todavía estaba hablando con ella cuando sonó el teléfono. Era Bruno; estaba borracho y de mal humor. Quería saber si Guy estaba dispuesto a mostrarse razonable.

—Ya suponía que no —dijo Bruno—. He escrito a Anne.

Entonces colgó.

Guy subió a su habitación y se tomó una copa. No creía que Bruno hubiese escrito o tuviese intención de hacerlo. Pasó una hora tratando de leer; llamó a Anne para preguntarle cómo estaba; finalmente, desasosegado, salió y se metió en un cine que permanecía abierto hasta tarde.

El sábado por la tarde estaba citado con Anne en Hampstead, Long Island, para visitar la exposición canina que allí se celebraba.

«Si Bruno hubiera escrito la carta, Anne la habría recibido ya el sábado por la mañana» —pensó Guy.

Pero evidentemente no la había recibido. Lo comprendió al ver cómo le saludaba con la mano desde el coche donde le estaba esperando.

Guy le preguntó si se había divertido la noche antes en casa de Teddy. Teddy era primo de Anne y había dado una fiesta para celebrar su cumpleaños.

—La fiesta fue maravillosa. Lo malo es que nadie tenía prisa por regresar a casa. Se me hizo tan tarde que decidí quedarme a dormir. Ni siquiera he podido cambiarme de ropa aún.

Anne puso el motor en marcha y el coche cruzó como una flecha la estrecha entrada del recinto.

Guy apretó los dientes.

«Tal vez la carta ya esté esperándola en su casa, en este mismo instante.»

De repente tuvo la seguridad de que así era, y la imposibilidad de hacer algo para evitarlo le sumió en la desesperación.

Guy trataba desesperadamente de hallar un tema de conversación mientras paseaban entre las hileras de perros.

—¿Has tenido noticias de los de la compañía Shaw? —le preguntó Anne.

—No.

Distraído, Guy miraba a uno de los perros, un nervioso *dachshund*, al tiempo que hacía un esfuerzo por prestar atención a Anne, que le estaba contando algo sobre el *dachshund* que tenía un pariente suyo.

«Todavía no lo sabe —pensó Guy—. Pero si no es hoy mismo, no tardará en enterarse; tal vez sea sólo cuestión de unos días.»

Pero, constantemente, se hacía la misma pregunta:

«Enterarse, ¿de qué?»

Y otra vez repasaba la respuesta, la misma respuesta de siempre, tal vez para tranquilizarse o para atormentarse, de esto no estaba seguro: que el verano pasado, en el tren, había conocido al asesino de su esposa, que había dado su consentimiento al asesinato de su esposa.

«Eso es lo que Bruno le diría a Anne, añadiendo algunos detalles para que resultase más convincente. Y, a decir verdad, ante un tribunal, bastaría con que Bruno tergiversara ligeramente la conversación del tren para que ésta pasara por ser un pacto entre dos asesinos.»

De pronto, las horas pasadas en el compartimiento de Bruno, aquel pequeño infierno, volvieron claramente a la memoria de Guy. Fue el odio lo que le había inducido a hablar tanto, el mismo odio mezquino que le había hecho despotricar contra Miriam en los jardines de Chapultepec, el pasado junio. Anne se había enfadado, aunque más al notar su odio que por lo que había dicho. El odio, además, era pecado. Cristo había predicado contra el odio, igual que contra el adulterio y el asesinato. El odio era la mismísima semilla del mal.

«Ante un tribunal de justicia formado por cristianos, ¿acaso no iba a parecer culpable, siquiera en parte, de la muerte de Miriam? ¿No era eso lo que diría Anne?»

—Anne —dijo Guy, interrumpiéndola.

«Tengo que prepararla —pensó—. Y además tengo que saber qué pensaría.»

—Si alguien me acusara de haber tenido que ver en el asesinato de Miriam, ¿tú que...?

Ella se detuvo y le miró. Parecía que el mundo entero se hubiera detenido y que ellos dos estuvieran en el mismo centro.

—¿Tenido que ver? ¿Qué quieres decir, Guy?

Alguien le dio un codazo. Se habían parado en mitad del pasillo.

—Simplemente eso. Que alguien me acusara, nada más.

Anne parecía buscar una respuesta.

—Simplemente que me acusaran —insistió Guy—. Quiero saberlo. Que me acusaran sin motivo. No importaría, ¿verdad?

«¿Te casarías conmigo pese a ello?» —quería preguntarle.

Pero la pregunta era tan lastimera, había en ella tal tono de súplica, que no se atrevió a formularla.

—Guy, ¿por qué dices eso?

—Simplemente porque quiero saberlo. ¡Eso es todo!

Anne le empujó suavemente hacia atrás, para no estorbar el paso a quienes circulaban por el pasillo.

—Guy, ¿es que *ya* te han acusado?

—¡No! —protestó él.

Se sentía torpe e incómodo.

—Pero si alguien lo hiciera, si alguien tratase de urdir una acusación grave contra mí...

Ella le miraba con la expresión de desengaño, de sorpresa y desconfianza, que Guy ya había visto antes siempre que decía o hacía algo a impulsos de la ira o del resentimiento; impulsos que Anne no era capaz de comprender.

—¿Acaso esperas que alguien lo haga? —preguntó ella.

—¡Quiero saberlo, eso es todo!

Guy tenía prisa por oír la respuesta, que, además, le parecía tan sencilla.

—En momentos como éste —le dijo Anne sin alzar la voz—, me das la impresión de que no nos conocemos en absoluto.

—Lo siento —murmuró él.

Le parecía que ella había cortado algún lazo invisible que hasta entonces les había unido.

—¡No creo que lo sientas, o no volverías a hacerlo!

Anne le estaba mirando de frente, y hablaba en voz baja, pero sus ojos estaban llenos de lágrimas.

—Es igual que aquel día en Méjico, cuando lanzaste aquella diatriba contra Miriam. No estoy dispuesta... No me gusta. ¡No soy de esas personas que disfrutan con estas cosas! Cuando te pones así, ¡tengo la sensación de que no sé nada de cómo eres en realidad!

«Y de que no me amas» —pensó Guy.

Le parecía que ella le dejaba por imposible, que no quería seguir tratando de comprenderle y de amarle. Se quedó allí, desesperado, hundiéndose poco a poco, incapaz de actuar o decir algo.

—Pues sí, ya que me lo preguntas, sí —dijo Anne—. Creo que sí me importaría el que alguien te acusara. Al menos desearía preguntarte por qué ya lo esperabas. ¿Por qué esperas que te acusen?

—¡No es verdad!

Anne le volvió la espalda, caminó hasta el extremo del pasillo y se quedó allí, con la cabeza gacha.

Guy se fue tras ella.

—Anne, tú me conoces. Me conoces mejor que nadie en el mundo. No quiero tener secretos para ti. ¡Se me ocurrió y te lo pregunté!

Le parecía que había hecho una confesión, y con el alivio que sucedió a ésta, se sintió repentinamente seguro... tan seguro como había estado antes de que Bruno no había escrito la carta... de que no la había escrito, ni lo haría.

Anne se enjugó una lágrima del rabillo del ojo, con gesto rápido e indiferente.

—Sólo una cosa, Guy. ¿Me harás el favor de dejar de esperar que suceda lo peor... en todo?

—Sí —dijo él—. Dios mío, sí.

—Volvamos al coche.

Pasaron el día juntos, y por la noche cenaron en casa de Anne.

No había carta de Bruno. Guy apartó de su mente tal posibilidad, como si acabara de atravesar una crisis.

El lunes por la tarde, sobre las ocho, mistress McCausland le llamó al teléfono. Era Anne.

—Cariño... me temo que estoy algo trastornada.

—¿Qué sucede?

Sabía perfectamente qué sucedía.

—He recibido una carta. Vino con el correo de esta mañana. Es sobre lo que me dijiste el sábado.

—¿De qué se trata, Anne?

—De Miriam... está escrita a máquina. Y no lleva firma.

—¿Qué dice? Léemela.

Anne se la leyó con voz temblorosa, pero bien articulada:

«Apreciada miss Faulkner; tal vez le interese saber que Guy Haines tuvo más que ver con el asesinato de su esposa de lo que cree la Policía actualmente. Pero la verdad saldrá a relucir. Creo que debe usted saberlo por si tiene proyectado contraer matrimonio con semejante caso de doble personalidad. Aparte de esto, el que escribe sabe que Guy Haines no seguirá en libertad durante mucho tiempo.»

Firmada, «Un amigo.»

Guy cerró los ojos.

—¡Oh, Dios!

—Guy, ¿sabes quién puede haber sido? ¿Guy? *¿Allô?*

—Sí —dijo él.

—¿Quién?

Por su voz, pudo ver que ella estaba simplemente aterrada, que creía en él, y temía solamente por él.

—No lo sé, Anne.

—¿Es eso cierto, Guy? —preguntó ella ansiosamente—. Deberías saberlo. Habría que hacer algo.

—No lo sé —repitió Guy, frunciendo el ceño.

Su cerebro estaba hecho un lío inextricable.

—Tienes que saberlo. *Piénsalo,* Guy. ¿Alguien que pudiera ser enemigo tuyo?

—¿Qué matasellos lleva?

—Grand Central. El papel es de lo más vulgar. No da ni la menor pista.

—Guárdamelo.

—Desde luego, Guy. Y no se lo diré a nadie. A mi familia, quiero decir.

Una pausa.

—*Debe* haber alguien, Guy. Sospechabas de alguien el sábado... ¿no es así, Guy?

—No.

Se le hacía un nudo en la garganta.

—Esas cosas pasan a veces, ya lo sabes, después de un proceso.

Se daba cuenta de que deseaba encubrir a Bruno con tanto cuidado como si Bruno hubiese sido él mismo, y además culpable.

—¿Cuándo puedo verte, Anne? ¿Puedo venir esta noche?

—Pues, papá y mamá esperan que vaya con ellos a una fiesta de beneficencia. Te mandaré la carta. Por correo urgente. La tendrás mañana por la mañana.

Y así fue. Llegó por la mañana junto con otro de los planes de Bruno, y un último párrafo afectuoso pero exhortatorio, en el que citaba la carta mandada a Anne y le prometía más.

22

Guy se sentó en el borde de la cama, se tapó la cara con las manos, luego, deliberadamente, bajó las manos.

«La noche gravitaba sobre su cerebro —pensó— y le impedía discurrir con claridad; la noche, la oscuridad y la falta de sueño. Y, con todo, también la noche poseía su propia verdad. Sólo que, de noche, la verdad era algo que se descubría indirectamente, aunque no por ello dejaba de ser la verdad. Si le contaba los hechos a Anne, ¿acaso no iba ella a considerarle culpable en parte? ¿Casarse con él? ¿Cómo iba a poder? ¿Qué clase de animal sería él, Guy, capaz de sentarse en una habitación donde, en un cajón de la cómoda, estaban los planes para cometer un asesinato y la pistola para ponerlos en práctica?»

Bajo la precaria luz que precedía al amanecer, examinó su rostro en el espejo. La boca se torcía un poco hacia abajo, a la izquierda, a diferencia de la suya. El labio inferior se veía más delgado que de costumbre a causa de la tensión. Trató de mantener los ojos absolutamente inmóviles. El espejo le devolvió la mirada de unos ojos que, situados por encima de unos semicírculos pálidos, le contemplaban acusadoramente, con expresión endurecida, como si estuviesen mirando a quien los atormentaba.

«¿Qué sería mejor, vestirse y salir a caminar un poco o quedarse y tratar de dormir?»

Sobre la alfombra, sus pasos eran ligeros, evitando inconscientemente el lugar cerca del sillón donde el suelo crujía.

«*Para mayor seguridad, evitarás pisar estos peldaños, ya que crujen* —decían las cartas de Bruno—. *La puerta de mi padre está justo a la derecha, como sabes. Lo he examinado todo minuciosamente y no hay ningún lugar que pueda resultar un obstáculo. Comprueba en el mapa el sitio donde se halla la habitación del mayor-*

domo (Herbert). Es aquí donde más cerca estarás de alguno de los ocupantes de la casa. El suelo del vestíbulo cruje en el lugar que he señalado con una X...»

Guy se tiró sobre la cama.

«*Pase lo que pase, no trates de desembarazarte de la "Luger" entre la casa y la estación del ferrocarril.*»

Se la sabía entera de memoria, incluso sabía qué ruido hacía la puerta de la cocina y de qué color era la alfombra del vestíbulo.

«Si Bruno conseguía que otra persona se encargase de asesinar a su padre, estas cartas le darían suficientes pruebas para que le condenaran. Así podría vengarse de lo que Bruno le había hecho. Y Bruno no podría contraatacar más que con una sarta de mentiras para hacerle responsable de haber planeado la muerte de Miriam. No, sería sólo cuestión de tiempo el que Bruno encontrase a alguien. Si era capaz de aguantar un poco más las amenazas de Bruno, todo habría acabado y podría dormir. Si fuese a hacerlo él —pensó—, no utilizaría la «Luger»; lo haría con su pequeño revólver.»

Guy se levantó de un salto, dolorido, enojado y aterrado por las palabras que acababan de cruzar por su mente.

—El Edificio Shaw —se dijo, igual que si se anunciase un cambio de escenario, arrancándose de la noche y colocándose en el día.

«*El Edifico Shaw. El terreno está totalmente cubierto de hierba hasta la escalerilla posterior, salvo un sendero de grava que no será necesario que pises...*»

—¡Míster Haines!

Guy se cortó a causa del sobresalto. Dejó la navaja de afeitar y se acercó a la puerta.

—Hola, Guy. ¿Estás preparado ya? —le preguntó la voz del teléfono.

Oída a primera hora de la mañana, la voz le sonaba obscena, desagradable a causa de las complejidades de la noche.

—¿No tienes bastante aún?

—No me das miedo.

Bruno se rió.

Guy colgó, temblando.

El *shock* le duró todo el día, palpitante y traumático. Deseaba desesperadamente ver a Anne aquella noche, necesitaba con toda su alma vivir el instante en que la divisaba desde el sitio donde había prometido esperarla. Pero, al mismo tiempo, también quería privarse de ella. Dio un largo paseo Riverside Drive arriba para cansarse, pero, a pesar de todo, durmió mal y tuvo una serie de sueños desagradables.

«Las cosas cambiarían —pensó Guy— una vez estuviese firmado el contrato con la Compañía Shaw y pudiese ponerse a trabajar de firme.»

Por la mañana le llamó Douglas Frear, de la Compañía Shaw, tal como había prometido.

—Míster Haines —dijo con su voz ronca y calmosa—, hemos recibido una carta sumamente extraña referente a usted.

—¿Qué? ¿Qué clase de carta?

—Referente a su esposa. Yo no sabía... ¿Quiere que se la lea?

—Sí, por favor.

—«A quien pueda interesar: Sin duda les interesará saber que Guy Daniel Haines, cuya esposa fue asesinada el pasado junio, tuvo que ver en ello mucho más de lo que saben los tribunales. Se lo dice alguien que está enterado y que también sabe que pronto se celebrará un nuevo proceso que sacará a la luz su verdadero papel en el asesinato...»

—Confío en que sea la carta de un chiflado, míster Haines. Pero pensé que debía ponerlo en su conocimiento, eso es todo.

—Por supuesto.

En su rincón, Myers se hallaba trabajando tranquilamente, inclinado ante su tablero de dibujo, como en cualquier otra mañana de la semana.

—Me parece que oí algo sobre... ejem... la tragedia del año pasado. No hay nada de un nuevo proceso, ¿verdad?

—Claro que no. Es decir, no he oído nada al respecto.

Guy maldijo su confusión. Míster Frear quería saber solamente si iba a estar libre para trabajar.

—Lamento que todavía no hayamos acabado de decidirnos con respecto al contrato, míster Haines.

La Compañía Inmobiliaria Shaw esperó hasta la mañana siguiente para comunicarle que no estaban del todo satisfechos con sus proyectos. De hecho, les había interesado el trabajo presentado por otro arquitecto.

«¿Cómo habría averiguado Bruno lo del Edificio Shaw?» —se preguntó Guy.

Pero podía haber sido de muchas maneras. Tal vez hubiesen dicho algo los periódicos (Bruno se mantenía bien informado de cuanto se refería a la arquitectura). Tal vez Bruno le había llamado a sabiendas de que no estaba en la oficina y, como quien no lo desea, había obtenido la información de Myers. Guy miró a Myers otra vez, y se preguntó si alguna vez habría hablado con Bruno por teléfono. Había algo irreal en tal posibilidad.

Ahora que el edificio se le había esfumado, empezaba a ver lo que la pérdida representaba. No iba a disponer del dinero extra con el que había contado para antes del verano. Ni del prestigio, el prestigio que le hubiese dado a ojos de la familia Faulkner. Ni por un momento se le ocurrió pensar (pese a que ello estaba en la raíz de su ansiedad igual que todo lo demás) en la frustración que le causaba el ver cómo una creación suya se malograba.

Bruno no tardaría en informar a su próximo cliente y al siguiente. Esta era su amenaza de destrozarle la carrera.

«¿Y su vida con Anne?» —pensó Guy.

Al pensar en Anne sintió una súbita punzada de dolor. Le parecía que cada vez pensaba menos en ella, que se estaba olvidando de que la amaba. Algo pasaba entre ellos dos, pero no sabía qué. Tenía la sensación de que Bruno le estaba despojando de la capacidad de amar. Su ansiedad aumentaba por los motivos más insignificantes: desde haber perdido su mejor par de zapatos, por no recordar adónde los había llevado a reparar, hasta la casa de Alton, que ya empezaba a parecerle muy por encima de sus posibilidades y que dudaba llegar a ocupar algún día con Anne.

En el despacho, Myers atendía a su trabajo acostumbrado, trazando los planos que le encargaban, mientras que el teléfono de Guy nunca sonaba. Una vez Guy pensó que ni Bruno le llamaba, y no lo hacía porque pretendía que la tensión fuese creciendo más y más, hasta el punto en que su voz representase un alivio para Guy. Y, enojado consigo mismo, Guy salió a media mañana y se tomó unos martinis en un bar de Madison Avenue. El y Anne tenían que almorzar juntos, pero ella le había llamado para deshacer la cita. Guy no recordaba por qué motivo. No le había parecido que Anne denotara frialdad, pero lo cierto es que no le había dado ninguna justificación concreta para no comer con él como habían convenido.

«No le había dicho que tenía que salir a comprar algo para la casa, ya que de haberlo hecho se acordaría. ¿O quizás no? ¿Tal vez era su forma de desquitarse por lo que él había hecho el domingo anterior: no salir a cenar con su familia como había prometido?»

El domingo se había sentido demasiado cansado y deprimido para ver a nadie. Parecía como si entre él y Anne se estuviera desarrollando una lucha sorda que ninguno de los dos quisiera reconocer. Ultimamente su desánimo era tal que le dolía imponer su presencia a Anne, mientras que ella alegaba estar demasiado ocupada para verle cuando él lo deseaba. Anne estaba ocupada con los preparativos para la casa, y al mismo tiempo, con sus desavenencias. No tenía sentido. Nada en el mundo tenía sentido excepto escapar de Bruno. Pero no había ningún modo de hacerlo que tuviese sentido. Tampoco lo tendría lo que sucedería ante un tribunal.

Encendió un cigarrillo; entonces se dio cuenta de que ya estaba fumando uno. Encorvado sobre la mesa negra y reluciente, se los fumó los dos. Los brazos y las manos que sostenían los dos cigarrillos se reflejaban en la mesa, como en un espejo.

«¿Qué estaba haciendo allí, a la una y cuarto del mediodía, con el tercer martini subiéndosele a la cabeza, incapacitándose a sí mismo para trabajar, suponiendo que tuviera trabajo? El, Guy Haines, que había construido el Palmyra. Ni siquiera tenía el valor de apartar de sí la copa. Pisaba arenas movedizas. ¿Y si se hundía del todo? ¿Y si asesinaba por cuenta de Bruno? Sería tan sencillo, como decía Bruno, cuando la casa estuviese vacía a excepción del padre de Bruno y el mayordomo... Además, Guy conocía la casa mejor que la suya de Metcalf. Podía dejar pistas que condujesen hasta Bruno, también; por ejemplo, dejar la «Luger» en la habitación.»

Este pensamiento se convirtió en lo único concreto que había en su cerebro. Sus puños se cerraron reflexivamente en contra de Bruno, entonces la impotencia de sus puños apretados ante él, sobre la mesa, le llenó de vergüenza.

«No debía permitir que sus pensamientos volvieran a encaminarse hacia allí. Eso era exactamente lo que Bruno pretendía.»

Mojó el pañuelo en el vaso de agua y se lo pasó por el rostro. Empezó a escocerle el corte que se había hecho al afeitarse. Lo examinó en el espejo que tenía al lado. Era una herida diminuta, justo al lado de la tenue hendidura del mentón; empezaba a sangrar. Sintió deseos de dar puñetazos al mentón que se reflejaba en el espejo. Se levantó como pudo y pagó la cuenta.

Pero, tras haberlo hecho una vez, a su cerebro no le fue difícil pensar de nuevo en ello. Por la noche, cuando no podía conciliar el sueño, mentalmente se representaba el asesinato, y ello le tranquilizaba igual que una droga. No se trataba de un asesinato, sino de un acto que él llevaba a cabo para librarse de Bruno, el movimiento de un bisturí que extirpaba un tumor maligno. Por la noche, el padre de Bruno dejaba de ser una persona para convertirse en un objeto, del mismo modo que él, Guy, ya no era una persona, sino una fuerza desconocida. Para él, el representarse mentalmente el asesinato, sin que la «Luger» saliera de su habitación, y luego seguir los pasos de Bruno hasta su proceso y ejecución, constituían una catarsis.

Bruno le mandó un billetero de piel de cocodrilo con cantoneras de oro y sus iniciales, G.D.H., en el interior.

«Me pareció que era de tu estilo —decía la nota que había dentro—. Por favor, no compliques las cosas. Te tengo mucho afecto. Bruno.»

En la calle, Guy ya había extendido el brazo para tirar el billetero en una papelera, pero no lo hizo y se lo metió en el bolsillo. Detestaba tirar algo que era hermoso. Ya se le ocurriría qué hacer con él.

Aquella misma mañana, Guy rechazó la invitación para participar en un programa radiofónico. No estaba en condiciones de trabajar y lo sabía.

«¿Por qué seguiría acudiendo al despacho?»

Le hubiera encantado estar borracho todo el día, y especialmente toda la noche. Miró cómo su mano hacía girar una y otra vez un compás sobre su mesa de trabajo. Una vez le habían dicho que sus manos recordaban las de un fraile capuchino. Había sido Tim O'Flaherty, en Chicago. Habían estado comiendo *spaghetti* en el apartamento de Tim, hablando de Le Corbusier y de la elocuencia verbal que parecía innata en los arquitectos, una parte concomitante de la profesión, lo cual era una suerte porque muchas veces había que hablar mucho para lograr lo que uno se proponía. En aquellos tiempos, pese a lo que estaba pasando por culpa de Miriam, todo le parecía posible, y lo único que hacía falta era estar dispuesto a abrirse camino, afrontando valientemente cuantas dificultades se le presentasen. Guy siguió dando vueltas y más vueltas al compás, deslizando los dedos por él, haciéndolo girar de nuevo, hasta que se le ocurrió que tal vez el ruido molestaba a Myers y dejó de hacerlo.

—Tranquilízate, Guy —le dijo Myers afablemente.

—No se trata de nada que tenga fácil solución. O te rompes la cabeza o no te la rompes, eso es todo —replicó Guy con una calma absoluta en la voz.

Y entonces, sin poder contenerse, añadió:

—No quiero consejos, Myers. Gracias.

—Oyeme, Guy...

Myers se había levantado, sonriente y tranquilo, pero no salió de detrás de su mesa de trabajo.

Guy cogió su abrigo del perchero que había junto a la puerta.

—Perdóname. Olvidémoslo.

—Sé lo que te pasa. Son los nervios de antes de la boda. También yo los tuve. ¿Qué te parece si bajamos a tomar un trago?

El tono de familiaridad de Myers despertó en Guy un cierto sentido de la dignidad que siempre permanecía medio oculto hasta que algo lo hacía reaccionar. No se veía capaz de soportar a Myers, con su rostro vacío, sin problemas; y su banalidad de tipo pagado de sí mismo.

—Gracias —dijo—, sinceramente no me apetece.

Cerró la puerta suavemente tras él.

23

Guy lanzó una mirada a la hilera de casas construidas con piedra rojiza que había al otro lado de la calle. Estaba seguro de haber visto a Bruno. Los ojos le escocían a causa del esfuerzo a que le obligaba la escasa luz del crepúsculo.

«Le *había* visto, allí, junto a la verja negra, donde *no* estaba.»

Guy dio media vuelta y subió corriendo la escalera de su casa. Tenía entradas para ver una ópera de Verdi por la noche. Anne iba a esperarle en el teatro a las ocho y media. No tenía ganas de ver a Anne aquella noche, no quería que Anne tratase de darle ánimos, ni quería agotarse fingiendo que su humor era mucho mejor de lo que en realidad era. Anne estaba preocupada por su insomnio. No es que hablase mucho de ello, pero sí lo suficiente para que Guy se sintiese molesto. Pero, por encima de todo, no quería oír música de Verdi.

«¿Qué le habría impulsado a comprar entradas para una ópera de Verdi?»

Había querido hacer algo que agradase a Anne, pero en el mejor de los casos, a ella no le iba a entusiasmar la representación.

«¿No resultaba algo tonto comprar entradas para algo que a ninguno de los dos les iba a gustar?»

Mistress McCausland le dio un número de teléfono al que debía llamar. Pensó que el número parecía ser del teléfono de alguna de las tías de Anne y confió en que Anne estuviera ocupada aquella noche.

—Guy, no sé cómo me las voy a arreglar para ir —le dijo Anne—. Estas dos personas que tía Julie quiere presentarme no vendrán hasta después de cenar.

—No importa.

—Y me es imposible escabullirme.

—No importa en absoluto.

—Lo siento de veras. ¿Sabes que no te he visto desde el sábado?

Guy se mordió la punta de la lengua. Le invadía una auténtica repulsión hacia el apego y la preocupación que Anne le estaba demostrando, incluso hacia aquella voz clara y cariñosa que en otros tiempos le había parecido casi una caricia. Todo eso le parecía la revelación de que ya no la amaba.

—¿Por qué no llevas a mistress McCausland esta noche? Creo que sería un gesto simpático.

—Anne, no me importa quedarme en casa.

—¿No han llegado más cartas, Guy?

—No.

«¡Ya iban tres preguntas!»

—Te quiero. No irás a olvidarte, ¿eh?

—No, Anne.

Subió apresuradamente a su habitación, colgó el abrigo, se lavó y se peinó, y en seguida se encontró con que no tenía nada que hacer, con que quería estar con Anne: La necesitaba desesperadamente.

«¡Qué estúpido había sido al pensar que no tenía ganas de verla!»

Buscó en sus bolsillos la nota con el número de teléfono que le había dado mistress McCausland, luego bajó corriendo las escaleras y se puso a buscarla por el suelo del vestíbulo. Había desaparecido... como si alguien se hubiese dado prisa en esconderla para contrariarle. Miró por la vidriera de la puerta de la calle.

«Bruno —pensó—, Bruno la había cogido. Los Faulkner sabrían el número de teléfono de tía Julie. La vería, pasaría la velada con ella, aunque ello significase pasarla con tía Julie también.»

El teléfono de Long Island repicó y repicó sin que nadie contestase. Trató otra vez de recordar el apellido de la tía de Anne, pero no pudo.

Su habitación parecía llena de un silencio palpable y cargado de incertidumbre. Miró las bajas estanterías para libros que se había construido alrededor de la habitación; la hiedra que mistress McCausland le había regalado y que decoraba las paredes; la silla de felpa roja que permanecía vacía junto a la lámpara; el dibujo en blanco y negro que él mismo había hecho, y que estaba colgado sobre la cama, titulado «El Zoo Imaginario»; las cortinas de tela gruesa que ocultaban su pequeña cocina. Con gesto aburrido se acercó a las cortinas, las echó a un lado y miró detrás de ellas. Tenía un presentimiento muy definido de que alguien le estaba esperando en la habitación, aunque no tenía ni pizca de miedo. Cogió el periódico y empezó a leer.

Al cabo de poco rato se hallaba en un bar bebiéndose el segundo martini. Se había convencido de que tenía que dormir, aunque para ello hubiera de beber a solas, lo cual le molestaba. Bajó andando por Times Square, se hizo cortar el pelo, y de regreso a casa compró una botella de leche y un par de periódicos sensacionalistas.

«Después de escribir una carta a su madre —pensó—, bebería un poco de leche, leería los periódicos y se acostaría. A lo mejor se encontraría el número de teléfono de tía Julie en el suelo al entrar en casa.»

Pero no fue así.

Alrededor de las dos de la madrugada se levantó de la cama y empezó a dar vueltas por la habitación, hambriento y sin querer comer.

«Sin embargo, la semana pasada —recordó—, una noche había abierto una lata de sardinas que devoró utilizando la hoja de un cuchillo. La noche resulta idónea para sentir afinidad con las bestias. a ser más lo que uno era en realidad.»

Sacó un carnet de croquis de la estantería y empezó a hojearlo apresuradamente. Era el primero que había tenido en Nueva York, cuando contaba unos veintiún años. Estaba lleno de apuntes tomados desordenadamente... el edificio Chrysler, la clínica psiquiátrica Payne Whitney, unas barcazas en el East River, unos obreros que con taladros eléctricos perforaban la roca horizontalmente. Había una serie de bocetos sobre los edificios del Radio City y, en la página contigua, aparecía el mismo edificio con los cambios que él haría, o, a veces, un edificio totalmente nuevo diseñado por él mismo. Cerró el libro precipitadamente porque le pareció que su contenido era bueno y dudaba de que ahora fuese capaz de hacer algo comparable. El Palmyra le parecía el último borbotón de aquella generosa y feliz energía de su juventud. El sollozo que había estado conteniendo hizo que su pecho se contrajese causándole un dolor que ya le era conocido... conocido desde los años después de Miriam. Se tumbó en la cama para combatir mejor el siguiente sollozo.

Guy se despertó al sentir la presencia de Bruno en la oscuridad, si bien no había oído ningún ruido. Pasado el primer sobresalto, no sintió ni la más mínima sorpresa. Tal como ya había imaginado en otras noches, la llegada de Bruno le alegraba.

«¿Era *realmente* Bruno?»

Sí. Guy vio el extremo encendido de su cigarrillo, más allá, cerca del escritorio.

—¿Bruno?

—Hola —dijo Bruno en voz baja—. He entrado gracias a mi llave maestra. Ya estás preparado, ¿no?

Por la voz, Bruno parecía cansado.

Guy se incorporó a medias y se quedó apoyado en un codo.

«Sin duda Bruno estaba allí. El ascua anaranjada de su cigarrillo estaba allí.»

—Sí —dijo Guy.

Sintió que el sí quedaba absorbido por la oscuridad, no como las demás noches, en que el sí había sido mudo, sin ni siquiera salir de él mismo. El sí deshizo el nudo que tenía en la cabeza tan bruscamente que le hizo daño. Era lo que había estado esperando decir, lo que el silencio de la habitación y las bestias al otro lado de las paredes habían estado esperando oír.

Bruno se sentó a un lado de la cama y le cogió los brazos por encima del codo.

—Guy, nunca volveré a verte.

—No.

Bruno olía abominablemente a cigarrillos y a brillantina, a alcohol, pero Guy no se apartó de él. Su mente seguía ocupada en la agradable tarea de librarse de sus ataduras.

—He tratado de ser amable con él estos dos últimos días —dijo Bruno—. No simpático, simplemente amable. Y esta noche él le dijo algo a mi madre, justo cuando íbamos a salir...

—¡No quiero oírlo! —dijo Guy.

Una y otra vez había interrumpido a Bruno porque no deseaba saber qué había dicho su padre, cómo era, ni nada que a él se refiriese.

Se quedaron los dos callados durante unos segundos; Guy porque no quería explicarse, Bruno porque le habían hecho callar.

Bruno respiraba por la nariz con un ruidillo muy desagradable.

—Nos vamos a Maine mañana; salimos antes del mediodía sin falta. Mi madre, yo y el chófer. Mañana por la noche será un buen momento, aunque cualquier noche excepto la del jueves será buena. A cualquier hora después de las once...

Siguió hablando, repitiendo lo que Guy ya sabía, y Guy no le interrumpía, porque sabía que iba a penetrar en la casa y todo se convertiría en realidad.

—Hace un par de días, al cerrar de un golpe la puerta de atrás... por estar borracho... rompí la cerradura. No la harán arreglar, están demasiado ocupados para eso. Pero suponiendo que sí la arreglen...

Metió una llave en la mano de Guy.

—Y te he traído esto.

—¿Qué es?

—Unos guantes. Son de señora, pero ya cederán.

Bruno se rió.

Guy notó los delgados guantes de algodón en la mano.

—Tienes la pistola, ¿eh? ¿Dónde está?

—En el último cajón.

Guy le oyó tropezar con el escritorio y luego oyó el cajón que se abría. La pantalla de la lámpara crujió, se encendió la luz y allí estaba Bruno, robusto y alto, vestido con una chaqueta nueva de polo tan pálida que casi parecía blanca, pantalones negros con una fina rayita blanca. En torno al cuello llevaba una bufanda de seda blanca. Guy le examinó desde los zapatos pequeños, de color marrón, hasta el pelo enmarañado y aceitado. Diríase que el aspecto físico de Bruno iba a darle la clave de su cambio de parecer, o tal vez le indicaría en qué consistía este parecer. Era un sentimiento de familiaridad, y de algo más, algo que tenía un cariz fraterno. Bruno cerró la pistola con un chasquido y se volvió hacia él. Su rostro tenía una expresión más grave que la última vez que Guy lo había visto, más encendido y vivo de lo que recordaba haberlo visto antes. Los ojos grises parecían agrandados por las lágrimas y presentaban una tonalidad casi dorada. Miraba a Guy como si tratase de decir algo o como si implorase a Guy que dijese algo. Entonces se humedeció los delgados labios entreabiertos, meneó la cabeza y alargó un brazo hacia la lámpara. La luz se apagó.

Se había marchado, pero parecía que aún siguiese allí. La habitación se quedó vacía, ocupada solamente por ellos dos y por el sueño.

Una luz gris e hiriente llenaba la habitación al despertarse Guy. El reloj marcaba las tres y veinticinco. Se imaginó, más que recordó, que se había levantado para responder al teléfono aquella mañana, que Myers había llamado para preguntar por qué no había ido a la oficina, y que él le había dicho que no se encontraba bien.

«Al diablo con Myers.»

Se quedó allí tumbado, abriendo y cerrando los ojos para despejarse, dejando que en su cerebro fuese penetrando la idea de que aquella noche iba a hacerlo, y que después todo habría terminado. Entonces se levantó y lentamente se aplicó a la cotidiana tarea de afeitarse, ducharse y vestirse, consciente de que nada de lo que hiciera tendría importancia hasta que llegase la hora, entre las once y la medianoche, aquella hora que no le inspiraba impaciencia ni deseo de que se retrasara, que llegaría de todos modos, en el momento justo. Tenía la sensación de moverse por una senda bien definida, y de que no podría detenerse ni apartarse de ella aunque quisiera.

A la mitad de su tardío desayuno en una cafetería de su calle, le invadió una misteriosa sensación de que la última vez que se había visto con Anne le había dicho a ella todo lo que iba a hacer, y que ella le había escuchado plácidamente, porque así debía ser, porque era absolutamente necesario que él hiciera todo lo que iba a hacer. Parecía algo tan natural e inevitable que todo el mundo debía saberlo: el hombre que, indiferente, estaba comiendo a su lado; mistress McCausland, que estaba barriendo el vestíbulo al salir él y que le había dedicado una sonrisa maternal al preguntarle si se encontraba bien.

«VIERNES, 12 de marzo» —rezaba el calendario desde la pared de la cafetería.

Guy lo contempló un momento, después terminó su comida.

No quería quedarse quieto en un sitio. Subió por Madison Avenue, después por la Quinta Avenida hasta Central Park, y bajó por Central Park West hasta la Estación de Pennsylvania. Entonces decidió que había llegado el momento de coger el tren para Great Neck. Empezó a pensar en su plan de acción para aquella noche, pero se dio cuenta de que se aburría, como si fuese una lección que ya había estudiado muchas veces, de modo que lo dejó. Los barómetros expuestos en un escaparate de Madison Avenue llamaron su atención de un modo muy especial, como si pronto fuese a disfrutar de unas vacaciones y a poder jugar con ellos.

«El velero de Anne —pensó— no lleva ningún barómetro tan bonito como uno de éstos, o me habría dado cuenta. Tengo que comprar uno antes de emprender el viaje de bodas hacia el Sur.»

Pensaba en su amor como en un preciado bien. Había llegado al extremo norte del Central Park cuando recordó que no llevaba consigo la pistola, ni los guantes. Y ya eran las ocho menos cuarto.

«¡Qué modo más estúpido de comenzar!»

Paró un taxi y apremió al taxista para que le llevase a casa.

Había tiempo de sobra después de todo, tanto era así que se quedó un rato paseando distraídamente por su habitación.

«¿Convendría ponerse zapatos con suela de crepé? ¿Y llevar sombrero?»

Sacó la «Luger» del último cajón y la colocó sobre el escritorio. Debajo del arma había uno solo de los planes de Bruno y lo abrió, pero al instante cada una de las palabras le pareció tan conocida que lo echó a la papelera. La prisa hizo que sus movimientos se agilizasen otra vez. Sacó los guantes púrpura de algodón de la mesita de noche. Una tarjetita amarilla se desprendió de ellos y cayó al suelo. Era un billete para Great Neck.

Miraba fijamente la negra «Luger» que ahora le parecía atrozmente voluminosa.

«¡Qué imbecilidad fabricar una pistola tan enorme!»

Sacó su propio revólver del cajón de arriba. La culata de nácar resplandecía con su discreta belleza. El cañón, corto y esbelto, parecía impaciente por ver qué había delante de él. Era un arma sólida y a la vez elegante.

«De todos modos, tengo que dejar la "Luger" en la alcoba, porque es la pistola de Bruno.»

Pero le parecía tonto llevarse la «Luger» solamente para eso. En realidad, había dejado de sentir hostilidad hacia Bruno, y precisamente eso era lo extraño.

Durante unos instantes su confusión fue total.

«¡Llévate la "Luger", claro! ¡Es lo que dice el plan!»

Se metió la «Luger» en un bolsillo del abrigo y buscó los guantes sobre el escritorio. Eran de color púrpura y la funda del revólver era de franela color lavándula. De pronto pensó que llevarse el revólver era lo más indicado, porque los dos colores hacían juego, de modo que volvió a colocar la «Luger» en la cómoda y se echó el revólver al bolsillo. No se entretuvo en comprobar si le quedaba algo por hacer. Había repasado tantas veces los planes de Bruno que la intuición le bastaba para saber que no se olvidaba de nada. Antes de salir llenó un vaso con agua y regó la hiedra que decoraba la pared.

«Tal vez una taza de café me sentaría bien —pensó—. Me la tomaré en la estación de Great Neck.»

Hubo un instante en el tren, cuando otro pasajero tropezó con él, en que le pareció que sus nervios iban a estallar y que algo serio iba a suceder. Las palabras acudieron en tropel a su mente y por fortuna no pasaron de su lengua:

«*No es realmente una pistola lo que llevo en el bolsillo. Nunca se me ha ocurrido pensar que fuese una pistola. No la compré porque fuese una pistola.*»

E inmediatamente se sintió más tranquilo, porque supo que iba a matar con ella. Era igual que Bruno.

«¿Acaso no lo había presentido una y otra vez y, como un cobarde, se había negado a reconocerlo? ¿Es que no había comprendido que Bruno era igual que él? Si no, ¿por qué le caía simpático Bruno?»

Quería a Bruno. Bruno le había preparado el terreno pulgada a pulgada, y todo saldría bien porque todo salía siempre tal como Bruno deseaba. El mundo estaba hecho para la gente como Bruno.

Lloviznaba al bajar del tren y adentrarse en la neblina. Guy se encaminó directamente hacia la fila de autobuses que Bruno le había descrito. El aire que entraba por la ventanilla abierta era más frío que el de Nueva York y olía a campo. El autobús se alejó del centro de la población y enfiló una carretera oscura con casas a uno y otro lado. Guy recordó que no se había detenido a tomar café en la estación. Su olvido le irritó y estuvo a punto de bajarse del autobús y regresar a tomárselo.

«Puede que una taza de café le sentara a las mil maravillas. ¡Sí, sin duda!»

Pero al llegar a la parada de Grant Street se levantó automáticamente, y la sensación de moverse por una senda establecida de antemano volvió a tranquilizarle.

Sus pasos sobre el camino de tierra mojada sonaban quedamente. Más allá de donde estaba, una muchacha subió corriendo las escaleras del porche y el ruido de la puerta al cerrarse tras ella, le agradó, llenándole de una sensación de paz y tranquilidad. Divisó el terreno no edificado con el árbol solitario, y un poco más a la izquierda la oscuridad y el bosque. El farol que Bruno había indicado en todos sus mapas tenía un halo entre azulado y áureo. Un coche se acercaba despacio, con la luz de los faros delanteros moviéndose arriba y abajo a causa de los baches del camino. Pasó de largo.

Dio con ella de pronto, y fue como si se acabara de alzar el telón ante un escenario que conocía perfectamente: la larga pared de argamasa blanca, de unos dos metros y pico de altura, en primer término, oscurecida de vez en cuando por la copa de un cerezo que colgaba sobre ella; y más allá, el blanco triángulo del tejado. La caseta del perro. Cruzó la calle. Oyó crujir la grava del camino más arriba. Alguien se acercaba a pasos lentos. Se ocultó en las sombras hasta que el caminante se hizo visible. Era un agente de Policía que andaba con las manos y la porra a la espalda. Guy no se alarmó en absoluto. Pensó que tal vez se hubiera alarmado más de no haberse tratado de un policía. Una vez el agente hubo pasado, Guy anduvo quince pasos a lo largo de la pared, dio un salto para asirse a la cornisa y trepó hasta quedar sentado a horcajadas sobre ella. Casi directamente debajo de donde estaba, se veía una forma de color claro. Era la caja que Bruno había arrojado cerca de la pared. Guy se inclinó para atisbar la casa por entre las ramas del cerezo. Podía ver dos de las cinco ventanas grandes del primer piso, y también parte de la piscina rectangular. No había ninguna luz. Bajó de un salto.

Ahora podía ver el punto donde empezaban los seis peldaños, pintados de blanco por los lados, de la entrada de atrás, así como las brumosas siluetas de los árboles que rodeaban todo el edificio. Tal como ya había sospechado al ver los mapas de Bruno, la casa resultaba demasiado pequeña para tener diez gabletes dobles, construidos sin duda porque el cliente quería gabletes y sanseacabó. Avanzó al resguardo de la pared hasta que el crujido de las ramitas le asustó.

«*Cruza el césped sigilosamente*» —había indicado Bruno.

Y las ramitas crujientes eran la razón.

Al acercarse a la casa, una rama le arrancó el sombrero de la cabeza. Furioso, se lo metió entre la americana y el abrigo, luego volvió a hundir la mano en el bolsillo donde llevaba la llave.

«¿Cuándo se había puesto los guantes?»

Tomó aliento y empezó a cruzar el césped, medio corriendo y medio andando, ligero y sigiloso como un gato.

«Esto ya lo he hecho muchas veces —pensó—. Ahora es solamente una vez más.»

Titubeó al llegar al borde del césped, echó una ojeada al garaje hacia el que se torcía el sendero de grava, y entonces subió los seis peldaños de atrás. La pesada puerta se abrió sin dificultad y Guy asió el pomo de la segunda puerta. Pero la cerradura Yale de ésta se le resistió y antes de que cediera a sus empujones pasó unos momentos de apuro. A la izquierda se oía el reloj de la mesa de la cocina. Sabía que se trataba de una mesa, aunque solamente podía ver la oscuridad y unas formas menos oscuras que correspondían a las cosas de la cocina: la voluminosa estufa blanca, la mesa y las sillas del servicio, los armarios. Se encaminó en diagonal hacia la escalera de servicio, contando sus pasos.

«Preferiría que utilizases la escalera principal, pero cruje por todos lados.»

Andaba despacio y rígido, escudriñando la oscuridad, esquivando macetas que en realidad no lograba ver. De repente se le ocurrió pensar que debía de parecer un loco sonámbulo y sintió pánico.

«*Primero doce pasos hacia arriba, luego siete de dos en dos. Después, dos tramos más allá del recodo... Cuatro de dos en dos, tres del mismo modo, paso largo al llegar arriba. Es fácil de recordar, parece un juego de niñas.*»

Saltó el cuarto peldaño del primer tramo. Había una ventana circular justo en el recodo antes de llegar al último tramo. De alguno de sus ejercicios de estudiante, Guy recordaba:

«De la forma en que esté construida una casa dependerá el modo de desarrollarse las actividades de quienes la habiten... ¿Conviene que los niños se detengan a mirar por la ventana antes de subir los quince peldaños que conducen al cuarto de jugar?»

A tres metros delante de él estaba la puerta del mayordomo.

«*Es aquí donde más cerca estarás de alguno de los ocupantes de la casa*» —repetía en su cerebro la voz de Bruno, en crescendo, al pasar por delante de la habitación.

El suelo crujió casi imperceptiblemente y Guy apartó el pie ágilmente, esperó y dio un rodeo. Delicadamente, su mano se cerró sobre el pomo de la puerta del vestíbulo. Al abrirla, el tictac del reloj que había en el descansillo de la escalera principal se oyó más fuerte, y se dio cuenta de que llevaba varios segundos oyéndolo. Se escuchó un suspiro.

«¡Un suspiro en la escalera principal!»

Un carrillón empezó a repicar. El pomo de la puerta emitió un leve repiqueteo y Guy lo asió con tanta fuerza que creyó que iba a romperlo.

«*Tres. Cuatro.* ¡Cierra la puerta antes de que el mayordomo lo oiga! ¿Era éste el motivo de que Bruno hubiese dicho entre las once y la medianoche? ¡Maldito sea! ¡Y ahora no llevaba la "Luger"!»

Guy cerró la puerta sin poder evitar que hiciese un poco de ruido. Sudaba y el calor que salía del cuello del abrigo le daba en pleno rostro, y mientras el reloj lanzaba una campanada tras otra. Hasta que sonó la última.

Entonces prestó atención y no oyó nada más que el tictac sordo y ciego otra vez, y abrió la puerta para entrar en el vestíbulo principal.

«*La puerta de mi padre está justo a la derecha.*»

La certeza volvía a dirigir sus actos. Y mientras miraba la puerta del padre de Bruno sentía la presencia del vestíbulo como si ya hubiese estado allí: la alfombra gris, las paredes color crema, artesonadas, la mesa de mármol en lo alto de las escaleras. El vestíbulo tenía un olor propio e incluso este olor le resultaba familiar. Notó un vivo cosquilleo en las sienes. De pronto tuvo la seguridad de que el viejo se hallaba de pie al otro lado de la puerta, reteniendo la respiración igual que él, esperándole. Guy contuvo el aliento durante tanto tiempo que el viejo tenía que haber muerto si había hecho lo mismo.

«¡Tonterías! ¡Abre la puerta!»

Cogió el tirador con la mano izquierda, y la derecha se desplazó automáticamente hacia la pistola que llevaba en el bolsillo. Tenía la sensación de ser una máquina, invulnerable, ajena al peligro.

«Había estado allí muchas veces ya, había matado al hombre muchas veces también, y ésta no era más que una de tantas veces.»

Sus ojos se clavaron en la estrecha rendija de la puerta, presintiendo que un espacio infinito se abría al otro lado, esperando hasta que desapareció el vértigo que se había apoderado de él.

«¿Y si no puedo verle cuando entre? ¿Y si era el viejo quien le veía antes a él? *El farol del porche principal ilumina un poco la habitación.*»

Pero la cama estaba al otro lado de la habitación. Abrió más la puerta, escuchó y entró en la alcoba demasiado precipitadamente. Pero la habitación permaneció en silencio, la cama, grande y borrosa, en la sombra, con una franja más clara en la cabecera. Cerró la puerta.

«El viento podría cerrarla de golpe.»

Entonces miró hacia el rincón.

La pistola estaba ya en su mano, apuntada hacia la cama que parecía estar vacía por mucho que esforzase la vista.

Dio un vistazo a la ventana por encima de su hombro derecho. Solamente estaba abierta unos treinta centímetros, y Bruno había dicho que la encontraría abierta *del todo.* Pero lloviznaba. Hizo un esfuerzo para ver la cama, y entonces, con gran excitación, logró divisar la forma de la cabeza recostada bastante cerca de la pared, un tanto ladeada como si le estuviese mirando con alegre desdén. El rostro era más oscuro que el pelo, que se confundía con la almohada. Desde donde se hallaba Guy, la pistola apuntaba directamente a la cabeza.

«Había que disparar al pecho.»

Y la pistola obediente se dirigió hacia el pecho. Guy se deslizó más cerca de la cama y volvió a mirar la ventana que había detrás de él. No se oía ningún ruido de respiración. Diríase que el hombre no estaba vivo.

«Así tenía que pensar —se había dicho a sí mismo—. Que la figura que yacía en la cama no era más que un blanco. De modo que, al no conocer el blanco, iba a ser como matar en la guerra. ¿Ahora?»

—¡Ja, ja, ja! —se oyó por la ventana.

Guy se echó a temblar y la pistola tembló con él.

La risa, risa de muchacha, procedía de lejos, aunque se oía claramente, como un disparo. Guy se humedeció los labios. Por unos instantes, la realidad de aquella risa había borrado toda la escena, sin dejar nada en su lugar, y ahora, lentamente, el vacío volvía a llenarse con la realidad de su presencia allí, dispuesto a matar. Había sucedido en lo que tarda en latir el corazón. La vida. La joven andando por la calle. Con un muchacho, tal vez. Y el hombre dormido en la cama, vivo.

«¡No, no pienses! Lo haces por Anne, ¿no recuerdas? ¡Por Anne y por ti mismo! Es igual que matar en la guerra, igual que matar...»

Apretó el gatillo. Se oyó únicamente un «clic». Apretó otra vez y de nuevo un «clic».

«¡Era una encerrona! ¡Todo era falso, ni siquiera existía! ¡Ni siquiera estaba allí de pie!»

Apretó el gatillo otra vez.

La habitación se rasgó con estruendo. Sus dedos se apretaron de terror. De nuevo el estruendo, como si la corteza del mundo estuviese saltando en pedazos.

—¡Aaah! —gritó la figura de la cama.

El rostro ceniciento se movió hacia arriba, haciendo visible el perfil de la cabeza y los hombros.

Guy se encontró en el tejadillo del porche, cayendo. La sensación le despertó como la caída al final de una pesadilla. Por un milagro, sus manos encontraron la barra de una marquesina, y otra vez cayó hacia abajo, sobre pies y manos. Saltó desde el borde del porche, corrió junto a la pared de la casa, entonces cortó por el césped, en línea recta hacia el sitio donde estaba la caja. Notaba que la tierra se adhería a sus pies como tratando de detenerle, que sus brazos se movían como aspas para acelerar su carrera sobre el césped.

«Esto es lo que se siente, lo que es... —pensó— la vida, igual que la risa de antes. Lo cierto es que parece una pesadilla en la que uno se encuentra paralizado ante un peligro tremendo.»

—¡Eh! —llamó una voz.

El mayordomo iba tras él, exactamente como había supuesto. Tenía la impresión de que estaba justo detrás de él.

«¡La pesadilla!»

—¡Eh! ¡Oiga, usted!

Guy se giró al llegar a los cerezos y se quedó de pie con el puño echado hacia atrás. El mayordomo no estaba justo detrás de él. Estaba muy lejos, pero le había visto. La figura, vestida con un pijama blanco, corría alocadamente, oscilando como una columna de humo, luego giró hacia donde él estaba. Guy permanecía erguido, paralizado, esperando.

—¡Eh!

El puño de Guy salió disparado hacia la barbilla que se aproximaba y el blanco espectro se desplomó.

Guy saltó hacia la pared.

La oscuridad se hacía más y más densa en torno a él. Esquivó un arbolito, saltó algo que parecía una acequia y siguió corriendo. Entonces, de pronto, se encontró tendido boca abajo, con un dolor que partía de su cintura y se extendía en todas direcciones, clavándole en el suelo. El cuerpo le temblaba violentamente y pensó que debía aprovecharse de aquel temblor para seguir corriendo, y que no estaba allí donde Bruno le había dicho que se dirigiese. Pero no podía moverse.

«Toma el caminito (no iluminado) que hay al Sur de la casa y sigue hacia el Este hasta cruzar dos calles más anchas y llegar a Columbia Street, y entonces dirígete hacia el Sur (a la derecha)...»

«Hasta la línea de autobuses que llevaban a otra estación de ferrocarril. Le era muy fácil a Bruno escribir las malditas instrucciones en un pedazo de papel. ¡Maldito sea! Ahora sabía dónde estaba, ¡en el campo situado al Oeste de la casa y que no constaba en ninguno de los planos!»

Miró atrás.

«¿Dónde quedaba el Norte ahora? ¿Dónde estaba el farol de la calle? Quizá no lograría dar con el caminito en la oscuridad.»

No sabía si la casa quedaba detrás de él o a su izquierda. Un dolor misterioso le palpitaba por todo el antebrazo derecho, tan fuerte que pensó que iba a brillar en la oscuridad.

Se sentía como roto en mil pedazos por la explosión de la pistola, como si nunca fuese a recobrar la energía suficiente para moverse de nuevo, y como si en realidad no le importase. Se acordó de cuando había sufrido un encontronazo jugando al fútbol en la universidad, y se había quedado como ahora, tendido boca abajo sin poder hablar a causa del dolor. Recordaba la cena, con todo detalle, la cena y la bolsa de agua caliente que su madre le había subido a su habitación, y el contacto de sus manos al arreglarle las ropas de la cama. Su mano temblaba y se le estaba abriendo en carne viva al rozar con una roca semienterrada. Se mordió los labios y siguió pensando sin ton ni son, como se suele pensar cuando todavía no estamos del todo despiertos. Pensaba que debía levantarse sin perder un segundo y sin hacer caso del dolor porque todavía no estaba a salvo. Seguía muy cerca de la casa. De repente, brazos y piernas empezaron a moverse, como si la inmovilidad hubiera acumulado una carga de energía estática que ahora empezase a actuar, y de nuevo se encontró corriendo a campo través.

Un sonido extraño le hizo detenerse... un gemido grave y musical que parecía proceder de todas partes.

«Las sirenas de la Policía, por supuesto. ¡Y yo, como un idiota, pensando que era un avión!»

Siguió corriendo, consciente solamente de que corría a ciegas y en sentido opuesto a las sirenas, que ahora sonaban a su izquierda, detrás de él, y de que debía virar hacia la izquierda para hallar el caminito.

«La pared de argamasa debía de quedar muy atrás ya.»

Estaba a punto de cortar por la izquierda para cruzar la carretera principal que seguramente quedaba por aquel lado, cuando se dio cuenta de que las sirenas subían por allí.

«Tendría que esperar... Pero no podía esperar.»

Reanudó la carrera, paralelamente a los coches. Entonces su pie se enganchó en algo y volvió a caer, maldiciendo. Se hallaba tendido en una especie de zanja, con los brazos extendidos, el derecho sobre una elevación del terreno. Emitió un sollozo de furia, de frustración. En la mano izquierda notaba algo raro. La tenía sumergida en el agua de la zanja, hasta la muñeca.

«Se me va a mojar el reloj» —pensó.

Pero cuanto más se esforzaba por sacarla, más imposible le parecía el moverla. Eran como dos fuerzas contrapuestas que intentasen mover la mano, la una, e impedirlo, la otra; dos fuerzas tan equilibradas que el brazo ni siquiera notaba la tensión. Increíblemente, se sintió capaz de dormir un poco allí mismo.

«La Policía me rodeará» —pensó de repente.

Y de nuevo se halló de pie, corriendo.

Cerca de él, a la derecha, una sirena aullaba triunfante como si le hubiese localizado.

Un rectángulo de luz surgió de pronto delante de él y le obligó a girar para evitarlo.

«Una ventana. Había estado a punto de meterse en una casa. ¡El mundo entero se había despertado! ¡Y *tenía* que cruzar la carretera!

El coche de la Policía pasó por la carretera a unos nueve metros por delante de donde él estaba, con los faros brillando entre los arbustos. Otra sirena aullaba a su izquierda, donde seguramente estaba la casa, y luego se alejó zumbando hasta perderse. Con el cuerpo encorvado, Guy cruzó la carretera no muy lejos por detrás del coche y se metió en un sitio donde la oscuridad era más densa. Ya no le importaba dónde podía estar el caminito, desde allí podía alejarse más de la casa.

«Hay un terreno boscoso y oscuro por todo el lado Sur donde es fácil hallar un escondrijo suponiendo que tengas que salir del caminito... Pase lo que pase, no trates de librarte de la "Luger" entre mi casa y la estación del ferrocarril.»

Metió la mano en el bolsillo y sintió el frío metal del revólver a través de los agujeros de los guantes. No recordaba haberse guardado el revólver en el bolsillo. No le hubiese sorprendido comprobar que se lo había dejado en la casa.

«¡A buena hora pensaba en ello!»

Algo le había cogido y le impedía avanzar. Automáticamente empezó a descargar puñetazos hasta darse cuenta de que se trataba de arbustos, ramitas, zarzales, pero siguió debatiéndose para librarse de ello, porque las sirenas seguían sonando detrás de él y aquella era la única dirección que podía seguir. Concentró toda su atención en el enemigo que le acechaba delante, a ambos lados, e incluso detrás, y que intentaba atraparle con mil manos cuyos crujidos empezaban a ahogar a las mismísimas sirenas de la Policía. Derrochaba energía en la lucha contra aquel enemigo, saboreando la limpia batalla que le presentaba.

Se despertó en el lindero de un bosquecillo, boca abajo sobre la pendiente.

«¿Se había dormido o había caído hacía sólo un instante?»

Pero en el cielo empezaba a observarse una luz gris, preludio del amanecer y, al levantarse, comprendió que había permanecido inconsciente al notar cuán difícil le resultaba ver con claridad. Sus dedos se extendieron directamente hacia la masa de pelo y humedad que sobresalía de un lado de la cabeza.

«Tal vez me he roto la cabeza» —pensó, aterrado.

Y se quedó quieto un instante, atontado, esperando caerse muerto de un momento a otro.

Más abajo, las luces desparramadas de una pequeña población brillaban como estrellas en el crepúsculo. Mecánicamente, Guy sacó el pañuelo del bolsillo y se lo ató fuertemente en torno a la base del pulgar, donde la sangre manaba de un corte. Se acercó a un árbol y se apoyó en él. Sus ojos escudriñaban la población y la carretera de abajo. No se veía nada que se moviese.

«¿Era él quien estaba allí, apoyado en un árbol y con la cabeza llena de recuerdos... del estampido de la pistola, de las sirenas, de su desesperada huida a través del bosque?»

Quería agua. En el camino sin asfaltar que bordeaba la población divisó una estación de gasolina. Se abrió paso hacia ella.

Al lado de la estación había una bomba de agua anticuada. Metió la cabeza debajo de ella. El rostro le escocía como si en él no hubiera más que cortes. Lentamente, su cerebro empezaba a recobrar la lucidez.

«No podía estar a más de dos millas de Great Neck.»

Se quitó el guante de la mano derecha que se había convertido en un pingajo, sostenido únicamente por un dedo y la muñeca, y se lo puso en el bolsillo.

«¿Dónde estaba el otro? ¿Se lo habría dejado en el bosque al vendarse el pulgar?»

Una oleada de pánico le trajo el alivio de lo conocido.

«Tendría que regresar para buscarlo.»

Se registró los bolsillos del abrigo, luego se lo desabrochó y buscó en los bolsillos de los pantalones. El sombrero cayó a sus pies. Se había olvidado del sombrero.

«¿Y si se le hubiese caído al huir?»

Entonces encontró el guante metido en la manga izquierda y reducido a poco más que la costura superior, que seguía rodeándole la muñeca, y un harapo. Se lo guardó en el bolsillo con una sensación abstracta de alivio, casi de felicidad. Se subió una de las vueltas de los pantalones, que se le había rasgado. Decidió encaminarse en la dirección que sabía que conducía hacia el Sur, coger cualquier autobús que le llevase aún más hacia el Sur, y no apearse hasta llegar a alguna estación de ferrocarril.

En el momento en que comprendió cuál era su objetivo, el dolor empezó a acuciarle.

«Con aquellas rodillas, ¿cómo iba a poder andar por la carretera?»

Pero siguió andando, con la cabeza erguida para no desfallecer. A esa hora el equilibrio entre la noche y el día era dudoso; todavía estaba oscuro, pero una leve iridiscencia lo cubría todo. Parecía que la oscuridad aún pudiera dominar sobre la luz debido a que la oscuridad ocupaba mayor extensión.

«¡Si la noche pudiera seguir de aquel modo hasta que él llegase a casa y se encerrase bajo llave!»

Entonces la luz del día acometió súbitamente a la noche e irrumpió en todo el horizonte a su izquierda. Una estela de plata rodeó la cima de una colina, y la colina se tiñó de malva, de verde, de canela, igual que si estuviera abriendo los ojos. Una casita pintada de amarillo se alzaba bajo un árbol en la colina. A su derecha, un campo antes oscuro se había convertido en un prado de hierba alta, verde y canela, que se movía suavemente como las olas del mar. Un pájaro surgió volando de entre la hierba y sus alas puntiagudas trazaron un mensaje exuberante y entrecortado en el cielo. Guy se detuvo y se quedó mirándolo hasta que desapareció.

24

Por centésima vez se examinó el rostro en el espejo del cuarto de baño, aplicándose pacientemente el lápiz estíptico en cada uno de los rasguños, que luego volvía a cubrir de polvos. Se curaba las heridas del rostro y de las manos de un modo objetivo, como si no formaran parte de él. Cuando sus ojos se cruzaron con los que le miraban desde el espejo, los apartó.

«Igual como debieron de hacerlo —pensó Guy— aquella primera tarde en el tren, cuando trataba de evitar la mirada de Bruno.»

Regresó a su alcoba y se dejó caer sobre la cama. Le quedaba hoy y el día siguiente, domingo, para descansar. No tenía que ver a nadie. Podía irse un par de semanas a Chicago y decir que lo hacía por asuntos de trabajo. Pero tal vez despertaría sospechas si se iba el día siguiente.

«Ayer. Anoche.»

A no ser por los arañazos en las manos, tal vez hubiese creído haber estado soñando.

«Porque no había querido hacerlo» —pensó.

No había sido su voluntad, sino la de Bruno expresándose a través de él. Deseaba maldecir a Bruno, maldecirle en voz alta, pero no le quedaba suficiente energía para hacerlo. Lo curioso era que no se sentía culpable, y ahora le parecía que la explicación se hallaba en que había obrado impulsado por la voluntad de Bruno.

«Pero, ¿qué era eso que llamaban culpabilidad y que tras la muerte de Miriam había sentido más que ahora?»

Ahora se sentía simplemente cansado, e indiferente a todo.

«Aunque, ¿tal vez era eso lo que siempre se sentía después de asesinar?»

Trató de dormir, y su mente revivió los momentos pasados en el autobús de Long Island, los dos obreros que le habían mirado fijamente, él fingiendo dormir con el rostro oculto bajo un periódico.

«Había sentido más vergüenza ante los dos obreros que...»

Se le doblaron las rodillas al bajar los peldaños hacia la calle, y estuvo a punto de caerse. No miró si le estaban observando. Lo que hacía era normal, salir a comprar el periódico. Pero lo cierto era que no le quedaban fuerzas para ver si le estaban observando, ni siquiera para que ello le importase, y temía el momento en que volvería a tenerlas, del mismo modo que el enfermo o el herido temen la próxima e inevitable operación.

El *Journal-American* era el periódico que mayor espacio dedicaba al suceso, y publicaba una descripción del asesino basada en los datos facilitados por el mayordomo. Se trataba de un hombre de uno ochenta de estatura, unos ochenta kilos de peso, y que llevaba un abrigo oscuro y sombrero. Guy lo leyó levemente sorprendido, como si no se refiriese a él, ya que solamente medía uno setenta y dos y pesaba unos sesenta y tres kilos. Además no había llevado sombrero entonces. Se saltó la parte del artículo donde se decía quién era Samuel Bruno y leyó con gran interés las conjeturas sobre la huida del asesino.

«Hacia el Norte por la calle Newhope —decía el periódico—, donde, según se cree, se escabulló en la población de Great Neck, de la que tal vez salió en el tren de las 12,18 de la noche.»

En realidad había escapado hacia el Sudeste. Inesperadamente, se sintió aliviado y a salvo.

«Pero eso —se advirtió a sí mismo— no es más que una ilusión.»

Se puso en pie, presa por vez primera del mismo pánico que le había dominado al tropezar y caerse junto a la casa de Bruno. El periódico llevaba ya varias horas en la calle, y posiblemente ya habrían verificado su error.

«Tal vez ya venían a por él, ya estarían esperándole delante de la puerta.»

Se quedó esperando, pero no se oía nada y, sintiéndose cansado nuevamente, se sentó. Se obligó a concentrar la atención en el resto de la larga columna. Se ponía de relieve la sangre fría con que se había cometido el asesinato, así como el hecho de que, según los indicios, el asesino conocía la casa perfectamente. No había huellas dactilares, ninguna pista salvo las huellas de unos zapatos, del nueve y medio, y la mancha hecha por un zapato negro en el muro de argamasa blanca.

«Mis ropas —pensó—, tengo que desembarazarme de ellas y sin perder un minuto. ¿Pero cuándo tendré suficientes fuerzas para hacerlo? Es extraño que se equivocasen en más al calcular mi número de calzado, con lo mojado que estaba el suelo.»

«La bala —decía el periódico— era de un calibre muy pequeño, nada corriente.»

«Tengo que librarme también del revólver.»

Sintió un poco de pena. No le iba a gustar nada desprenderse del revólver. Se levantó y se fue a buscar más hielo para la toalla que se había aplicado en la cabeza.

Anne le llamó por la tarde para invitarle a una fiesta en Manhattan el domingo por la noche.

—La fiesta de Helen Heyburn. Ya te hablé de ella.

—Sí —dijo Guy, sin recordar absolutamente nada pero con voz firme—. Me parece que no estoy muy de humor para fiestas, Anne.

Durante la última hora se había sentido torpe, adormecido, y ello hacía que las palabras de Anne le pareciesen remotas, sin sentido. Se oyó a sí mismo diciendo lo que debía decir, sin ni siquiera pensar, tal vez ni le importaba, que Anne notase algo extraño. Anne dijo que quizás lograría que Chris Nelson la llevase a la fiesta, y Guy dijo que muy bien, y pensó en lo feliz que iba a sentirse Nelson de poder ir con ella, porque Nelson, que se había visto muy frecuentemente con Anne antes de que ésta conociera a Guy, seguía enamorado de ella. Al menos, así lo creía Guy.

—¿Qué te parece si vengo por ahí el domingo por la tarde? —dijo Anne—. Podría traerte algunos fiambres y comer juntos unos emparedados. Podría decirle a Chris que se reuniera conmigo más tarde.

—Tenía pensado salir el domingo, Anne. A tomar apuntes.

—Oh. Lo siento. Tenía algo que decirte.

—¿Qué?

—Algo que me parece que te gustará. Bueno... otra vez será,

Guy subió sigilosamente las escaleras, vigilando por si aparecía mistress McCausland.

«Anne se mostraba fría con él —pensaba monótonamente—. Anne se mostraba fría. La próxima vez que se viesen, ella se daría cuenta y le odiaría. Se acabó Anne, se acabó Anne.»

Siguió con la misma salmodia hasta caer dormido.

Estuvo durmiendo hasta el mediodía del día siguiente, y luego permaneció en cama durante el resto del día, en un estado de adormecimiento que convertía en un martirio incluso algo tan sencillo como era cruzar la habitación para coger más hielo para la toalla. Le parecía que jamás dormiría lo suficiente para recobrar fuerzas.

«Retrocedía» —pensó.

Su cuerpo y su mente desandaban el largo camino recorrido.

«¿Para regresar adónde?»

Permaneció postrado, rígido y asustado, sudando, temblando de miedo. Luego tuvo que levantarse para ir al lavabo. Padecía un leve acceso de diarrea.

«Es el miedo» —pensó.

Igual que en el campo de batalla.

Medio dormido, soñó que atravesaba el césped hacia la casa. La casa era blanda y blanca, como una nube. Y él estaba allí de pie, sin querer disparar, pero dispuesto a dominarse, a demostrar que podía hacerlo. El disparo le despertó. Abrió los ojos al amanecer que llenaba la habitación. Se vio a sí mismo de pie junto a su mesa de trabajo, exactamente en la misma posición que en el sueño, apuntando la pistola hacia una cama que había en un rincón, donde Samuel Bruno se esforzaba en incorporarse. La pistola tronó de nuevo. Guy lanzó un alarido.

De un salto salió de la cama, tambaleante. La figura se desvaneció. Por la ventana entraba la misma luz que recordaba haber visto aquel amanecer, la misma luz en la que se mezclaban la vida y la muerte. La misma luz que vería cada uno de los amaneceres de su vida, que siempre le revelaría aquella habitación; y la habitación se haría más definida a fuerza de repeticiones, y su horror, más cortante.

«¿Y si se despertaba siempre al amanecer el resto de su vida?»

El timbre de la puerta sonó en la cocina.

«La Policía está abajo —pensó—. Había llegado el momento de que le atrapasen, al amanecer.»

Y no le importó, no le importó en absoluto.

«Haría una confesión completa. ¡Lo confesaría todo de una vez!»

Apretó el botón que abría la puerta de la calle, luego se acercó a la puerta y escuchó.

Se oían pasos rápidos y ligeros que subían. Los pasos de Anne.

Giró completamente en redondo y estúpidamente corrió la persiana. Se echó el pelo hacia atrás y sintió el bulto que tenía en la cabeza.

—Soy yo —susurró Anne al entrar—. He venido andando desde casa de Helen. ¡Hace una mañana maravillosa!

Anne se fijó en el vendaje y la alegría se esfumó de su rostro.

—¿Qué te pasa en la mano?

Guy retrocedió buscando el amparo de las sombras junto a su escritorio.

—Me metí en una pelea.

—¿Cuándo? ¿Anoche? ¡Y en la cara, Guy!

—Sí.

«La necesitaba, tenía que mantenerla a su lado —pensó—. Sin ella perecería.»

Hizo ademán de enlazarla por la cintura, pero ella le rechazó, escrutándole el rostro.

—¿Dónde, Guy? ¿Quién fue?

—Un hombre al que ni tan sólo conozco —dijo él con voz inexpresiva, casi sin darse cuenta de que estaba mintiendo, tan desesperadamente necesitaba tenerla junto a él—. Fue en un bar. No enciendas la luz —añadió rápidamente—. Por favor, Anne.

—¿En un bar?

—No sé cómo sucedió. Fue algo inesperado.

—¿Alguien que jamás habías visto?

—Sí.

—No te creo.

Anne hablaba despacio, y Guy se quedó repentinamente aterrado al darse cuenta de que ella era otra persona, que no formaba parte de él mismo, una persona con una mente distinta, con reacciones distintas.

—¿Cómo puedo creerte? ¿Y por qué iba a creer lo de la carta, lo de que no sabes quién la envió?

—Pues porque es la verdad.

—¿Y el hombre que luchó contigo en el césped de casa? ¿Era el mismo?

—No.

—Tú me estás ocultando algo, Guy.

Entonces ella se ablandó, pero cada una de sus palabras parecía un ataque contra él:

—¿De qué se trata, cariño? Sabes que deseo ayudarte. Pero tienes que decírmelo.

—Ya te lo he dicho —dijo él, y apretó los dientes.

Detrás de él, la luz ya estaba cambiando.

«Si lograba retener a Anne ahora —pensó—, podría sobrevivir a todos los amaneceres.»

Miró la larga y clara cascada de su pelo y alargó la mano para tocarla, pero ella se echó hacia atrás.

—No veo cómo podemos seguir de esta manera, Guy. Es imposible.

—Ya ha pasado. Se acabó. Te lo juro, Anne. Por favor, créeme.

Parecía haber llegado el momento crucial, como si de nuevo fuese cuestión de ahora o nunca.

«Debería cogerla en brazos —pensó—, y sujetarla fuertemente hasta que cesara de debatirse.»

Pero no fue capaz de moverse.

—¿Cómo lo sabes?

Guy titubeó.

—Porque era un estado de ánimo.

—¿Aquella carta era un estado de ánimo?

—La carta contribuyó a crearlo. Me sentía aprisionado, como atrapado en un nudo. ¡Se trataba de mi trabajo, Anne!

Guy bajó la cabeza.

«¡Mezclar sus pecados con el trabajo!»

—Una vez dijiste que yo te hacía feliz —dijo ella lentamente—, o que podría hacerte feliz a pesar de todo. Pero por lo que veo eso ya se ha acabado.

«Ciertamente, tú ya no me haces feliz» —era lo que quería decir ella.

«Pero si ella fuese capaz de seguir amándole, ¡cómo se esforzaría en darle felicidad! ¡Cómo la veneraría y serviría!»

—No es cierto, Anne. Tú eres lo único que tengo.

Guy se encorvó sollozando, desconsolado, sin tratar de ocultar el llanto. Sus sollozos no cesaron durante el largo rato que transcurrió antes de que Anne le tocara un hombro. Y aunque el gesto de ella le llenó de gratitud, sintió deseos de apartarse de ella, porque le pareció que lo hacía simplemente por lástima, por humanidad.

—¿Te preparo algo para desayunar?

Incluso en el tono de paciencia exasperada que notó en su voz había un asomo de perdón, de un perdón sin reservas, total. Por haberse peleado en un bar.

«Jamás —pensó él— llegaría Anne a penetrar hasta lo sucedido el viernes por la noche, porque ello quedaba ya enterrado, enterrado demasiado profundamente para que ella o cualquier otra persona pudieran alcanzarlo.»

25

—¡Me importa un pito lo que pienses! —dijo Bruno.

Tenía un pie plantado sobre la silla, el entrecejo tan fruncido que sus cejas, rubias y delgadas, casi se juntaban por un extremo, mientras que por el otro se levantaban como los bigotes de un gato. Miraba a Gerard como un tigre dorado, de pelo ralo, enloquecido y a punto de saltar.

—¿Acaso dije que sospechara algo? —replicó Gerard, encogiendo sus ya encorvados hombros—. ¿Eh? ¿Dije algo?

—Lo diste a entender.

—No di a entender nada.

Sus hombros redondos se agitaron dos veces a causa de la risa.

—Me has entendido mal, Charles. No quise decir que a propósito le dijeras a alguien que te marchabas. Lo soltarías por casualidad.

Bruno le miraba fijamente. Gerard acababa de insinuar que el crimen lo había cometido alguien de dentro, que Bruno y su madre tenían algo que ver con ello, y que sin duda alguna había sido obra de alguien de la familia. Gerard sabía que Bruno y su madre habían decidido súbitamente, el jueves por la tarde, marcharse el día siguiente, viernes.

«¡Y pensar que le había hecho ir hasta Wall Street para decirle eso! Gerard no tenía ninguna pista y no iba a engañarle simulando que sí la tenía. Había sido otro asesinato perfecto.»

—¿Te importa que me largue? —preguntó Bruno.

Gerard estaba revolviendo unos papeles sobre la mesa, como si aún le quedara algo que decir o enseñar.

—Espera un minuto. ¿Una copa?

Gerard señaló con la cabeza la botella de *bourbon* que había en la estantería, al otro lado de la oficina.

—No, gracias.

Bruno se moría de ganas de echar un trago, pero no quería aceptarlo de Gerard.

—¿Cómo está tu madre?

—Eso ya me lo has preguntado.

Su madre no estaba bien, no podía dormir, y precisamente por este motivo quería irse a casa. Le invadió un fuerte resentimiento contra la actitud de amigo de la familia que adoptaba Gerard. «¡Amigo de mi padre, tal vez!»

—Por cierto, no te hemos contratado para este asunto, ya lo sabes.

Gerard alzó la vista y en su cara redonda, cruzada por tenues vetas rosadas y púrpura, se pintó una sonrisa.

—Trabajaría en este caso gratis, Charles. Para que veas cuán interesante lo encuentro.

Encendió otro de los puros cuya forma se parecía un poco a la de sus dedos gordinflones, y Bruno observó una vez más las manchas de salsa que ensuciaban las solapas de su traje marrón claro, la horrible corbata jaspeada. Todo lo que se refería a Gerard molestaba a Bruno. Su calmoso modo de hablar le molestaba. El recuerdo de las otras veces que le había visto con su padre le molestaba. Arthur Gerard no se parecía ni a la clase de detective que no parece serlo. A pesar de su historial, a Bruno le era imposible creer que Gerard fuese un detective de los mejores.

—Tu padre era un hombre excelente, Charles. Lástima que no le conocieras mejor.

—Le conocía bien —dijo Bruno.

Los ojos pequeños y de color canela de Gerard le miraron gravemente.

—Creo que él te conocía mejor que tú a él. Me dejó varias cartas referentes a ti, a tu carácter, a lo que esperaba hacer de ti.

—No me conocía en absoluto.

Bruno alargó la mano para coger un cigarrillo.

—No veo por qué tenemos que hablar de esto. No viene al caso y resulta morboso.

Se sentó tranquilamente.

—Odiabas a tu padre, ¿no es verdad?

—El me odiaba a mí.

—Pues no es cierto. Ahí se nota que no le conocías.

Bruno arrastró la mano por el brazo del sillón y el sudor hizo que rechinase.

—¿Vamos a alguna parte con todo esto, o hay alguna otra razón para que no pueda marcharme? Mi madre no se encuentra bien y quiero regresar a casa.

—Espero que pronto se sienta mejor, porque quiero hacerle algunas preguntas. Puede que mañana.

Bruno sintió que la ira le abrasaba el cuello. Las próximas semanas iban a ser terribles para su madre, y Gerard empeoraría las cosas aún más porque Gerard era su enemigo, de su madre y de él. Bruno se puso en pie y se echó el impermeable al brazo.

—Ahora quiero que trates de recordar una vez más...

Gerard movía un dedo hacia él y no parecía dar importancia al hecho de que Bruno se hubiese puesto en pie.

—...dónde estuviste y a quién viste el jueves por la noche. Dejaste a tu madre, a míster Templeton y a míster Russo delante del Blue Angel a las dos cuarenta y cinco de la mañana. ¿Adónde fuiste?

—Al Hamburger Hearth —dijo Bruno, suspirando.

—¿Viste a alguien conocido allí?

—¿Y a quién podía conocer allí, al gato?

—¿Adónde fuiste después?

Gerard consultaba sus notas.

—Al Clarke's, en la Tercera Avenida.

—¿Viste a alguien?

—Claro, al encargado de la barra.

—El encargado de la barra dice que no te vio.

Gerard sonreía.

Bruno arrugó la frente. Eso no se lo había dicho Gerard media hora antes.

—¿Y qué? El local estaba llenísimo. Puede que yo no le viera a él tampoco.

—Todos los camareros te conocen. Y dicen que no te vieron por allí el jueves por la noche. Es más, no había mucha clientela. Haz memoria, ¿el jueves por la noche? ¿a las tres, tres y media? Sólo trato de ayudarte a recordar, Charles.

Bruno apretaba los labios con exasperación.

—Tal vez no estuve en el Clarke's. Suelo ir a tomar la última copa de la noche, pero quizás aquella noche no fui. Tal vez me fui directamente a casa, no lo sé. ¿Y qué me dices de todas las personas con las que mi madre y yo hablamos el viernes por la mañana? Llamamos a mucha gente para despedirnos.

—Oh, ya lo estamos investigando. Pero, en serio, Charles...

Gerard se retrepó en la silla, cruzó las piernas y concentró toda su atención en dar chupadas al puro para reavivar la brasa.

—...no irías a dejar a tu madre y a sus amigos sólo para tomarte una hamburguesa y luego irte directamente a casa solito, ¿eh?

—Tal vez. Tal vez la hamburguesa me quitó la borrachera.

—¿Por qué tanta imprecisión?

—¿Qué pasa si soy impreciso? ¡Tengo derecho a serlo si es que estaba borracho!

—El caso es... y por supuesto no importa si estuviste en el Clarke's o en algún otro sitio... lo importante es con *quién* te encontraste y a *quién* dijiste que te ibas a Maine el día siguiente. Tú mismo admitirás que resulta extraño que asesinaran a tu padre la noche del mismo día de tu partida.

—No vi a nadie. Pregunta a todas las personas que me conocen.

—Así que estuviste dando vueltas por ahí, solo, hasta pasadas las cinco de la mañana.

—¿Quién ha dicho que regresara a casa después de las cinco?

—Herbert. Herbert lo dijo ayer.

Bruno suspiró.

—¿Y por qué no lo recordó el sábado?

—Bueno, como suelo decir, así es la memoria. Se esfuma... luego vuelve. La tuya volverá también. Mientras tanto, yo estaré por ahí. Sí, ya puedes irte, Charles.

Gerard hizo un gesto despreocupado.

Bruno se quedó un momento, tratando de pensar en algo que decir e, incapaz de ello, salió procurando dar un portazo, pero la presión del aire se lo impidió. Atravesó de nuevo el pasillo sucio y deprimente del *Confidential Detective Bureau*, donde la máquina de escribir que había estado repiqueteando pensativamente durante la entrevista se oía más fuerte ahora.

«Nosotros» —decía siempre Gerard.

Y ahí estaban todos, trabajando como esclavos al otro lado de la puerta. Saludó con la cabeza a miss Graham, la secretaria recepcionista que le había expresado su pésame hacía una hora, al llegar.

«Qué animado había estado una hora antes, al llegar decidido a impedir que Gerard le exasperase, y ahora... Siempre perdía el control sobre sí mismo cuando Gerard bromeaba sobre él y su madre; era mejor reconocerlo. ¿Y qué? ¿De qué podían acusarle? ¿Qué pistas tenían sobre el asesino? Todas falsas.»

«¡Guy!»

Bruno sonreía mientras bajaba en el ascensor.

«¡Ni una sola vez había pensado en Guy mientras se hallaba en la oficina de Gerard! ¡Ni el más leve asomo de pensamiento, ni siquiera cuando Gerard le había acosado a preguntas para que dijese dónde había estado el jueves por la noche! ¡Guy! ¡Guy y él! ¿Quién era como ellos? ¿Quién era igual a ellos?»

Anhelaba que Guy estuviese allí con él.

«Le estrecharía la mano, ¡y al diablo el resto del mundo! ¡Su proeza no tenía igual! ¡Como un cometa que cruza el cielo! Como dos chorros de fuego que apareciesen y desapareciesen con tanta rapidez que la gente se quedara boquiabierta, preguntándose si realmente los había visto.»

Se acordó de un poema que había leído una vez y que en cierto modo expresaba lo que sentía ahora. Le parecía que todavía lo conservaba en su agenda. Entró apresuradamente en un bar cerca de Wall Street, encargó una copa, y extrajo el diminuto papel de entre las páginas de la agenda. Lo había arrancado de un libro de poesía que había tenido en la escuela.

«LOS OJOS QUE SE APAGAN» *
por Vachel Lindsay

Que las almas jóvenes
no se apaguen antes de
Emprender quiméricas empresas y
ostentar todo su orgullo.
Es el pecado del mundo que sus
hijos crezcan torpes,
Sus pobres parezcan bueyes, blandos
y con ojos apagados.
No que mueran de hambre, sino que
mueran de hambre
sin soñar.
No que siembren, sino que
raramente cosechen,
No que sirvan, sino que no tengan
Dioses a quienes servir,
No que mueran, sino que
mueran como ovejas.

«El y Guy no tenían los ojos apagados. El y Guy no iban a morir como ovejas ahora. El y Guy cosecharían. Le daría dinero a Guy, además, si es que quería aceptarlo.»

* *THE LEADEN-EYED*
by Vachel Lindsay

Let not young sould be
smothered out before
They do quaint deeds and fully
flaunt their pride.
It is the world's one crime its
babies grow dull,
Its poor are ox-like, limp and leaden-eyed.
Not that they starve, but starve
so dreamlessly,
Not that they sow, but that they
seldom reap,
Not that they serve, but have no
gods to serve,
Not that they die, but that they
die like sheep.

26

Sobre la misma hora del día siguiente, Bruno se hallaba sentado en una silla playera en la terraza de su casa de Great Neck, rebosando un humor excelente que a él mismo le resultaba desconocido y agradable. Gerard había estado husmeando por allí aquella mañana, pero Bruno se había mostrado muy tranquilo y cortés, se había cuidado de que Gerard y su esbirro no se quedaran sin almorzar, y ahora Gerard ya se había ido y Bruno se sentía muy orgulloso de su comportamiento. No debía permitir que Gerard volviera a sacarle de sus casillas como había hecho el día anterior, porque así era como uno se ponía nervioso y empezaba a dar pasos en falso. Aunque, por supuesto, el estúpido era Gerard.

«Si el día anterior hubiese sido más simpático, tal vez habría cooperado con él. ¿Cooperado?»

Bruno lanzó una risotada.

«¿Qué quería decir eso de cooperar? ¿Qué estaba haciendo, tomándose el pelo a sí mismo?»

En lo alto se oía a un pájaro que cantaba incesantemente. Bruno prestó atención. Su madre sabría de qué especie era el pájaro. Contempló el césped, levemente teñido de un color rojizo, la pared de argamasa blanca, los cornejos que empezaban a florecer. Aquella tarde se le había despertado un gran interés por la naturaleza. Aquella tarde había llegado un cheque de veinte mil dólares para su madre. Y habría mucho más cuando los tipos de la compañía de seguros dejasen de decir tonterías y los abogados pudieran poner punto final a los formulismos burocráticos. Durante el almuerzo, él y su madre habían hablado de hacer un viaje a Capri, sin concretar nada, pero Bruno sabía que finalmente irían. Y aquella noche iban a cenar fuera por primera vez, en un pequeño restaurante *intime* que era su preferido, cerca de la carretera, no lejos de Great

Neck. No resultaba raro que antes no le gustase la naturaleza. Pero ahora que el césped y los árboles eran suyos, encontraba cierto sentido en ella.

Despreocupadamente, volvía las páginas del libro de direcciones apoyado en su regazo. Lo había encontrado por la mañana, y no recordaba si lo llevaba o no consigo en Santa Fe. Quería asegurarse de que en el libro no hubiese nada referente a Guy antes de que Gerard diera con él. Ciertamente había mucha gente a la que deseaba visitar de nuevo ahora que disponía de medios para ello. Se le ocurrió una idea y sacó un lápiz del bolsillo. En el apartado correspondiente a la «P» escribió:

«Tommy Pandini
232 W. 76 Street»,

y en el de la «S»:

«*Slitch*
Life Guard Station
Hell Gate Bridge».

Gerard iba a tener que investigar quiénes eran aquellas misteriosas personas.

«*Dan 8.15 Hotel Astor*» —encontró en las páginas de notas al final del libro.

Ni siquiera se acordaba de Dan.

«*Sacarle unos dólares al "capitán" antes del 1 de junio.*»

La siguiente página le produjo un escalofrío:

«*Obsequio para Guy $ 25.*»

Arrancó la página.

«El cinturón para Guy comprado en Santa Fe. ¿Por qué lo habría anotado? En algún momento de descuido...»

El enorme coche negro de Gerard apareció en el camino de entrada.

Bruno se obligó a permanecer allí sentado y acabar de comprobar todas las anotaciones. Entonces se guardó disimuladamente el libro en el bolsillo y se metió la página suelta en la boca.

Gerard descendió del coche y se acercó a Bruno con un cigarro en la boca y los brazos colgando.

—¿Algo nuevo? —preguntó Bruno.

—Poca cosa.

Los ojos de Gerard trazaron una diagonal desde la esquina de la casa hasta la pared de argamasa, pasando por el césped, como si estuviera calculando otra vez la distancia que había recorrido el asesino al huir.

Las mandíbulas de Bruno se movían tranquilamente sobre la pequeña bola de papel, como si masticase chicle.

—¿Por ejemplo? —preguntó.

Por encima del hombro de Gerard vio a su pequeño esbirro sentado al volante del automóvil, con los ojos clavados en ellos debajo del ala de un sombrero gris.

«¡Habráse visto tipo más siniestro!» —pensó Bruno.

—Por ejemplo, que el asesino no regresó a la ciudad, sino que huyó en esa dirección.

Gerard hizo un gesto con el brazo, parecido al de un campesino indicando el camino a un forastero.

—Atajó por aquellos bosques de allí y debe de haber pasado un mal rato. Encontramos esto.

Bruno se levantó para contemplar un pedazo de los guantes púrpura y un jirón de tela azul marino que parecía ser del abrigo de Guy.

—Caramba. ¿Seguro que son del asesino?

—Bastante seguro. Un trozo procede de algún abrigo. El otro... probablemente de un guante.

—O de una bufanda.

—No, hay una pequeña costura.

Gerard hurgó en el jirón con un dedo gordo y pecoso.

—Parecen guantes de fantasía.

—Son de señora.

Gerard levantó la vista y guiñó un ojo.

Bruno se rió burlonamente, luego se calló con expresión contrita.

—Al principio creí que se trataba de un asesino profesional —dijo Gerard exhalando un suspiro—. No hay duda de que conocía la casa. Pero no creo que un asesino profesional hubiera perdido la cabeza y tratado de huir a través de esos bosques como hizo él.

—Humm —dijo Bruno, con interés.

—Sabía qué camino seguir, además. Lo tenía a unos nueve metros solamente.

—¿Cómo lo sabes?

—Porque todo el asunto había sido cuidadosamente planeado, Charles. La cerradura rota en la puerta de atrás, el cajón ahí junto a la pared...

Bruno callaba.

«Herbert le habría dicho a Gerard que él, Bruno, había roto la cerradura. Probablemente le habría contado también que había sido él quien había dejado el cajón allí.»

—¡Guantes púrpura!

Gerard se rió entre dientes, tan alegremente como Bruno le había visto reír siempre.

—¿Qué importa el color mientras los guantes impidan dejar las huellas dactilares por ahí, eh?

—Es cierto —dijo Bruno.

Gerard entró en la casa por la puerta de la terraza.

Bruno le siguió al cabo de un momento. Gerard se dirigió hacia la cocina y Bruno subió al piso de arriba. Arrojó el libro de direcciones sobre la cama y después bajó de nuevo al vestíbulo. Al ver abierta la puerta del cuarto de su padre sintió algo extraño, como si acabase de comprender que su padre había muerto.

«Es esa puerta abierta como por descuido lo que me parece raro —pensó—, como los faldones colgando por encima del pantalón, como una guardia descuidada, algo que jamás hubiese sucedido si el "capitán" siguiera en vida.»

Bruno frunció el entrecejo, luego fue rápidamente a cerrar la puerta para no ver la alfombra hollada por los pies de los detectives, por los pies de Guy, para no ver el escritorio con sus casilleros saqueados, con el talonario de cheques abierto como a la espera de la firma de su padre. Abrió la puerta de su madre cuidadosamente. Estaba echada en la cama con la colcha de raso subida hasta la barbilla, la cabeza vuelta hacia el centro de la habitación y los ojos abiertos, tal y como había estado desde el sábado por la noche.

—¿No pudiste dormir, mamá?

—No.

—Gerard está aquí otra vez.

—Lo sé.

—Si no quieres que te molesten, se lo diré.

—Cariño, no seas tonto.

Bruo se sentó en la cama y se inclinó para acercarse más a ella.

—Ojalá pudieras dormir, mamá.

Había unas sombras moradas, rugosas, debajo de los ojos de ella, y su boca se torcía de un modo que Bruno no recordaba haber visto antes y que hacía que las comisuras parecieran más largas y delgadas.

—Cariño, ¿estás seguro de que Sam nunca te dijo nada... que nunca te habló de nadie?

—¿Es que puedes imaginártelo diciéndome a mí una cosa así?

Bruno recorría inquieto la habitación. La presencia de Gerard en la casa le fastidiaba. Era su talante lo que se le antojaba aborrecible. Parecía estar tramando algo contra todos, incluso contra Herbert, que, como Gerard sabía perfectamente, idolatraba al difunto y, además, estaba en contra de él, Bruno, aunque sin llegar a acusarle en toda regla. Pero Bruno sabía que Herbert no le había visto medir el jardín, ya que de lo contrario Gerard se lo hubiera hecho saber. Durante la enfermedad de su madre, Bruno había paseado por toda la casa y por el jardín y si alguien le había visto no podía haberse dado cuenta de si contaba o no los pasos que daba. Quería sondear un poco el terreno con respecto a Gerard, pero su madre no le comprendería. Ella insistía en conservarlo a su servicio porque se decía que era el mejor.

«No estaban trabajando en armonía, su madre y él. Tal vez ella le dijese algo distinto a Gerard... como, por ejemplo, que no habían decidido marcharse el viernes hasta el día antes... algo de tremenda importancia ¡y sin hablar de ello con él!»

—¿Sabes que estás engordando, Charley? —le dijo su madre, con una sonrisa.

Bruno sonrió también. La observación era tan propia de su madre, que ahora se estaba poniendo el gorro de baño delante del espejo del tocador...

—No voy mal de apetito —dijo.

Pero su apetito estaba peor, y su digestión igual. De todos modos, era cierto que estaba engordando.

Gerard llamó a la puerta justo cuando Elsie acababa de cerrar tras de sí la puerta del cuarto de baño.

—Tardará un buen rato en salir —le dijo Bruno.

—Dile que estaré en el vestíbulo, ¿quieres?

Bruno dio unos golpes en la puerta del baño y se lo dijo, entonces bajó a su propia habitación. Por la forma en que estaba el libro de direcciones sobre la cama comprendió que Gerard lo había hallado y le había echado un vistazo. Sin apresurarse, Bruno se preparó un *whisky* con soda, luego bajó sin hacer ruido al vestíbulo y oyó que Gerard ya estaba hablando con su madre.

—...no parecía muy animado ni muy deprimido, ¿eh?

—Es un muchacho muy variable, ¿sabe? Dudo que me hubiese dado cuenta —dijo su madre.

—Oh... a veces a la gente le da por alguna manía, ¿usted no, Elsie?

Su madre no contestó.

—Y es una lástima, porque me gustaría un poco más de cooperación por parte de él.

—¿Piensa que está ocultando algo?

—No lo sé —respondió Gerard, sonriendo desagradablemente.

Y, por su tono, Bruno comprendió que esperaba que él le oyese también.

—¿Lo sabe usted? —añadió.

—No creo que oculte algo, claro que no. ¿Dónde quiere ir a parar, Arthur?

«Le estaba plantando cara valientemente. No tendría tan buena opinión de Gerard después de esto —pensó Bruno—. Gerard estaba portándose como un imbécil otra vez.»

—Usted desea que llegue a la verdad, ¿no es así, Elsie? —preguntó Gerard, como un detective de serial radiofónico—. No dice más que vaguedades sobre lo que hizo el jueves por la noche, después de separarse de ustedes. Tiene unos cuantos conocidos de dudosa moralidad. Alguno de ellos podría estar a sueldo de algún enemigo de Sam, un espía o algo parecido. Y es posible que Charles mencionase que usted y él se iban al día siguiente...

—¿Dónde quiere ir a parar, Arthur? ¿Insinúa que Charles sabe algo del asunto?

—No me sorprendería, Elsie. Y, sinceramente, ¿le sorprendería a usted?

«¡Maldito sea! —susurró Bruno—. ¡Maldito sea por decirle esto a mi *madre*!»

—Tenga la seguridad de que le informaré de cuanto me diga él.

Bruno se alejó hacia las escaleras, trastornado por el tono sumiso de su madre.

«¿Y si ella sospechaba también de él? El asesinato era algo que ella no podría comprender. ¿No lo había comprendido así ya en Santa Fe? ¿Y si se acordaba de Guy, de que él le había hablado de Guy en Los Angeles? Si Gerard daba con Guy antes de dos semanas, era posible que todavía no se le hubieran curado las señales de la huida por el bosque... arañazos, contusiones, algún corte, y ello despertaría sospechas.»

Bruno oyó las suaves pisadas de Herbert en el vestíbulo de abajo, le vio aparecer con una bandeja en la que llevaba la copa que su madre se tomaba por las tardes, y emprendió la retirada hacia el piso de arriba otra vez. El corazón le latía como si estuviese en una batalla, una extraña batalla en la que combatían diversos bandos. Regresó apresuradamente a su habitación y se tomó un largo trago de licor, luego se tumbó en la cama y trató de dormirse.

Se despertó bruscamente y trató de apartarse de la mano que Gerard le había puesto sobre un hombro.

—Adiós —dijo Gerard, con una sonrisa que ponía al descubierto sus dientes inferiores, manchados de nicotina—. Me iba y pensé que debía despedirme de ti.

—¿Y para eso me despiertas? —dijo Bruno.

Gerard se rió entre dientes y salió torpemente de la habitación antes de que a Bruno se le ocurriese alguna frase de excusa que realmente quisiera decirle. Bruno se hundió otra vez en la almohada y trató de reanudar la siesta, pero al cerrar los ojos vio la rechoncha figura de Gerard, enfundada en el traje marrón claro, bajando hacia el vestíbulo, atravesando las puertas cerradas como un espectro, inclinándose para husmear dentro de los cajones, para leer cartas, para tomar notas, volviéndose para señalarle con un dedo, atormentando a su madre para que le resultara imposible a él, Bruno, quedarse sin hacer nada.

27

—¿De qué otro modo puede interpretarse? ¡Me está acusando! —gritó Bruno desde el otro lado de la mesa.

—No es cierto, cariño. Está cumpliendo con su deber.

Bruno se echó el pelo hacia atrás.

—¿Quieres bailar, mamá?

—No estás en condiciones de bailar.

No lo estaba, y lo sabía.

—Entonces quiero otra copa.

—Cariño, la cena llegará en un momento.

La paciencia con que ella lo soportaba todo, los círculos morados que había debajo de sus ojos, le causaban tanto dolor que era incapaz de mirar delante de él. Bruno echó un vistazo a la sala buscando un camarero. Aquella noche había tanta gente que resultaba difícil distinguir a los camareros de los clientes. Sus ojos se detuvieron en un hombre que ocupaba una de las mesas próximas a la pista de baile y que se parecía a Gerard. No podía ver al otro individuo, pero no había duda de que éste se parecía a Gerard, con su calva y su pelo castaño claro, sólo que éste llevaba una chaqueta negra. Bruno cerró un ojo para que la imagen cesara de desdoblarse rítmicamente.

—Siéntate, por favor, Charley. Ya viene el camarero.

«Era Gerard efectivamente, y ahora se estaba riendo, como si el otro individuo le hubiese hecho notar que él les estaba observando.»

Furioso, Bruno se preguntó si debía decírselo a su madre. Entonces se sentó y dijo vehementemente:

—¡Gerard está allí!

—¿De veras? ¿Dónde?

—Allí, a la izquierda de la orquesta. Debajo de la lámpara azul.

—No lo veo.

Su madre alargaba el cuello para ver mejor.

—Figuraciones, cariño.

—¡No son figuraciones! —gritó Bruno, arrojando la servilleta sobre el *roast beef au jus*.

—Ya veo a quién te refieres, y no es Gerard —dijo ella, pacientemente.

—¡No puedes verle tan bien como yo! ¡Es él y no me da la gana de comer en el mismo restaurante que él.

—Charles —dijo ella, suspirando—. ¿Quieres otra copa? Vamos, tómatela. Aquí está el camarero.

—¡No quiero ni beber con él! ¿Quieres ver cómo es él?

—¿Y qué más da? No va a molestarnos. Probablemente nos está protegiendo.

—¡Has reconocido que era él! ¡Nos está espiando y va vestido de oscuro para poder seguirnos a cualquier otro lugar!

—No es Arthur —dijo ella quedamente, exprimiendo una rodaja de limón sobre su pescado a la parrilla—. Tienes alucinaciones.

Bruno se quedó mirándola con la boca abierta.

—¿Por qué me dices cosas como ésa, mamá?

Se le quebró la voz.

—Cariño, nos está mirando todo el mundo.

—¡No me importa!

—Déjame decirte una cosa, cariño. Le estás dando demasiada importancia a esto —le interrumpió ella—. Es verdad, y porque quieres. Necesitas armar alboroto. Te conozco bien.

Bruno se había quedado totalmente sin habla. Su madre se estaba volviendo contra él. La había visto mirar al «capitán» del mismo modo que ahora le estaba mirando a él.

—Probablemente le habrás dicho algo a Gerard —prosiguió ella—, llevado por tu enojo, y él tiene la impresión de que te estás comportando de un modo muy extraño. Pues bien, así es.

—¿Y justifica eso que me esté pisando los talones día y noche?

—Cariño, no creo que ése sea Gerard —dijo ella firmemente.

Bruno se levantó y con paso inseguro se dirigió a la mesa donde estaba sentado Gerard.

«Le demostraría a ella que se trataba de Gerard, y a Gerard le demostraría que no le tenía miedo.»

Un par de mesas le impedían atravesar la pista de baile, pero desde allí podía ver que sí se trataba de Gerard.

Gerard levantó la vista hacia él y le saludó amistosamente con la mano, mientras el pequeño esbirro clavaba sus ojos en Bruno.

«¡Y *él*, él y su madre eran quienes pagarían la cuenta!»

Bruno abrió la boca, sin saber exactamente qué quería decir, luego dio media vuelta, tambaleándose.

«Ahora sí sabía qué quería hacer: llamar a Guy. Allí mismo, en aquel preciso momento. En la misma habitación donde se encontraba Gerard.»

Se abrió paso por la pista de baile hacia la cabina telefónica que había junto al bar. La masa de cuerpos que giraban lentamente le empujaba hacia atrás, como las olas del mar, desviándole de su objetivo.

«La ola avanzaba hacia él otra vez, alegre pero invencible, empujándole aún más atrás.»

Y entonces recordó un momento parecido en una fiesta de sus padres, siendo él niño, en que había tratado de cruzar entre las parejas que bailaban para llegar hasta su madre, que estaba en el otro extremo de la habitación.

Bruno se despertó muy temprano, en la cama, y se quedó completamente inmóvil, evocando los últimos momentos que conservaba en la memoria. Sabía que había perdido el conocimiento.

«¿Había llegado a telefonear a Guy antes de desmayarse? Si lo había hecho, ¿sería capaz Gerard de localizar la llamada? Seguro que no había hablado, de lo contrario se acordaría, pero quizá había llamado a su casa.»

Se levantó para preguntarle a su madre si era en la cabina telefónica donde se había desmayado. Entonces le acometieron los temblores y se metió en el cuarto de baño. El *scotch* con agua le salpicó el rostro al levantar el vaso. Buscó apoyo en la puerta del cuarto de baño.

«Ahora tenía temblores por la mañana y por la noche, cada vez le despertaban más temprano, y cada noche tenía que beber más para conseguir pegar ojo.»

«Y entre unos temblores y otros estaba Gerard.»

28

De un modo simultáneamente fugaz y débil, tal como se suele revivir una sensación recordada, Guy se sintió seguro y capaz de cuidar de sí mismo, sentado ante su mesa de trabajo, donde los libros y las notas referentes al hospital se hallaban cuidadosamente colocados.

Durante el último mes había limpiado y repintado todos los anaqueles, había hecho limpiar las cortinas y la alfombra, y había fregado la cocina hasta sacar brillo a la porcelana y al aluminio. «Ahí van mis culpas» —había pensado al verter los cacharros de agua sucia en el fregadero.

Pero como quiera que no había noche en que pudiera dormir más de dos o tres horas, y no sin antes hacer ejercicios físicos, llegó a la conclusión de que limpiar la casa era una forma de cansarse más provechosa que recorrer las calles de la ciudad.

Miró el periódico sin abrir que había sobre la cama, entonces se levantó y lo hojeó de cabo a rabo. Pero los periódicos ya llevaban seis semanas sin hablar del asesinato. Se había preocupado de eliminar todo vestigio... los guantes púrpura habían ido a parar al retrete después de cortarlos en minúsculos pedazos; el abrigo (un buen abrigo que había estado a punto de dar a algún mendigo, «pero ¿quién podía caer tan bajo como para dar el abrigo de un asesino a otra persona, aunque fuese un mendigo?») y los pantalones los había hecho pedazos que poco a poco habían salido con el resto de la basura. Y la «Luger» había terminado en el río, arrojada desde el puente de Manhattan. Y los zapatos desde otro puente. La única cosa de la que no se había desembarazado era el revólver.

Se acercó al escritorio para contemplar el arma. La dureza del metal bajo sus dedos le tranquilizó. Era la única pista de la que no se había librado, y la única pista que necesitaría la Policía si daban con él. Sabía exactamente por qué guardaba el revólver: porque era *suyo*, una parte de sí mismo, la tercera mano que se había encargado de cometer el asesinato. Era él mismo a los quince años, cuando lo había comprado; era él mismo en la época en que amaba a Miriam y lo guardaba en la habitación que tenían en Chicago, mirándolo de vez en cuando, en sus momentos más tranquilos e íntimos. Lo mejor de sí mismo, con su lógica mecánica, absoluta.

«El y el arma eran iguales —pensaba ahora— porque ambos eran capaces de matar. Si Bruno se atrevía a ponerse en contacto con él, le mataría también.»

Guy estaba seguro de que podría. Bruno lo sabría también. Bruno siempre había podido leerle el pensamiento. El silencio de Bruno le resultaba más tranquilizador que el de la Policía. A decir verdad, no sentía la menor ansiedad ante la eventualidad de que la Policía le atrapara, nunca la había sentido. Su ansiedad había sido en todo momento algo interior, una lucha consigo mismo tan atormentadora que tal vez hubiese recibido con gusto la intervención de la ley. La ley de la sociedad era benévola comparada con la de la conciencia. Tal vez acudiera a la ley y confesara, pero la confesión le parecía un detalle sin importancia, un simple gesto, incluso una salida fácil, un modo de evitar la verdad. Si la ley le ejecutaba, sería un simple gesto.

—No siento un gran respeto por la ley —recordaba haberle dicho a Peter Wriggs dos años antes en Metcalf.

«¿Por qué iba a respetar un código que llamaba marido y mujer a él y a Miriam?»

—No siento gran respeto por la Iglesia —le había dicho frívolamente a Peter, cuando tenía quince años.

Por aquel entonces, desde luego, se había referido a los baptistas de Metcalf. A los diecisiete años había descubierto a Dios él solo. Había descubierto a Dios por mediación de su propio talento incipiente, y por mediación de un sentimiento de unidad entre todas las artes, y después de la naturaleza, finalmente de la ciencia... de todas las fuerzas creadoras y ordenadoras del universo. Creía que no hubiera podido realizar su trabajo sin creer en Dios.

«¿Y dónde habría estado su creencia cuando cometió el asesinato?»

Torpemente, se volvió de cara a la mesa de trabajo. De entre sus dientes salió un silbido, y nervioso, impaciente, se apretó la boca con la mano.

«Y, a pesar de todo, todavía quedaba *algo* por venir, por comprender, algún castigo más severo, alguna verdad más amarga.»

—¡No sufro lo bastante! —exclamó súbitamente, en un susurro.

«Pero, ¿por qué susurrar? ¿Por vergüenza?»

—No sufro lo bastante —repitió con voz normal, mirando en torno como si esperase que alguien le oyera. Y lo habría dicho a gritos, de no haber sido por cierto tono suplicante que había notado en sus palabras, de no haberse considerado indigno de suplicar nada a nadie.

Sus libros nuevos, por ejemplo, los bellos libros que se había comprado aquel mismo día... todavía podía pensar en ellos, amarlos. Y, pese a ello, tenía la impresión de haberlos dejado allí, sobre su mesa de trabajo, hacía mucho tiempo.

«Tenía que ponerse a trabajar inmediatamente» —pensó.

Le habían encargado el proyecto de un hospital. Miró con ceño el pequeño montón de notas y apuntes que ya había tomado y que su lámpara articulada iluminaba como un reflector de teatro. Por alguna razón, no le parecía real que le hubiesen hecho el encargo.

«No tardaría en despertarse y comprobar que las últimas semanas habían sido una fantasía, un sueño inspirado por el deseo. Un hospital. ¿Acaso un hospital no resultaba aún más apropiado que una cárcel?»

Arrugó la frente, perplejo, consciente de que su mente se había perdido en divagaciones desatinadas, que dos semanas antes, al empezar a proyectar el interior del hospital, no había pensado en la muerte ni una sola vez, sino que, al contrario, se había ocupado solamente de lo positivo; la salud y la curación de las enfermedades.

«No le había dicho nada a Anne sobre el hospital —recordó de pronto—. Por eso le parecía algo irreal. Anne era su dosis de realidad, su trabajo no. Pero, por otro lado, ¿por qué no le habría dicho nada?»

Pensó que tenía que ponerse a trabajar sin perder tiempo, pero, empezaba a sentir en las piernas aquella frenética energía de todas las tardes, que acababa por hacerle salir a la calle en un vano intento de gastarla. Aquella energía le daba miedo porque no podía encontrar ninguna ocupación capaz de absorberla, y porque a veces pensaba que esa ocupación quizá sería el suicidio. Y sin embargo, en lo más profundo de su ser, y muy a su pesar, se aferraba fuertemente a la vida.

Pensó en su madre y tuvo la sensación de que nunca podría permitir que le volviera a abrazar. Recordaba que ella le había dicho que todos los hombres eran igualmente buenos, porque todos los hombres tenían alma y el alma era del todo buena.

«El mal —decía ella— viene siempre de fuera.»

Y así lo había creído él, incluso meses después de romper con Miriam, cuando había sentido deseos de matar a Steve, su amante. Y lo mismo había creído incluso en el tren, leyendo a Platón. En su interior, el segundo caballo del auriga siempre se había mostrado tan obediente como el primero.

«Pero el amor y el odio —pensaba ahora—, el bien y el mal, vivían juntos en el corazón humano; en vez de hallarse distribuidos desproporcionalmente en los hombres, formaban una especie de bloques monolíticos, uno bueno y otro malo. No había más que buscar un poco de uno u otro para encontrar el todo, bastaba con escarbar en la superficie. Todas las cosas tenían un lado opuesto cerca de ellas; toda decisión un razonamiento en contra; todo animal, otro animal empeñado en destruirle; el macho a la hembra; lo positivo a lo negativo. La fisión del átomo era la única forma auténtica de destrucción, la ruptura de la ley universal de la inmutabilidad. Nada podía existir sin llevar lo opuesto íntimamente ligado. ¿Podía existir espacio en un edificio sin que hubiera objetos que lo interrumpiesen? ¿Podía existir la energía sin la materia, o la materia sin la energía? La materia y la energía, lo inerte y lo activo... antes consideradas como cosas opuestas, mientras que ahora se sabía que formaban una unidad.»

«Y Bruno, él y Bruno. Cada uno de ellos era lo que el otro no había querido ser, la parte desechada de su ser, lo que creían odiar pero que, en realidad, tal vez amaban.»

Durante un instante pensó que quizá se habría vuelto loco. Pensó:

«La locura y el genio coinciden a menudo también. Pero ¡qué vida más mediocre llevaba la mayoría de la gente! ¡Nadando entre dos aguas, como casi todos los peces!»

«No, existía aquella dualidad que penetraba en la naturaleza hasta llegar al minúsculo protón y electrón dentro del más diminuto de los átomos. La ciencia se esforzaba ya en desintegrar el electrón, y tal vez no podía porque quizás una sola idea se hallase tras ello: la sola y única verdad, que lo opuesto se halla siempre ausente. ¿Quién sabía si un electrón era materia o energía? ¡Quizá Dios y el Diablo bailasen cogidos de la mano alrededor de cada electrón!»

Arrojó el cigarrillo a la papelera y falló.

Al apagar la colilla dentro de la papelera, vio una página arrugada en la que la noche anterior había escrito una de sus disparatadas confesiones de culpabilidad. El hallazgo le hizo volver a la dura realidad que le atacaba por todos lados... Bruno, Anne, la habitación en que estaba, la noche, la conferencia que se iba a celebrar por la mañana en el Servicio Central de Hospitales.

Sobre la medianoche, sintiéndose amodorrado, abandonó el trabajo y se tumbó cuidadosamente en la cama, sin atreverse a desnudarse para no despertarse de nuevo.

Soñó que se despertaba por la noche debido al ruido de aquella respiración lenta y vigilante que oía cada noche en su habitación, al tratar de conciliar el sueño. Esta vez procedía de fuera. Alguien estaba trepando por la pared. Una figura alta, envuelta en una enorme capa que recordaba las alas de un murciélago, penetró de un salto en la habitación.

—Aquí estoy —dijo tranquilamente la figura.

Guy saltó de la cama dispuesto a la lucha.

—¿Quién eres?

Vio que era Bruno.

Bruno ofrecía resistencia más que peleaba. Guy pensó que si luchaba con toda su fuerza, lograría sujetar a Bruno contra el suelo y, como sucedía siempre en aquella pesadilla que se repetía periódicamente, Guy tuvo que luchar hasta el límite de sus fuerzas. Tenía a Bruno clavado en el suelo bajo sus rodillas, y le estaba estrangulando, pero Bruno le sonreía, como si no sintiera nada.

—Tú —le contestó finalmente Bruno.

Guy se despertó con la cabeza pesada y sudando. Se sentó en la cama, contemplando la habitación con ojos vigilantes. Ahora se oían unos ruidos viscosos, húmedos, como si una serpiente se arrastrase sobre el patio exterior de cemento, golpeando las paredes con sus húmedas anillas. Entonces, comprendió de pronto que el ruido era de lluvia, una lluvia suave, de verano, y volvió a hundir la cabeza en la almohada. Empezó a llorar quedamente. Pensó en la lluvia que se precipitaba oblicuamente sobre la tierra. Parecía decir:

—¿Dónde están las plantas que me necesitan? ¿Dónde está la nueva vida que de mí depende?

«*¿Dónde está la verde parra, Anne, del amor que veíamos en nuestra juventud?*» —había escrito la noche anterior en el papel que ahora estaba en la papelera.

«La lluvia encontraría la nueva vida que la esperaba, que dependía de ella. Lo que caía en su patio eran solamente las sobras. *¿Dónde está la verde parra, Anne...*»

Siguió tumbado con los ojos abiertos hasta que el alba entró de puntillas por la ventana, como el desconocido del sueño. Como Bruno. Entonces se levantó y encendió la luz, corrió las persianas, y regresó a su trabajo.

29

Guy pisó a fondo el pedal del freno, pero el coche chirrió y dio un salto hacia el niño. Se oyó el leve ruido de la bicicleta al caer. Guy se apeó y dio la vuelta al coche corriendo, se dio un golpe terrible en la rodilla con el parachoques delantero, y levantó al niño cogiéndole por lo hombros.

—Estoy bien —dijo el pequeño.

—¿Le ha pasado algo, Guy?

Anne se le acercaba corriendo, con el rostro tan blanco como el del chico.

—Me parece que no.

Guy sujetó con las rodillas la rueda delantera de la bicicleta y enderezó el manillar, sintiendo los ojos cargados de curiosidad del pequeño clavados en sus manos, que temblaban violentamente.

—Gracias —dijo el muchacho.

Guy le vio montar en la bicicleta y alejarse pedaleando como si estuviera presenciando un milagro. Miró a Anne y con un suspiro estremecido dijo:

—No puedo conducir más por hoy.

—Está bien —respondió ella, con tono tranquilo.

«Pero en su mirada había cierta suspicacia» —pensó Guy al verla encaminarse hacia el asiento del conductor.

Guy pidió disculpas a los Faulkner al subir de nuevo al coche, y ellos susurraron algo a propósito de que esas cosas ocurrían a todo conductor de vez en cuando. Pero Guy sentía detrás de él la realidad de su silencio, de un silencio cargado de horror. Había visto venir al chico por una travesía. El chico se había detenido para dejarle paso, pero Guy había desviado el coche hacia él, como si quisiera atropellarle.

«¿Lo había querido?»

Encendió un cigarrillo con manos temblorosas.

«Mala coordinación y nada más» —se dijo.

Ya la había notado un centenar de veces durante las últimas dos semanas... tropezones con las puertas giratorias, lo difícil que le resultaba apoyar el lápiz en la regla, y la frecuente sensación de no estar donde estaba, haciendo lo que hacía. Hizo un esfuerzo para asegurarse de lo que estaba haciendo ahora: viajar en el coche de Anne hacia Alton, para ver la casa nueva. La casa ya estaba terminada. Anne y su madre habían colocado los cortinajes la semana anterior. Era domingo, casi mediodía. La madre de Guy había enviado una carta a Anne, según ésta misma le había dicho, junto con tres delantales confeccionados a ganchillo y un montón de conservas caseras que iban a inaugurar la nueva despensa.

«¿Era capaz de recordar todo aquello?»

Todo lo que parecía recordar era el croquis del hospital del Bronx que llevaba en el bolsillo, y sobre el cual todavía no le había dicho nada a Anne. Sintió deseos de poder irse a un lugar apartado y no hacer otra cosa que trabajar, no ver a nadie, ni siquiera a Anne. La miró disimuladamente; miró su rostro tranquilo, su nariz levemente arqueada. Las manos finas y fuertes de Anne llevaban el volante firmemente al doblar las curvas. De repente se sintió seguro de que ella amaba más a su coche que a él.

—Si alguien tiene hambre, que lo diga ahora —dijo Anne—. Esa tienda de ahí es la última que encontraremos en muchos kilómetros.

Pero nadie tenía hambre.

—Espero que me invitaréis a cenar por lo menos una vez al año, Anne —dijo su padre—. Tal vez un par de patos o alguna codorniz. Tengo entendido que hay buena caza por estos andurriales. ¿Qué tal te defiendes con la escopeta, Guy?

Anne metía el coche en la carretera que llevaba hasta la casa.

—No del todo mal, señor —dijo Guy por fin, tras cortarse dos veces.

El corazón le azuzaba para que echase a correr, seguro de que sólo corriendo lograría aquietarlo.

—¡Guy!

Anne le sonreía. Al parar el coche le dijo susurrando:

—Tómate una copita al entrar en casa. Hay una botella de coñac en la cocina.

Le tocó la muñeca, y Guy apartó la mano bruscamente, sin querer.

«Tenía que tomarse un coñac —pensó— o cualquier otra cosa.»

Pero sabía que no iba a tomar nada.

Mistress Faulkner andaba junto a él al cruzar el césped.

—Es hermosa, Guy. Muy hermosa. Espero que estarás orgulloso de ella.

Guy asintió con la cabeza. La casa ya estaba terminada y ya no hacía falta que tratase de imaginársela como había hecho en la habitación del hotel en Méjico. Anne había querido azulejos mejicanos para la cocina. Eran tantas las prendas mejicanas que llevaba de vez en cuando: un cinturón, un bolso, unos huaraches. La larga falda recamada que ahora asomaba por debajo de su chaqueta de *tweed* era mejicana también. Guy tenía la impresión de haber escogido el Hotel Montecarlo para que la tétrica habitación rosa y marrón, y el rostro de Bruno en el escritorio marrón, le persiguieran durante el resto de su vida.

Faltaba solamente un mes para la boda. Cuatro viernes más y Anne estaría sentada en la gran silla verde y cuadrada, junto a la chimenea, su voz le llamaría desde la cocina mejicana, juntos trabajarían en el estudio de arriba.

«¿Qué derecho tenía a encarcelarla con él?»

Se hallaba mirando fijamente el dormitorio, apenas consciente de que parecía estar en desorden porque Anne había insistido en que no quería un dormitorio «moderno».

—No olvides darle las gracias a mamá por los muebles, ¿eh? —le dijo Anne susurrando—. Mamá nos los regaló.

«El dormitorio de madera de cerezo, por supuesto.»

Guy recordaba que ella se lo había dicho aquella mañana en que estaban desayunando. Recordaba su mano vendada y el vestido negro con que Anne había asistido a la fiesta de Helen. Pero cuando llegó el momento en que podría haber dicho algo sobre los muebles, no lo hizo, y después le pareció que ya era demasiado tarde para hacerlo.

«Seguramente saben que ocurre algo —pensó—. Seguramente lo sabe todo el mundo. Sólo que por algún motivo su ejecución ha sido aplazada, en espera de que algo enorme caiga sobre mí y me aniquile.»

—¿Pensando en algún nuevo encargo, Guy? —preguntó míster Faulkner, ofreciéndole un cigarrillo.

Guy no había reparado en él al salir al porche lateral. Como si quisiera justificarse, extrajo del bolsillo la hoja de papel doblada, se la enseñó y empezó a darle explicaciones. Las pobladas cejas de míster Faulkner bajaron con gesto pensativo.

«Pero no me está prestando ni la menor atención —pensó Guy—. Se acerca solamente para ver mejor mi culpabilidad, esa especie de círculo de tinieblas que me rodea.»

—Es raro que Anne no me dijese nada de eso —dijo míster Faulkner.

—Es una sorpresa.

—Oh —dijo míster Faulkner, riendo entre dientes—. ¿Un regalo de boda?

Más tarde, los Faulkner cogieron el coche y fueron a buscar unos emparedados en la tienda que habían visto por el camino. Guy estaba cansado de la casa. Quería que Anne subiese con él a la colina rocosa.

—Dentro de un minuto —dijo ella—. Ven aquí.

Estaba de pie delante de la alta chimenea de piedra. Le puso las manos sobre los hombros, mirándole directamente al rostro, un tanto pensativa, pero radiante de orgullo por su nueva casa.

—Cada vez están más hundidas, ¿sabes? —dijo ella, pasándole el dedo por el hueco de las mejillas—. Ya me cuidaré de que comas.

—Puede que me haga falta dormir un poco —murmuró él.

Le había dicho que últimamente su trabajo le obligaba a trabajar hasta muy tarde. Le había dicho a Anne nada menos que había aceptado algunos trabajos a destajo, como hacía Myers para ganar algún dinero.

—Cariño, pero... si no vamos mal de dinero. ¿Qué demonios te preocupa?

Anne le había preguntado media docena de veces si le preocupaba la boda, si no quería casarse con ella. Y si se lo preguntaba otra vez, tal vez dijera que sí, aunque Guy sabía que no iba a preguntárselo en aquel momento, delante de la chimenea.

—No me preocupa nada —se apresuró a responder.

—Entonces, ¿me harás el favor de no trabajar tanto? —le suplicó ella.

Y entonces, espontáneamente, impulsada por su propia alegría, le estrechó contra su pecho.

Automáticamente, él la besó, porque sabía que ella lo estaba esperando.

«Se dará cuenta —pensó—. Siempre se da cuenta de si pasa algo, por insignificante que sea, cuando la beso. Y hace ya tanto tiempo que no la he besado...»

Al ver que ella no decía nada, Guy se figuró que lo hacía simplemente porque lo que había notado Anne era demasiado monstruoso para mencionarlo.

30

Guy cruzó la cocina y se volvió al llegar a la puerta trasera.

—Qué inoportuno he sido viniendo a cenar el día en que la cocinera tiene libre.

—¿Qué tiene de inoportuno? Te las arreglarás como lo hacemos nosotros los jueves por la noche, eso es todo.

Mistress Faulkner le llevó un trozo del apio que estaba limpiando en el fregadero.

—Aunque Hazel se va a llevar un chasco por no haber estado aquí para preparar ella misma la tarta de frutas. Tendrás que conformarte con la que prepare Anne esta noche.

Guy salió. Todavía había sol, aunque la valla de estacas proyectaba unas sombras alargadas y oblicuas sobre los macizos de lirios y azafranes. Podía ver el pelo de Anne, recogido por encima en un moño, y el verde pálido de su jersey, asomando por encima de una cresta del ondulante mar de césped. Muchas veces habían recogido juntos menta y berros en el arroyuelo que surgía del bosque donde se había peleado con Bruno.

«Bruno pertenece al pasado —se recordó a sí mismo—, se ha esfumado. Cualquiera que sea el método empleado por Gerard, había conseguido que Bruno no osara ponerse en contacto con él.»

Vio cómo el coche, negro y bien cuidado, de míster Faulkner penetraba en el camino de entrada y rodaba lentamente hacia el garaje abierto.

«¿Qué estoy haciendo aquí —se preguntó de pronto—, engañando a todo el mundo? ¿Engañando incluso a la cocinera de color, a quien le gusta prepararme una tarta de frutas, tal vez porque alguna vez alabé sus postres?»

Buscó refugio bajo el peral, donde ni Anne ni su padre le verían fácilmente.

«Si me apartase de Anne —pensó—, ¿qué importancia tendría para ella mi alejamiento? Anne no había dejado del todo a sus antiguas amistades, a su grupo y al de Teddy, donde abundaban los jóvenes casaderos, guapos, que jugaban al polo y se divertían en los clubs nocturnos antes de entrar en el negocio de papá y casarse con alguna de las hermosas muchachas que adornaban sus clubs de campo. Anne era distinta, por supuesto, de lo contrario no se habría sentido atraída por él. Ella no era una de esas chicas hermosas que pasan un par de años estudiando una carrera con el único objeto de alardear de ello, antes de casarse con un buen partido. Pero, aun sin él, ¿no habría sido ella misma, tal como era ahora? A menudo, Anne le había dicho que él era su inspiración, él y su ambición, pero ella tenía ya el mismo talento el día que la conoció, ¿y acaso no hubiera seguido teniéndolo? ¿y acaso no la habría encontrado otro hombre como él, pero digno de ella?»

Echó a caminar hacia ella.

—Casi he terminado —le dijo ella desde lejos—. ¿Por qué no viniste antes?

—Ya me di prisa —dijo él torpemente.

—Has estado junto a la casa diez minutos, sin hacer nada.

Una ramita de berros se alejaba por la corriente, y Guy saltó para atraparla. Al recogerla tuvo la sensación de ser un opossum.*

—Creo que pronto tomaré un empleo, Anne.

Ella alzó la vista, atónita.

—¿Un empleo? ¿Quieres decir en el despacho de un arquitecto?

«En el despacho de un arquitecto» —eso era algo que sólo podía decirse hablando de otros.

El asintió con la cabeza, sin mirarla.

—Tengo ganas de hacerlo. Algo seguro, con un buen sueldo fijo.

—¿Seguro?

Anne se rió un poco.

—¿Algo seguro, dices, cuando tienes todo un año de trabajo por delante con el hospital?

—No hará falta que me pase todo el día con los delineantes.

Ella se levantó.

—¿Es por el dinero? ¿Porque no vas a quedarte el dinero del hospital?

Guy se volvió de espaldas a ella, y dio una zancada sobre la húmeda hierba.

—No exactamente —dijo entre dientes—. Tal vez sólo en parte.

Semanas atrás había decidido devolver sus honorarios al Servicio Central de Hospitales, después de pagar a sus empleados.

—Pero si dijiste que no importaría, Guy. Los dos estábamos de acuerdo en que podíamos... en que podías permitírtelo.

Parecía que el mundo se hubiese callado repentinamente para

* Opossum: Pequeño mamífero marsupial americano. (N. del T.)

escucharles. Guy vio cómo se echaba hacia atrás un mechón de pelo, manchándose la frente.

—No será para mucho tiempo. Quizá seis meses, puede que mucho menos.

—¿Pero por qué?

—¡Porque me apetece!

—¿Por qué te apetece? ¿Por qué quieres convertirte en un mártir, Guy?

El no dijo nada.

El sol poniente acababa de librarse de los árboles y caía de lleno sobre ellos. Guy frunció aún más el entrecejo, protegiéndose la vista con las cejas, una de las cuales ostentaba todavía la cicatriz blanca de la herida sufrida en el bosque; la cicatriz que no creía que llegase a desaparecer jamás. Dio una patada a una piedra del suelo, sin poder moverla.

«Que siga creyendo que lo del empleo se debe también a la depresión que tuve después del Palmyra. Que siga creyendo lo que quiera.»

—Lo siento, Guy —dijo ella.

Guy la miró.

—¿Lo sientes?

Ella se le acercó más.

—Sí, lo siento. Creo que sé de qué se trata.

El tenía todavía las manos en los bolsillos.

—¿Qué quieres decir?

Anne hizo una larga pausa.

—Me parece que todo eso, tu nerviosismo después del Palmyra... incluso sin saberlo tú, quiero decir, se remonta a Miriam.

Guy se apartó bruscamente.

—¡No, no, nada de eso!

«Lo había dicho tan sinceramente y, pese a ello, ¡sonaba tan falso!»

Hundió los dedos en el pelo y se lo echó hacia atrás.

—Escúchame, Guy —dijo Anne, con voz suave y clara—, tal vez no desees la boda tanto como crees. Si crees que es esto, dilo, porque me es más fácil creer eso que la idea de buscar empleo. Si quieres que la aplacemos, o si quieres romper definitivamente, soy capaz de resistirlo.

«Ella ya había tomado una decisión, y la había tomado hacía ya mucho tiempo.»

Guy podía notarlo en el mismo centro de su calma, del control de sí misma.

«Podría dejarla ahora mismo. El dolor de la ruptura anularía el de la culpabilidad.»

—¡Eh, Anne!

El padre de Anne la estaba llamando desde la puerta trasera.

—¿Vas a tardar mucho? ¡Necesito esa menta!

—¡Un minuto, papá! —le respondió ella, gritando—. ¿Qué me contestas, Guy?

Guy tenía la lengua apretada contra la parte superior de la boca, mientras pensaba que Anne era el sol que iluminaba sus tinieblas. Pero no se sentía capaz de expresarlo. Sólo pudo decirle:

—No puedo decir...

—Pues... yo te quiero ahora más que nunca, porque ahora me necesitas más que nunca.

Le puso la menta y los berros en la mano, apretándosela.

—¿Quieres llevarle esto a papá? Ah, y tómate una copa con él. Yo tengo que cambiarme.

Se volvió y empezó a alejarse hacia la casa, sin prisa, pero demasiado rápida para que Guy tratara de seguirla.

Guy se bebió varios julepes de menta. El padre de Anne los preparaba a la antigua, dejando que el azúcar, el *bourbon* y la menta permaneciesen en una docena de vasos todo el santo día, enfriándose y escarchándose más y más; y le gustaba preguntarle a Guy si alguna vez había probado en algún sitio julepes mejores que los suyos. Guy sabía cuál era el punto exacto en que su tensión empezaba a aflojarse, pero le resultaba imposible embriagarse. Lo había intentado varias veces, y siempre le había sentado mal, pero sin llegar a la embriaguez.

Más tarde, pasado el crepúsculo, estaba en la terraza con Anne cuando imaginó que tal vez no la conociese mucho más que cuando la había visitado por primera vez, y de pronto sintió una ansia gozosa, inmensa, de hacer que ella le amase. Entonces se acordó de la casa en Alton que les estaba esperando después de la boda, el domingo, y toda la felicidad que ya había vivido junto a Anne volvió a invadir su espíritu como una oleada. Deseaba protegerla, alcanzar alguna meta inaccesible para complacerla. Le parecía la más positiva, la más feliz de cuantas ambiciones había tenido en su vida.

«Había una escapatoria, pues, si era capaz de sentir de este modo. Era solamente una parte de sí mismo la que se le oponía, no todo su ser, ni Bruno, ni su trabajo. No tenía más que aplastar a la otra parte de sí mismo, y seguir viviendo dentro del ser que era en aquellos momentos.»

31

«Pero había demasiados puntos por donde el otro ser podía invadir el ser que él quería proteger, y también eran demasiadas las formas en que podía presentarse la invasión: ciertas palabras, sonidos, luces, actos que ejecutaban sus manos o sus pies, y si no hacía absolutamente nada, no oía ni veía nada, quedaba todavía aquella voz interior que gritaba triunfante, horrorizándole, acobardándole.»

La boda, preparada tan laboriosamente, con toda la pureza de los encajes y la lencería blanca, tan felizmente esperada por todos, le parecía el peor acto de traición que podía cometer. Y cuanto más se acercaba el día, más frenéticas y vanas eran sus deliberaciones sobre si debía cancelarla. Hasta el último momento, deseó simplemente huir.

Robert Treacher, el amigo de sus días en Chicago, le telefoneó para felicitarle y preguntó si podía asistir a la ceremonia. Guy se lo quitó de encima con alguna endeble excusa. Tenía la impresión de que la boda era asunto de los Faulkner, de sus amigos, de la iglesia de la familia, y la presencia de un amigo suyo sería como un agujero en su coraza. El había invitado solamente a Myers, que apenas contaba (desde el encargo del hospital ya no compartían un mismo despacho), a Tim O'Flaherty, que no podía asistir, y a dos o tres arquitectos de la Deems Academy, que conocían su obra mucho mejor que a él mismo. Pero media hora después de que Treacher le llamase desde Montreal, Guy le telefoneó para pedirle que fuese su padrino de boda.

Guy se dio cuenta de que llevaba casi un año sin ni siquiera pensar en Treacher, cuya última carta no había contestado. No había pensado en Peter Wriggs, ni en Vic De Poyster o en Gunther Hall. Había frecuentado el apartamento que Vic y su esposa tenían en Bleecker Street, y una vez había ido con Anne. Vic era pintor y el pasado invierno le había mandado una invitación para visitar una exposición suya. No se había molestado ni en contestarle. Vagamente, recordaba que Tim se hallaba en Nueva York durante la época en que Bruno le había estado importunando por teléfono. Incluso le había llamado para almorzar juntos, y él se había negado.

«La *Theologica Germanica* —recordó Guy— decía que los antiguos germanos juzgaban inocente o culpable a un acusado según el número de amigos que acudían a dar fe de su carácter. ¿Cuántos lo harían por él?»

Nunca había dedicado mucho tiempo a sus amigos, porque sabía que no eran de la clase de gente que esperase tal cosa, pero ahora tenía la impresión de que sus amigos le estaban esquivando, como si presintieran, aun sin verle, que se había hecho indigno de su amistad.

La mañana del domingo, día de la boda, Guy se encontraba en la sacristía, andando lentamente en círculo alrededor de Bob Treacher, aferrándose al recuerdo de los planos del hospital como si éstos fuesen el último jirón de esperanza, la única prueba de que seguía existiendo. Los planos eran buenos, excelentes. Bob Treacher, su amigo, le había alabado por ellos. Se había demostrado a sí mismo que todavía conservaba la facultad de crear.

Bob ya había abandonado todo intento de trabar conversación con él. Estaba sentado con los brazos cruzados y una expresión entre beatífica y absorta en el rostro gordinflón.

«Bob le creía simplemente nervioso. Bob no sabía cómo se sentía —Guy lo sabía—, porque por mucho que él creyese que sí, su estado de ánimo no se notaba. Y eso era lo horrible, que la vida de uno pudiese convertirse tan fácilmente en una hipocresía total. Ahí estaba la esencia, su boda y su amigo, Bob Treacher, que ya no le conocía. Y la sacristía de piedra, con la ventana enrejada en lo alto, como la celda de una prisión. Y el murmullo de voces afuera, como el vocerío farisaico de una multitud que estuviera aguardando el momento de asaltar la prisión para tomarse la justicia por su mano.»

—Supongo que por casualidad no habrás traído una botella, ¿eh?

Bob se puso en pie de un salto.

—Claro que sí. Apenas puedo moverme de tanto como pesa y, ya ves, me había olvidado de ella por completo.

Colocó la botella sobre la mesa y esperó a que Guy la cogiera. Bob tendría unos cuarenta y cinco años, y era un hombre de temperamento modesto aunque optimista, con la estampa indeleble que dan una soltería satisfecha y la entrega total a una profesión en la cual se es una autoridad.

—Tú primero —indicó a Guy—. Quiero hacer un brindis particular por Anne. Es muy hermosa, Guy. Tan hermosa —añadió con una sonrisa—, como un puente blanco.

Guy se quedó mirando la botella descorchada. La algazara de afuera parecía burlarse de él ahora, de él y de Anne. La botella de sobre la mesa era parte de ello, una parte gastada y medio festiva de las bodas tradicionales. Había bebido *whisky* al casarse con Miriam. Guy arrojó la botella a un rincón. El ruido de los cristales puso fin a los bocinazos, a las voces y al estúpido trémolo del órgano durante un segundo escaso, y luego los ruidos volvieron a filtrarse lentamente por la ventana.

—Lo siento, Bob. Lo siento mucho.

Bob no le había quitado los ojos de encima.

—No te echo la culpa —dijo sonriendo.

—¡Pero yo sí me la echo!

—Escúchame, viejo...

Guy podía ver que Bob no sabía si reír o ponerse serio.

—Espera —dijo Treacher—. Iré a buscar más.

La puerta se abrió en el momento en que Bob alargaba la mano hacia ella, y la delgada figura de Peter Wriggs se escurrió dentro de la habitación. Guy se lo presentó a Treacher. Peter había hecho el largo viaje desde Nueva Orleáns para asistir a la boda.

«No hubiera venido a mi boda con Miriam» —pensó Guy.

Peter había detestado a Miriam. Las canas ya habían hecho aparición en las sienes de Peter, aunque en su rostro delgado seguía pintándose su sonrisa de adolescente. Guy le devolvió el rápido abrazo, sintiendo que se movía automáticamente, como había hecho el viernes por la noche.

—Ya es hora, Guy —dijo Bob, tras abrir la puerta.

Guy caminaba a su lado. Había doce pasos hasta el altar.

«Los rostros me acusan —pensó Guy—. Los paraliza el horror, igual que a los Faulkner en la parte trasera del coche. ¿Cuándo iban a interceptarle, a poner fin a todo? ¿Es que iban a esperar mucho tiempo para hacerlo?»

—¡Guy! —susurró alguien.

«Seis —contaba Guy—, siete.»

—¡Guy!

El susurro era débil pero directo, procedía de entre los rostros, y Guy miró a la izquierda, siguió la mirada de dos mujeres que miraban hacia atrás por encima del hombro, y vio el rostro de Bruno y ningún otro.

Miró hacia adelante otra vez.

«¿Era Bruno o una visión? El rostro mostraba una sonrisa ansiosa, los ojos eran agudos como alfileres, grises. Diez, once. *Doce pasos hacia arriba, siete de dos en dos... Es fácil de recordar, parece un juego de niñas.*»

Notaba un hormigueo en el cuero cabelludo.

«¿No demostraba esto que se trataba de una visión y no de Bruno?»

Empezó a rezar mentalmente:

«Señor, no permitas que me desmaye.»

«Sería mejor que te desmayases en vez de casarte» —le respondió a gritos su voz interior.

«Ya estaba junto a Anne, y Bruno estaba aquí con ellos, no como un suceso, no por un momento, sino como una condición, algo que siempre había sido y siempre sería. Bruno, él mismo, Anne. Y el moverse sobre rieles. Y toda una vida de moverse sobre rieles hasta que la muerte les separase, porque ése era el castigo. ¿Qué otro castigo estaba buscando?»

Los rostros le rodeaban por todos lados, moviéndose, sonriéndole, y Guy se daba cuenta de que les estaba imitando como un idiota. Estaban en el Club de Vela y Tenis, tomando un *lunch* frío, y todo el mundo, incluso él mismo, tenía una copa de champaña en la mano. Y Bruno no estaba allí. En realidad no había nadie excepto viejas arrugadas, inofensivas, perfumadas, tocadas con sombrero. Entonces mistress Faulkner le puso un brazo alrededor del cuello y le besó en la mejilla, y por encima del hombro de mistress Faulkner, Guy vio que Bruno se abría paso entre la gente con la misma sonrisa, los mismos ojos de alfiler que ya le habían localizado. Bruno se acercó directamente a él y se detuvo, balanceándose sobre los pies.

—Mis mejores... mis mejores votos, Guy. ¿No te importa que haya venido, verdad? ¡Es un feliz acontecimiento!

—Lárgate. Lárgate de aquí ahora mismo.

La sonrisa de Bruno se esfumó indecisamente.

—Acabo de regresar de Capri —dijo, con la voz ronca de siempre.

Llevaba un traje de gabardina azul oscuro, nuevo, de solapas anchas como las de un traje de etiqueta.

—¿Qué tal te ha ido, Guy?

Una tía de Anne barbotó algún mensaje envuelto en vahos de perfume en la oreja de Guy, y él le susurró algo en respuesta. Guy dio media vuelta y empezó a alejarse.

—Sólo quería darte mi enhorabuena, Guy —declaró Bruno—. Aquí la tienes.

—Fuera —dijo Guy—. Encontrarás la puerta detrás de ti.

«Pero no digas nada más —pensó Guy—, o perderás los estribos.»

—Hagamos una tregua, Guy. Quiero conocer a la novia.

Guy se dejó arrastrar pcr dos mujeres de mediana edad, una a cada brazo. Aunque no podía verle, sabía que Bruno se había retirado hacia el *buffet*, con una sonrisa dolida, impaciente.

—¿Aguantando el temporal, Guy?

Míster Faulkner cogió la copa medio vacía que tenía en la mano.

—Vamos a buscar algo mejor en el bar.

Guy se bebió medio vaso de *scotch.* Hablaba sin saber qué decía. Tenía la seguridad de haber dicho:

—Basta ya, que se marchen todos.

Pero no lo había dicho, o míster Faulkner no se estaría partiendo de risa.

«¿O tal vez sí?»

Bruno contemplaba cómo cortaban el pastel. Se hallaba en el otro extremo de la mesa y Guy observó que contemplaba principalmente a Anne. La boca de Bruno era una línea delgada, una línea en la que se dibujaba una sonrisa de locura; sus ojos despedían destellos como los del diamante que remataba el alfiler clavado en su corbata azul oscuro; y en su rostro Guy vio la misma combinación de ansiedad, temor, determinación y humor que había llamado su atención desde el primer momento.

Bruno se acercó a Anne.

—Creo que la he visto antes. ¿Es usted alguna pariente de Teddy Faulkner?

Guy vio cómo se daban las manos. Había creído que no sería capaz de soportarlo, pero lo estaba soportando, sin hacer nada.

—Es primo mío —dijo Anne, con su fácil sonrisa, la misma que un momento antes había dedicado a otra persona.

Bruno inclinó la cabeza.

—He jugado al golf con él un par de veces.

Guy sintió que una mano se posaba en su hombro.

—¿Tienes un minuto, Guy? Me...

Era Peter Wriggs.

—No lo tengo.

Guy salió en busca de Bruno y de Anne. Cogió a Anne de la mano izquierda.

Bruno caminaba al otro lado, muy erguido, con gran desparpajo, transportando en un plato su porción, intacta, de pastel de boda.

—Soy un viejo amigo de Guy. Un antiguo conocido.

Bruno le guiñó un ojo por detrás de la cabeza de Anne.

—¿De veras? ¿Dónde se conocieron?

—En la escuela. Somos viejos compañeros de escuela.

Bruno hizo una mueca.

—¿Sabe? Es usted la novia más hermosa que he visto en muchos años, mistress Haines. Me siento verdaderamente satisfecho de haberla conocido —dijo Bruno.

Su tono no era categórico, pero denotaba un convencimiento tan enfático que provocó una nueva sonrisa de Anne.

—Mucho gusto en haberle conocido —replicó ella.

—Espero verles a los dos. ¿Dónde van a vivir?

—En Connecticut —dijo Anne.

—Bonito estado, Connecticut —dijo Bruno, guiñando de nuevo un ojo a Guy.

Y se separó de ellos tras dedicarles una airosa reverencia.

—¿Es amigo de Teddy? —le preguntó Guy a Anne—. ¿Fue Teddy quien le invitó?

—¡No pongas esa cara de preocupación, cariño!

Anne se estaba burlando cariñosamente de él.

—Pronto nos iremos.

—¿Dónde está Teddy?

Pero al mismo tiempo se preguntó de qué serviría buscar a Teddy, de qué serviría empeñarse en ello.

—Hace dos minutos le vi en la cabecera de la mesa —le dijo Anne—. Oh, ahí está Chris. Tengo que saludarle.

Guy se volvió en busca de Bruno y vio que se estaba sirviendo una ración de huevos con crema de leche, hablando alegremente con dos muchachos que le sonreían como si estuviesen bajo el hechizo de algún diablo.

«La ironía —pensó Guy amargamente en el coche, momentos más tarde—, era que Anne nunca hubiese tenido tiempo de conocerle verdaderamente. En los primeros tiempos, él atravesaba una crisis de melancolía. Ahora él se esforzaba, y sus esfuerzos, por poco frecuentes, habían llegado a parecer verdaderos. Tal vez unos días, los pocos días que habían pasado en Ciudad de Méjico, habían sido los únicos momentos en que había sido él mismo.»

—El hombre del traje azul, ¿era alumno de Deems? —preguntó Anne.

Iban en coche a Montauk Point. Una pariente de Anne les había prestado la casa de campo donde pasarían los tres días de luna de miel. Tres días solamente porque Guy se había comprometido a empezar a trabajar en Horton, Horton and Keese, Arquitectos, antes de que transcurriera un mes, y, además, tendría que multiplicarse para conseguir poner en marcha los planos detallados del hospital antes de empezar en el otro sitio.

—No, del Instituto. Durante un tiempo.

«¿Pero por qué seguía la mentira de Bruno?»

—Un rostro interesante el suyo —dijo Anne, arreglándose la falda en los tobillos antes de poner los pies sobre el asiento plegable.

—¿Interesante? —preguntó Guy.

—No quiero decir atractivo. Simplemente intenso.

Guy apretó los dientes.

«¿Intenso? ¿Es que ella era incapaz de ver que estaba loco? ¿Morbosamente loco? ¿Acaso no podía verlo todo el mundo?»

32

La recepcionista de Horton, Horton and Keese, Arquitectos, le entregó un mensaje diciendo que Charles Bruno había llamado y al no encontrarle le había dejado su número de teléfono. Era el número de Great Neck.

—Gracias —dijo Guy, y atravesó el vestíbulo.

«¿Y si la firma registraba las llamadas telefónicas? No lo hacía, pero, ¿y si lo hiciera? ¿Y si Bruno se dejaba caer por allí algún día? Aunque los mismísimos Horton, Horton y Keese eran tan abominables que Bruno no desentonaría allí. ¿Y no era precisamente por eso por lo que estaba él allí, impregnándose de porquería, engañándose con la idea de que la repulsión era una forma de expiación, y que estando allí empezaría a sentirse mejor?»

Guy entró en el espacioso salón, iluminado mediante claraboyas y lleno de sillones tapizados de cuero, y encendió un pitillo. Mainwaring y Williams, dos de los principales arquitectos de la firma, estaban sentados en cómodos sillones de cuero, leyendo unos informes. Guy sintió que clavaban sus ojos en él mientras se asomaba a la ventana. Siempre le estaban vigilando, porque se le consideraba algo especial, un genio, como el joven Horton había asegurado a todo el mundo, haciendo que todos se preguntasen qué hacía allí entonces. Puede que estuviera más agotado de lo que creían todos, naturalmente, y, además, acababa de casarse; pero aparte de eso y del hospital del Bronx, lo cierto era que estaba nervioso, que había perdido empuje.

«Incluso a los mejores les sucedía esto a veces —se decían—, de modo que, ¿por qué iba a tener escrúpulos en aceptar un empleo cómodo?»

La mirada de Guy descendía sobre el sucio revoltillo de techos y calles de Manhattan que parecían el modelo de cómo no debía construirse una ciudad. Al volverse, vio que Mainwaring bajaba los ojos como un colegial sorprendido por el profesor.

Pasó la mañana simulando trabajar en un encargo en el que ya había empleado varios días.

«No se dé prisa» —le habían dicho.

Lo único que tenía que hacer era darle al cliente lo que éste pedía y poner su firma debajo. El trabajo consistía en unos grandes almacenes con destino a una opulenta, y pequeña, ciudad de Westchester, y el cliente quería algo que se pareciese a una vieja casa señorial, algo que estuviese en armonía con la ciudad, pero con un cierto aire de modernidad. Además, el cliente había insistido en que el proyecto debía realizarlo Guy Daniel Haines. Con sólo haber amoldado su cerebro al nivel del engaño, de la bufonada, Guy hubiera podido despachar el encargo rápidamente, pero el hecho de que el edificio iba realmente destinado a unos grandes almacenes representaba un estorbo para ciertas exigencias funcionales. Se pasó toda la mañana borrando y afilando sus lápices, y figurándose que le costaría cuatro o cinco días más, hasta entrada la semana siguiente, el dar siquiera con una idea preliminar que enseñar al cliente.

—Charley Bruno vendrá también esta noche —le dijo Anne desde la cocina aquella tarde.

—¿Qué? —dijo Guy, entrando en la cocina.

—Es así cómo se llama, ¿no? Aquel joven a quien vimos en la boda.

Anne estaba cortando cebollas sobre una tabla de madera.

—¿Tú le invitaste?

—Parece ser que se enteró por casualidad, y entonces llamó y se invitó a sí mismo —respondió Anne.

Anne lo había dicho con tanta naturalidad que Guy sintió un escalofrío al sospechar que tal vez le estuviese probando.

—No pongas leche, Hazel. Hay crema suficiente en la nevera.

Guy miró cómo Hazel dejaba el recipiente de la crema al lado del cuenco lleno de queso gorgonzola rallado.

—¿Te importa que venga, Guy? —preguntó Anne.

—Ni lo más mínimo, pero no es amigo mío, ¿sabes?

Guy se acercó torpemente al armarito y sacó la caja con los utensilios para limpiar calzado.

«¿Cómo podría impedírselo? Tenía que haber algún modo.»

Pero incluso mientras se devanaba los sesos sabía que no lograría dar con ese modo.

—Ya veo que sí te importa —dijo Anne, sonriendo.

—Es que me parece un presuntuoso, eso es todo.

—Trae mala suerte negarse a invitar a alguien a la fiesta de inauguración de una casa. ¿No lo sabías?

Bruno traía los ojos enrojecidos al llegar. Los demás invitados habían hecho algún comentario sobre la nueva casa, pero Bruno entró en la sala de estar con el aire de quien ya había estado en ella un centenar de veces.

«O de quien vive aquí» —pensó Guy, mientras iba presentándole a todos los demás.

Bruno parecía excitado, y concentraba toda su atención en Guy y en Anne, apenas sin corresponder a los saludos de los demás (a Guy le pareció como si dos o tres de los invitados ya conociesen a Bruno) excepto en el caso de una tal mistress Chester Boltinoff, de Muncey Park, Long Island, cuya mano Bruno estrechó efusivamente entre las suyas, como si hubiese encontrado un aliado Guy vio horrorizado cómo mistress Boltinoff alzaba la vista hacia Bruno con una amplia y amistosa sonrisa.

—¿Cómo van las cosas? —le preguntó Bruno a Guy después de servirse una copa él mismo.

—Bien. Muy bien.

Guy estaba resuelto a no perder la serenidad, aunque para ello tuviera que anestesiarse. Ya se había tomado dos o tres tragos a palo seco en la cocina. Pero, a pesar de todo, retrocedió hacia la escalera de caracol que había en una esquina de la habitación, pensando que sería sólo un momento, hasta recobrar su aplomo. Subió corriendo al piso de arriba, se metió en el dormitorio y se puso la mano en la frente, y entonces, lentamente, se la pasó por la cara.

—Perdón, todavía estaba explorando la casa —dijo una voz desde el otro lado de la habitación—. Es una casa magnífica, Guy. Tanto es así que durante un rato tuve que retroceder hasta el siglo diecinueve.

Helen Heyburn, la compañera de escuela de Anne, se hallaba de pie junto al escritorio.

«Donde está el revólver» —pensó Guy.

—Estás en tu casa. Sólo vine a buscar un pañuelo. ¿Qué tal está tu bebida?

Guy abrió sigilosamente el cajón superior de la derecha, donde estaban el revólver que no quería y el pañuelo que no necesitaba.

—Bien... mejor que yo.

Guy supuso que Helen estaba atravesando otra de sus depresiones. Helen era dibujante de publicidad, y buena, según Anne, pero trabajaba solamente cuando se le acababa la asignación trimestral y caía en un período de depresión.

«Y yo no le gusto —presentía Guy— desde aquel domingo en que no fui con Anne a su fiesta. Sospecha de mí. ¿Qué está haciendo ahora en mi habitación, fingiendo que la bebida se le sube a la cabeza más de lo que es verdad?»

—¿Eres siempre tan serio, Guy? ¿Sabes qué le dije a Anne cuando me dijo que iba a casarse contigo?

—Le dijiste que estaba loca.

—Le dije: «Pero es tan serio. Muy atractivo y tal vez un genio, pero es tan serio. ¿Cómo puedes resistirlo?»

Helen levantó su rostro, un tanto cuadrangular pero bello.

—Ni tan sólo te defiendes. Apuesto a que eres demasiado serio para besarme, ¿eh?

Guy se obligó a acercarse a ella y besarla.

—Eso no es un beso.

—Es que no estaba serio a sabiendas.

Guy salió del dormitorio.

«Se lo dirá a Anne —pensó—. Le dirá que me ha encontrado en el dormitorio, con aspecto apenado, a las diez. Además, tal vez mire en el cajón y encuentre el revólver.»

Pero no creía en nada de lo que estaba pensando. Helen era tonta, y Guy no alcanzaba a comprender cómo podía gustarle a Anne, pero no era una entrometida. Y tenía tan poco de fisgona como la propia Anne.

«Dios mío, ¿acaso no he tenido el revólver en el cajón al lado del de Anne desde que vivimos aquí?»

Temía tan poco la posibilidad de que Anne investigara en la mitad del escritorio que le correspondía a él como la posibilidad de que abriera su correspondencia.

Al bajar se encontró a Bruno sentado con Anne en el sofá rectangular, junto a la chimenea. Bruno jugueteaba descuidadamente con un vaso y en el respaldo del sofá se advertían unas salpicaduras de licor.

—Me está contando cosas de Capri, Guy —dijo Anne, mirándole—. Siempre he tenido ganas de que fuéramos allí.

—Lo mejor es alquilar una casa entera —prosiguió Bruno, haciendo caso omiso de Guy—. Alquilar un castillo, cuanto más grande mejor. Mi madre y yo vivíamos en un castillo tan grande que nunca llegábamos hasta la otra punta, hasta que una noche no pude encontrar la puerta que usábamos siempre. Me encontré a toda una familia italiana cenando en el otro extremo de la galería, y aquella misma noche se nos presentaron todos, habría unos doce, y preguntaron si podían quedarse allí a cambio de trabajar para nosotros sin cobrar nada. Naturalmente dijimos que sí.

—¿Y no aprendió nada de italiano?

—¡No hacía falta!

Bruno se encogió de hombros; su voz era ronca de nuevo, igual a como Guy la oía siempre mentalmente.

Guy se entretenía con un cigarrillo, sintiendo que la mirada ávida, tímida y galante a la vez, de Bruno le taladraba la espalda, con más fuerza que el hormigueo del alcohol.

Bruno coqueteaba con Anne y sin duda ya habría elogiado el vestido que llevaba ella y que era el que más gustaba a Guy, uno de tafetán gris, con un diminuto dibujo azul que recordaba los ojos del pavo real. Bruno siempre se fijaba en lo que llevaban las mujeres.

—Guy y yo —decía claramente la voz de Bruno a sus espaldas,

como si hubiese vuelto la cabeza hacia él—, Guy y yo hablamos de viajes una vez.

Guy aplastó el cigarrillo en un cenicero, lo apagó por completo y luego se dirigió hacia el sofá.

—¿Te gustaría ver el cuarto de los juegos? —le dijo a Bruno.

—No faltaría más.

Bruno se levantó.

—¿De qué juegos se trata?

Subieron al piso de arriba y Guy le hizo entrar en una habitación pequeña, con las paredes revestidas de rojo, cerrando la puerta tras ellos.

—¿Hasta dónde pretendes llegar?

—¡Guy! ¡Estás bebido!

—¿A qué viene el decirle a todo el mundo que somos viejos amigos?

—No se lo dije a todo el mundo. Se lo dije a Anne.

—¿A qué viene el decírselo a ella o a quien sea? ¿Para qué has venido?

—¡Silencio, Guy! ¡Chis-s-s-s-!

Bruno movía despreocupadamente el vaso que tenía en la mano.

—La Policía sigue vigilando a tus amigos, ¿eh?

—No tanto como para preocuparme.

—Lárgate. Lárgate ahora.

La voz le temblaba a causa del esfuerzo que hacía para dominarse.

«¿Y qué necesidad había de dominarse? El revólver con la bala necesaria estaba solamente al otro lado del vestíbulo.»

Bruno le miraba con expresión de aburrimiento, suspirando. El ruido de su respiración era igual que la respiración que Guy oía en su habitación por la noche.

Guy se tambaleó ligeramente y ello le puso furioso.

—Anne es muy hermosa —comentó Bruno apaciblemente.

—Si te veo hablando otra vez con ella, te mataré.

La sonrisa de Bruno se borró, luego reapareció aún más amplia.

—¿Es una amenaza, Guy?

—Es una promesa.

Media hora después, Bruno se desmayó detrás del sofá donde él y Anne se habían sentado antes. Tumbado en el suelo, su cuerpo parecía sumamente largo, y la cabeza, recostada en la enorme base de la chimenea, daba la sensación de ser diminuta. Tres hombres le levantaron, sin saber qué hacer con él después.

—Llevadle... supongo que al cuarto de los huéspedes —dijo Anne.

—Eso es un buen presagio, Anne —dijo Helen, riéndose—. No hay fiesta de inauguración como es debido sin que alguien tenga que quedarse a pasar la noche.

Chris Nelson se acercó a Guy.

—¿De dónde sacaste esa joya, Guy? Solía desmayarse tan a menudo en el Great Neck Club, que ya no le dejan entrar.

Guy había preguntado a Teddy después de la boda. Teddy no había invitado a Bruno, ni sabía nada de él, excepto que no le gustaba.

Guy subió al estudio y cerró la puerta. Sobre su mesa de trabajo yacía el inacabado boceto del disparatado almacén que la conciencia le había hecho llevarse a casa para acabarlo durante el fin de semana. Los conocidos trazos, ahora borrosos a causa de la bebida, casi le hicieron vomitar. Cogió una hoja de papel en blanco y empezó a dibujar el edificio que deseaba el cliente. Sabía exactamente lo que deseaba el cliente. Esperaba poder terminarlo antes de que las náuseas le vencieran, y luego, una vez terminado, vomitar como un perro. Pero no vomitó al terminar. Se quedó simplemente sentado en la silla, y finalmente se acercó a la ventana y la abrió.

33

El proyecto del almacén fue aceptado con grandes elogios, primero por parte de los Horton, y luego por parte del cliente, míster Howard Wyndham, de New Rochelle, que se presentó en la oficina el lunes por la tarde, a primera hora, para ver el dibujo. Guy decidió que se merecía un premio y se pasó el resto de la jornada en su despacho, fumando y hojeando un ejemplar encuadernado en piel de *Religio Medici* que acababa de comprar en Brentano's como regalo para el cumpleaños de Anne.

«¿Qué encargo me darán a continuación?» —se preguntó.

Iba pasando las páginas del libro, recordando los pasajes que solían gustarle a él y a Peter... *el hombre sin ombligo aún vive en mí...*

«¿Qué atrocidad iban a pedirle que cometiera seguidamente? Ya había cumplido un encargo. ¿Es que no era suficiente? Otra cosa parecida a los almacenes resultaría insoportable. No se compadecía de sí mismo, sino que pensaba en la vida, su vida. Bien, seguía en vida, si es que quería echarse la culpa por ello.»

Se levantó de la mesa de dibujo, se sentó delante de su máquina de escribir y empezó a redactar su carta de renuncia.

Por la tarde Anne insistió en que salieran a celebrarlo. Estaba contenta, tan rebosante de alegría que Guy sintió que él mismo se animaba un poco, de forma un tanto vacilante, como trata de elevarse una cometa en un día sin viento. Se quedó mirando cómo los dedos de Anne se movían rápidamente para recogerse el pelo en la nuca, sujetándolo luego con un pasador.

—¿Y no podríamos hacer el crucero ahora, Guy? —preguntó al entrar en la sala de estar.

Anne seguía empeñada en hacer un crucero por la costa a bordo del *India*, el viaje de boda que habían tenido que aplazar. Guy había pensado dedicar todo su tiempo a supervisar la ejecución de sus planos para el hospital, pero le resultaba imposible negarse a satisfacer los deseos de Anne ahora.

—¿Cuándo crees que podremos marcharnos? ¿Dentro de cinco días? ¿Una semana?

—Tal vez cinco días.

—Oh, ahora me acuerdo —dijo ella, suspirando—. Tengo que quedarme hasta el día veintitrés. Viene a visitarnos un señor de California que está interesado en toda nuestra serie de algodón.

—¿No hay también un Salón de la Moda a final de mes?

—Oh, Lillian puede cuidarse de esto.

Anne sonrió.

—¡Qué suerte que te acordaras de esto!

Guy esperó a que se hubiese puesto la capucha de su abrigo de leopardo, pensando en lo gracioso que era el que, dentro de una semana, Anne fuese a batallar para lograr un buen trato con el señor de California. Eso no iba a dejarlo en manos de Lillian. Anne se encargaba del lado comercial del negocio. Entonces Guy se fijó por primera vez en las flores color naranja que había sobre la mesita de café.

—De dónde proceden? —preguntó.

—Las mandó Charley Bruno. Con una nota de disculpa por haberse desmayado el viernes por la noche —contestó ella, riendo—. Me parece un detalle bastante delicado.

Guy las miraba fijamente.

—¿De qué clase son?

—Mayas.

Anne sostenía la puerta de la calle abierta, esperándole. Salieron en busca del coche.

A Guy le parecía que Anne se sentía halagada por las flores, pero sabía que desde la noche de la fiesta Anne ya no tenía tan buena opinión de Bruno. Guy comprendió, una vez más, cuán estrecha era ahora la relación entre ellos, él y Bruno, debido a la veintena de personas que habían asistido a la fiesta. Pensó en la probabilidad de que la Policía empezase a indagar sobre él dentro de poco. Y se dijo que sin duda así sería.

«Debería sentirme más preocupado —pensó—. ¿Cuál debe ser mi estado de ánimo cuando ni yo mismo soy capaz de decirlo con certeza? ¿Abandono? ¿Suicidio? O, simplemente, la apatía propia de la estupidez?»

Todavía tuvo que pasar unos días ociosos en Horton, Horton and Keese, para poner en marcha el diseño del interior de los almacenes, y durante ellos llegó a preguntarse seriamente si estaría mal de la cabeza, si la locura se habría apoderado de él sigilosamente. Recordó la semana que siguió a la noche del viernes, aquellos días en que su seguridad, su existencia, pendían de un hilo que el menor fallo habría roto en cuestión de segundos. Ahora ya no sentía esa impresión. Pero seguía soñando que Bruno invadía su habitación. Si se despertaba de madrugada, todavía podía verse de pie en la habitación, pistola en mano. Seguía sintiendo que debía encontrar, y encontrarla pronto, alguna forma de expiación para la cual ninguno de los servicios o sacrificios que se le ocurrían resultaba suficiente. Tenía la sensación de que en él había dos individuos, uno de los cuales era capaz de crear y de sentirse en paz con Dios al hacerlo, mientras que el otro era capaz de asesinar.

«Cualquier persona es capaz de asesinar —le había dicho Bruno en el tren—. ¿Se refería al hombre que dos años antes, en Metcalf, le había explicado a Bobbie Cartwright el principio físico en que se apoyaban los puentes voladizos? No. Ni tampoco al hombre que había diseñado el hospital, incluso los almacenes, que se había pasado media hora discutiendo consigo mismo, la semana pasada, sobre el color que debía emplear para pintar una de las sillas del jardín. No, ninguno de ellos, sino el hombre que, anoche, se había mirado en el espejo y durante un instante había visto al asesino, como quien ve a un hermano secreto.»

«¿Y cómo podía estar ahí, sentado ante su mesa, pensando en el asesinato, cuando antes de diez días estaría con Anne a bordo de un velero blanco? ¿Por qué le habían dado a Anne, o la capacidad de amarla? Y ¿habría accedido tan de buen grado al crucero solamente para librarse de Bruno durante tres semanas? Bruno, si quería, podía arrebatarle a Anne. Eso siempre se lo había confesado a sí mismo, y siempre había tratado de afrontarlo. Pero comprendía que desde que los había visto juntos, desde el día de la boda, la posibilidad se había convertido en un terror muy concreto.»

Se levantó y se puso el sombrero para salir a almorzar. Al cruzar el vestíbulo oyó el zumbido del cuadro de distribución. Luego la telefonista le llamó.

—Conteste desde aquí si gusta, míster Haines.

Guy descolgó el aparato a sabiendas de que era Bruno, a sabiendas de que accedería a verle aquel mismo día. Bruno le invitó a comer, y Guy prometió reunirse con él dentro de diez minutos en Mario's Villa d'Este.

La ventana del restaurante estaba adornada con cortinas estampadas, rosas y blancas. Guy tenía el presentimiento de que Bruno le había tendido una trampa, que detrás de las cortinas rosas y blancas le estarían esperando los inspectores de la Policía, en vez de Bruno. Y sintió que ello no le importaba, no le importaba en absoluto.

Bruno le divisó desde el bar y se descolgó de su taburete, sonriendo.

«Guy andando otra vez presa de indecisión —pensó—, pasando por mi lado sin verme.»

Bruno apoyó una mano sobre el hombro de Guy.

—Hola, Guy. Tengo una mesa ahí al fondo.

Bruno llevaba su viejo traje marrón rojizo y Guy pensó en la primera vez que había seguido aquellas largas piernas por el traqueteante pasillo del tren, hacia el compartimiento, pero el recuerdo ya no le producía ningún remordimiento. De hecho, se sentía bien dispuesto hacia Bruno, igual que algunas noches, pero ésta era la primera vez que le sucedía de día. Ni tan sólo le molestó la evidente satisfacción de Bruno al ver que había acudido a comer con él.

Bruno encargó los cócteles y la comida. Para él pidió hígado a la parrilla, a causa de su nueva dieta, según dijo, y huevos a la Benedicta para Guy, porque sabía que le gustaban. Guy estaba contemplando la mesa que tenían más cerca. Sentía una mezcla de perplejidad y recelo ante las cuatro señoras elegantemente vestidas que la ocupaban; todas aparentaban unos cuarenta años, todas sonreían con los ojos entornados, todas sostenían cócteles en la mano. Más allá, un individuo bien alimentado, de aspecto europeo, sonreía a su acompañante, invisible desde donde estaba Guy. Los camareros iban y venían diligentemente.

«¿Sería posible que todo fuese un espectáculo creado e interpretado por locos, con él y Bruno, los más locos de todo el reparto, en los papeles principales?»

Porque cada uno de los movimientos que veía, cada una de las palabras que oía, parecían envueltos en la heroica melancolía de la predestinación.

—¿Te gustan? —le estaba diciendo Bruno—. Las compré en Clyde's esta mañana. El mejor surtido de la ciudad. Al menos para el verano.

Guy bajó la mirada hacia los cuatro estuches de corbatas que Bruno tenía abiertos sobre el regazo. Había corbatas de punto, de seda y de hilo, y una corbata de lazo color lavándula claro, de hilo grueso. Había también una de seda china, parecida a uno de los vestidos de Anne.

Bruno se sentía desilusionado. A Guy no parecían gustarle.

—¿Demasiado chillonas? Son para el verano.

—Son bonitas —dijo Guy.

—Esta es la que prefiero. Nunca había visto nada parecido.

Bruno le estaba enseñando la corbata de punto blanca, con una delgada lista roja en el centro.

—Estuve a punto de comprar una para mí, también, pero preferí que la tuvieses tú. Sólo tú, quiero decir. Son para ti, Guy.

—Gracias —dijo Guy.

Guy notó una desagradable contracción en el labio superior.

«Diríase que soy el amante de Bruno —pensó—, y que Bruno me ha traído un obsequio, una ofrenda de paz.»

—Por el viaje —dijo Bruno, levantando su copa.

Dijo que había hablado con Anne por teléfono aquella mañana, y que ella había mencionado el crucero. Bruno no cesaba de decirle, con acento un tanto tristón, cuán maravillosa le parecía Anne.

—Se la ve tan pura. Desde luego, chicas que parezcan tan buenas como ella no se ven todos los días. Debes de ser tremendamente feliz, Guy.

Esperaba que Guy dijese algo, una frase o una simple palabra, que de algún modo explicase por qué era feliz. Pero Guy no decía nada, y Bruno se sintió desairado, sintió que un nudo le subía desde el pecho hasta la garganta, ahogándole.

«¿Qué habría dicho para ofender a Guy?» —se preguntó

Tenía unas ganas terribles de colocar la mano sobre el puño de Guy, apoyado suavemente en el borde de la mesa, sólo un momento, como hubiera hecho un hermano, pero se contuvo.

—¿Le gustaste de buen principio o fue al cabo de mucho tiempo de tratarla? ¿Guy?

Guy le oyó repetir la pregunta. Le parecía antiquísima.

—¿Cómo puedes preguntarme esto? Le gusté, eso es todo. El tiempo no cuenta.

Miró el alargado rostro de Bruno, ahora más lleno que antes, el mechón que daba a su frente una expresión tentativa, indecisa, y observó que en los ojos de Bruno se reflejaba una seguridad inmensamente mayor que la primera vez que los había visto, así como menos sensibilidad.

«Es porque ahora tiene dinero» —pensó Guy.

—Sí. Ya sé a qué te refieres.

Pero Bruno no lo sabía, no del todo. Guy era feliz con Anne aunque el crimen siguiera atormentándole. Guy sería feliz con ella aunque estuviera arruinado. Bruno se estremeció al recordar que una vez había pensado ofrecer dinero a Guy. Podía oír el «no» de Guy, podía ver su mirada de retraimiento al decirlo. Bruno sabía que él nunca tendría las cosas que tenía Guy, por mucho dinero que llegase a tener y a gastar para conseguirlas. Ya se había dado cuenta de que el hecho de tener a su madre para él solo no era garantía de felicidad. Forzó una sonrisa.

—¿Crees que le caigo simpático a Anne?

—Sí.

—¿Qué le gusta hacer aparte de diseñar? ¿Le gusta cocinar? ¿Algo por el estilo?

Bruno miró cómo Guy levantaba su martini y se lo bebía en tres sorbos.

—Verás. Es que me gusta saber qué es lo que hacéis juntos. Por ejemplo, pasear o resolver crucigramas.

—Pues hacemos cosas de ésas.

—¿Cómo pasáis las veladas?

—A veces Anne trabaja.

Como nunca le había sucedido antes en presencia de Bruno, su pensamiento voló hacia el estudio donde a menudo él y Anne pasaban las veladas trabajando. Anne le hablaba de vez en cuando, levantando lo que estaba haciendo para que él le diera su opinión, como si su trabajo no le costara ningún esfuerzo. Cuando ella mojaba el pincel, agitándolo vivamente en el vaso de agua, hacía un ruido que a Guy le recordaba una risa.

—Hace un par de meses vi su foto en el *Harper's Bazaar*, junto con algunas diseñadoras más. Es buena en su profesión, ¿no?

—Muy buena.

—Estoy...

Bruno colocó los brazos sobre la mesa, uno encima del otro.

—Estoy contento de que seas feliz con ella, de veras.

«Claro que era feliz» —pensó Guy.

Sintió que sus hombros se relajaban y que la respiración se le hacía más pausada. Y pese a todo, en aquel momento le resultaba difícil creer que ella le pertenecía. Anne era como una diosa que descendía para sacarle de las batallas donde sin duda hubiera perecido, como las diosas de la mitología que salvaban a los héroes y que, sin embargo, al término de la narración, siempre le habían parecido, de niño, un tanto extrañas y hasta falsas, un recurso forzado para que todo terminase felizmente. En sus noches de insomnio, cuando sigilosamente salía de la casa y, con el abrigo sobre el pijama, subía a la colina rocosa, envuelto por la noche indiferente, Guy se prohibía a sí mismo pensar en Anne.

—*Dea ex machina* —murmuró Guy.

—¿Qué?

«¿Por qué estaría sentado allí con Bruno, comiendo a la misma mesa?»

Quería luchar contra Bruno, y quería llorar. Pero de pronto sintió que todas maldiciones se disolvían en un torrente de lástima.

«Bruno no era capaz de amar, y precisamente esto era lo que le hacía falta. Bruno estaba demasiado perdido, demasiado ciego para amar o para inspirar amor.»

De repente le pareció que era trágico.

—¿Nunca has estado enamorado, Bruno?

Guy se fijó en que una expresión inquieta, desconocida, aparecía en los ojos de Bruno.

Bruno hizo una señal al camarero para que les sirviera otra copa.

—No, no de verdad, supongo.

Se humedeció los labios.

«No sólo no había estado nunca enamorado, sino que tampoco tenía una gran afición a acostarse con mujeres. Nunca había podido apartar de su mente la idea de que era una estupidez hacerlo, de que se mantenía apartado, viéndose a sí mismo, objetivamente. En una ocasión, una terrible ocasión, le había dado por reírse.»

Bruno se revolvió, inquieto.

«Esa era la diferencia más penosa que le separaba de Guy, que Guy fuese capaz de olvidarse de sí mismo por las mujeres, que casi se hubiese suicidado por Miriam.»

Guy miró a Bruno, y éste bajó los ojos. Parecía esperar a que Guy le dijera qué debía hacer para enamorarse.

—¿Sabes cuál es la mayor verdad del mundo, Bruno?

—Conozco muchas verdades —dijo Bruno, sonriendo bobamente—. ¿A cuál te refieres?

—Que todas las cosas llevan su lado opuesto muy cerca.

—¿Que los extremos se atraen?

—Eso resulta demasiado simplista. Lo que quiero decir es... tú me regalas unas corbatas. Y, sin embargo, a mí se me había ocurrido que tal vez me tenías preparada una encerrona, que la Policía me estaría aguardando aquí.

—¡Por el amor de Dios, Guy, tú eres mi *amigo*! —se apresuró a decir Bruno, súbitamente frenético—. ¡Te aprecio!

«Te aprecio no, te odio —pensó Guy—. Pero eso no lo diría Bruno, porque en realidad sí le odiaba. Igual que él nunca le diría a Bruno: "te aprecio", sino que le diría "te odio", porque de hecho le apreciaba.»

Guy apretaba las quijadas, y se frotaba la frente con los dedos. Podía ver ya un equilibrio entre lo positivo y lo negativo de su voluntad que paralizaría todos sus actos antes de empezarlos, que ya le tenía retenido allí, sentado con Bruno. Se levantó precipitadamente y las copas se derramaron sobre el mantel.

Bruno le estaba mirando con expresión de aterrada sorpresa.

—Guy, ¿qué sucede?

Bruno iba tras él.

—¡Guy, espera! No irás a creer que haría una cosa así, ¿eh? ¡No lo haría aunque viviese un millón de años!

—¡No me toques!

—*¡Guy!*

Bruno casi lloraba.

«¿Por qué la gente le trataba así? *¿Por qué?*»

Ya en la acera, Bruno gritó:

—¡Ni en un millón de años! ¡Ni en un millón de años! ¡Confía en mí, Guy!

Guy le dio un empujón y cerró la portezuela del taxi.

«Bruno no le traicionaría en un millón de años —lo sabía—. Pero, si todo era tan ambiguo como creía, ¿cómo podía estar realmente seguro?»

34

—¿Qué tienes tú que ver con la mujer de Guy Haines?

Bruno ya se esperaba la pregunta. Gerard, al parecer, había visto su cuenta de crédito, donde figuraban las flores que había mandado a Anne.

—Simple amistad. Soy amigo de su esposo.

—Oh. ¿Amigo?

—Conocido.

Bruno encogió los hombros, sabiendo que Gerard creería que trataba de fanfarronear porque Guy era famoso.

—¿Desde hace mucho?

—Pues no.

Sin moverse del sillón, donde estaba cómodamente echado, Bruno alargó una mano para coger su encendedor.

—¿Cómo se te ocurrió mandarle flores?

—Estaría de buen humor, supongo. Aquella noche iba a asistir a una fiesta en su casa.

—¿Tan íntimos sois?

Bruno encogió los hombros otra vez.

—Nada extraordinario, la fiesta. El es uno de los arquitectos en quienes pensamos cuando hablábamos de hacernos construir una casa.

Bruno pensó que la respuesta era bastante buena, pese a habérsele ocurrido ahora mismo.

—Matt Levine. Volvamos con él.

Bruno suspiró.

«Ya deja de lado a Guy, tal vez porque no está en la ciudad, o tal vez simplemente por dejarle de lado. Ahora Matt Levine... pocos tipos habrá que resulten más sospechosos. Tal vez me resulte útil, mira por dónde. Le vi con bastante frecuencia antes del asesinato.»

—¿Qué hay de él?

—¿A qué se debe que le vieras el veinticuatro, el veintiocho y el treinta de abril, y también el dos, el cinco, el seis, el siete de marzo, y dos días antes del asesinato?

—¿Ah, sí?

Bruno sonrió.

«La última vez Gerard estaba enterado de tres fechas solamente. Matt me tiene manía también. Y probablemente habrá dicho pestes de mí.»

—Pues quería comprarme el coche.

—¿Y tú querías venderlo? ¿Y por qué? ¿Es que creías que pronto ibas a tener uno nuevo?

—Quería venderlo para comprarme uno pequeño —dijo Bruno—. El que está ahora en el garaje. Un *Crosley.*

Gerard sonrió.

—¿Desde cuándo conoces a Mark Lev?

—Desde que se llamaba Mark Levitski —le replicó Bruno—. Hurga un poco más y averiguarás que mató a su propio padre en Rusia.

Bruno miraba a Gerard echando chispas por los ojos.

«Lo de *su propio padre* sonaba un poco extraño, y no debiera haberlo dicho. ¡Pero eso de que quiera pasarse de listo sacando a relucir los alias!»

—No parece que Matt te tenga mucho aprecio tampoco. ¿Qué sucede? ¿No llegasteis a entenderos?

—¿En lo del coche?

—Charles —dijo Gerard, pacientemente.

—Ya me callo.

Bruno se estaba inspeccionando sus mordidas uñas, pensando otra vez en lo mucho que Matt se ajustaba a la descripción del asesinato que había dado Herbert.

—Ultimamente no te has visto mucho con Ernie Schroeder.

Con cara de aburrimiento, Bruno abrió la boca para contestar.

35

Descalzo, vestido con unos pantalones blancos de dril, Guy se hallaba sentado con las piernas cruzadas en la cubierta de proa del *India.* Long Island acababa de aparecer en el horizonte, pero Guy no quería mirar todavía. El suave balanceo del buque le mecía de un modo agradable y familiar, como algo que hubiese conocido de siempre. El día en que por última vez había visto a Bruno, en el restaurante, se le antojaba un día de locura. Sin duda había estado a punto de enloquecer, y sin duda Anne se había dado cuenta.

Dobló el brazo y pellizcó la piel bronceada que cubría sus músculos. Estaba tan moreno como Egon, el grumete medio portugués que habían contratado en el muelle de Long Island al iniciar el crucero. Sólo la pequeña cicatriz de la ceja derecha seguía siendo blanca.

Las tres semanas en el mar le habían dado una paz y una resignación que nunca había conocido antes, y que un mes antes hubiera declarado no poseer. Había llegado a sentir que la expiación, fuese cual fuere, formaba parte de su destino y que, como el resto de su destino, le encontraría sin que él la buscase. Siempre había confiado en su sentido del destino. De niño, cuando jugaba con Peter, ya sabía que su vida no iba a limitarse a soñar, del mismo modo que, por alguna razón, también sabía que Peter no haría otra cosa que soñar; ya sabía que él, Guy, crearía famosos edificios, que su nombre pasaría a ocupar un lugar merecido en la historia de la arquitectura, y que, finalmente, construiría un puente, para él el broche de oro de su carrera. De niño había imaginado que sería un puente blanco, un puente cuyo ojo se parecería al ala de un ángel, un puente como el de Robert Maillart, que aparecía en sus libros de arquitectura. Tal vez fuese un gesto de soberbia el creer tan firmemente en el propio destino. Pero, por otra parte, ¿quién podía alardear de una humildad más sincera que el hombre que se sentía obligado a obedecer las leyes de su propio destino? El asesinato que antes le había parecido una desviación de su camino, un pecado contra sí mismo, ahora se le aparecía como posible parte de su destino. Resultaba imposible pensar de otro modo. Y si así era, ya encontraría la forma de expiarlo, ya le sería dada la fuerza para hacerlo. Y si antes le llegaba la muerte en manos de la ley, también le sería dada la fuerza suficiente para que él, y también Anne, supieran afrontarla. Tenía la extraña sensación de ser más humilde que el más insignificante de los peces del mar, y, al mismo tiempo, más fuerte que la más impresionante montaña de la tierra. Pero no era soberbio. La soberbia había sido una defensa que había llegado a su momento culminante al romper con Miriam. E incluso entonces, obsesionado por ella, terriblemente pobre, ¿acaso no había tenido ya la seguridad de que encontraría otra mujer a la que podría amar y que le amaría siempre? ¿Y había prueba mejor de que así era que el hecho de que él y Anne nunca hubiesen estado más unidos, sus vidas convertidas en una sola y armoniosa vida, que durante las tres semanas que acababan de pasar en el mar?

Se volvió para ver mejor a Anne, que estaba reclinada en el palo mayor. En sus labios se pintaba una débil sonrisa al mirarle, una sonrisa, apenas disimulada, de orgullo.

«Como la de una madre —pensó Guy— que acabase de cuidar a su hijo durante una enfermedad, hasta verle totalmente a salvo.»

Guy le devolvió la sonrisa, maravillado de que fuese capaz de depositar tanta confianza en la infalibilidad de Anne y que, pese a ello, Anne no dejase de ser simplemente un ser humano. Por encima de todo, se admiraba de que ella fuese suya. Entonces se miró las manos y pensó en el trabajo del hospital que empezaría el día siguiente, en todo el trabajo que vendría luego, y en los acontecimientos que le reservaba el destino.

Unos días después, Bruno le llamó por la tarde, diciendo que estaba por allí cerca y quería pasar a verle. Parecía estar sobrio y un poco abatido.

Guy le dijo que no. Amablemente, pero con firmeza, le dijo que ni él ni Anne querían volver a verle, pero mientras hablaba sentía que la paciencia se le estaba agotando rápidamente y que la cordura de las últimas semanas se desmoronaba ante la insensatez de no haberse negado en redondo a hablarle.

Bruno sabía que Gerard todavía no había hablado con Guy. No creía que Gerard interrogase a Guy más que unos breves minutos. Pero el tono de Guy denotaba tal frialdad que Bruno no se atrevió a decirle que Gerard tenía su nombre, y que probablemente le interrogaría; ni se atrevió a comunicarle su intención de verle sólo en privado a partir de ahora, si es que Guy accedía a ello.

—Está bien —dijo Bruno con voz apagada, y colgó el teléfono.

Entonces el teléfono sonó otra vez. Guy apagó el cigarrillo que acababa de encender, frunció el entrecejo y contestó a la llamada.

—*Allô!* Al habla Arthur Gerard de la *Confidential Detective Bureau...*

Gerard preguntó si podía visitarle.

Guy se volvió y lanzó una mirada cautelosa al cuarto de estar, tratando de borrar de su mente la posibilidad de que Gerard hubiera interceptado el teléfono y hubiese escuchado su conversación con Bruno, que hubiese capturado a Bruno. Subió al piso de arriba para decírselo a Anne.

—¿Un detective privado? —preguntó Anne, sorprendida—. ¿A qué viene?

Guy titubeó un instante.

«¡Había tantos, tantísimos puntos en los que quizá titubearía demasiado tiempo! ¡Maldito Bruno! ¡Maldito sea por acosarme!»

—No lo sé.

Gerard no tardó en presentarse. Hizo una reverencia al estrechar la mano de Anne y, tras pedir disculpas por estropearles la velada, hizo unos cuantos elogios corteses sobre la casa y el jardín de enfrente. Guy, un tanto aturdido, no podía apartar los ojos de él. Gerard parecía aburrido, cansado y vagamente desaliñado. Pensó que tal vez Bruno no estuviese del todo equivocado con respecto a él. Incluso su aire distraído, que su forma calmosa de hablar acentuaba, no hacía pensar en el típico despiste del detective brillante. Entonces, al acomodarse Gerard con su vaso de *whisky* y su puro en la mano, Guy advirtió la expresión astuta que reflejaban los ojos castaño claro y la energía de aquellas manos rechonchas. Guy se sintió inquieto, entonces. Gerard daba la impresión de ser un individuo imprevisible.

—Usted es amigo de Charles Bruno, ¿no es así, míster Haines?

—Sí. Le conozco.

—Su padre fue asesinado en marzo pasado, como probablemente sabrá usted, y el criminal no ha sido hallado todavía.

—¡No sabía nada de eso! —exclamó Anne.

Los ojos de Gerard se volvieron lentamente hacia Guy.

—Tampoco yo lo sabía —dijo Guy.

—¿No se conocen lo bastante?

—Sólo superficialmente.

—¿Cuándo y dónde se conocieron?

—En...

Guy desvió la vista hacia Anne.

—...el Instituto de Arte Parker, me parece que más o menos en diciembre del año pasado.

A Guy le parecía que se había metido en una trampa. Había repetido las palabras de Bruno en la boda simplemente porque Anne se las había oído pronunciar a Bruno, sin tener en cuenta que lo más probable era que ella ya las hubiese olvidado.

«Gerard le estaba mirando —pensó Guy— como si no creyera

ni una sola de sus palabras. ¿Por qué Bruno no le habría puesto en guardia sobre Gerard? ¿Por qué no se habrían puesto de acuerdo, él y Bruno, sobre la historia que éste había sugerido una vez, en el sentido de que se habían conocido en la barra de un bar?»

—¿Y cuándo volvió a verle? —preguntó finalmente Gerard.

—Pues... no fue hasta el día de mi boda, en junio.

Notó que estaba adoptando la expresión perpleja del hombre que todavía no sabe qué pretende su interrogador.

«Por suerte —pensó—, por suerte, ya le había dicho a Anne que la afirmación de Bruno de que eran viejos amigos no era más que una muestra del sentido del humor de Bruno.»

—No le habíamos invitado —añadió Guy.

—¿Se presentó por las buenas?

Gerard parecía como si comprendiera.

—Pero sí le invitaron a la fiesta que dieron en julio, ¿no?

Gerard miraba también a Anne.

—Nos telefoneó —dijo Anne—, y preguntó si podía venir, de modo que... dije que sí.

Gerard preguntó entonces si Bruno se había enterado de que daban una fiesta a través de algún amigo que asistiera a ella, y Guy dijo que posiblemente así era, y citó el nombre de la mujer rubia que había sonreído horriblemente a Bruno aquella noche. Guy no sabía de nadie más. Nunca había visto a Bruno acompañado.

Gerard se recostó en la silla.

—¿Les gusta Charles? —preguntó, sonriendo.

—No nos cae mal —contestó Anne finalmente, por cortesía.

—Así es —dijo Guy, al ver que Gerard esperaba su respuesta—. Me parece un poco entrometido.

El lado derecho del rostro de Guy quedaba medio oculto por la sombra, y se preguntó si Gerard le estaría escrutando el rostro para hallar alguna cicatriz.

—Es un tipo de los que rinden culto a los héroes, al poder, en cierto sentido —dijo Gerard.

Sonrió, pero la sonrisa ya no parecía sincera, quizás en ningún momento lo había sido.

—Siento molestarle con estas preguntas, míster Haines.

Cinco minutos después, Gerard ya se había marchado.

—¿Qué quiere decir esto? —preguntó Anne—. ¿Es que sospecha de Charles Bruno?

Guy echó el cerrojo a la puerta, luego regresó.

—Probablemente sospecha de alguno de sus amigos. Quizá crea que Charles sabe algo, porque odiaba tanto a su padre. O al menos eso me dijo.

—¿Crees que Charles tal vez sepa algo?

—¡Quién sabe!

Guy cogió un cigarrillo.

—¡Dios bendito!

Anne estaba de pie, mirando el recodo del sofá, como si todavía viese a Bruno allí donde se había sentado la noche de la fiesta.

—¡Asombra ver lo que pasa en la vida de la gente! —dijo susurrando.

36

—Escucha —dijo Guy, sujetando fuertemente el teléfono—. ¡Escucha, Bruno!

Parecía estar más borracho que nunca, pero Guy estaba decidido a que sus palabras se abriesen paso hasta el confuso cerebro de Bruno. Entonces, pensó de pronto que tal vez Gerard estaba con Bruno, y su voz se hizo aún más suave, acobardada y cauta. Adivinó que Bruno estaba en una cabina telefónica, solo.

—¿Le dijiste a Gerard que nos habíamos conocido en el Instituto de Arte?

Bruno dijo que sí. Guy se lo oyó decir entre balbuceos de borracho. Bruno quería pasar a verle y Guy no lograba meterle en la cabeza que Gerard ya se había presentado para interrogarle. Guy colgó el teléfono bruscamente y de un tirón se abrió el cuello de la camisa.

«¡Mira que llamarme ahora!»

Gerard había dado cuerpo al peligro que corría. A Guy le parecía que era más apremiante librarse por completo de Bruno que tratar de ponerse de acuerdo sobre lo que debían decir. Lo que más le irritaba era que por las tonterías que Bruno había dicho no podía saber qué le había sucedido, ni siquiera cuál era su estado de ánimo.

Guy estaba en el estudio, con Anne, cuando sonó la campanilla de la puerta.

Entreabrió la puerta solamente, pero Bruno la abrió de par en par con un empujón, atravesó la sala de estar con paso vacilante y se desplomó sobre el sofá. Guy se paró en seco ante él, al principio enmudecido por la ira, después por el asco. El cuello de Bruno, gordo y enrojecido, se desbordaba por encima del de la camisa. Más que ebrio parecía hinchado como un cadáver, todo su cuerpo parecía a punto de reventar, incluso sus ojos sobresalían anormalmente.

Bruno alzó la mirada hacia él. Guy se dirigió al teléfono para llamar un taxi.

—¿Quién es, Guy? —susurró Anne desde lo alto de la escalera.

—Charles Bruno. Está bebido.

—¡Bebido no! —protestó súbitamente Bruno.

Anne descendió la escalera hasta la mitad, y le vio.

—¿No sería mejor llevarlo arriba?

—No le quiero en casa.

Guy buscaba en el listín, tratando de dar con el teléfono de alguna compañía de taxis.

—¡Sssi! —dijo Bruno, con un ruido sibilante que parecía el de un neumático al deshincharse.

Guy se volvió. Bruno le estaba mirando con un solo ojo, la única cosa que parecía tener vida en su cuerpo, tendido como un cadáver. Farfullaba algo, rítmicamente.

—¿Qué está diciendo?

Anne se había acercado a Guy.

Guy fue hasta Bruno y le agarró por la pechera de la camisa. La cantinela imbécil, apenas inteligible, de Bruno le ponía fuera de sí. Al tratar de levantarle, Bruno le ensució la mano con sus babas.

—¡Levántate y lárgate!

Entonces comprendió lo que estaba diciendo:

—Se lo diré a ella, se lo diré a ella... se lo diré, se lo diré —canturreaba Bruno, mirándole con su ojo inyectado en sangre—. Se lo diré, se lo... No me eches.

Guy le soltó, asqueado.

—¿Qué pasa, Guy? ¿Qué está diciendo?

—Le llevaré arriba.

Guy probó con todas sus fuerzas a cargárselo al hombro, pero el flácido, pesado cuerpo pudo más que él. Finalmente, le tendió en el sofá. Desde la ventana de la calle vio que no había ningún coche afuera. Diríase que Bruno había bajado del cielo. Ahora dormía ruidosamente, y Guy se sentó cerca de él, mirándole y fumando.

Bruno se despertó sobre las tres de la madrugada, y se tomó un par de tragos para despejarse. Al cabo de unos momentos, de no ser por lo hinchado de su cuerpo, su aspecto volvía a ser casi normal. El hecho de encontrarse en casa de Guy le llenaba de felicidad, y no recordaba en absoluto cómo había llegado allí.

—Tuve otra sesión con Gerard.

Sonrió.

—De tres días. ¿Has hojeado los periódicos?

—No.

—¡Qué tío, ni siquiera mira los periódicos! —dijo Bruno, plácidamente—. Gerard ha husmeado una buena pista. Ese sinvergüenza amigo mío, Matt Levine. No tiene coartada para la noche del crimen. Herbert cree que pudiera ser el asesino. He estado hablando con los tres durante tres días. Puede que Matt se las cargue.

—¿Que le cueste la vida?

Bruno titubeó, sin dejar de sonreír.

—No que muera, simplemente la cárcel. Ya lleva dos o tres muertes encima. A la *Poli* le encanta tenerle cogido.

Bruno se estremeció, y apuró lo que quedaba en su vaso.

Guy tenía ganas de coger el pesado cenicero que tenía delante y aplastar con él la cabeza de Bruno, acabar con aquella tensión que le parecía que iba a aumentar más y más hasta que matase a Bruno, o a sí mismo. Agarró a Bruno por ambos hombros y le sacudió violentamente.

—¿Quieres marcharte de una vez? ¡Te juro que ésta es la última vez!

—No —respondió Bruno tranquilamente, sin oponer ninguna resistencia.

Y Guy vio de nuevo la misma indiferencia ante el dolor, ante la muerte, que había visto por primera vez al luchar con Bruno en el bosque.

Guy se cubrió el rostro con las manos y sintió en ellas las contorsiones que lo agitaban.

—Si le echan la culpa a ese Matt —susurró—, lo confesaré todo.

—Oh, no se la echarán. No tienen suficientes pruebas. ¡Es una broma, hijo!

Bruno hizo una mueca.

—Matt es el perfecto sospechoso, pero las pruebas contra él son insuficientes. Mientras que tú eres todo lo contrario. ¡Eres un tipo importante!

Extrajo algo de un bolsillo y se lo entregó a Guy.

—Encontré esto la semana pasada. ¡Está muy bien, Guy!

Guy echó una mirada a la fotografía de los almacenes, The Pittsburgh Store, que aparecían sobre un fúnebre fondo negro. Se trataba de un opúsculo publicado por el Museo Moderno:

«Apenas cumplidos los treinta años, Guy Daniel Haines sigue la tradición de Frank Lloyd Wright. Ha logrado crearse un estilo muy personal, sin concesiones, que destaca por su rigurosa sencillez —limpia de toda rigidez— y por esa gracia especial que él llama *cantarino...*»

Guy cerró el librito rápidamente, molesto por la última palabra que era invención del Museo.

Bruno se guardó el opúsculo en el bolsillo.

—Estás entre los mejores. Si conservaras la serenidad, podrían volverte al revés sin ni siquiera sospechar de ti.

Guy bajó la vista hacia Bruno.

—Sigo sin ver un motivo por el que tuvieras que verme. ¿Por qué lo haces?

Pero la contestación ya le era conocida. Bruno insistía en verle porque se sentía fascinado por su vida con Anne. Y porque él mismo, Guy, sacaba algo de ver a Bruno, una cierta sensación de tormento que, al mismo tiempo, perversamente, le tranquilizaba.

Bruno le estaba mirando como si pudiera leer cada uno de los pensamientos que cruzaban por su mente.

—Te aprecio, Guy, pero recuerda... tienen muchas más pruebas contra ti que contra mí. No me costaría zafarme de la acusación si me denunciaras, pero tú no podrías. Está el hecho de que Herbert probablemente te reconocería. Y quizás Anne recordase tu extraño comportamiento de aquellos días. Por no hablar de los arazaños y la cicatriz. Y todas las pequeñas pistas que te restregarían por las narices, como el revólver, los pedazos de guante...

Bruno las recitaba lentamente, paladeándolas, igual que viejos y entrañables recuerdos.

—De estar yo en contra tuya, no durarías mucho. Te apuesto lo que quieras.

37

Tan pronto oyó que Anne le estaba llamando, Guy comprendió que ella se había fijado en la abolladura. Se había propuesto hacerla reparar, y luego se le había ido de la cabeza. Al principio negó saber cómo se había producido, pero luego confesó que sí lo sabía. «Había sacado la embarcación la semana antes —dijo—, y había topado con una boya.»

—No lo sientas tanto —le dijo ella, burlándose—. No vale la pena.

Anne le cogió la mano al levantarse.

—Egon me dijo que la habías sacado una tarde. ¿Es por la abolladura que no me lo habías dicho?

—Supongo que sí.

—¿La sacaste tú solo?

Anne sonreía porque le constaba que Guy no era tan buen marino como para navegar solo.

—Estaba con Charles Bruno —dijo.

Bruno le había llamado insistiendo en que salieran a navegar un poco. Al parecer, Gerard se encontraba en un nuevo callejón sin salida —esta vez en relación con Matt Levine—, y Bruno se había empeñado en que tenían que celebrarlo. Y Guy se había llevado el revólver consigo aquel día.

—No importa, Guy. Sólo que, ¿para qué le volviste a ver? Pensaba que no podías ni verle.

—Tuve un capricho. Fue durante aquellos dos días que estuve trabajando en casa —murmuró Guy.

«No era verdad que no importase —Guy lo sabía—. Anne conservaba el *India* limpio como un espejo, impecable como una estatua criselefantina. ¡Y nada menos que con Bruno! Anne ya no se fiaba de Bruno.

—No será aquel hombre que estaba delante de tu apartamento,

¿eh? Aquel que se dirigió a nosotros aquella noche que estaba nevando.

Guy sintió que sus dedos, sin poderlo remediar, asían fuertemente la culata del revólver que llevaba en el bolsillo.

—¿A qué viene tanto interés por ti? —preguntó Anne, caminando tras él por la cubierta—. No creo que la arquitectura le atraiga muy en especial. Recuerda que hablé con él la noche de la fiesta.

—Nada. Es sólo que no sabe qué hacer para matar el rato.

Guy pensó que le resultaría más fácil hablar una vez se hubiese desembarazado del revólver.

—¿Le conociste en la escuela?

—Sí. Estaba vagando por los pasillos.

Guy se percató de lo fácil que era mentir cuando había *necesidad* de hacerlo, pero se daba cuenta de que iba tejiendo una tupida red de mentiras en torno a él, y temía que algún día diese un paso en falso. Pensó que estaba condenado a perder a Anne, que tal vez en aquel momento, mientras él encendía un cigarrillo y ella le contemplaba, ya la hubiese perdido. El peso del revólver parecía clavarle en el suelo. Con gesto decidido, dio media vuelta y se dirigió a proa. Oía los pasos de Anne sobre cubierta, amortiguados por la suela de los zapatos de tenis, dirigiéndose a popa.

El día era tristón y presagiaba lluvia. El *India* se mecía lentamente sobre el picado mar, y en una hora no parecía haberse alejado mucho más de la costa. Guy se apoyó en el bauprés, mirándose las piernas enfundadas en unos pantalones blancos y la chaqueta azul con botones dorados que había sacado del armario y que probablemente pertenecía al padre de Anne. Se figuró que su aspecto era más propio de un marino que de un arquitecto. Recordó que a los catorce años se moría de ganas de navegar, preguntándose qué se lo habría impedido.

—«Qué distinta habría sido mi vida sin... ¿sin qué? —pensó—. Sin Miriam, por supuesto.»

Impaciente, se irguió y extrajo el revólver de un bolsillo de la chaqueta.

Extendió ambas manos sobre el agua, sosteniendo el revólver, con los codos apoyados en el bauprés. Admiró por última vez el arma, de aspecto tan inofensivo en aquel momento, y la dejó caer. El revólver dio una vuelta completa, en perfecto equilibrio, y desapareció.

—¿Qué fue eso?

Guy se volvió y vio a Anne de pie cerca del camarote. Midió los diez o doce pasos que había entre ellos. Pero no se le ocurrió nada, nada en absoluto, que decirle.

38

Bruno vacilaba con el vaso en la mano. Las paredes del cuarto de baño parecían a punto de saltar en mil pedazos otra vez. Todo tenía un aspecto irreal, las paredes, incluso él mismo.

—¡Mamá!

Pero se avergonzó de haber balado como una oveja asustada, y se bebió el licor.

Entró de puntillas en la alcoba de su madre y la despertó apretando el timbre que había junto a la cama y que servía para avisar a Herbert, en la cocina, para que le subiera el desayuno.

—¡Oooh! —bostezó ella, sonriendo seguidamente—. ¿Qué tal estás?

Le dio unos golpecitos en el brazo y luego salió de la cama para ir a lavarse en el baño.

Bruno se quedó sentado en la cama hasta que ella regresó y volvió a meterse en la cama.

—Tenemos que ver al agente de viajes esta tarde. ¿Cómo se llama? ¿Saunders? Sería mejor que vinieses conmigo.

Bruno asintió con la cabeza. Tenían que hablar del viaje a Europa que posiblemente se convertiría en un viaje alrededor del mundo. Pero la perspectiva no le atraía aquella mañana. Aunque puede que sí le hubiera gustado dar la vuelta al mundo con Guy. Bruno se levantó, preguntándose si le sentaría bien otro trago.

—¿Cómo te encuentras?

Su madre siempre le hacía preguntas inoportunas.

—Bien —dijo, sentándose otra vez.

Llamaron a la puerta y Herbert entró en la alcoba.

—Buenos días, señora. Buenos días, señor —dijo Herbert, sin mirar a ninguno de los dos.

Con el mentón apoyado en la mano, Bruno miraba ceñudamente los lustrosos zapatos de Herbert. Pensó que últimamente la insolencia del mayordomo era algo intolerable. Gerard le había metido en la cabeza que él, Herbert, era la clave del caso, y que sólo faltaba dar con el autor del crimen. Todo el mundo alababa su valor al perseguir al asesino. Y el difunto le había dejado veinte mil dólares en herencia.

«¡Ese sí *podría* irse de vacaciones!» —pensó Bruno.

—¿Sabe la señora si habrá seis o siete invitados en la cena?

Mientras Herbert hablaba, Bruno le miraba el rostro, preguntándose en qué parte del mentón le habría atizado Guy al dejarlo inconsciente.

—Oh, ¡cielos!, se me había olvidado, Herbert. Pero creo que seremos siete.

—Muy bien, señora.

«Vendrá Rutledge Overbeck II» —pensó Bruno.

Ya le había parecido que su madre acabaría por invitarle, aunque ahora fingiese no estar segura, porque con Rutledge iban a ser nones en la mesa. Rutledge Overbeck estaba locamente enamorado de su madre, o simulaba estarlo. Bruno quería quejarse a su madre porque Herbert llevaba seis semanas sin cuidarse de que le planchasen los trajes, pero se sentía demasiado mal para abordar el tema.

—¿Sabes? Me estoy muriendo de ganas de ver Australia —dijo ella, con la boca llena de tostadas.

Tenía un mapa apoyado en la cafetera.

Una extraña sensación de hormigueo, casi de desnudez, empezaba a extenderse por las nalgas de Bruno.

—Tengo un poco de frío.

Ella le miró con rostro preocupado, con lo que su miedo aumentó, porque se había dado cuenta de que ella no podía hacer absolutamente nada para ayudarle.

—¿Qué te ocurre, querido? ¿Qué quieres?

—Quiero echarme.

Se dejó caer sobre la cama, pero seguía sintiéndose mal. Hizo un gesto a su madre para que se apartase porque quería levantarse, pero al tratar de hacerlo sintió ganas de volver a tumbarse, de modo que se puso en pie rápidamente.

—¡Me siento morir!

—Echate, querido. ¿Qué te parecería... un poco de té caliente?

Bruno se despojó bruscamente del batín, después de la chaqueta del pijama. Se estaba asfixiando. Respirar le costaba un terrible esfuerzo. Se sentía realmente morir.

Su madre se le acercó corriendo, con una toalla mojada.

—¿Qué te duele? ¿El estómago?

—Todo.

De un par de patadas se quitó las zapatillas. Caminó hasta la ventana para abrirla, pero ya estaba abierta. Se volvió, bañado en sudor.

—Mamá, tal vez me esté muriendo. ¿Crees que me estoy muriendo?

—¡Te traeré una copa!

—No. ¡Llama al médico! —chilló él—. ¡Tráeme la copa también!

Con manos débiles tiró del cordón del pijama y se le cayeron los pantalones. Estaba asustado. Aquello era algo más que los acostumbrados temblores. Estaba demasiado débil para temblar. Incluso las manos le hormigueaban. Las levantó para verlas mejor. Los dedos estaban curvados hacia dentro. No podía extenderlos.

—¡Mis manos están mal! Mira, ¿qué es esto? ¿qué es esto?

—Toma, ¡bébete esto!

Oyó el ruido de la botella al chocar con el borde del vaso. Pero no podía esperar. Salió corriendo hacia el vestíbulo, encorvado por el terror, mirando fijamente sus manos fláccidas y agarrotadas. Eran los dos dedos de en medio de cada mano. Se estaban torciendo hacia dentro, hasta casi tocar las palmas.

—Cariño, ¡ponte la bata! —le susurró su madre.

—*¡Avisa al médico!*

«¡La bata! ¡Hablarle de la bata en aquellos momentos! ¿Qué más daba que estuviese en cueros?»

—¡Pero no dejes que se me lleven! —dijo Bruno, tirando del brazo de su madre, que ya había cogido el teléfono.

—¡Cierra todas las puertas! ¡Con llave! ¿Sabes lo que hacen?

Hablaba apresuradamente, con tono confidencial, porque la sensación de entumecimiento iba subiendo lentamente, y ahora sabía qué le estaba pasando.

«¡Estaba loco! ¡Se iba a quedar de aquel modo toda la vida!»

—¿Sabes lo que me harán, mamá? Me pondrán una camisa de fuerza, sin permitirme beber ni una gota, ¡y esto acabará conmigo!

—¿Dóctor Packer? Aquí mistress Bruno. ¿Puede recomendarme algún médico cerca de casa?

Bruno lanzó un alarido. ¿Cómo iba a haber un médico en aquella parte de Connecticut? Trató de hablar, pero lo único que consiguió fue dar un respingo. No podía mover la lengua.

«¡Ya le estaba atacando las cuerdas vocales!»

—¡Aaaaah!

Forcejeó para librarse del batín que su madre trataba de echarle por encima. Le importaba un bledo que Herbert estuviera mirándole.

—¡Charles!

Con manos convulsas se señaló la boca. Echó a correr hasta plantarse delante del espejo del armario. Tenía el rostro blanco, aplanado en torno a la boca como si alguien le hubiese golpeado con un tablero, los labios echados hacia atrás, en una horrible mueca. ¡Y las manos! Nunca más podría coger un vaso, o encender un cigarrillo. No podría conducir un automóvil. ¡Ni siquiera ir solo al retrete!

—¡*Bébete* esto!

El licor, sí, el licor. Trató de sujetar el vaso con sus rígidos labios, pero el licor se le derramó sobre el rostro, quemándole, y goteó sobre su pecho. Por medio de gestos pidió más. Trataba de recordarle a su madre que cerrase las puertas.

«Dios mío, ¡si se me pasa te estaré agradecido toda la vida!»

Dejó que Herbert y su madre le echasen sobre la cama.

—¡Se me llevarán!

Apenas podía hablar. Dio un tirón a la bata de su madre y casi la hizo caer sobre él. Pero al menos ahora tenía algo donde asirse.

—¡No quiero que se me lleven! —dijo con voz casi inaudible.

Su madre le dijo que no se lo llevarían, que iba a echar la llave a todas las puertas.

«*Gerard* —pensó. Gerard seguía actuando en su contra, y seguiría haciéndolo, más y más y más. Pero no era solamente Gerard. Había mucha más gente en su contra, gente que investigaba, que preguntaba aquí y allí, que escribía frenéticamente a máquina, que salía de la oficina para regresar con más piezas del rompecabezas, ahora en Santa Fe, y algún día Gerard acabaría por juntarlas todas y dar con la solución. Algún día aparecería Gerard en un momento como aquél, le interrogaría y él se lo diría todo. Había matado a alguien. Y eso se pagaba con la vida. Tal vez no fuese capaz de resistirlo.»

Levantó la vista hacia la lámpara del techo. Le recordaba el tapón cromado que había en el fregadero de su abuela, en la casa de Los Angeles.

«¿Por qué le había dado por pensar en eso?»

El cruel pinchazo de la aguja hipodérmica le hizo volver a la realidad.

El médico, joven y de aspecto nervioso, estaba hablando con su madre en un rincón de la habitación. Pero ahora ya se sentía mejor. Ya no se lo llevarían. Había sido un simple ataque de pánico. Cautelosamente, asomó los ojos por el borde de la sábana y vio que sus dedos volvían a moverse.

—Guy —musitó.

Tenía la lengua espesa todavía, pero podía hablar. Entonces vio que el médico salía de la habitación.

—¡No quiero ir a Europa! —dijo con voz inexpresiva al acercársele su madre.

—Muy bien, cariño, pues no iremos.

Ella se sentó con cuidado en la cama, a su lado, y Bruno se sintió mejor en seguida.

—El médico no dijo que no pudiera ir, ¿verdad?

«¡Como si no fuera a ir si lo quisiera! —pensó—. ¿De qué tenía miedo? ¡Ni siquiera de un ataque como éste!»

Acarició el hombro de la bata que llevaba su madre, pero recordó que Rutledge Overbeck iba a cenar con ellos aquella noche, y apartó la mano. Estaba seguro de que su madre tenía una aventura con Rutledge. Le visitaba demasiadas veces en el estudio que tenía en Silver Springs, y se quedaba demasiado tiempo. No quería reconocerlo, pero estaba tan claro que no podía evitarlo. Era la primera aventura, y, además, su padre había muerto, de modo que no podía culparla. Pero le irritaba que hubiese escogido a semejante imbécil. Los ojos de su madre parecían más oscuros a causa de la penumbra que reinaba en la habitación. No había mejorado nada desde los días inmediatamente posteriores a la muerte de su padre.

«Ya no volvería a ser como antes —comprendió Bruno—, joven como a él le gustaba.»

—No pongas esa cara tan triste, mamá.

—Cariño, ¿me prometes beber menos? El médico ha dicho que esto es el principio del fin. Lo de esta mañana ha sido un aviso, ¿no lo comprendes? Un aviso de la naturaleza.

Se humedeció los labios, y la inesperada dulzura que Bruno advirtió en sus labios pintados, tan cerca de él, se convirtió en algo superior a sus fuerzas.

Cerró los ojos, pensando que si le hacía una promesa, mentiría.

—Diantre, no ha sido el *delirium tremens*, ¿verdad? Nunca me ha dado eso.

—Pero esto es peor. Me lo ha dicho el médico. Te está destruyendo el tejido nervioso, dijo, y puede acabar matándote. ¿Es que eso no te dice nada?

—Sí, mamá.

—¿Me lo prometes?

Bruno cerró los párpados otra vez y suspiró.

«La tragedia no ha sido lo de hoy —pensó ella—, sino que empezó hace años, cuando tomó la primera copa. Ni siquiera esto, en realidad, porque la primera copa no era un primer recurso, sino el último. Primero tiene que haber fallado todo lo demás... yo y Sam incluidos, sus amigos, sus esperanzas, sus inquietudes.»

Pero todos los esfuerzos resultaban vanos. No lograba descubrir por qué o dónde podía estar el principio, porque Charley siempre había tenido de todo, sin escamotearle nada, y ella y Sam siempre habían tratado de alentarle en todo aquello por lo que había demostrado interés. Deseó saber al menos en qué punto del pasado había empezado todo. Se levantó, pensando que también ella necesitaba un trago.

Bruno abrió los ojos tentativamente. El sueño le producía una deliciosa sensación de aturdimiento. Se veía a sí mismo en medio de la habitación, como si su imagen apareciese proyectada en una pantalla. Llevaba el traje marrón rojizo y estaba en la isla, en Metcalf. Vio cómo su cuerpo, más joven y esbelto que ahora, se arqueaba hacia Miriam y la arrojaba al suelo en aquellos breves instantes totalmente desligados del antes y del después. Sentía que sus movimientos habían sido distintos de los habituales, que sus pensamientos habían sido insólitamente brillantes, que aquellos instantes jamás volverían a producirse. Lo mismo le había sucedido a Guy cuando trabajaba en la construcción del Palmyra. Se lo había contado unos días antes, cuando estaban navegando. A Bruno le alegraba que aquellos momentos especiales los hubiesen vivido los dos casi al mismo tiempo. A veces pensaba que podría morir sin lamentarlo, porque ¿qué otra cosa podía sucederle que estuviera a la altura de aquella noche en Metcalf? ¿Qué otra cosa que no resultase decepcionante? A veces, como ahora, tenía la sospecha de que su energía se estaba agotando, y que algo, tal vez su curiosidad, se estaba extinguiendo también. Pero no le importaba, porque ahora, sin saber exactamente por qué, se sentía mucho más seguro de sí mismo, mucho más satisfecho. Hacía tan sólo un día que había deseado emprender un viaje alrededor del mundo. ¿Y para qué? ¿Para alardear de ello? ¿Para alardear ante quién? Un mes antes le había escrito a William Beebe, ofreciéndose como voluntario para bajar en la nueva batisfera que estaban probando, todavía sin tripulación. ¿Para qué? Todo resultaba una estupidez en comparación con la noche de Metcalf. Todas las personas a quienes conocía eran un hatajo de imbéciles si las comparaba con Guy. Y lo más estúpido de todo era pensar que había deseado ver muchas mujeres en Europa. Tal vez las fulanas del «capitán» le hubiesen hecho perder la afición a las mujeres. ¿Y qué? Había mucha gente convencida de que se daba una importancia excesiva al sexo. Ningún amor es perdurable, decían los psicólogos. Pero no estaba bien pensar esto de Guy y Anne. Presentía que su amor duraría siempre, aunque no sabía por qué. No era simplemente porque Guy estuviera tan absorto en ella que no tuviera ojos para las demás. Tampoco era porque ahora Guy tenía suficiente dinero. Era algo invisible que ni siquiera se le había ocurrido aún. A veces tenía la sensación de estar al borde de descubrir de qué se trataba. Pero no, no quería hallar la respuesta para su propia satisfacción. Era por puro espíritu de investigación científica.

Se volvió de lado, sonriendo, abriendo y cerrando la tapa de su encendedor Dunhill de oro. El hombre de la agencia de viajes no iba a verles hoy ni ningún otro día. El hogar resultaba infinitamente más cómodo que Europa. Y aquí estaba Guy.

39

Gerard le estaba persiguiendo por un bosque, amenazándole con todas las pruebas, agitándolas en el aire... los fragmentos del guante, el jirón del abrigo, incluso el revólver. Gerard ya había atrapado a Guy, que se había quedado atrás, amarrado en el suelo, sangrando copiosamente por una herida en la mano derecha. Tenía que dar un rodeo y llegar hasta Guy, si no moriría desangrado. Gerard reía sin dejar de correr, como si le hubiesen tendido una trampa, una divertida trampa, que él había sabido resolver. Bruno podía sentir ya el contacto de sus feas manos.

—¡Guy!

Pero la voz le salió débil. Y Gerard casi le había dado alcance. Entonces terminaría el juego, cuando Gerard le tocase.

Bruno hizo un tremendo esfuerzo para incorporarse y la pesadilla empezó a borrarse de su cerebro, poco a poco, como enormes peñascos que rodasen pendiente abajo.

«¡Gerard! ¡Ahí estaba!»

—¿Qué te pasa? ¿Un mal sueño?

Las manos de Gerard le habían dado alcance, y Bruno saltó de la cama.

—Te desperté a tiempo, ¿eh? —dijo Gerard, riéndose.

Bruno apretó los dientes con tanta fuerza como para rompérselos. Salió disparado hacia el cuarto de baño y se bebió un trago, con la puerta abierta de par en par. En el espejo, su rostro parecía un campo de batalla en el infierno.

—Lamento venir a molestarte, pero he encontrado algo nuevo —dijo Gerard.

El tono chillón de su voz indicaba que había ganado una pequeña victoria.

—Es sobre tu amigo Guy Haines. El que salía en tu sueño de hace un instante, ¿no?

El vaso se le hizo pedazos en la mano, y Bruno recogió meticulosamente los pedazos y los depositó en el fondo del vaso. Regresó a la cama con paso inseguro.

—¿Cuándo le conociste, Charles? No fue el pasado mes de diciembre.

Gerard se apoyó en la cómoda y encendió un cigarro.

—¿Fue hace cosa de año y medio? ¿Estuviste con él en el tren hasta Santa Fe?

Gerard esperaba una respuesta. Se sacó algo de debajo del brazo y lo arrojó sobre la cama.

—¿Recuerdas eso?

Era el libro de Platón perteneciente a Guy, todavía en su envoltorio y con la dirección medio borrada.

—Claro que lo recuerdo.

Bruno lo apartó con la mano.

—Lo perdí cuando me dirigía a mandarlo por correo.

—Lo tenían en el Hotel La Fonda, en recepción. ¿A qué se debe el tomar prestado un libro de Platón?

—Me lo encontré en el tren.

Bruno levantó la vista.

—Llevaba escrita la dirección de Guy, de modo que decidí mandárselo. Para ser exactos, lo encontré en el vagón restaurante.

Bruno miraba directamente a Gerard, que le estaba observando con sus ojillos perspicaces que no siempre ocultaban algo detrás.

—¿Cuándo le conociste, Charley? —le preguntó Gerard otra vez, con el tono paciente de quien pregunta a un chiquillo mentiroso.

—En diciembre.

—Ya estás enterado del asesinato de su esposa, por supuesto.

—Claro. Lo leí en la prensa. Después leí que Guy había construido el Palmyra Club.

—Y te pareció chocante que medio año antes te hubieses encontrado un libro que le pertenecía.

Bruno titubeó.

—Así es.

Gerard gruñó y le miró con una sonrisita de disgusto.

Bruno se sentía incómodo.

«¿Cuándo habría visto antes una sonrisita como aquélla, después de un gruñido? Una vez en que le había mentido a su padre, y se había empeñado en mantener lo dicho pese a la evidencia de que mentía. El gruñido de su padre, la incredulidad que se reflejaba en su sonrisa, le habían avergonzado.»

Bruno se dio cuenta de que sus ojos estaban implorando el perdón de Gerard, y entonces desvió la mirada adrede hacia la ventana.

—¿E hiciste todas aquellas llamadas a Metcalf sin ni siquiera conocer a Guy Haines?

Gerard cogió el libro.

—¿Qué llamadas?
—Varias.
—Tal vez una cuando estaba bebido.
—Fueron varias. ¿Para qué eran?
—¡Fue por el maldito libro!
Bruno pensó que si Gerard le conocía tan a fondo, ya debería saber que era muy típico en él actuar de aquel modo.
—Puede que le llamase a raíz del asesinato de su mujer.
Gerard meneó la cabeza.
—Llamaste antes del asesinato.
—¿Y qué? Tal vez fue así.
—¿Y qué? Tendré que preguntárselo a míster Haines. Teniendo en cuenta tu interés por el crimen, resulta extraño que no le llamases después del asesinato, ¿no crees?
—¡Estoy harto de asesinatos! —gritó Bruno.
—Oh. ¡Te creo, Charley, te creo!
Gerard salió tranquilamente de la habitación y se encaminó a la habitación de su madre.
Después de ducharse, Bruno se vistió meticulosamente. Recordó que Gerard se había mostrado mucho más excitado cuando iba a la zaga de Matt Levine. Que él supiera, solamente había hecho dos llamadas a Metcalf desde el Hotel La Fonda, donde probablemente habría encontrado las facturas Gerard. Podía decir que la madre de Guy se equivocaba con respecto a las otras llamadas, que no había sido él.
—¿Qué quería Gerard? —le preguntó Bruno a su madre.
—No mucho. Solamente quería saber si yo conocía a cierto amigo tuyo. Guy Haines.
Se estaba cepillando el pelo pasándose el cepillo hacia arriba, de tal modo que su revuelta cabellera le enmarcaba todo el rostro, sereno y fatigado.
—Es arquitecto, ¿no?
—Oh, no sé. No le conozco demasiado bien.
Bruno la seguía por la habitación. Su madre se había olvidado de los recortes que había visto en Los Angeles, tal y como él ya suponía.
«¡Gracias a Dios que no le había recordado que conocía a Guy cuando salieron las fotos del Palmyra! Quizás en el fondo de su cerebro ya sabía que Guy iba a hacer lo que él quería.»
—Gerard dijo que tú le habías llamado el verano pasado. ¿Qué hay de eso?
—Oh, mamá. ¡Estoy hasta las narices de Gerard y sus preguntas!

40

Aquella misma mañana, un poco más tarde, Guy salía del despacho del director de la firma de delineantes Hanson and Knapp, satisfecho como no lo había estado desde hacía varias semanas. Le estaban reproduciendo el último de los planos del hospital, los más complejos de cuantos había supervisado, había recibido el visto bueno correspondiente a los materiales para la construcción y, a primera hora de la mañana, había recibido un telegrama de Bob Treacher, su viejo amigo. que le había llenado de alegría por él. Bob había sido designado para formar parte de un comité consultivo de ingenieros para la nueva presa de Alberta, en el Canadá; cargo por el que Bob había estado suspirando durante los últimos cinco años.

Aquí y allí, en alguna de las largas mesas que se extendían a ambos lados de Guy, la mirada de alguno de los delineantes se apartaba de su trabajo para seguirle mientras se dirigía a la puerta de salida. Guy saludó con la cabeza a uno de los encargados, que le había sonreído. Se percató de un leve sentimiento de presunción.

«Tal vez sea el traje nuevo» —pensó—. El tercer traje que se había hecho a la medida en toda su vida.

Anne se había encargado de escoger el paño, color gris azulado, y, antes de salir de casa aquella mañana, había elegido también una corbata que hiciese juego: la corbata de lana color tomate que a Guy le gustaba a pesar de ser ya vieja. Se apretó el nudo frente al espejo que había entre los dos ascensores. De una de sus espesas cejas negras sobresalía una cana rebelde. Arqueó las cejas sorprendido, y con la mano colocó la cana en su lugar. Era la primera vez que observaba una cana en su persona.

La puerta de la oficina se abrió y un delineante apareció en el vestíbulo.

—¿Míster Haines? Suerte que le he dado alcance. Le llaman por teléfono.

Guy regresó a la oficina, confiando en que fuese por poco rato ya que estaba citado para almorzar con Anne dentro de diez minutos. Contestó la llamada desde un despacho vacío contiguo a la sala principal.

—¿*Allô*, Guy? Oye, Gerard ha encontrado aquel libro de Platón... Sí, en Santa Fe. Bueno, escucha, eso no cambia nada...

Pasaron cinco minutos antes de que Guy volviese a encontrarse en el vestíbulo, esperando el ascensor. Nunca había descartado la posibilidad de que el libro fuese encontrado.

—Ni la más mínima probabilidad —le había dicho Bruno.

Y Bruno se había equivocado, luego también podía caer en manos de la Policía. Guy arrugó la frente al pensar en la posibilidad, casi increíble, de que Bruno fuese detenido. En cierto modo, así había sido, increíble, hasta ahora.

Al salir a la luz del sol, otra vez fue consciente, momentáneamente, de que llevaba traje nuevo, y apretó los puños, enojado consigo mismo.

—Encontré el libro en el tren, ¿ves? —le había dicho Bruno—. Si te llamé en Metcalf fue a causa del libro. Pero no nos vimos personalmente hasta diciembre...

Su voz parecía más entrecortada y ansiosa que en cualquier otra ocasión anterior; tan cauta y atormentada que apenas parecía la voz de Bruno. Guy repasó la falsa coartada que Bruno acababa de darle como si se tratase de algo que nada tenía que ver con él, como si examinase una muestra de paño para hacerse un traje.

«No, no había ningún agujero —pensó—, pero eso no era garantía de que resistiese al uso. No si alguien recordaba haberles visto en el tren. El camarero, por ejemplo, que les había servido en el compartimiento de Bruno.»

Trató de aquietar su respiración y de aflojar el paso. Levantó la vista hacia el pequeño disco del sol invernal. Las negras cejas, con la cana gris y la cicatriz blanca, las cejas que, según decía Anne, se le estaban volviendo hirsutas últimamente, descomponían el resplandor en numerosas partículas y le protegían los ojos.

«Si se contempla el sol directamente durante quince segundos, la córnea puede resultar gravemente dañada —recordaba haber leído en alguna parte—. Anne le protegía también. Su trabajo le protegía. *El traje nuevo, el estúpido traje nuevo.*»

De pronto se sintió inútil y estúpido, desamparado. La muerte se le había metido en el cerebro. Le envolvía. Llevaba tanto tiempo respirándola que se había acostumbrado a ella. Pero no sentía miedo. Se encogió de hombros.

Anne no estaba cuando llegó al restaurante. Entonces recordó que le había dicho que pasaría a buscar las fotos que el domingo antes habían hecho en casa. Guy extrajo del bolsillo el telegrama de Bob Treacher y lo leyó una y otra vez:

Recién nombrado para comité Alberta. Te he recomendado. Es un puente, Guy. Prepárate cuanto antes. Aprobación garantizada. Te escribo.

Bob.

«Aprobación garantizada —pensó Guy—. Prescindiendo de cómo dirigiese su vida, su habilidad para dirigir la construcción de un puente quedaba fuera de toda duda.»

Pensativo, Guy bebió un sorbo de su martini, sosteniendo la copa con una mano perfectamente firme.

41

—Me he metido casualmente en otro caso —murmuró Gerard apaciblemente, contemplando el informe mecanografiado que reposaba sobre su mesa.

No había mirado a Bruno desde que éste había entrado en la oficina.

—El asesinato de la primera esposa de Guy Haines. Todavía no ha sido resuelto.

—Sí, lo sé.

—Supuse que estarías muy enterado del asunto. Así que cuéntame todo lo que sepas.

Gerard se dispuso a oírle.

Bruno adivinó que había investigado el asunto a fondo desde el lunes, al dar con el libro de Platón.

—Nada —dijo Bruno—. Nadie sabe nada, ¿verdad?

—¿Qué opinas tú? Por fuerza habrás hablado extensamente sobre ello con Guy.

—Pues no en especial. Nada en absoluto. ¿Por qué?

—Pues porque te interesa tanto el crimen.

—¿Qué quieres decir con eso de que el crimen me interesa tanto?

—Oh, vamos, Charles, si no lo supiera por ti mismo, ¡lo sabría por tu padre! —dijo Gerard, con un inesperado estallido de impaciencia.

Bruno iba a coger un cigarrillo, pero se detuvo.

—Hablé con él sobre el asunto —dijo tranquilamente, con tono respetuoso—. El no sabe nada. Ni siquiera conocía muy bien a su esposa por aquel entonces.

—¿Quién crees tú que lo hizo? ¿Se te ocurrió alguna vez que míster Haines puede haber sido el instigador? ¿Tal vez te interesó saber cómo se las había ingeniado para salir bien librado?

Recobrado el aplomo, Gerard se recostó en la silla con las manos en la nuca, como si estuviesen hablando del buen tiempo que hacía aquel día.

—Por supuesto, no creo que él fuese el instigador del crimen —respondió Bruno—. Al parecer no te das cuenta del calibre de la persona de quien estás hablando.

—El único calibre que vale la pena tener en cuenta es el de la pistola, Charles...

Gerard descolgó el teléfono.

—...como probablemente tú mismo serías el primero en decir. Haga entrar a míster Haines, por favor.

Bruno tuvo un leve sobresalto, y Gerard se dio cuenta de ello. Gerard le contempló en silencio mientras se oían los pasos de Guy que se acercaban por el pasillo. Bruno se dijo que ya esperaba que Gerard hiciera esto.

«¿Y qué más da?» —pensó.

Guy parecía nervioso, pero el hecho quedaba disimulado por su habitual aire de nerviosismo y de tener prisa. Guy habló con Gerard y saludó a Bruno con la cabeza.

Gerard le ofreció una silla de respaldo recto, la única que quedaba libre.

—El único fin por el que le he pedido que viniese, míster Haines, es hacerle una pregunta muy sencilla. ¿De qué habla Charles con usted principalmente?

Gerard le ofreció un cigarrillo a Guy, y éste lo aceptó. Bruno pensó que el paquete debía de tenerlo desde hacía años, a juzgar por su aspecto.

Bruno observó que las cejas de Guy se unían en una expresión de enfado que era la más apropiada a las circunstancias.

—De vez en cuando me ha hablado del Palmyra Club —contestó Guy.

—¿Y de qué más?

Guy miró a Bruno, que se estaba mordisqueando una de las uñas, con gesto tan despreocupado que casi parecía indiferente.

—En realidad no sabría decírselo —respondió Guy.

—¿Acaso sobre el asesinato de su esposa?

—Sí.

—¿De qué modo le habla del asesinato? —preguntó Gerard amablemente—. Me refiero al asesinato de su esposa.

Guy sintió que se le encendía el rostro. Volvió a mirar a Bruno como hubiera hecho cualquier persona en presencia de un tercero de quien se habla como si no estuviera allí.

—A menudo me preguntaba si tenía alguna idea de quién pudo haber sido.

—¿Y la tiene usted?

—No.

—¿Aprecia usted a Charles?

Los gruesos dedos de Gerard temblaron levemente, incongruentemente, y empezaron a juguetear con una carterita de cerillas que había sobre la mesa.

Guy pensó en los dedos de Bruno jugueteando con la carterita de cerillas en el tren, dejándola caer sobre el bistec.

—Sí, le aprecio —contestó Guy, embarazado.

—¿No le ha causado molestias? ¿No le ha impuesto su presencia en muchas ocasiones?

—No lo creo —dijo Guy.

—¿Se enfadó cuando se presentó en su boda?

—No.

—¿Le dijo Charles alguna vez que odiaba a su padre?

—Sí, así es.

—¿Le dijo alguna vez que le hubiera gustado matarle?

—No —contestó Guy con el mismo tono de naturalidad.

Gerard sacó de un cajón el libro envuelto en papel de embalar.

—He aquí el libro que Charles tenía intención de mandarle por correo. Lo siento, pero no puedo devolvérselo ahora mismo. Puede que lo necesite. ¿A qué se debe que Charles tuviera un libro suyo?

—Me dijo que lo encontró en el tren.

Guy estudió la sonrisa soñolienta y enigmática de Gerard, pensando que ya la había visto, aunque no exactamente como ahora, la noche en que Gerard había estado en su casa. Era una sonrisa calculada para inspirar antipatía, una sonrisa que en realidad era un arma profesional.

«¡Lo que tiene que ser —pensó Guy— enfrentarse con esa sonrisa un día tras otro!»

Involuntariamente desvió la mirada hacia Bruno.

—¿Y no se vieron en el tren?

Gerard iba mirando de Guy a Bruno.

—No —dijo Guy.

—Pues he hablado con el camarero que les sirvió la cena a los dos en el compartimiento de Charles.

Guy no quitaba ojo de Gerard.

«Esta vergüenza —pensaba— resulta más aniquiladora que la misma culpa.»

Era la aniquilación lo que estaba sintiendo, pese a estar sentado con el cuerpo erguido, mirando directamente a los ojos de Gerard.

—¿Y qué? —dijo Bruno con voz chillona.

—Pues que me interesa saber por qué se empeñan tanto en afirmar que se conocieron unos meses más tarde —dijo Gerard, agitando la cabeza con expresión divertida.

Gerard hizo una pausa, dejando que cada uno de los segundos que iban transcurriendo se les clavase en el ánimo.

—No quieren decírmelo. Bien, la respuesta está clara. Es decir, una hipotética respuesta.

«Los tres tenían la respuesta en la mente —pensó Guy—. Era como un lazo invisible que le unía a él con Bruno, a Bruno con

Gerard y a Gerard con él. Era la respuesta que Bruno había declarado inimaginable, el elemento siempre buscado y jamás hallado.»

—¿Quieres decírmela, Charles, tú que lees tantas novelas policíacas?

—No sé adónde quieres ir a parar.

—Al cabo de pocos días, su esposa fue asesinada, míster Haines. Y pocos meses después, lo fue el padre de Charles. Mi primera y obvia hipótesis es que ustedes dos sabían que esos asesinatos iban a cometerse...

—¡Sandeces! —exclamó Bruno.

—...y que hablaron de ellos. Es una simple hipótesis, desde luego. Y eso dando por sentado que se conocieron en el tren. ¿Dónde se conocieron, míster Haines? —preguntó Gerard, sonriente.

—En efecto —dijo Guy—. Nos conocimos en el tren.

—¿Y por qué le ha dado tanto miedo reconocerlo?

Gerard le estaba señalando con un dedo y Guy sintió de nuevo que era en la vulgaridad de Gerard donde residía su capacidad de inspirar terror.

—No lo sé —respondió Guy.

—¿No es cierto que se debe a que Charles le habló de su deseo de ver asesinar a su padre? ¿Y entonces usted se sintió incómodo, míster Haines, porque lo sabía?

«¿Sería ése el as que Gerard escondía en la manga?» —se preguntó Guy.

—Charles no dijo nada sobre matar a su padre —respondió Guy, hablando despacio.

Los ojos de Gerard se apartaron rápidamente de él, a tiempo de observar la sonrisa de satisfacción de Bruno.

—Son puras conjeturas, ni que decir tiene —dijo Gerard.

Guy y Bruno salieron juntos del edificio. Juntos les había despedido Gerard, y juntos bajaron por la acera hacia el pequeño parque donde estaba la estación del metro y la parada de taxis. Bruno se volvió para mirar el elevado edificio que acababan de abandonar.

—Muy bien, sigue sin tener pruebas —dijo Bruno—. Se mire por donde se mire, no tiene ninguna prueba.

Bruno estaba taciturno, pero tranquilo. De repente Guy comprendió cuán tranquilamente había resistido Bruno las embestidas de Gerard. Guy estaba acostumbrado a imaginarse a Bruno presa de histeria cuando se veía en apuros. Miró fugazmente la alta figura que caminaba junto a él y sintió la misma camaradería disparatada, temeraria, que había sentido en el restaurante. Pero no tenía nada que decir.

«Sin duda —pensó—, Bruno debe de saber que Gerard no va a decirnos todo lo que ha descubierto.»

—Lo gracioso, ¿sabes? —prosiguió Bruno—, es que Gerard no nos busca a nosotros, sino que está buscando a otros.

42

Gerard metió un dedo entre los barrotes y lo movió de un lado a otro, asustando al pajarito que salió revoloteando hacia el extremo opuesto de la jaula. Gerard se puso a silbar una sola nota baja.

Desde el centro de la habitación, Anne le miraba con inquietud. No le gustaba que Gerard le acabase de decir que Guy había estado mintiendo, y que después se acercara a la jaula para asustar al canario. Gerard le caía mal desde un cuarto de hora antes, y el hecho de haberle encontrado simpático durante su primera visita la llenaba de enojo.

—¿Cómo se llama? —preguntó Gerard.

—*Sweetie* —contestó Anne.

Agachó un poco la cabeza rápidamente, turbada, y se volvió medio de espaldas. Los zapatos nuevos de piel de cocodrilo la hacían sentirse muy alta y elegante y, aquella tarde, al comprarlos, se había figurado que le gustarían a Guy, que le harían sonreír mientras se tomaban un cóctel antes de cenar. Pero la llegada de Gerard lo había estropeado todo.

—¿Tiene usted alguna idea de por qué su marido no quería decir que había conocido a Charles antes de junio del año pasado?

«El mes en que Miriam había sido asesinada» —pensó Anne otra vez.

El mes de junio del año anterior no tenía otro significado para ella.

—Fue un mes difícil para él —dijo Anne—. Fue el mes en que murió su esposa. Es posible que se hubiera olvidado de todo lo sucedido en aquel mes.

Frunció el entrecejo, pensando que Gerard daba demasiada importancia a su pequeño descubrimiento, ya que Guy no había visto siquiera a Charles durante los seis meses siguientes.

—En este caso, no —dijo Gerard como al descuido, sentándose de nuevo—. No. Creo que Charles habló en el tren con su marido acerca de su padre, y que le dijo que deseaba verle muerto, tal vez llegase a decirle cómo pensaba ocuparse de...

—Me cuesta imaginarme a Guy prestando oídos a una cosa semejante —dijo Anne, interrumpiéndole.

—No sé —continuó Gerard, con voz melosa—. No sé, pero tengo la sólida sospecha de que Charles estaba enterado del asesinato de su padre y que, tal vez, aquella noche, en el tren, se confió a su marido. Así es Charles. Y me parece que, en tal caso, una persona como su marido no hubiese dicho nada del asunto y se hubiese limitado a evitar a Charles a partir de aquel día. ¿No le parece?

«Eso explicaría muchas cosas —pensó Anne—. Pero al mismo tiempo convertiría a Guy en una especie de cómplice. Gerard parecía empeñado en convertir en cómplice a Guy.»

—Estoy segura de que mi marido no le hubiese permitido a Charles llegar hasta este punto siquiera —dijo firmemente—, suponiendo que Charles le hubiese dicho algo por el estilo.

—Una observación muy atinada. Sin embargo...

Gerard se interrumpió vagamente, como si estuviese perdido en sus propios pensamientos.

A Anne le resultaba desagradable la visión de su pecosa calva, de modo que clavó la mirada en la caja de cigarrillos que había sobre la mesita de café, y finalmente sacó un cigarrillo.

—¿Cree usted que su marido tiene alguna sospecha sobre quién mató a su esposa, mistress Haines?

Anne lanzó una bocanada desafiante.

—Ciertamente que no.

—Verá, si aquella noche en el tren Charles abordó el tema del asesinato, lo hizo a conciencia. Y si su marido tenía algún motivo para creer que la vida de su esposa estaba en peligro, y si le habló de ello a Charles... bueno, pues entonces entre ellos hay una especie de secreto a medias, incluso un peligro a medias. Se trata solamente de una hipótesis —se apresuró a decir—, pero los investigadores tenemos siempre que formular hipótesis.

—Sé que no es posible que mi marido dijese nada en el sentido de que su esposa estuviera en peligro. Yo estaba con él en Méjico Capital cuando llegó la noticia, y también estuve con él unos días antes en Nueva York.

—¿Y qué me dice sobre marzo de este año? —preguntó Gerard con el mismo tono invariable.

Extendió el brazo hacia su vaso y dejó que Anne se lo cogiera para llenarlo otra vez.

Anne se hallaba ante el bar, de espaldas a Gerard, recordando el mes de marzo, el mes en que había sido asesinado el padre de Charles, y recordando lo nervioso que Guy había estado a la sazón.

«Aquella pelea, ¿fue en febrero o en marzo? ¿Y no fue con Charles Bruno con quien se peleó?»

—¿Le parece posible que su marido viese esporádicamente a Charles cerca de marzo sin que usted lo supiera?

«Claro —pensó Anne—, ésa podría ser la explicación. Que Guy supiera que Charles pensaba asesinar a su padre y hubiese tratado de impedírselo, llegando a luchar con él en un bar.»

—Puede ser, supongo —dijo indecisamente—. No sé.

—¿De qué modo se comportaba su esposo sobre marzo, si le es posible recordarlo, mistress Haines?

—Estaba nervioso. Creo que conozco el motivo de su nerviosismo.

—¿Cuál era?

—Su trabajo...

Por alguna razón le resultaba imposible decirle una palabra más sobre Guy. Presentía que todo cuanto ella dijese Gerard lo incluiría en el confuso cuadro que se estaba componiendo y dentro del cual trataba de colocar a Guy. Anne se quedó callada, y lo mismo hizo Gerard, como si la retase a ser la primera en romper el silencio.

Finalmente, Gerard apagó el cigarro y dijo:

—Si le viene a la memoria alguna cosa referente a aquel entonces y a Charles, ¿me lo comunicará? Llámeme a cualquier hora del día o de la noche. Siempre encontrará a alguien que tomará el recado.

Añadió un número a su tarjeta de visita y se la entregó a Anne.

Tras cerrar la puerta, Anne se dirigió directamente hacia la mesita de café para quitar el vaso de Gerard. A través de la ventana que daba a la calle, Anne vio a Gerard sentado en su coche, inclinado hacia adelante como si se hubiese dormido, y supuso que estaría anotando algunas cosas. Sintió un leve dolor al pensar que Gerard estaba escribiendo que probablemente Guy había visto a Charles en marzo sin que ella lo supiera.

«¿Por qué le habría dicho eso —pensó—, si lo sabía perfectamente? Guy dijo que no había visto a Charles desde diciembre hasta la boda.»

Guy regresó cerca de una hora más tarde y se encontró a Anne en la cocina, vigilando una cacerola que ya estaba casi en su punto dentro del horno. Anne le vio levantar la cabeza husmeando el aire.

—Guiso de gambas —le dijo Anne—. Me imagino que será mejor que abra el respiradero.

—¿Ha estado Gerard aquí?

—Sí. ¿Sabías que iba a venir?

—Los cigarros —respondió él lacónicamente.

«Gerard le habrá dicho lo del encuentro en el tren, sin duda.»

—¿Qué quería esta vez? —preguntó.

—Quería saber más cosas sobre Charles Bruno.

Anne le miró fugazmente desde la ventana que daba a la calle.

—Si tú me habías dicho alguna cosa en el sentido de que sospechabas de él. Y también quería saber sobre el mes de marzo.

—¿Sobre el mes de marzo?

Guy puso el pie sobre la parte más alta del piso donde estaba Anne.

Se detuvo delante de ella y Anne vio que sus ojos se contraían de repente. Podía ver en su mejilla algunas de las cicatrices, finas como cabellos, resultantes de aquella noche de marzo, o de febrero.

—Quería saber si sospechabas que Charles iba a hacer que asesinasen a su padre aquel mes.

Pero Guy se limitó a quedarse mirándola fijamente, sin denotar alarma ni culpabilidad. Anne se apartó a un lado y bajó a la sala de estar.

—¿Es terrible, verdad, el asesinato? —dijo.

Guy sacó otro cigarrillo y lo golpeó ligeramente sobre la esfera de su reloj. Le atormentaba oír la palabra «asesinato» en boca de ella. Deseó poder borrar del cerebro de Anne todo recuerdo de Bruno.

—Tú no sabías nada en marzo, ¿verdad, Guy?

—No, Anne. ¿Qué le dijiste a Gerard.

—¿Crees que Charles hizo asesinar a su padre?

—No lo sé. Creo que es posible. Pero no es asunto nuestro.

Y durante unos segundos no se dio cuenta de que estaba mintiendo.

—Es cierto. No es asunto nuestro.

Ella volvió a mirarle.

—Gerard también dijo que habías conocido a Charles en junio del pasado año, en el tren.

—Sí, así fue.

—Bien... ¿y qué importa eso?

—No lo sé.

—¿Fue por algo que Charles dijo en el tren? ¿Es por eso que no te gusta?

Guy hundió aún más las manos en los bolsillos de la americana. De pronto sintió deseos de tomarse un coñac. Sabía que se le notaba lo que estaba sintiendo, que no podía ocultárselo a Anne.

—Escucha, Anne —dijo con presteza—. Bruno me dijo en el tren que ojalá su padre estuviera muerto. No mencionó ningún plan, ni mencionó ningún nombre. No me gustó su forma de decirlo, y después de eso no me gustó él. Me niego a contarle todo eso a Gerard, porque no sé si Bruno hizo o no hizo que matasen a su padre. Es la Policía quien tiene que averiguarlo. Algunos inocentes han muerto en la horca porque alguien fue con el cuento de que habían dicho alguna cosa así.

«Pero, tanto si ella le creía como si no —pensó Guy—, él ya había terminado.»

Le parecía la mentira más vil que jamás había dicho, la más baja acción que jamás había cometido... el transferir su culpabilidad a otro hombre. Ni siquiera Bruno hubiera mentido de aquel modo, atacándole a él, Guy. Tenía la impresión de ser completamente falso, una mentira de pies a cabeza. Arrojó el cigarrillo al fuego y se cubrió el rostro con las manos.

—Guy, creo de veras que estás haciendo lo que debes hacer —dijo Anne con voz dulce.

El rostro de Guy era una mentira, al igual que sus ojos bien nivelados, la boca firme, las manos sensibles. Bajó las manos bruscamente y se las metió en los bolsillos.

—No me vendría mal un coñac.

—¿No fue con Charles con quien peleaste en marzo? —le preguntó ella mientras le preparaba el coñac.

No había ningún motivo que le impidiera mentir sobre aquello también, pero no podía.

—No, Anne.

Por la rápida mirada de soslayo que le dirigió Anne, Guy comprendió que no le creía, que probablemente se imaginaba que había peleado con Bruno para impedir sus propósitos.

«¡A lo mejor hasta se enorgullece de mí!»

Guy se preguntó si alguna vez iba a verse libre de aquella protección que no deseaba, si todo iba a serle siempre tan fácil. Pero sabía que Anne no iba a darse por satisfecha y que volvería a la carga una y otra vez, hasta que él se lo dijera.

Aquella noche, Guy encendió el primer fuego del año, el primer fuego que se encendía en su nueva casa. Anne se hallaba tendida enfrente de la chimenea, con la cabeza recostada en un cojín del sofá. El frío nostálgico del otoño flotaba en el aire, llenando a Guy de melancolía y de una inquieta energía. No era la energía alegre que había sentido en los otoños de su juventud, sino que por debajo de ella corría una sensación de frenesí y desesperanza, como si se tratase del último estallido de una vida que ya rodaba pendiente abajo. ¿Qué mejor prueba de que así era que el no sentir ningún temor por lo que le aguardaba? ¿Es que Gerard no contaba ya con suficientes indicios para adivinar la verdad, sabiendo que él y Bruno se habían conocido en el tren? ¿No iba a comprenderlo cualquier día, cualquier noche, cualquier instante en que sus gruesos dedos se llevasen el cigarro a la boca? ¿A qué estaban esperando, Gerard y la Policía? A veces presentía que Gerard quería recoger hasta los detalles más insignificantes sobre el caso, recoger gramo a gramo todas las pruebas en contra de ellos dos, y luego, súbitamente, dejarlas caer sobre ellos, aniquilándoles.

«Pero —pensó Guy—, aunque me aniquilen a mí, del modo que sea, no destruirán mis edificios.»

Y otra vez sintió el extraño y desolado aislamiento que separaba su espíritu de su carne, incluso de su mente.

«Pero, supongamos que jamás llegan a descubrir nuestro secreto.»

Había momentos en que todavía le asaltaba un confuso sentimiento de horror por lo que había hecho, un desánimo absoluto, y entonces le parecía que aquel secreto llevaba consigo una misteriosa inviolabilidad.

«Tal vez —pensó—, sea ésta la causa de que no tema a Gerard o a la Policía, porque sigo creyendo en la inviolabilidad del secreto. Si hasta ahora nadie lo ha adivinado, pese a todos los descuidos, pese a todas las alusiones de Bruno, ¿no será porque hay algo que lo convierte en invulnerable?»

Anne se había dormido. Guy contempló la suave curva de su frente, pálida como la plata a causa de los reflejos del fuego. Entonces bajó la cabeza y la besó en la frente, suavemente para no despertarla. El dolor que había en sus entrañas se transformó en palabras:

—Te perdono.

Quería que fuese Anne quien lo dijese, Anne y nadie más.

En su mente, el platillo de la balanza donde se hallaba su culpabilidad se inclinaba irremediablemente hacia abajo, más allá de lo que la balanza era capaz de medir, y, pese a ello, no dejaba de arrojar en el otro platillo el insignificante peso de su propia defensa.

«El crimen lo había cometido en defensa propia» —razonaba.

Pero le costaba acabar de creérselo. Si creía que en él había un fondo de maldad, entonces también tenía que creer en que había un natural impulso de expresar esa maldad. Así, pues, de vez en cuando se daba cuenta de que se estaba preguntando si en cierto modo no habría gozado con el asesinato, si éste no le habría proporcionado alguna satisfacción primaria... ¿de qué otro modo cabría explicarse el que la humanidad llevase siglos tolerando las guerras, y el entusiasmo que éstas producían? ¿De qué otro modo que no fuese un placer primario en matar? Y debido a que se hacía esta pregunta con tanta frecuencia, había acabado por creer que su respuesta era afirmativa.

43

Phil Howland, el inmaculado y bien parecido fiscal del distrito, sonrió con condescendencia a través del humo de su cigarrillo.

—¿Por qué no dejas en paz al muchacho? Reconozco que tu teoría parecía interesante de buenas a primeras. Pero hemos investigado todas sus amistades y no hay nada, Gerard. Y no se puede detener a un hombre por su forma de ser.

Gerard cruzó las piernas de nuevo y se permitió una sonrisa complaciente. Había llegado su hora triunfal. Su satisfacción se exaltaba al pensar que, con la misma sonrisa, había celebrado entrevistas menos importantes en aquel mismo lugar.

Con la punta de los dedos Howland empujó una hoja mecanografiada hasta el borde de la mesa.

—Aquí tienes otros doce nombres, si te interesan. Amigos del difunto míster Samuel que nos han procurado las compañías aseguradoras —dijo Howland, con su voz calmosa y cargada de aburrimiento.

Gerard sabía que estaba fingiendo un aburrimiento especial, ya que ahora, su puesto de fiscal de distrito, ponía a su disposición centenares de hombres, permitiéndole lanzar sus redes mucho más lejos.

—Ya puedes hacerla pedazos —dijo Gerard.

Howland ocultó su sorpresa debajo de una sonrisa, pero no logró disimular la súbita curiosidad que se reflejaba en sus grandes ojos negros.

—Supongo que ya tienes a tu hombre. Charles Bruno, naturalmente.

—Naturalmente —dijo Gerard, riendo entre dientes—. Sólo que se trata de otro asesinato.

—¿Uno sólo? Siempre dijiste que era capaz de cometer cuatro o cinco.

—Nunca lo dije —negó Gerard con tono indulgente.

Estaba desplegando unos papeles que tenía sobre las rodillas, plegados en tres partes como si fuesen cartas.

—¿Quién?

—Curioso, ¿eh? ¿No lo adivinas?

Gerard sonrió con el cigarro entre los dientes. Se acercó una silla y empezó a cubrirla con sus papeles. Nunca utilizaba el escritorio de Howland, por muchos papeles que llevase consigo, y Howland sabía que no valía la pena molestarse en ofrecérselo. Gerard sabía que Howland le aborrecía, tanto en lo personal como profesionalmente. Howland le acusaba de no cooperar con la Policía. La Policía jamás había demostrado la menor inclinación a cooperar con él, pero, a pesar de los impedimentos que colocaba en su camino, Gerard, durante los últimos diez años, había resuelto un número impresionante de casos en los que la Policía había andado completamente despistada.

Howland se levantó y caminó lentamente hacia Gerard, entonces se echó para atrás, apoyándose en su escritorio.

—¿Pero es que todo eso arroja alguna luz sobre el *caso*?

—Lo malo de la Policía es que no tiene imaginación —declaró Gerard rotundamente—. Y este caso, al igual que muchos otros, es producto de una imaginación muy aguda. Hubiera sido sencillamente imposible resolverlo sin ponerse a la misma altura.

—¿Quién y cuándo? —exclamó Howland, suspirando.

—¿Has oído hablar de Guy Haines?

—Claro. Le interrogamos la semana pasada.

—Su esposa. El once de junio del año pasado, en Metcalf, Texas. Estrangulamiento, ¿recuerdas? La Policía no logró resolverlo.

—¿Charles Bruno? —preguntó Howland, con expresión ceñuda.

—¿Sabías que Charles Bruno y Guy Haines iban en el mismo tren hacia el Sur el primero de junio? Diez días antes del asesinato de la esposa de Haines. Ahora, ¿qué deduces de esto?

—¿Quieres decir que se conocían antes del pasado junio?

—No. Lo que quiero decir es que se conocieron en aquel tren. ¿Se te ocurre el resto? Te estoy dando la pieza que falta.

El fiscal del distrito sonrió débilmente.

—¿Me estás diciendo que Charles Bruno mató a la esposa de Guy Haines?

—Claro que sí.

Gerard levantó los ojos de sus papeles.

—La siguiente pregunta es, ¿qué prueba tengo? Aquí la tienes. Todo lo que te hace falta.

Hizo un gesto indicando los papeles colocados uno sobre otro en una larga fila, como las cartas en un solitario.

—Empieza a leer por el de abajo.

Mientras Howland leía, Gerard llenó un vaso de agua en el recipiente que había en un rincón y encendió otro cigarro con el que había estado fumando hasta entonces. La última declaración, la del taxista que había llevado a Charles en Metcalf, acababa de llegar aquella mañana. Todavía no se había tomado ninguna copa para celebrarlo, pero pensaba tomarse tres o cuatro, tan pronto dejase a Howland, en el bar del tren que le llevaría a Iowa.

Los papeles eran declaraciones firmadas por los botones del Hotel La Fonda; por un tal Edward Wilson, que había visto a Charles partir de la estación de Santa Fe en un tren hacia el Este el día del asesinato de Miriam Haines; por el taxista de Metcalf que había llevado a Charles al parque de atracciones del lago Metcalf; por el camarero del parador donde Charles había tratado de conseguir licor del fuerte. Había también unas cuantas facturas por las conferencias telefónicas con Metcalf.

—Aunque, sin duda, eso ya lo sabes —comentó Gerard.

—La mayor parte, sí —contestó tranquilamente Howland, sin dejar de leer.

—Sabías que hizo un viaje de veinticuatro horas a Metcalf aquel día, ¿no? —preguntó Gerard.

Pero en realidad su humor era demasiado excelente para dar cabida al sarcasmo.

—Verdaderamente, fue difícil localizar al taxista. Tuvimos que seguirle la pista hasta Seattle, nada menos. Pero una vez dimos con él, no hizo falta apretarle los tornillos para refrescarle la memoria. La gente no olvida fácilmente a un joven como Charles Bruno.

—¿De modo que según dices Charles Bruno es tan aficionado al asesinato —comentó Howland, burlonamente—, que asesina a la esposa de un hombre al que ha conocido en el tren hace sólo una semana? ¿Una mujer a la que nunca ha visto? ¿O tal vez sí la ha visto antes?

Gerard se rió entre dientes otra vez.

—Claro que no. Mi Charles tenía un plan.

El «mi» se le había escapado, pero a Gerard no le importó.

—¿No te das cuenta? Está tan claro como el agua, y esto es sólo la mitad.

—Siéntate, Gerard, o te va a dar un ataque al corazón.

—No lo comprendes. Porque no conocías ni conoces la personalidad de Charles. No te interesó el hecho de que pasa la mayor parte de su tiempo planeando crímenes perfectos de diversas clases.

—Muy bien, ¿cuál es el resto de tu teoría?

—Que Guy Haines mató a Samuel Bruno.

—¡Caray! —exclamó Howland.

Gerard correspondió con una sonrisa a la primera mueca que le dirigía Howland desde que él, Gerard, había cometido una equivocación en cierto caso, hacía ya unos años.

—Todavía no he terminado mis comprobaciones sobre Guy Haines —dijo Gerard con ingenuidad estudiada, dando chupadas al cigarro—. Quiero tomarme las cosas con calma, y es ésa la única razón de mi presencia aquí, que tú te las tomes también con calma, conmigo. No dudaba de que pudieras echarle el guante a Charles, ¿sabes?, con tanto como sabes en contra suya.

Howland se alisó el negro bigote.

—Todo lo que dices me confirma en mi creencia de que tenías que haberte retirado hace unos quince años.

—Oh, pues he resuelto unos cuantos casos en los últimos quince años.

—¿Un hombre como Guy Haines?

Howland se rió otra vez.

—¿Contra un tipo como Charles? Entiéndeme, no quiero decir que Guy Haines lo hiciera por voluntad propia. Tuvo que hacerlo a cambio del favor no buscado que le había hecho Charles al librarle de su esposa. Charles odia a las mujeres —comentó en un inciso—. Ese era el plan de Charles. Un intercambio. Sin pistas, ¿comprendes? Sin motivos. ¡Oh, casi le estoy oyendo! Pero incluso Charles es humano. Estaba demasiado interesado por Guy Haines para dejarle en paz después de ello. Y Guy Haines estaba demasiado asustado para hacer algo al respecto. Sí...

Gerard movió bruscamente la cabeza para dar más énfasis a sus palabras y sus quijadas se estremecieron.

—...a Haines se le obligó. Con cuánta fuerza es algo que probablemente nadie llegará a saber jamás.

La sonrisa de Howland desapareció momentáneamente ante la sinceridad que Gerard ponía en sus afirmaciones. La posibilidad de que la historia fuese veraz le parecía muy escasa, pero no por ello dejaba de ser una posibilidad.

—Humm.

—A menos que nos lo cuente él mismo —añadió Gerard.

—¿Y qué te propones hacer para que nos lo cuente?

—Oh, aún es posible que confiese. Se está consumiendo. De lo contrario, habrá que confrontarle con los hechos. Mis hombres se ocuparán de reunirlos. Una cosa, Howland...

Gerard señaló con un dedo los papeles que tenía sobre la silla.

—Cuando tú y tu... tu ejército de gorilas salgáis a la calle a comprobar estas afirmaciones, no interroguéis a la madre de Guy Haines. No quiero ponerle sobre aviso.

—Oh. Hay que aplicar la técnica del gato y el ratón a míster Haines.

Howland sonrió. Se giró para hacer una llamada telefónica sobre un asunto de poca importancia, y Gerard aguardó, lamentando haber tenido que pasar la información a Howland, lamentando tener que abandonar el espectáculo Charles-Guy Haines.

—Bien...

Howland lanzó un prolongado suspiro.

—...¿qué quieres que haga yo? ¿Tal vez que empiece a atosigar a tu muchachito con todas estas pruebas? ¿Crees que se derrumbará y nos contará su brillante plan con Guy Haines, arquitecto?

—No, no quiero que le atosiguéis. Me gustan los trabajos limpios. Necesito unos días, quizás semanas, para acabar de investigar sobre Haines; entonces me enfrentaré a los dos. Te he dado todo esto referente a Charles porque a partir de ahora el caso no me concierne personalmente, al menos eso deben creer ellos. Me voy de vacaciones a Iowa, eso va de veras, y voy a cuidarme de que Charles lo sepa.

La cara de Gerard se iluminó con una amplia sonrisa.

—Va a resultar difícil contener a los muchachos —dijo Howland con pesar—, especialmente en vista de lo que vas a tardar en reunir pruebas contra Guy Haines.

—Por cierto...

Gerard recogió su sombrero y lo agitó hacia Howland.

—Todo eso no te serviría de nada para acabar con Charles, pero yo en cambio ya podría acabar con Guy Haines sólo con lo que tengo en este preciso instante.

—Ya veo, ¿quieres decir que *nosotros* no podríamos hacerlo?

Gerard le miró con una rebuscada expresión de desdén.

—Aunque, claro, a ti no te interesa acabar con Guy Haines, ¿no es así? No crees que sea el culpable.

—¡Anda, vete de vacaciones, Gerard!

Metódicamente, Gerard recogió sus papeles y empezó a guardárselos en el bolsillo.

—Creí que ibas a dejarlos aquí.

—Oh, si crees que te van a ser útiles...

Gerard le entregó los papeles ceremoniosamente y se volvió hacia la puerta.

—¿Te importaría mucho decirme con qué arma cuentas para acabar con Guy Haines?

Gerard hizo un ruido desdeñoso en la garganta.

—La culpa le está torturando —dijo.

Y salió.

44

—¿Sabes?, en todo el mundo... —dijo Bruno.

Y las lágrimas afloraron a sus ojos, obligándole a bajar la vista para disimular.

—...no hay otro lugar donde preferiría estar ahora, Anne.

Apoyó garbosamente un codo en la alta repisa de la chimenea.

—Eres muy amable.

Anne sonrió, dejando el plato de queso derretido y canapés de anchoas sobre la mesita baja.

—Coge uno de éstos antes de que se enfríen.

Bruno cogió uno, aunque sabía que no iba a ser capaz de tragárselo. El aspecto de la mesa era magnífico. Estaba puesta para dos, con mantelería gris y platos del mismo color. Gerard estaba de vacaciones.

«Le hemos derrotado los dos, Guy y yo —pensó Bruno—. Si Anne no perteneciese a Guy, tal vez trataría de besarla.»

Bruno se irguió y se arregló los puños de la camisa. Se enorgullecía mucho de comportarse como un perfecto caballero con Anne.

—¿Así que Guy opina que le va a ir bien allá arriba? —preguntó Bruno.

Guy se encontraba en el Canadá, trabajando en la gran presa de Alberta.

—Me alegra que hayan terminado todos estos estúpidos interrogatorios, así no tendrá que preocuparse por ello mientras trabaja. Ya puedes imaginarte cómo me siento. ¡Con ganas de celebrarlo!

Se rió, principalmente por lo que se había guardado para sí.

Anne contemplaba la elevada e inquieta figura que había junto a la repisa y se preguntó si Guy, a pesar de su odio, sentiría la misma fascinación que ella. Seguía sin saber, no obstante, si Charles Bruno era capaz de haber preparado el asesinato de su padre, y había pasado todo el día con él con el fin de sacar una conclusión. Ante ciertas preguntas, Bruno se defendía con alguna respuesta en broma, otras las contestaba con seriedad y prudencia. Odiaba a Miriam como si la hubiera conocido. Anne se sorprendía de que Guy le hubiese contado a Bruno tantas cosas sobre Miriam.

—¿Por qué no querías decirle a nadie que habías conocido a Guy en el tren? —preguntó Anne.

—Me daba igual. Sólo que cometí la equivocación de negarlo de buen principio, diciendo que nos habíamos conocido en la escuela. Después surgieron todas aquellas preguntas y Gerard empezó a darle demasiada importancia al hecho. Me imagino que lo hizo porque creía que allí había gato encerrado. El hecho de que Miriam fuese asesinada al cabo de tan poco tiempo, ¿sabes?, creo que fue un buen gesto por parte de Guy que durante la investigación sobre la muerte de Miriam no quisiera meter en el asunto a alguien a quien acababa de conocer por casualidad.

Se rió, dejándose caer sobre el sillón.

—¡No es que yo sea un tipo sospechoso, naturalmente!

—Pero eso no tenía nada que ver con los interrogatorios sobre la muerte de tu padre.

—Claro que no. Pero Gerard no hace ningún caso de la lógica. ¡Debería haber sido inventor!

Anne arrugó la frente. No podía creer que Guy se hubiese puesto de acuerdo con Charles, con la versión de Charles, simplemente porque la verdad hubiese levantado suspicacias, ni siquiera porque Charles le hubiese dicho en el tren que odiaba a su padre.

«Tendré que preguntárselo otra vez a Guy. Hay muchas preguntas que debo hacerle. Sobre la hostilidad que Charles demuestra para con Miriam, por ejemplo, pese a no haberla conocido jamás.»

Anne entró en la cocina.

Bruno se acercó a la ventana de la calle, con el vaso en la mano, y se puso a contemplar un avión que iba encendiendo sus luces de posición, rojas y verdes, sobre el negro cielo. Pensó que parecía una persona que hiciese ejercicio, llevándose la punta de los dedos a los hombros para, seguidamente, extender los brazos otra vez. Deseó que Guy viajase en aquel aparato, de vuelta a casa. Consultó la esfera de su reloj nuevo y otra vez pensó que a Guy probablemente le gustaría un reloj como aquél, de diseño tan moderno. Faltaban solamente tres horas para que llevase junto a Anne veinticuatro horas, un día entero. Se había presentado allí el día anterior, a última hora de la tarde, sin telefonear antes. Y se le había hecho tan tarde que Anne le invitó a pasar la noche allí. Había dormido en el cuarto de los invitados, donde ya le habían instalado la noche de la fiesta, y antes de dormirse, Anne le había traído un poco de consomé caliente. Anne se mostraba realmente amable con él, y él la quería sinceramente. Giró sobre sus talones y la vio venir de la cocina con los platos.

—Guy te aprecia mucho, ¿sabes? —le dijo Anne durante la cena.

Bruno la miró, pues ya se había olvidado de qué habían estado hablando.

—¡No hay *nada* que no fuese capaz de hacer por él! Me siento fuertemente unido a él, como a un hermano. Me figuro que se debe al hecho de que todo empezase a sucederle tan poco tiempo después de que nos conociéramos en el tren.

Y aunque al empezar a hablar lo había hecho con la intención de mostrarse alegre, incluso gracioso, la seriedad de su verdadero sentimiento hacia Guy le venció. Acarició con los dedos las pipas de Guy. El corazón le latía con violencia. La patata rellena estaba exquisita, pero no se atrevía a comer otro bocado. Ni a probar el vino. Se sintió tentado a tratar de pasar otra noche allí y se preguntó si lo lograría en caso de no encontrarse bien. Por otro lado, su nueva casa estaba más cerca de lo que Anne creía. El sábado iba a dar una gran fiesta.

—¿Estás segura de que Guy estará en casa este fin de semana? —preguntó.

—Eso me dijo.

Anne comía su ensalada pensativamente.

—No sé si tendrá ganas de asistir a una fiesta, sin embargo. Cuando ha estado trabajando, lo único que suele apetecerle es navegar un poco.

—A mí también me apetecería. Si no os importa mi compañía, claro.

—Ven con nosotros.

Entonces Anne recordó que Charles ya había navegado en el *India,* invitándose a sí mismo, y que había sido el culpable de la abolladura de la borda, y de repente se sintió perpleja, como si algo la hubiera impedido acordarse de ello antes. Y se dio cuenta de que estaba pensando que Charles sería capaz de cualquier cosa, de cualquier atrocidad, y que engañaría a todo el mundo con la misma ingenuidad obsequiosa, la misma sonrisa de timidez.

«Excepto a Gerard. Sí, es posible que haya preparado la muerte de su padre. Gerard no estaría haciendo conjeturas en ese sentido si ello no fuera posible. Quizás esté sentada delante de un asesino.»

Anne sintió una leve sacudida de temor al levantarse un tanto precipitadamente, como si tratara de huir, para retirar los platos.

«Y esa forma siniestra, implacable con que habla del odio que le inspira Miriam. Hubiera disfrutado matándola» —pensó Anne.

Una frágil sospecha de que tal vez la hubiese matado cruzó por su mente como una hoja muerta llevada por el viento.

—¿De modo que proseguiste tu viaje hasta Santa Fe después de conocer a Guy? —dijo Anne, casi tartamudeando, desde la cocina.

—Ajá.

Bruno se había arrellanado otra vez en el enorme sillón verde.

A Anne se le fue de las manos una cucharilla de café que armó un gran estruendo al caer sobre las baldosas.

«Lo extraño —pensó— es que Charles nunca se altera, sin que parezca importarle lo que le digan o le pregunten.»

Pero, en vez de hacer que el hablar con él resultase más fácil, era eso precisamente lo que la ponía nerviosa.

—¿Has estado alguna vez en Metcalf? —oyó que decía su propia voz.

—No —contestó Bruno—. No, pero siempre he tenido ganas de ir. ¿Y tú?

Bruno sorbía su café apoyado en la repisa. Anne estaba sentada en el sofá, con la cabeza echada hacia atrás de modo que la curva de su garganta, sobresaliendo del cuello de volantes de su vestido, destacaba claramente en la semipenumbra de la habitación.

«*Anne es como una luz para mí*» —recordó Bruno que Guy le había dicho una vez.

«Si pudiera estrangular a Anne también, entonces Guy y él podrían estar realmente unidos.»

Bruno arrugó la frente al pensar en ello, entonces se rió y cambió de postura.

—¿De qué te ríes?

—Oh, pensaba solamente —dijo, sonriendo—. Estaba pensando en lo que Guy dice siempre, en lo de la duplicidad de todas las cosas. Ya sabes, lo positivo y lo negativo, uno junto al otro. Toda decisión tiene un motivo para no tomarla.

De pronto se percató de que su respiración era fatigosa.

—¿Te refieres a que todas las cosas tienen dos lados?

—Oh, no, ¡eso es simplificar demasiado!

«¡Realmente, las mujeres a veces son toscas!» —pensó.

—¡La gente, los sentimientos, todo en general! ¡Todo es doble! Hay dos seres en cada persona. Existe una persona que es exactamente tu contrario, igual que una parte invisible de ti mismo, en algún lugar del mundo, y al acecho.

Se estremecía de placer al repetir las palabras de Guy aunque no le había gustado oírlas, pues Guy había dicho que las dos personas eran enemigos mortales, también, y Guy se había referido a ellos dos.

Anne apartó lentamente la cabeza del respaldo del sofá. Las palabras le parecían muy propias de Guy, pero nunca se las había oído. Anne pensó en la carta sin firma recibida la pasada primavera, y dedujo que la había escrito Charles. Pensó también que probablemente Guy se había referido a Charles al hablar de alguien que acechaba. No había ninguna otra persona, aparte de Charles, capaz de provocar unas reacciones tan violentas por parte de Guy. Con toda seguridad era Charles quien alternaba el odio con la devoción.

—No hay un bien y un mal absoluto, tampoco, y donde mejor se manifiesta es en la acción —prosiguió Bruno, alegremente—. A propósito, tengo que acordarme de decirle a Guy lo de los mil dólares para un pobre. Siempre dije que cuando dispusiera de dinero mío, le daría mil dólares a un mendigo. Bien, pues así lo hice, y ¿crees que me dio las gracias? ¡Necesité veinte minutos para convencerle de que el dinero era auténtico! ¡Tuve que cambiarlo en billetes de cien en un banco! ¡Entonces se comportó como si yo estuviera chiflado!

Bruno bajó la mirada, meneando la cabeza. Había contado con vivir una experiencia memorable, y se había encontrado con que al volver a ver al condenado mendigo, pidiendo en la misma esquina, éste le había mirado con malos ojos porque no le había traído *otros* mil dólares.

—Como iba diciendo...

—Hablabas del bien y del mal —dijo Anne.

Anne sintió que le odiaba y que ahora comprendía los sentimientos de Guy para con Bruno. Pero todavía no sabía por qué Guy le aguantaba.

—Oh, pues estas cosas se manifiestan en nuestros actos. Por ejemplo, los asesinos. Según Guy, el castigo de la ley no les convierte en personas mejores. Todo hombre es su propio juez, y se basta para castigarse. De hecho, tal y como piensa Guy, ¡todo hombre lo es casi todo!

Se rió. Estaba tan bebido que apenas podía ver el rostro de ella, pero quería contarle todo lo que él y Guy habían hablado desde que se conocían, sin olvidar el menor secreto.

—La gente sin conciencia no se castiga a sí misma, ¿verdad? —preguntó Anne.

Bruno alzó la mirada hacia el techo.

—Cierto. Hay personas que son demasiado estúpidas para tener conciencia, otras demasiado malvadas. Por lo general es a los estúpidos a quienes echan el guante. Pero, pongamos por caso a los dos asesinos, al de Miriam y al de mi padre.

Bruno trataba de aparentar seriedad.

—Ambos tienen que ser personas bastante inteligentes, ¿no crees?

—Es decir, que tienen conciencia y por tanto no merecen que les atrapen, ¿no es eso?

—Oh, no quiero decir eso. ¡Claro que no! Pero no creas que no están sufriendo un poco. ¡A su manera!

Se rió otra vez porque se sentía demasiado borracho para saber adónde le llevarían sus palabras.

—No se trata de simples locos, como dijeron que era el asesino de Miriam. Eso demuestra lo poco que las autoridades saben de auténtica criminología. Para un asesinato como ése hace falta trazarse un plan.

Inesperadamente, Bruno recordó que no se había trazado ningún plan para aquel asesinato, aunque ciertamente sí lo había hecho para el de su padre, con lo cual su teoría quedaba claramente probada.

—¿Qué sucede?

Anne se tocó la frente con sus fríos dedos.

—Nada.

Bruno le preparó un *whisky* con agua en el bar que Guy se había hecho construir al lado de la chimenea. Bruno quería uno igual para su propia casa.

—¿Dónde se hizo Guy aquellos arañazos en el rostro el pasado marzo?

—¿Qué arañazos?

Bruno se volvió hacia ella. Guy le había dicho que Anne no sabía nada de los arañazos.

—Eran más que arañazos. Cortes. Y una contusión en la cabeza.

—No los vi.

—Se peleó contigo, ¿no es verdad?

Charles la estaba mirando con un extraño brillo en los ojos y ella no era capaz de fingir una sonrisa. Anne estaba segura de que Charles iba a cruzar corriendo la habitación para golpearla, pero mantuvo sus ojos clavados en los de él.

«Si se lo decía a Gerard —pensó— la pelea probaría que Charles tenía conocimiento del asesinato.»

Entonces observó que la sonrisa de Charles volvía a pintarse en su rostro.

—¡No! —dijo Bruno, riéndose.

Y se sentó.

—¿Dónde te dijo que se había hecho los arañazos? No le vi en marzo, de todos modos. Estaba ausente de la ciudad por aquel entonces.

Se puso en pie. Empezaba a sentir malestar en el estómago, un malestar real, no causado por la pregunta.

«¿Y si le daba otro ataque allí mismo, o al día siguiente por la mañana? —pensó—. No debía desmayarse, permitiendo que Anne le viese.»

—Será mejor que no tarde en marcharme —murmuró.

—¿Qué te pasa? ¿No te encuentras bien? Estás pálido.

El tono de voz de Anne le hizo ver que no sentía lástima por él, como no se la tenían las demás mujeres, exceptuando su madre.

—Muchas gracias, Anne, por... por todo el día.

Anne le entregó el abrigo y Bruno salió de la casa con paso vacilante, con los dientes apretados al echar a andar hacia el coche, aparcado bastante lejos de donde él estaba.

La casa estaba a oscuras cuando, horas más tarde, regresó Guy. Dio un vistazo a la sala de estar y se fijó en la colilla aplastada en el hogar, en las pipas desordenadas sobre la mesita, en las huellas de que alguien se había sentado en el sofá. Aquel desorden no podía ser obra de Anne, de Teddy o de Chris, ni siquiera de Helen Heyburn.

«Ya me lo figuraba» —pensó.

Subió corriendo al cuarto de los huéspedes. Bruno no estaba allí, pero observó que sobre la mesita de noche había un periódico estrujado, junto a una moneda de dos centavos y unos cuantos peniques. La luz del alba penetraba por la ventana, como en aquella otra ocasión. Se volvió de espaldas a la ventana y su respiración sonó como un sollozo tras haberla contenido un rato.

«¿Qué pretendía Anne haciéndole aquello? Precisamente ahora, cuando le resultaba intolerable... cuando la mitad de su ser se hallaba en el Canadá y la otra mitad estaba aquí, apresada entre las garras de Bruno, cada vez más opresivas. La Policía ya no iba tras la pista de Bruno. ¡Le había dejado tranquilo! Pero había ido demasiado lejos. Ya no aguantaría mucho más.»

Entró en el dormitorio y, arrodillándose junto a Anne, empezó a besarla, asustado, ásperamente, hasta que sintió que ella se despertaba y le envolvía con sus brazos. Guy hundió el rostro en las sábanas, sobre el seno de Anne. Parecía que en torno a él, a ellos dos, se desencadenaba una tremenda tempestad, y que Anne, en medio de ella, era el único remanso de paz, y el ritmo de su respiración el único latido normal de un mundo no enloquecido. Se desnudó con los ojos cerrados.

—Te he echado de menos —fueron las primeras palabras que dijo Anne.

Guy se quedó de pie al otro extremo de la cama, con las manos en los bolsillos de la bata, cerrados los puños. La tensión no había desaparecido todavía, y toda la fuerza de la tempestad parecía haberse concentrado en su propio interior.

—Me quedaré tres días. ¿Me has echado de menos?

Anne se incorporó un poco en la cama.

—¿Por qué me miras de este modo?

Guy no respondió.

—Le he visto una sola vez, Guy.

—¿Y por qué tuviste que verle, siquiera una vez?

—Porque...

Las mejillas se le pusieron tan coloradas como la señal que tenía en el hombro, donde la barba de Guy la había arañado. Nunca antes le había hablado a Anne de aquel modo. Y el hecho de que ella fuese a darle una respuesta razonable no hacía más que aumentar su enojo.

—Porque se presentó por las buenas...

—Siempre se presenta por las buenas. Siempre está llamando por teléfono.

—¿Por qué?

—¡Ha dormido aquí! —exclamó Guy, sin poder contenerse.

Entonces Anne se estremeció, lo notó por el leve movimiento de su cabeza, por el temblor de sus pestañas.

—Sí. Anteanoche.

La firmeza de su voz le lanzaba un desafío.

—Se presentó a última hora, y yo le pedí que se quedase a pasar la noche.

Ya se le había ocurrido, en el Canadá, que posiblemente Bruno se insinuaría con Anne, simplemente porque ella era suya, y también había pensado que tal vez Anne le daría pie, simplemente porque quería enterarse de lo que él no le había dicho. No creía que Bruno fuera muy lejos, pero le atormentaba pensar en la mano de Bruno tocando la de Anne, pensar que ella se lo consentiría y también el motivo por el que lo haría.

—¿Y estuvo aquí ayer tarde?

—¿Por qué te preocupa tanto?

—Pues porque es peligroso. Está medio loco.

—No creo que sea ése el motivo de tu preocupación —dijo Anne, con la misma voz grave y firme—. No sé por qué le defiendes, Guy. No sé por qué no quieres reconocer que fue él quien me escribió aquella carta y quien estuvo a punto de volverte loco en marzo.

Guy se puso rígido, a la defensiva.

«Defender a Bruno —pensó—. ¡Siempre defender a Bruno!»

Sabía que Bruno no habría confesado ser el autor de la carta. Era sólo que Anne, al igual que Gerard, pero a su manera, iba atando cabos. Gerard había abandonado, pero Anne jamás lo haría. Anne se basaba en lo intangible, y era lo intangible lo que acabaría por revelarle la verdad. Pero todavía no la había averiguado. Tardaría tiempo, un poco más de tiempo, y su tormento duraría un poco más de tiempo también. Se volvió hacia la ventana, con movimientos pesados, fatigado, demasiado fatigado siquiera para cubrirse el rostro o bajar la cabeza. No se tomó la molestia de preguntarle a Anne de qué habían hablado ella y Bruno el día anterior. De algún modo *presentía* exactamente lo que habían dicho, lo que Anne había averiguado de más. Guy sintió de pronto que había un espacio de tiempo asignado para aquella espera atormentada que ya había sobrepasado los límites señalados por la lógica, tal y como, a veces, sucedía con la vida misma en lucha con una enfermedad mortal.

—Dímelo, Guy —dijo Anne, quedamente.

No se advertía súplica en su voz, que semejaba una campana que con su repicar señalase el paso de otro espacio de tiempo.

—Dímelo, ¿quieres?

—Ya te lo diré —contestó él.

Su mirada seguía fija en la ventana, pero ahora podía oírse a sí mismo, creer en sí mismo. Se sentía embargado por una sensación de luminosidad y ligereza que por fuerza percibiría Anne en su rostro, en todo su ser, y su primer pensamiento fue compartirla con ella, si bien transcurrieron unos instantes antes de que pudiera apartar los ojos del sol que caía sobre el antepecho de la ventana.

«*Luminosidad... ligereza...* —pensó— el fin de las tinieblas, de un peso insoportable... la ingravidez. Se lo diría a Anne.»

—Ven aquí, Guy.

Anne le tendía los brazos, y él se sentó junto a ella, la enlazó con los suyos y la abrazó fuertemente contra sí.

—Vamos a tener un hijo —dijo ella—. Seamos felices. ¿Quieres ser feliz, Guy?

El la miró, sintiendo un inesperado deseo de reír de felicidad, de sorpresa, de la timidez de Anne.

—¡Un hijo! —exclamó susurrando.

—¿Qué haremos durante estos días que pasarás aquí?

—¿Para cuándo, Anne?

—Oh... Aún falta muchísimo. Supongo que en mayo. ¿Qué haremos mañana?

—Decididamente, saldremos con el velero. Si el mar no está demasiado agitado.

Y se rió al advertir el tono de conspirador con que había hablado.

—¡Oh, Guy!

—¿Lloras?

—¡Me alegra tanto oírte reír!

45

Bruno telefoneó el sábado por la mañana. Quería felicitar a Guy por haber sido designado para el comité de la presa de Alberta, y deseaba saber si él y Anne asistirían a la fiesta que iba a dar aquella noche. Bruno hablaba precipitadamente, presa de gran júbilo.

—Te estoy hablando desde mi propia casa, Guy, por mi propio teléfono. Gerard ha marchado a Iowa. Vamos, quiero que veas mi nueva casa.

Luego añadió:

—Déjame hablar con Anne.

—Anne ha salido.

Guy sabía que las investigaciones habían concluido. La Policía se lo había comunicado, y lo mismo había hecho Gerard, expresándole su agradecimiento.

Guy regresó a la sala de estar, donde él y Bob Treacher estaban terminando su tardío desayuno. Bob había llegado en avión a Nueva York un día antes que él, y Guy le había invitado a pasar con ellos el fin de semana. Estaban hablando de Alberta y de los demás miembros del comité, del terreno, de la pesca de truchas, y de todo lo que se les ocurría. Guy se rió del chiste que Bob acababa de contarle en el dialecto francocanadiense. Era una soleada y fresca mañana de noviembre, y cuando Anne regresara de la compra, pensaban ir en coche hasta Long Island y dar un paseo en bote. La presencia de Bob llenaba a Guy de una alegría que recordaba la de un colegial en vacaciones. Bob simbolizaba el Canadá y el trabajo que allí tenía, el proyecto que daba a Guy la sensación de haber penetrado en una nueva faceta de sí mismo, mucho más vasta que las anteriores, adonde Bruno no podría seguirle. Y el secreto del hijo que iba a nacerles producía en él una sensación de benevolencia imparcial, de mágica ventaja.

En el momento en que Anne apareció en la puerta, el teléfono sonó otra vez. Guy se levantó, pero fue Anne quien contestó la llamada.

«Bruno sabe siempre escoger el momento justo para llamar» —pensó Guy, vagamente.

Entonces, incrédulo, escuchó cómo la conversación iba desviándose hacia el paseo en bote de aquella tarde.

—Ven con nosotros, pues —dijo Anne—. Oh, supongo que un poco de cerveza no vendrá mal, si te sientes obligado a traer algo.

Guy observó que Bob le estaba mirando con expresión interrogativa.

—¿Qué sucede? —preguntó Bob.

—Nada.

Guy se sentó de nuevo.

—Era Charles. No te importa demasiado que venga, ¿verdad, Guy?

Anne atravesó la habitación con paso vivo, cargada con la bolsa de la compra.

—Dijo que el jueves le gustaría ir a navegar si también nosotros íbamos, y prácticamente le invité.

—A mí me da igual —dijo Guy, sin dejar de mirarla.

Aquella mañana Anne estaba alegre, eufórica, y resultaba difícil imaginársela negándole algo a nadie. Pero Guy sabía que no era ésa la única razón de que hubiese invitado a Bruno. Anne quería verles juntos otra vez. No podía esperar, ni siquiera un día. Guy sintió que le llenaba el resentimiento, y rápidamente se dijo a sí mismo:

«No se da cuenta, no puede darse cuenta, y todo es culpa tuya, de todos modos, por haberte metido en un lío tan grande.»

Así que dejó a un lado su resentimiento y se negó incluso a reconocer el odio que le inspiraría Bruno aquella noche. Se hizo el propósito de conservar el mismo autodominio durante todo el día.

—No estaría de más que vigilases un poco tus nervios, viejo —le dijo Bob, apurando su taza de café con cara de satisfacción—. Bueno, al menos no abusas tanto del café como antes. ¿Cuántas tazas tomabas, doce al día?

—Algo así.

Efectivamente, había dejado el café por completo, para poder dormir, y ahora lo odiaba.

Se detuvieron en Manhattan para recoger a Helen Heyburn, entonces cruzaron el puente Triboro hasta Long Island. El sol invernal presentaba una luz helada, y bañaba débilmente la playa, centelleando nerviosamente sobre el agitado mar.

«El *India* era como un iceberg anclado» —pensó Guy, recordando los momentos en que su blancura había constituido la esencia del verano.

Automáticamente, al doblar la esquina del aparcamiento, sus ojos divisaron el convertible azul de Bruno. Guy recordaba que, según le había dicho éste, el caballo del tiovivo en que se había subido era también azul, y por eso se había comprado un coche de aquel color. Vio a Bruno esperándole bajo la cubierta del embarcadero, vio toda su figura salvo la cabeza —el abrigo largo y negro, los pequeños zapatos, los brazos con las manos metidas en los bolsillos, el aire de ansiedad que como siempre se desprendía de su figura.

Bruno recogió la bolsa con las cervezas y echó a andar hacia el coche, sonriendo tímidamente, pero incluso a distancia Guy podía ver su reprimido alborozo, a punto de estallar. Llevaba una bufanda del mismo color azul que el coche.

—Hola. Hola, Guy. Pensé aprovechar esta oportunidad para verte.

Miró a Anne en busca de ayuda.

—¡Me alegro de verte! —dijo Anne—. Te presento a míster Treacher. Aquí míster Bruno.

Bruno le saludó.

—¿No hay modo de que puedas venir a la fiesta esta noche, Guy? Va a ser una reunión bastante grande. ¿Vendrán todos?

Sonrió esperanzado a Helen y a Bob también.

Helen respondió que estaba muy ocupada, de lo contrario hubiese ido con mucho gusto. Al cerrar el coche, Guy la miró y vio que se apoyaba en el brazo de Bruno para cambiarse los zapatos. Bruno entregó a Anne la bolsa de las cervezas con aire de despedida.

Helen movió sus rubias cejas con expresión preocupada.

—Vendrá usted con nosotros, ¿no?

—No llevo ropa adecuada —protestó Bruno, débilmente.

—Oh, a bordo hay muchos impermeables —dijo Anne.

Tuvieron que coger un bote de remos para ir del muelle al velero. Bruno y Guy disticutieron cortés pero tozudamente sobre quién debía remar, hasta que Helen sugirió que lo hiciesen ambos. Guy remaba con movimientos vigorosos y Bruno, sentado junto a él en el banco transversal, ponía cuidado en emularle. A medida que se acercaban al *India,* Guy se daba cuenta de la excitación creciente de Bruno. El viento le arrebató el sombrero un par de veces hasta que, finalmente, Bruno se puso en pie y con gesto espectacular lo arrojó al mar.

—¡Detesto los sombreros, de todos modos! —dijo, mirando a Guy.

Bruno no quiso ponerse un impermeable, aunque de vez en cuando el rocío de las olas azotaba la cabina. El viento era demasiado fuerte para arbolar una vela. El *India* salió a mar abierto utilizando sus máquinas, con Bob al timón.

—¡A la salud de Guy! —gritó Bruno.

Pero en su voz se advertía el extraño tono de incoherencia que ya había llamado la atención de Guy aquella misma mañana.

—¡Felicidades! ¡Enhorabuena!

Con un brusco movimiento bajó el bello frasco de plata y se lo ofreció a Anne. Parecía una máquina potente y torpe que no acabase de encontrar su ritmo normal de arranque.

—Coñac Napoleón. Cinco estrellas.

Anne rechazó la invitación, pero Helen, que ya empezaba a acusar el frío, bebió un poco, y lo mismo hizo Bob. Debajo de la tela encerada, Guy sostenía la mano enguantada de Anne, tratando de no pensar en nada, ni en Bruno, ni en la presa de Alberta, ni en el mar. Le resultaba insoportable mirar a Helen, que estaba incitando a Bruno, y a Bob, que sonreía con cierto embarazo mientras manejaba el timón.

—¿Alguien conoce la canción *Foggy, Foggy Dew?* —preguntó Bruno, sacudiéndose las salpicaduras de la manga.

El trago que se había tomado del frasco le había hecho traspasar el umbral de la borrachera.

Bruno estaba confundido al ver que nadie quería otro trago de su licor, especialmente escogido para la ocasión, y al ver que nadie deseaba cantar con él. Le desanimó también que Helen dijera que *Foggy, Foggy Dew* era una canción deprimente. A él le encantaba *Foggy, Foggy Dew*. Tenía ganas de cantar, de gritar o de hacer *algo*.

«¿En qué otro momento podrían estar reunidos de nuevo? El y Guy. Anne. Helen. Y el amigo de Guy.»

Se revolvió en su asiento y miró a todos los que le rodeaban, a la tenue línea del horizonte que asomaba por detrás de las olas para volver a ocultarse inmediatamente, a la tierra que habían dejado a sus espaldas, cada vez más empequeñecida. Trató de fijar la vista en la banderola que ondeaba en lo alto del mástil, pero el vaivén del mástil le mareó.

—Algún día, Guy y yo vamos a dar la vuelta al mundo, luego lo envolveremos como si fuese una bola de cristal ¡y lo ataremos con una cinta! —anunció.

Pero nadie le hizo caso.

Helen hablaba con Anne, gesticulando con las manos como si trazase una bola en el aire, y Guy le estaba explicando a Bob algo sobre el motor. Bruno observó que, al inclinarse, las arrugas de la frente de Guy parecían más profundas, y la expresión de sus ojos era tan triste como de costumbre.

—¿Es que no te das cuenta de nada?

Bruno sacudió el brazo de Guy.

—¿Tienes que estar serio precisamente *hoy*?

Helen empezó a decir que Guy siempre estaba serio, pero Bruno la obligó a callarse con sus gritos, porque ella no sabía una maldita cosa sobre el cómo y el porqué de la seriedad de Guy. Bruno, agradecido, le devolvió la sonrisa a Anne y volvió a sacarse el frasco del bolsillo.

Pero Anne seguía sin querer beber, y lo mismo Guy.

—Lo traje especialmente para ti, Guy. Pensé que te gustaría —dijo Bruno, dolido.

—Toma un poco, Guy —dijo Anne.

Guy cogió el frasco y bebió un poco.

—¡Por Guy! ¡Genio, amigo y socio! —dijo Bruno, y bebió tras él—. Guy *es* un genio. ¿No os dais cuenta todos?

Miró a su alrededor, sintiendo un deseo inesperado de decirles que eran una pandilla de cabezotas.

—Pues claro que sí —dijo Bob, conciliador.

—Como usted es un viejo amigo de Guy —dijo Bruno, alzando el frasco—, ¡brindo por usted también!

—Gracias. Sí, un viejo amigo, uno de los más viejos.

—¿Desde cuándo? —le espetó Bruno, desafiante.

Bob miró a Guy y sonrió.

—Diez años, más o menos.

Bruno frunció el entrecejo.

—Yo conozco a Guy de toda la vida —dijo con voz suave—. Pregúntele a él.

Guy sintió que la mano de Anne forcejeaba para librarse de la suya y vio que Bob se reía entre dientes, sin saber cómo interpretar las palabras de Bruno. La frente se le llenó de un sudor frío. Como siempre, no le quedaba ni rastro de serenidad.

«¿Por qué creía siempre que era capaz de soportar a Bruno, si le daban otra oportunidad?»

—Anda, dile que soy tu amigo más íntimo, Guy.

—Así es —dijo Guy.

Se percataba de la tensa sonrisa de Anne y de su silencio.

«¿No lo sabía todo ya? ¿Acaso no estaba simplemente esperando a que él y Bruno lo confesasen dentro de un momento?»

Y de pronto fue como aquel momento en la cafetería, la tarde de aquel viernes, cuando tuvo la impresión de haberle dicho a Anne todo lo que iba a hacer.

«Iba a decírselo» —recordó.

Pero el hecho de que todavía no se lo había dicho, el hecho de que una vez más Bruno estaba bailoteando en torno a él, le pareció que completaba su castigo por no haberlo hecho antes.

—¡Claro que estoy loco! —le gritó Bruno a Helen, que poco a poco se estaba apartando de él—. ¡Lo bastante loco para enfrentarme al mundo entero y darle de latigazos! ¡Y si alguien no me cree, se lo demostraré en privado!

Se rió, dándose cuenta de que su risa no causaba más que perplejidad en los borrosos y estúpidos rostros que le rodeaban que, engañados, le secundaban con sus propias risas.

—¡Imbéciles! —les espetó alegremente.

—¿Quién es? —preguntó Bob, susurrando, a Guy.

—¡Guy y yo somos superhombres! —dijo Bruno.

—Lo que es usted es un superborracho —comentó Helen.

—¡Eso no es verdad!

Bruno se alzó trabajosamente sobre una rodilla.

—¡Cálmate, Charles! —le dijo Anne.

Pero también ella sonrió, y Bruno correspondió con otra sonrisa.

—¡Discrepo de lo que ha dicho sobre que soy un borracho!

—¿De qué está hablando? —preguntó Helen—. ¿Es que vosotros dos habéis logrado saltar la Bolsa? *

—¡En la Bolsa, mi...! —Bruno se interrumpió, pensando en su padre—. ¡Yupiii! ¡Soy un tejano! ¿Alguna vez has subido al tiovivo de Metcalf, Guy?

Los pies de Guy se movieron bruscamente, pero no se levantó ni miró a Bruno.

—Bueno, me sentaré —le dijo Bruno—. Pero me decepcionas. ¡Me decepcionas horriblemente!

Bruno agitó el frasco vacío y entonces lo lanzó por la borda.

—Está llorando —dijo Helen.

Bruno se puso en pie, y de la cabina pasó a la cubierta. Quería alejarse de todos ellos, incluso de Guy.

—¿Adónde va? —preguntó Anne.

—Déjale ir —murmuró Guy, tratando de encender un cigarrillo.

Entonces se oyó un chapoteo y Guy comprendió que Bruno se había caído por la borda. Guy salió de la cabina antes de que nadie lograse decir nada.

Corrió hacia popa, forcejeando para quitarse el abrigo. Alguien le sujetó los brazos por detrás y, volviéndose, descargó un puñetazo en el rostro de Bob y saltó de la cubierta. Entonces cesaron las voces y el balanceo, y se produjo un momento de angustiosa calma antes de que su cuerpo empezara a subir de nuevo a la superficie. Se desprendió del abrigo con movimientos lentos, como si el agua helada ya estuviese empezando a paralizarle. Dio un salto y divisó la cabeza de Bruno, increíblemente alejada, como una roca medio sumergida y cubierta de musgo.

—¡No llegarás hasta él! —oyó que le gritaba Bob, pero una ola le impidió seguir oyéndole.

—¡Guy! —le llamaba Bruno desde mar adentro, con un gemido moribundo.

Guy lanzó una maldición, pensando que sí llegaría hasta Bruno. Al dar la décima brazada alzó otra vez la cabeza por encima del agua.

—¡Bruno!

Pero ya no podía verle.

—¡Allí, Guy!

Anne le hacía señas desde la popa del *India*.

Guy no podía verle, pero empezó a nadar frenéticamente hacia el punto donde recordaba haber visto la cabeza de Bruno, y al llegar allí se sumergió, con los brazos bien abiertos, tanteando en su busca. El agua le hacía moverse con lentitud.

* Juego de palabras intraducible: *to make a killing* (literalmente, "cometer un asesinato") significa obtener una ganancia súbita y exorbitante. (N. del T.)

«Como en una pesadilla —pensó—. Igual que por el césped.»
El *India* estaba en otro sitio ahora, y viraba.
«¿Por qué no le guiaban? ¡No les importaba nada a los demás!
—¡Bruno!
Pensó que tal vez estaría detrás de alguna de las montañas de agua que se alzaban ante él. Siguió nadando, y entonces se dio cuenta de que había perdido la dirección. Una ola le golpeó en un lado del rostro. Maldijo la gigantesca y horrible masa del mar.
«¿Dónde estaba su amigo, su hermano?»
Otra vez se sumergió, tan profundamente como pudo, abriendo al máximo los brazos, ridículamente cortos. Pero ya no encontró más que un vacío gris y silencioso que lo ocupaba todo, y en el cual él era sólo un diminuto grano de vida. La insoportable soledad iba apoderándose de él, amenazando con arrebatarle su propia vida. Forzó los ojos desesperadamente. El color gris se convirtió en el marrón de la cubierta.
—¿Disteis con él? —exclamó, tratando de levantarse—. ¿Qué hora es?
—No te muevas, Guy —dijo la voz de Bob.
—Se hundió, Guy —dijo Anne—. Lo vimos.
Guy cerró los ojos y lloró.
Se dio cuenta de que, uno a uno, iban saliendo todos del camarote, dejándole solo, incluso Anne.

46

Con cuidado, para no despertar a Anne, Guy salió de la cama y bajó a la sala de estar. Corrió las cortinas y encendió la luz, aunque sabía que era imposible evitar que la luz del amanecer se filtrase por las persianas, por los verdes cortinajes, como un pez plateado y amorfo. La había estado esperando arriba, echado en la oscuridad, consciente de que vendría a por él, que aparecería en los pies de su cama, y más que ninguna otra vez había temido ser presa del mecanismo que se pondría en movimiento, porque ahora sabía que Bruno había estado sobrellevando la mitad de su culpabilidad. Si antes ya le había resultado casi insoportable, ¿cómo podría sobrellevarla ahora que estaba solo? Sabía que no lo lograría.

Envidiaba a Bruno por haber muerto tan repentinamente, tan calladamente, tan violentamente, y tan joven. Y con tanta facilidad, como todo lo que Bruno había hecho. Sintió un escalofrío. Se hallaba rígidamente sentado en el sillón, con el cuerpo tenso debajo del ligero pijama, al igual que en los primeros amaneceres. Entonces, al producirse el espasmo que invariablemente venía a aliviar su tensión, se levantó y subió al estudio antes de llegar a tener una idea clara sobre lo que se proponía hacer. Contempló las enormes y lustrosas hojas de papel de dibujo que había sobre su mesa de trabajo, cuatro o cinco hojas que estaban tal como las había dejado después de hacer unos dibujos para Bob. Entonces se sentó y empezó a escribir, empezando por el ángulo superior izquierdo, de un lado a otro de la hoja, despacio al principio, con creciente rapidez luego. Escribió sobre Miriam y sobre el tren, las llamadas telefónicas, sobre Bruno en Metcalf, sobre las cartas, la pistola, y su disolución, y sobre la noche del viernes. Como si Bruno siguiera vivo, escribió todo cuanto sabía sobre él que pudiera ser útil para comprenderle. Llenó con su letra tres de las grandes hojas. Entonces las dobló, las metió en un sobre de tamaño extra y lo lacró. Pasó un largo rato mirando fijamente el sobre, saboreando el parcial alivio que el mismo le proporcionaba, y maravillándose al comprobar cuán ajeno a él le parecía. Muchas veces, antes, había escrito su confesión, apasionadamente, pero la seguridad de que nadie llegaría a leerla le había impedido sentirse verdaderamente libre. Pero ésta iba dirigida a Anne. Ella tocaría el sobre, sus manos sostendrían las hojas de papel mientras sus ojos iban leyendo cada una de las palabras.

Guy se llevó las manos a los ojos, doloridos por el esfuerzo. Se sentía cansado, casi soñoliento, debido a las horas que había pasado escribiendo. Sus pensamientos flotaban de aquí para allá, sin detenerse en ninguna parte, y los nombres de las personas sobre las que había escrito revoloteaban en torno a su cerebro... Bruno, Miriam, Owen Markman, Samuel Bruno, Arthur Gerard, mistress McCausland, Anne.

«*Miriam.*»

Curiosamente, ahora veía a Miriam como persona, mucho más que en cualquier otro momento anterior. Había tratado de describírsela a Anne, esforzándose en enjuiciarla. Y ello le había obligado a enjuiciarla ante sí mismo.

«No valía mucho como persona —pensó—, comparada con Anne o con cualquier otra persona. Pero era un ser humano. Tampoco Samuel Bruno valía gran cosa... siniestro, codicioso, sin otro interés que amasar dinero, odiado por su hijo y con una esposa que no le amaba. ¿Quién le habría amado realmente? ¿Quién se habría lamentado sinceramente de la muerte de Miriam o de la de Samuel Bruno? Si es que había alguien que lo hubiese sentido... ¿acaso la familia de Miriam?»

Guy recordó al hermano de Miriam ocupando el sitio de los testigos durante la investigación, con sus ojillos donde se advertía solamente un odio brutal, rencoroso, pero ni pizca de aflicción. Y su madre, vengativa, malévola como siempre, sin importarle dónde recaía la culpa, siempre y cuando fuese sobre alguien, sin que la pena lograse conmoverla, ablandarla.

«Suponiendo que quisiera hacerlo, ¿serviría de algo ir a verles y proporcionarles un blanco contra el cual dirigir su odio? ¿Encontrarían algún consuelo en ello? ¿Lo encontraría él?»

No lo creía.

«Si alguien amaba realmente a Miriam era... Owen Markman.»

Guy se quitó las manos de los ojos. El nombre acababa de ocurrírsele mecánicamente. Ninguna vez había pensado en él hasta el momento de escribir la carta. Owen le había parecido siempre un personaje poco importante, ocupando siempre un segundo término. Guy le había concedido menor valor que a Miriam. Pero Owen tenía que amarla. Había estado a punto de casarse con ella. Y ella llevaba un hijo suyo en las entrañas.

«¿Y si Owen había puesto todas sus esperanzas de felicidad en

Miriam? Tal vez en los meses que siguieron a su muerte, Owen había conocido el mismo dolor que él, Guy, había sentido al considerar que Miriam había muerto para él, en Chicago.»

Guy hizo un esfuerzo para recordar cuantos detalles de Owen había observado durante la investigación. Se acordaba de su porte rastrero, avergonzado, de sus respuestas tranquilas y directas hasta el momento en que le había acusado de estar celoso. Era imposible saber a ciencia cierta lo que le habría pasado por la cabeza.

—Owen —dijo Guy.

Lentamente, se levantó. Una idea estaba cobrando cuerpo en su cerebro, incluso mientras trataba de sopesar el recuerdo del rostro alargado y moreno, de la figura alta y desgarbada que era Owen Markman. Pensó que iría a ver a Markman, que hablaría con él y se lo contaría todo. Ya que si estaba en deuda con alguien, ese alguien era Markman. Luego, que Markman le matase, si quería hacerlo, que avisase a la Policía, que hiciese lo que le diera la gana. El ya se lo habría dicho, honradamente, cara a cara. De pronto, sintió una necesidad apremiante de hacerlo.

«Por supuesto. Era lo único que podía y debía hacer. Luego, una vez libre de su deuda personal, cargaría con el castigo que la ley le impusiera. Entonces estaría preparado. Tomaría el tren hoy mismo, después del interrogatorio a que iban a someterles sobre la muerte de Bruno.»

La Policía les había citado, a él y a Anne, en la comisaría aquella mañana.

«Con un poco de suerte, podría coger algún avión a primera hora de la tarde. ¿Dónde era? Houston. Suponiendo que Owen siguiese allí. No debía permitir que Anne le acompañase al aeropuerto. Era mejor que ella creyese que se iba al Canadá, tal como había planeado.»

Guy no quería que Anne supiese la verdad todavía. La cita con Owen era más urgente. Parecía haberle transformado. Aunque tal vez era lo mismo que desprenderse de un abrigo viejo y raído. Ahora se sentía desnudo, pero libre ya de temor.

47

Guy se hallaba sentado en un asiento plegable, en el pasillo del avión que le llevaba a Houston. Se sentía deprimido y nervioso, tan fuera de lugar e inoportuno como el mismo asiento, cuya pequeña protuberancia obstruía el pasillo y estropeaba la armonía interior del aparato. Inoportuno, innecesario y, pese a ello, convencido de que estaba haciendo algo necesario. Los obstáculos que había tenido que saltar para llegar hasta allí habían llenado su espíritu de tozuda decisión.

Gerard había estado presente en la comisaría para oír el interrogatorio sobre la muerte de Bruno, y, según había dicho, se había desplazado en avión desde Iowa. La muerte de Charles era una desgracia, pero Charles nunca había sido prudente en nada. Era una lástima que hubiese tenido que suceder en el velero de Guy. Guy había contestado a todas las preguntas sin ninguna muestra de emoción, tan poco significativos le habían parecido los detalles sobre la desaparición del cuerpo. La presencia de Gerard le había inquietado más que lo otro. No quería que Gerard le siguiese hasta Texas. Para mayor seguridad, ni siquiera había anulado el billete para el Canadá, en el avión que había salido a primera hora de la tarde. Luego se había pasado casi cuatro horas esperando en el aeropuerto. Pero no había peligro. Gerard había dicho que pensaba regresar a Iowa en tren aquella misma tarde.

Sin embargo, Guy dio otro vistazo a su alrededor, fijándose en los pasajeros, más despacio y con más detenimiento de lo que se había atrevido la primera vez. Nadie parecía demostrar el menor interés por él.

Al inclinarse sobre los papeles que tenía en su regazo, oyó crujir el voluminoso sobre que llevaba en el bolsillo. Los papeles se los había dado Bob y eran una serie de informes parciales sobre las obras en Alberta. Guy no hubiera sido capaz de leer una revista, ni tenía ganas de mirar por la ventanilla, pero se sabía capaz de aprender de memoria, maquinalmente, con eficiencia, los detalles de los informes que debía recordar. Encontró una página, arrancada de una revista inglesa de arquitectura, entre las hojas ciclostiladas. Uno de los párrafos aparecía señalado con lápiz rojo por Bob:

«Guy Daniel Haines es el más importante de cuantos arquitectos nos han dado los estados sureños de EE. UU. Con su primera obra independiente, realizada a los veintisiete años —un edificio de dos pisos que se ha hecho famoso bajo el nombre de los Almacenes de Pittsburgh—, Haines sentó unos principios gráciles y funcionales a los que se ha mantenido fiel, y a través de los cuales su arte ha ido desarrollándose hasta alcanzar su actual categoría. Si pretendemos definir el peculiar genio de Haines, habrá que atenerse principalmente a ese término incorpóreo, impalpable, "la gracia", que, antes de Haines, nunca había sido distintivo de la arquitectura moderna. Es mérito de Haines el haber logrado que, en nuestra propia época, su personal concepto de la gracia pasara a ser clásico. Su principal obra, el conocidísimo Complejo Palmyra, en Palm Beach, Florida, ha sido llamado "El Partenón Americano"...»

Al pie de la página, otro párrafo, señalado con un asterisco, decía:

«Posteriormente a la redacción del presente artículo, míster Haines ha sido nombrado miembro del Comité Consultivo para el proyecto de la presa de Alberta, en el Canadá. Según míster Haines, los puentes siempre han despertado su interés. Esta obra, según sus cálculos, le mantendrá felizmente ocupado durante los próximos tres años.»

—¡Felizmente! —exclamó Guy, preguntándose cómo se les habría ocurrido emplear esa palabra.

Un reloj daba las nueve en el momento en que el taxi de Guy cruzaba la calle mayor de Houston. En el aeropuerto, Guy había encontrado el nombre de Owen Markman en el listín de teléfonos, luego había depositado su equipaje, tomando seguidamente un taxi.

«No va a ser tan fácil —pensó—. Llegar a las nueve de la noche y encontrarle en casa, y solo, dispuesto, además, a sentarse en una silla y escuchar a un desconocido. No estará en casa, o tal vez se haya mudado de piso; puede que ni siquiera viva ya en Houston. El asunto puede requerir tiempo.»

—Pare delante de ese hotel —dijo Guy.

Se apeó y reservó una habitación. Se encontró mejor después de atender a cuestión tan trivial como aquélla.

Owen Markman no vivía en la dirección de Cleburne Street, una modesta casa de pisos. Las personas que se hallaban en el vestíbulo, el portero entre ellas, le lanzaron miradas cargadas de suspicacia, dándole tan poca información como les fue posible. Nadie sabía dónde estaba Owen Markman.

—No será usted de la Policía, ¿verdad? —le preguntó finalmente el portero.

Muy a su pesar, Guy sonrió.

—No.

Salía ya del edificio cuando un hombre le detuvo en la escalera y, con el mismo aire de cauta mala gana que habían demostrado los demás, le dijo que quizás encontraría a Markman en cierto café del centro de la ciudad.

Por fin logró dar con él en un *drugstore,* sentado en el mostrador en compañía de dos mujeres que no le presentó. Owen Markman se deslizó del taburete, quedándose erguido frente a Guy, con los ojos abiertos interrogativamente. Su rostro alargado parecía más abotargado, menos atractivo de lo que Guy recordaba. Con gesto cauteloso introdujo sus manazas en los bolsillos de la chaquetilla de cuero.

—Veo que me recuerda —dijo Guy.

—Eso parece.

—¿Le importaría concederme unos minutos? Tengo que hablar con usted.

Guy miró a su alrededor, y supuso que lo mejor era invitarle a ir al hotel.

—Tengo reservada una habitación en el Rice Hotel.

Markman volvió a examinar lentamente a Guy de pies a cabeza, y, tras un largo silencio, dijo:

—De acuerdo.

Al pasar por delante de caja, Guy se fijó en los anaqueles cargados de botellas de licor y se le ocurrió que podía ofrecerle algo de beber a Markman en señal de hospitalidad.

—¿Le gusta el *scotch*?

Markman se relajó un poco al ver que Guy compraba una botella.

—La Coca-Cola no está mal, pero siempre sabe mejor si se le añade una pizca de algo.

Guy compró unas cuantas botellas de Coca-Cola también.

No cambiaron palabra durante el trayecto hasta el hotel, e igual hicieron al subir en el ascensor y entrar en la habitación.

«¿Cómo empezar?» —se preguntó Guy.

Había una docena de formas de empezar, pero Guy las desechó todas.

Owen se sentó en el sillón, y dividió su tiempo entre observar a Guy con ojos suspicaces, un tanto indiferentes, y saborear la mezcla de *scotch* y Coca-Cola que contenía su largo vaso.

Con voz tartamudeante, Guy empezó a hablar:

—¿Qué...?

—¿Qué? —preguntó Owen.

—¿Qué haría usted si supiera quién mató a Miriam?

Markman golpeó el suelo con un pie y se irguió en el sillón. Sus fruncidas cejas dibujaban una intensa línea negra encima de los ojos.

—¿Fue usted?

—No, pero sé quién lo hizo.

—¿Quién?

«¿Cuáles serían sus sentimientos mientras permanecía allí sentado, con el ceño fruncido? —se preguntó Guy—. ¿Odio? ¿Rencor? ¿Ira?»

—Lo sé, y también lo sabrá la Policía dentro de poco.

Guy titubeó.

—Fue un hombre de Nueva York que se llamaba Charles Bruno. Murió ayer. Se ahogó.

Owen se recostó un poco en el sillón y bebió un sorbo de su vaso.

—¿Cómo lo sabe? ¿Confesó?

—Lo sé. Lo he sabido desde hace algún tiempo. Por eso he creído que era culpa mía. Por no haberle denunciado.

Se humedeció los labios. Cada sílaba le costaba un esfuerzo. Y se preguntó por qué estaría descubriéndose con tanta cautela, poquito a poco, dónde estaría el placer que pensaba iba a sentir soltando la confesión de golpe.

—Por eso me echo la culpa a mí mismo. Yo...

Se interrumpió al ver que Owen encogía los hombros. Se quedó mirando cómo Owen apuraba su vaso, entonces, automáticamente, Guy le preparó otro.

—Por eso me echo la culpa a mí mismo —repitió—. Tengo que decirle cuáles eran las circunstancias. Fue algo muy complejo. Verá, conocí a Charles Bruno en el tren, camino de Metcalf. Eso fue en junio, poco antes de que ella fuese asesinada. Yo venía en busca del divorcio.

Tragó saliva.

«Ya lo había dicho, lo que nunca antes había dicho ante nadie; lo había hecho por propia voluntad, y ahora le parecía tan vulgar, tan ignominioso incluso...»

Sentía en la garganta una sequedad de la que no conseguía librarse. Estudió el rostro alargado, moreno, y atento de Owen. La frente ya no estaba tan arrugada como antes, y había vuelto a cruzar las piernas. Inesperadamente, Guy se acordó de los zapatos grises que Owen llevaba durante la investigación. Ahora llevaba unos zapatos marrones, con unos parches de goma elástica a los lados.

—Y...

—¿Y? —le apremió Owen.

—Le di el nombre de Miriam. Le dije que la odiaba. Bruno tenía ideado un asesinato, un asesinato doble.

—¡Jesús! —exclamó susurrando Owen.

La exclamación le hizo pensar en Bruno, y de pronto, Guy pensó algo horrible, tremendamente horrible; que tal vez cogiera a Owen en la misma trampa que Bruno había utilizado con él, que Owen, a su vez, capturaría a otro desconocido y éste a otro más, y así en una sucesión infinita de atrapados y perseguidos. Guy se estremeció de horror y apretó los puños con fuerza.

—Mi equivocación fue hablar con él, contarle a un extraño mis asuntos particulares.

—¿El le dijo que iba a asesinarla?

—No, por supuesto que no. Era una idea que llevaba en la cabeza. Estaba loco. Era un psicópata. Le dije que cerrase el pico y se fuera al infierno. ¡Me libré de él!

Se sentía transportado de nuevo al compartimiento del tren. Estaba saliendo de allí para ir a la plataforma. Oyó el golpe de la pesada portezuela del tren.

«¡Pensar que había creído librarse de él!»

—Usted no le dijo que lo hiciera.

—No. No dijo que pensara llevarlo a cabo.

—¿Por qué no se toma un buen trago? ¿Por qué no se sienta?

La voz calmosa y áspera de Owen hizo que la habitación recobrase su estabilidad. Su voz era como una fea roca sólidamente incrustada en un terreno árido.

No quería sentarse, y no quería beber. Ya había bebido *scotch* así en el compartimiento de Bruno. Esto era el fin y no quería que fuese igual que el principio. Tocó con la mano el vaso de *scotch* con agua que se había preparado por pura cortesía. Al volverse, observó que Owen estaba echando más licor en su vaso, y seguía haciéndolo, como si quisiera demostrarle que no había intentado hacerlo a sus espaldas.

—Bien —dijo Owen, arrastrando las palabras—, si ese sujeto estaba chiflado como usted dice... Eso fue lo que dijo el tribunal, ¿no?, que había sido obra de un maníaco.

—Sí.

—Quiero decir... comprendo lo que sentiría usted después, pero si fue una simple conversación como usted dice, no veo por qué tiene que echarse la culpa a sí mismo de este modo.

Guy le miraba con incredulidad.

«¿Era ésa toda la importancia que Owen daba al asunto? Tal vez no le había entendido del todo.»

—Pero, verá...

—¿Cuándo se enteró del asunto?

Los ojos de Owen se habían puesto vidriosos.

—Unos tres meses después del crimen. Pero, verá, de no ser por mí, Miriam viviría.

Guy vio que Owen volvía a acercar los labios al vaso y casi sintió el repugnante sabor de la mezcla de Coca-Cola y *scotch* que entraba en la ancha boca de Owen.

«¿Qué iba a hacer Owen? ¿Dar un salto de pronto, arrojando el vaso al suelo, y estrangularle, del mismo modo que Bruno había estrangulado a Miriam?»

No podía imaginarse a Owen sentado allí, sin moverse, pero pasaban los segundos sin que hiciese nada.

—¿No comprende? Tenía que decírselo —insistió Guy—. Creí que era usted la única persona a quien quizás había hecho daño, la única que sufría. Esperaba un hijo suyo. Usted iba a casarse con ella. La amaba. Usted era...

—Diantres, yo no la amaba.

Owen miró a Guy sin que su rostro se inmutase.

Guy le devolvió la mirada.

«No la amaba, no la amaba» —pensó Guy.

Su mente retrocedió vacilante, tratando de poner de nuevo en orden todas las ecuaciones del pasado que ahora no daban el resultado previsto.

—¿No la amaba? —dijo.

—No. Bueno, no del modo que usted cree. Naturalmente no deseaba su muerte... y, compréndame, hubiese hecho cualquier cosa para impedirlo, pero me alegré de no tener que casarme con ella. Lo de casarse era idea suya. Por eso estaba embarazada. Eso no es culpa del hombre, diría yo. ¿No cree?

Owen le estaba mirando con la sinceridad de un borracho, esperando, su ancha boca mostrando la misma línea firme e irregular que en el estrado de los testigos, esperando que Guy dijese algo, que emitiese un juicio sobre su conducta con Miriam.

Guy le volvió la espalda con gesto vagamente impaciente. No podía resolver las ecuaciones, ni hallar ningún sentido en todo ello como no fuese un cierto sentido irónico. Ningún motivo, salvo la ironía, justificaba su presencia allí. No había ninguna razón por la que tuviera que estar sudando, torturándose a sí mismo, en una habitación de hotel, en beneficio de un extraño, a quien le tenía sin cuidado, ninguna razón a no ser por la ironía de la situación.

—¿No cree? —insistió Owen, alargando la mano en busca de la botella que estaba junto a él, sobre la mesa.

Guy era incapaz de articular palabra, aun forzándose a sí mismo. Un sentimiento de ira empezaba a invadirle. Se aflojó el nudo de la corbata y se desabrochó el cuello de la camisa, buscando con la mirada algún aparato acondicionador de aire en las abiertas ventanas.

Owen encogió los hombros. Parecía estar a gusto con su camisa de cuello abierto y su chaquetilla sin abrochar. Guy experimentó un deseo absolutamente irracional de hacerle tragar algo, de golpearle y aplastarle, sobre todo un deseo de hacerle salir de su complacencia, de la comodidad que hallaba en el sillón.

—Escúcheme —empezó a decir Guy, con voz tranquila—, yo soy un...

Pero Owen había empezado a hablar en aquel mismo instante, y siguió haciéndolo, monótonamente, sin mirar a Guy, que se había quedado en medio de la habitación, con la boca abierta todavía.

—...la segunda vez. Me casé dos meses después de divorciarme, y las cosas fueron mal de buen principio. Si con Miriam hubiese sido distinto, eso no lo sé, pero me parece que hubiese sido peor. Louise se largó hace dos meses, después de haber estado a punto de pegar fuego a la casa, una gran casa de pisos.

Siguió soltando su monserga y echando más *scotch* en el vaso, y a Guy la forma en que Owen se servía más licor le pareció una falta de respeto, una inequívoca afrenta dirigida contra él. Guy se acordó del propio comportamiento de Owen durante la investigación, una actitud al menos poco elegante, hacia el esposo de la víctima.

«¿Por qué iba a demostrar Owen respeto por él?»

—Lo espantoso es que el hombre se lleva siempre la peor parte, y es que las mujeres hablan más. Louise, por ejemplo, ella puede regresar al apartamento y ser bien recibida, mientras que yo, en cambio, bastaría con que...

—¡Escúcheme! —dijo Guy, incapaz de seguir aguantando—. Yo... ¡Yo también maté a alguien! ¡Yo también soy un asesino!

Los pies de Owen chocaron con el suelo otra vez, se incorporó de nuevo, incluso miró desde Guy hasta la ventana y de nuevo a Guy, como si previera que tendría que huir o defenderse, pero la sorpresa y la alarma que se pintaron en su rostro eran tan débiles, tan indiferentes, que parecía mofarse, mofarse de la seriedad de Guy. Owen hizo como si fuese a dejar el vaso sobre la mesa, pero no lo dejó.

—¿Cómo? —preguntó.

—¡Escúcheme! —gritó Guy otra vez—. Escúcheme, soy hombre muerto. Ahora mismo estoy prácticamente muerto, porque voy a entregarme. ¡Inmediatamente! Porque maté a un hombre, ¿lo entiende? No ponga esa cara de indiferencia, ¡y no vuelva a retreparse en la silla!

—¿Y por qué no iba a retreparme en la silla?

Owen utilizaba ambas manos para coger el vaso, que acababa de llenar de Coca-Cola y *scotch* otra vez.

—¿Es que para usted no significa nada el que yo sea un asesino, que le quitase la vida a un hombre, algo que ningún ser humano tiene derecho a hacer?

Owen hizo un gesto apenas perceptible, tal vez de asentimiento, tal vez no. Sea como fuere, bebió otra vez, lentamente.

Guy no apartaba los ojos de él. Las palabras, un terrible lío de miles y miles de palabras, parecían congestionarle incluso la sangre, haciendo que oleadas de calor le subiesen por los brazos desde sus apretados puños. Eran palabras que maldecían a Owen, frases y párrafos de la confesión que había escrito aquella mañana, y que ahora empezaban a entremezclarse confusamente porque aquel idiota borracho del sillón no quería oírlas. El idiota borracho estaba decidido a mostrar indiferencia.

«No debo de parecer un asesino —supuso—, con mi inmaculada camisa blanca, mi corbata de seda y mis pantalones azul marino, y tal vez mi rostro fatigado no le parezca a nadie el de un asesino.»

—Eso es lo malo —dijo Guy en voz alta—, que nadie sabe qué aspecto tiene un asesino. ¡Un asesino no se diferencia en nada de los demás mortales!

Se apretó la frente con el puño, y luego volvió a bajar el brazo, porque había visto venir las últimas palabras incluso antes de pronunciarlas, y no había sido capaz de callárselas. Exactamente igual que Bruno.

Bruscamente, Guy se acercó a la mesa y se sirvió un trago, tres dedos de licor sin mezcla, y lo apuró sin respirar.

—Me alegra ver que alguien me acompaña —masculló Owen.

Guy se sentó en la cama, enfrente de Owen, pues súbitamente se había sentido cansado.

—No significa nada —empezó de nuevo—. No significa nada para usted, ¿verdad?

—No es la primera vez que veo a un hombre que haya matado a otro. O a una mujer.

Se rió entre dientes.

—Me da la impresión de que las mujeres asesinas se libran más fácilmente.

—Yo no voy a librarme. No me he librado. Lo hice a sangre fría. No tenía ningún motivo. ¿No comprende que eso podría ser peor? Lo hice por...

Quería decirle que lo había hecho porque en su interior llevaba suficiente perversidad como para poder hacerlo, que lo había hecho porque en todo ser humano hay un poso de maldad, pero sabía que Owen no iba a entenderle, porque Owen era un hombre práctico. Tan práctico que ni siquiera se tomaba la molestia de atacarle o huir de él, o de avisar a la Policía, puesto que le resultaba más cómodo seguir sentado en el sillón.

Owen meneaba la cabeza como si efectivamente estuviese meditando las palabras de Guy. Tenía los párpados entornados. Torció el cuerpo buscando algo en el bolsillo trasero del pantalón, una bolsa de tabaco. Del bolsillo de la camisa extrajo papel de fumar.

Guy estuvo contemplando sus maniobras durante lo que le parecieron horas.

—Tome —dijo Guy, ofreciéndole sus propios cigarrillos.

Owen los miró con cara de duda.

—¿De qué clase son?

—Canadienses. Son bastante buenos. Pruebe uno.

—Gracias, yo...

Owen cerró la bolsa tirando del cordón con los dientes.

—...prefiero mi propia marca.

Tardó al menos tres minutos en liar el cigarrillo.

—Fue como si sacase la pistola en un parque y disparase contra el primero que viese —prosiguió Guy, decidido a terminar.

Era como si hablase con un objeto inanimado, un dictáfono que alguien hubiese colocado en el sillón, con la salvedad de que sus palabras al parecer no hacían ningún efecto.

«¿Es que no se le ocurre a Owen que podría hacer lo mismo con él, aquí en esta habitación?» —se preguntó.

Guy dijo:

—Me vi forzado a hacerlo. Eso es lo que le diré a la Policía, aunque eso no va a cambiar nada, porque lo cierto es que lo hice. Verá, tengo que contarle la idea de Bruno.

Al menos Owen le estaba mirando ahora, aunque su rostro, lejos de estar absorto, mostraba una expresión de estar escuchándole por cortesía, medio envuelto por las brumas del alcohol. Guy no dejó que ello interrumpiese su narración.

—La idea de Bruno fue que asesinásemos el uno por el otro, es decir, que él mataría a Miriam y yo mataría a su padre. Entonces vino a Texas y eliminó a Miriam, a mis espaldas. Sin mi conocimiento y sin mi aprobación, ¿comprende?

Guy pensó que se estaba expresando con palabras abominables, pero que al menos Owen le estaba escuchando, y las palabras le salían con cierta fluidez.

—No supe nada de ello, ni siquiera lo sospeché... de veras. Hasta pasados unos meses. Y entonces empezó a perseguirme, a decirme que me echaría a mí la culpa por la muerte de Miriam, a no ser que yo llevase a cabo el resto del plan, de su maldito plan, ¿comprende? Que consistía en matar a su padre. Todo el plan se basaba en el hecho de que no había ninguna motivación para ambos asesinatos. Ningún motivo personal. De modo que no podían seguirnos la pista, individualmente. Siempre y cuando no nos viésemos. Pero ésa es otra cuestión. Lo que importa es que, efectivamente, yo maté a su padre. Me sentía deshecho. Bruno me había destrozado con sus cartas haciéndome chantaje, impidiéndome dormir. Me hizo perder el juicio también. Y, escúcheme, he llegado a la conclusión de que a cualquier hombre se le puede destruir. Yo podría hacerlo con usted. Dadas las mismas circunstancias, podría destruirle y hacerle matar a alguien. Puede que los métodos fuesen distintos de los que él empleó conmigo, pero podría hacerse. ¿Qué otra cosa si no cree usted que mantiene en pie a los estados totalitarios? Aunque, ¿alguna vez se para usted a pensar en esas cosas, Owen? No importa, eso es lo que voy a decir a la Policía. Aunque no me harán caso, y dirán que no debí ceder. No les importará, porque dirán que fui débil. Pero ahora me es igual, ¿comprende? Ahora soy capaz de enfrentarme con quien sea, ¿comprende?

Se agachó para verle el rostro a Owen, pero éste apenas parecía darse cuenta de su presencia. Tenía la cabeza echada hacia un lado, descansando en la mano. Guy se irguió. No lograba que Owen comprendiera, presentía que Owen no podía captar lo más importante de sus palabras, aunque tampoco eso le preocupaba.

—Lo aceptaré, sea lo que fuere lo que quieran hacerme. Mañana le diré lo mismo a la Policía.

—¿Puede demostrarlo? —preguntó Owen.

—¿Demostrar qué? ¿Qué queda por demostrar sobre que maté a un hombre?

La botella se escurrió de entre los dedos de Owen y cayó al suelo, aunque quedaba tan poco licor que apenas se derramó nada.

—Usted es arquitecto, ¿no es cierto? —preguntó Owen—. Ahora lo recuerdo.

Torpemente, puso la botella en pie, dejándola sin embargo en el suelo.

—¿Y eso qué importa?

—Me estaba preguntando...

—¿Preguntando qué? —dijo Guy, impaciente.

—Es que parece que está usted un tanto chiflado... si es que desea conocer mi sincera opinión. No digo que lo esté.

Detrás de la brumosa expresión de Owen, se advertía un cierto temor a que Guy se le acercara para pegarle por lo que acababa de decir. Al ver que Guy no se movía, volvió a retreparse en el sillón, con el cuerpo más hundido que antes.

Guy buscaba a tientas una idea concreta que ofrecerle a Owen. No quería que su público se le escapara, por indiferente que fuese.

—Oigame, ¿qué opina de los hombres que usted conoce y que le consta que han matado a alguien? ¿Qué trato les da? ¿Cómo se conduce con ellos? ¿Les saluda del mismo modo como lo haría con cualquier otra persona?

Bajo el intenso escrutinio de Guy, Owen parecía estar tratando de pensar. Finalmente sonrió, parpadeando tranquilamente, y dijo:

—Vive y deja vivir.

La ira se apoderó de Guy otra vez. Por unos instantes fue como un vicio imbatible que le atenazaba el cuerpo y el cerebro. No había palabras para describir lo que estaba sintiendo. O quizás las había en tan gran cantidad que no podía empezar a hablar. La palabra tomó forma por sí sola, y por sí sola salió disparada entre sus dientes, como un escupitajo:

—*¡Idiota!*

Owen se agitó levemente en el sillón, pero no se inmutó. Parecía indeciso entre sonreír o mostrar enojo frunciendo el ceño.

—¿Y yo qué tengo que ver en ello? —preguntó firmemente.

—¿Que qué tiene que ver? Pues que usted... ¡usted es un miembro de la sociedad!

—Bueno, pues entonces es asunto de la sociedad —contestó Owen, agitando la botella de *scotch*, donde solamente quedaban un par de dedos de licor.

«¿Qué tiene que ver? —se preguntó Guy—. ¿Era ésa su verdadera forma de reaccionar, o es que simplemente estaba borracho? Tenía que ser lo primero, pues ya no había ninguna razón por la que tuviera que mentir.»

Entonces recordó que ésta había sido su propia actitud cuando sospechó de Bruno, antes de que éste empezase a atosigarle.

«¿Sería ésta la actitud de la mayoría de gente? De ser así, ¿quiénes integraban la sociedad?»

Guy se volvió de espaldas a Owen. Sabía perfectamente quiénes integraban la sociedad. Pero la sociedad en que había estado pensando con respecto a sí mismo era la ley, era una serie inexorable de reglas. La sociedad la formaban personas como Owen, personas como él mismo, personas como... Brillhart, por ejemplo, en Palm Beach. Guy se preguntó si Brillhart le habría denunciado. Pero no, no podía imaginarse a Brillhart denunciándole. Todos dejarían que lo hiciese otro, y este otro lo dejaría en manos de un tercero, y nadie lo haría.

«¿Le importaban las reglas? —se preguntó Guy—. ¿Acaso no era una regla la que le había mantenido ligado a Miriam? ¿No era una persona la que había sido asesinada? La gente, desde Owen hasta Brillhart, se lo tomaba tan a la ligera como para no denunciarle, ¿valía la pena seguir preocupándose? ¿Por qué aquella mañana habría pensado en entregarse a la Policía? ¿Qué clase de masoquismo era aquél? No se entregaría. ¿Qué era, en concreto, lo que ahora llevaba sobre la conciencia? ¿Qué ser humano desearía delatarle?

—Sólo un soplón profesional —dijo Guy—. Supongo que un soplón sí me delataría.

—Eso es —corroboró Owen—. Un cochino y apestoso soplón.

Soltó una risotada, aliviado.

Guy tenía la mirada perdida en el espacio, el ceño fruncido. Trataba de pisar terreno sólido que le llevase hasta algo que acababa de vislumbrar, fugazmente, delante de él.

«No era la ley lo que formaba la sociedad —empezaba—. La sociedad la componían personas como él mismo, como Owen y Brillhart, personas que no tenían ningún derecho a quitarle la vida a otro miembro de la sociedad. Y, sin embargo, la ley lo hacía.»

—Y, sin embargo, la ley, se dice, es, cuando menos, expresión de la voluntad de la sociedad. Ni siquiera es eso. O tal vez lo sea, colectivamente.

Se daba cuenta de que, como de costumbre, se estaba echando para atrás antes de llegar a la conclusión definitiva, haciendo que todo resultase aún más complejo al intentar aclararlo.

—¿Mmmm? —musitó Owen.

Tenía la cabeza apoyada en el respaldo, el pelo negro caído sobre la frente, los ojos casi cerrados.

—No, la gente, colectivamente, quizá lincharía a un asesino, y eso es precisamente lo que la ley debe evitar.

—Nunca estuve de acuerdo con los linchamientos —dijo Owen—. ¡Es una calumnia! Hace que los del Sur tengamos mala fama... sin necesidad.

—Lo que quiero decir es que si la sociedad no tiene derecho a quitarle la vida a otra persona, entonces la ley tampoco lo tiene. Es decir, teniendo en cuenta que la ley es un cuerpo de normas y reglas transmitidas por sucesión y a las que nadie puede oponerse, que nadie puede tocar. Pero es a los seres humanos, al fin y al cabo, a quienes afecta la ley. Me refiero a que son personas como usted y como yo. Mi caso especialmente. En este momento estoy hablando solamente de mi caso. Por eso es lógico. ¿Sabe una cosa. Owen? La lógica no es siempre infalible, en lo que se refiere a la gente. Está muy bien cuando se construye un edificio, porque los materiales, en tal caso, responden como deben, pero...

Su argumento se disolvió en humo. Había un muro que le impedía decir otra palabra, simplemente porque era incapaz de seguir pensando.

Había hablado claramente, sinceramente, pero sabía que Owen no le había oído, suponiendo que hubiese hecho un esfuerzo por escucharle. Y, con todo, cinco minutos antes, Owen había mostrado verdadera indiferencia ante la cuestión de su culpabilidad.

—¿Y el jurado? —se preguntó Guy en voz alta.

—¿Qué jurado?

—Me pregunto si el jurado lo componen doce seres humanos o bien si consiste en un cuerpo de leyes. He aquí una cuestión interesante. Supongo que es siempre una cuestión interesante.

Vertió en su vaso lo que quedaba en la botella y se lo bebió.

—Aunque no creo que a usted le interese, ¿verdad, Owen? ¿Qué le interesa a usted.

Owen permanecía callado, inmóvil.

—No le interesa nada, ¿no es así?

Guy miró los zapatos de Owen, enormes, gastados, apoyados descuidadamente sobre la alfombra, con las punteras vueltas hacia dentro, una frente la otra, los pies apoyados en los tacones. Inopinadamente, vio en los enormes y estúpidos zapatos la esencia de toda la estupidez humana y sintió renacer su antiguo antagonismo ante la inerte estupidez de cuantos se interponían al progreso de su obra. Y, antes de darse cuenta de lo que hacía, dio una patada al zapato de Owen, con saña. Y sin embargo, Owen no se movió.

«Su obra —pensó Guy—. Sí, le quedaba el refugio de su obra. Ya pensaría más tarde, pensaría en todo más tarde, pero tenía trabajo que hacer.»

Miró el reloj. Las doce y diez. No quería dormir en el hotel. Se preguntó si habría algún avión aquella noche. Tenía que haber algún medio de salir de allí. Tal vez un tren.

Zarandeó a Owen.

—Owen. ¡Despierte, Owen!

Owen musitó una pregunta.

—Me parece que dormirá mejor en casa.

Owen se incorporó y con voz clara dijo:

—Eso lo dudo.

Guy recogió su abrigo de la cama. Dio un vistazo a su alrededor, pero no se había dejado nada porque no había traído nada.

«Será mejor llamar ahora al aeropuerto» —pensó.

—¿Dónde está el retrete? —dijo Owen, levantándose—. No me encuentro muy bien.

Guy no lograba encontrar el teléfono. Había un cable junto a la mesita de noche, sin embargo. Lo siguió hasta debajo de la cama. El teléfono estaba descolgado, en el suelo, y al instante comprendió que no había caído accidentalmente, puesto que las dos partes del aparato habían sido empujadas hacia el pie de la cama, y el auricular, como por encanto, estaba dirigido hacia el sillón donde se había sentado Owen. Lentamente, Guy tiró del teléfono hacia sí.

—¡Eh! ¿Es que no hay retrete en ninguna parte?

Owen estaba abriendo la puerta de un armario ropero.

—Debe de estar en el vestíbulo.

Su voz parecía un estremecimiento. Sostenía el teléfono en posición de hablar por él, entonces se lo acercó al oído. Oyó el inteligente silencio del cable conductor.

—*¿Allô?* —dijo.

—Hola, míster Haines.

La voz era melodiosa, cortés, sin asomo de brusquedad.

La mano de Guy trató en vano de aplastar el teléfono, y luego Guy se rindió sin decir palabra. Era como la caída de una fortaleza, como un enorme edificio que se derrumbase en su mente, pero desmoronándose en silencio, hasta quedar convertido en polvo.

—No hubo tiempo de instalar un dictáfono. Pero lo oí casi todo desde detrás de la puerta. ¿Puedo entrar?

«Gerard debía de haber apostado a sus esbirros en el aeropuerto de Nueva York —pensó Guy—, siguiéndome en un avión fletado. Era posible. Y ahí estaba. Y él había sido lo bastante estúpido como para firmar en el libro de registro con su propio nombre.»

—Puede entrar —repitió Guy como un eco.

Colocó el auricular sobre la horquilla y se levantó, rígidamente, atento a la puerta. El corazón le latía con una violencia inusitada, con una violencia tal que Guy pensó que se trataba del preludio de su muerte.

«Corre —pensó—. Atácale tan pronto entre. Esta es tu última oportunidad.»

Pero no se movió. Vagamente oyó que Owen vomitaba en el lavabo, detrás de él. Entonces llamaron a la puerta, y se encaminó hacia ella, pensando si no era de aquel modo, después de todo, como tenía que suceder: por sorpresa, en presencia de alguien, un extraño que no comprendía nada y que vomitaba en el lavabo, en una esquina de la habitación, sin que él hubiese tenido tiempo de poner en orden sus pensamientos, y, peor aún, tras haberlos expresado en parte y confusamente. Abrió la puerta.

—Hola —dijo Gerard, entrando sin quitarse el sombrero y con los brazos colgando, como siempre.

—¿Quién es? —preguntó Owen.

—Un amigo de míster Haines —dijo Gerard tranquilamente, guiñándole un ojo a Guy sin alterar la seria expresión de su rostro—. Supongo que querrá regresar a Nueva York esta noche, ¿no es así?

Guy miraba fijamente el rostro conocido de Gerard, el enorme lunar de la mejilla, el ojo brillante y lleno de vida que le había hecho un guiño, que sin lugar a dudas le había hecho un guiño.

«Gerard era la ley también —pensó—. Gerard estaba de su lado, en la medida en que ello era posible, porque Gerard conocía a Bruno.»

Guy lo sabía ahora, como si lo hubiese sabido desde el principio, pese a que ni tan sólo se le había ocurrido antes. Sabía, asimismo, que tenía que enfrentarse a Gerard. Eso formaba parte del juego, y siempre la había formado. Era algo inevitable, previsto, como el que la tierra girase, y ningún sofisma le libraría de ello.

—¿Eh? —dijo Gerard.

Guy intentó hablar, y lo que dijo fue completamente distinto de lo que quería decir:

—Lléveme.

Literatura Contemporánea
Seix Barral

Títulos publicados:

1. *Mazurca para dos muertos*
   Camilo José Cela
2. *Los santos inocentes*
   Miguel Delibes
3. *La guerra del fin del mundo*
   Mario Vargas Llosa
4. *Rayuela*
   Julio Cortázar
5. *El factor humano*
   Graham Greene
6. *La rosa de Alejandría*
   Manuel Vázquez Montalbán
7. *Extraños en un tren*
   Patricia Highsmith
8. *Abaddón el exterminador*
   Ernesto Sabato

Impreso en el mes de septiembre de 1984
Talleres Gráficos CAYFOSA
Ctra. de Caldas, Km. 3,7
Sta. Perpètua de Mogoda
Barcelona